삼국지 인문학

三國志(演義) 人文學

* 이 책은 2017년도 경희대학교 연구비 지원에 의한 결과임(KHU-20171197)

경희대학교 비교문화연구소 비교문화총서 15

삼국지 인문학

三國志(演義) 人文學

민관동 저

**Romance of the
Three Kingdoms' Humanities**

———

강한 자가 살아남는 것이 아니라
살아남은 자가 강한 자이다

學古房

目 次

제2부 | 삼국지 인간학

제3부 | 삼국지 교양학

◎ 〔부록〕

▌ 들어가는 말 ▌

인문학 위기의 시대에 인문학을 위한 변명

요즘 학계나 매스컴을 통해서 "인문학 위기"라는 말을 많이 접하게 된다. 그렇다면 도대체 인문학은 무엇이며, 이 시대는 정말 인문학의 위기일까?

인문학(人文學, humanities)이란? 일반적으로 인간의 근원문제, 그리고 인간의 사상 및 인간의 문화에 관해 본질을 탐구하는 학문이다. 동양적 사유에서는 대략 문학·사학·철학이 이 범주에 속한다고 할 수 있으며, 또 이러한 문·사·철이 수천 년의 동양적 사유를 지배해 왔다.

아직도 많은 사람들은 "인문학을 왜 해야 하는가?" 라고 묻는다. 사실 인문학을 해야 하는 이유를 간단하다. 즉 철학은 우리에게 사유(思惟)하고 분석하는 사고력을 키워주고, 역사는 우리에게 옳고 그름을 판단할 수 있는 판단력을 키워주며, 문학은 우리에게 상상을 통한 창의력을 배양해 주기 때문이다.

그러면 인문학은 왜 중요한가?

예전에 우리는 미국 헐리웃의 SF 영화를 보며 아무리 과학이 발전해도 과연 저렇게까지 될 수 있을까? 라고하며 의문시 하였던 과학영화가 이제는 거의 실생활에 사용되는 예를 심심치 않게 볼 수 있다. 예를 들면 무인비행기가 그러하고 스마트 폰이 그러하고 또 인공지능 로봇 등등이 그러하다. 이러한 일체의 성과가 바로 문학의 상상력에서 출발했던 것이다. 즉 인간의 상상력이 인간의 창의력을 통하여 하나하나 실현되고 있는 것이다. 그러기에 단순한 학식보다도 상상력이 더 값진 이유가 여기에 있다.

얼마 전 예술디자인전공의 교수가 중국의 신화와 전설의 보물창고라고 할 수 있는 ≪산해경≫에 대하여 진지하게 자문을 구해왔다. 필자는 이 교수가 어떻게 ≪산해경≫을 알고 또 이 책에 왜 관심을 보이는지 매우 의아하여 그 연유를 물어보았다. 그 교수의 답변인즉슨 디자인을 하다보면 형식적인 매너리즘(mannerism)에 빠져 참신한 아이디어 나오지 않는다는 것이다. 이때 기상천외하고 온갖 상상력이 총망라된 ≪산해경≫을 보면서 창의적인 아이디어를 찾는다는 것이다. 이 단편적인 예가 상상력을 통해 창의력을 배양시켜주는 문학의 한 기능이라 하겠다.

또 "역사는 미래의 거울이다."라는 말이 있다. 수천 년간 인류의 역사는 끊임없이 발전하여 왔다. 그러면서도 어떤 역사적 사건에 있어서는 매우 유사하게 되풀이 되는 현상을 보여주고 있다. 그러기에 과거를 통하여 미래를 예측할 수가 있고, 역사를 통해서 잘못을 바로잡을 수 있는 것이다. 또 역사를 통해서 시시비비를 가릴 수 있기에, 역사를 통해서 귀감을 얻을 수 있는 것이다. 만약 조선말기 친일파가 올바른 역사관을 가지고 있었다면, 또 후대에 자신의 후손들이 친일파의 후손이라 손가락질 당하며 산다는 것을 안다면, 그래도 친일을 하였겠는가?

꽤 오래전 이야기로 기억된다. 모 일간지에 어느 교수가 한탄조로 올린 사설을 보고 "인문학이 이래서 중요하구나." 재인식한 기사가 하나 있었다. 기사내용은 모 역사학회에서 국제학술대회를 개최하는데, 정부는 과학기술에 대한 지원은 잘해주지만 인문학에 대한 지원은 인색하다는 내용이었다. 그 역사학자가 울분을 토한 것은 조선 세종대왕 때 만들어진 세계최초의 측우기에 대한 문제였다. 이 측우기에 중국 명나라의 연호가 쓰여져 있기에 중국의 학자들은 이것이 중국에서 만든 것이며, 또 이것을 명나라가 조선에 기증한 것이라고 주장한다는 것이다. 더욱이 세계과학발명품사전에도 그렇게 올라가 있다는 것이다. 그러기에 국제학회를 통하여 그들에게 ≪조선왕조실록≫등에 언급된 관련기록과 또 조선시대에 우리가 중국 연호를 사용했던 각종 증거들을 보여주며 왜곡된 사실을 바로잡고자 하는데도 정작 정부에서는 지원이 인색하다며 개탄하는 내용이었다. 이는 우리가 인문학을 왜 해야 하는지를 보여주는 단적인 예라 하겠다.

그 외에도 만일 한 과학자가 인문학적 인성과 윤리의식이 결핍된 채로 과학의 성과에만 급급하여 정제되지 않은 발명품을 마구 발명해 낸다면 이는 인류복지를 위한 과학이 아니라 인류파멸을 위한 과학으로 둔갑하게 된다. 결국 세상은 상당한 혼란과 위기에 직면 할 수밖에 없게 된다. 이러한 예는 근대 서양의 산업혁명을 통하여 식민지의 확대와 흑인노예에 대한 학대 및 인권유린으로 이어진 것도 바로 인문정신의 결핍에서 기인했던 것이다. 그나마 르네상스를 통해 인문주의를 회복시키려는 노력이 있었기에 지금의 평화복지사회 구현에 밑거름이 될 수 있었던 것은 불행 중 다행이라고 할 수 있다.

필자가 생각하는 인문학이란 그저 단순한 지식과 상식으로 그치는 "학문적 인문학"이 아니라 우리 생활에 응용되고 활용되어지는 "실용적 인문학"이 되어야 한다고 생각한다. 즉 학문이 학문으로 그치는 것이 아니라 학문과 지식이 우리의 실생활에 녹아들어 실용적으로 응용되고 활용되어야 한다는 것이다.

필자는 이 책을 집필하기로 계획하면서 제목에 많은 고민을 해왔다. 최종적으로 ≪삼국지 인문학≫이라는 제목으로 결정하게된 목적도 인문학의 중요성을 다시한번 강조하기 위함에서 출발하였다. 즉 인문학이 무엇이며, 또 인문학이 왜 중요한지, 그리고 인문학을 왜 해야 하는지를 강변하고 싶었다.

이 책의 구성은 총 3부로 구성하였다.

제1부에서는 〈삼국지 인문학〉으로 설정하였다. 앞부분에 프롤로그를 넣어 소설 ≪삼국지≫에 대한 전반적 개황을 소개하였고, 제1강부터 제8강까지는 주로 소설 ≪삼국지≫의 내용의 전개 순서에 따라 도원결의편 · 영웅본색편 · 삼고초려편 · 적벽대전편 · 삼국정립편 · 회자정리편 · 출사표편 · 인생무상편으로 나누어 내용상의 화제위주로 논점을 전개하였다.

제2부에서는 〈삼국지 인간학〉으로 설정하였다. 내용은 창업론과 수성론 · 군주론 · 참모론 · 장수론 · 병법론 · 운명론 · 용병술 · 처세술 등 총 8강으로 구성하였으며, 논점은 주로 인간의 사회생활에서 행해지는 본질문제와 방안을 중점적으로 다루었다.

제3부에서는 〈삼국지 교양학〉으로 설정하였다. 내용은 고사성어나 명언명구 등의 유래와 출전을 소개하며 그 고사내용에서 풍부한 인문학적 상식과 교양을 배양하도록 꾸몄다.

또 이 책에서 삽화로 들어간 그림은 ≪관화당제일재자서≫, ≪회도삼국연의≫, ≪증상전도삼국지연의≫, ≪제일재자서 수상전도삼국연의≫등에서 참고하였고 그리고 고사성어의 일부분은 필자가 ≪중국어문논역총간≫제26집에 발표한 〈삼국연의에 묘사된 고사성어 연구〉를 근거로 재구성하였음을 밝혀둔다.

태산명동에 서일필 [泰山鳴動 鼠一匹]이라는 성어가 있다. 혹 취지는 거창하나 한편으로는 부족한 학식이 독자들에게 학문적 누를 끼치지는 않을까 걱정스럽다. 겸허한 자세로 독자들의 질정을 받아드리고자 한다.

마지막으로 출판을 흔쾌히 받아준 학고방 하운근 사장님 및 임직원 일동과 나의 제자 배우정과 옥주에게도 감사의 뜻을 전한다.

2018. 01. 01
필자 민관동 씀

제 1 부

삼국지 인문학
三國志 人文學

❚ 프롤로그 ❚

≪삼국지≫와 ≪삼국지연의≫사이에서…

* 장강은 넘실넘실 동해로 흘러들고 물거품 거품마다 영웅의 자취로다.

임강선(臨江仙)

장강은 넘실넘실 동해로 흘러들고,　　　　　　　滾滾長江東逝水,
물거품 거품마다 영웅의 자취로다.　　　　　　　浪花淘盡英雄.
돌아보니 시비성패가 허사일 뿐이었네.　　　　　是非成敗轉頭空:
청산은 옛 그대로 변함이 없건만,　　　　　　　　靑山依舊在,
석양은 그 얼마나 붉게붉게 물들었던가?　　　　幾度夕陽紅.

백발의 어부와 나무꾼만이 강가에 서성이며,　　白髮漁樵江渚上,
가을 달과 봄바람만 바라볼 뿐이로다.　　　　　慣看秋月春風.
탁주 한 병으로 서로 만나 희희낙락하며.　　　　一壺濁酒喜相逢:
수많은 古今의 이야기들을,　　　　　　　　　　古今多少事,
환담 속으로 모두 날려 보낸다.　　　　　　　　都付笑談中.

　이 서시(序詩) ≪임강선(臨江仙)≫은 ≪삼국지연의≫의 처음 시작부분에 나오는 가사이다. 이 서시는 명대 문인 양신(楊愼 : 1488-1559년)이 지은 작품으로 1524년 운남으로 유배를 가던 중 호북성 강릉(江陵)에 이르렀을 때, 강변에서 어부와 나무꾼이 술을 마시며 담소하는 것을 보고 문득 감개가 무량하여 지은 것이라고 한다. 본래 ≪임강선≫은 ≪이십일사탄사(廿一史彈詞)≫ 제3단 ≪설진한(說秦漢)≫의 개장사(開場詞)였다. 그러기에 초기 ≪삼국지연의≫판본에는 보이지 않다가 청대 모종강 부자 비평의 120회본 ≪삼국지연의≫에 삽입되면서 알려지기 시작하였다. 근래 TV드라마에서 ≪삼국연의≫의 주제곡으로 나오면서 더욱 유명해졌다.

* ≪삼국지(三國志)≫와 ≪삼국지연의(三國志演義)≫

≪삼국지(三國志)≫와 ≪삼국지연의(三國志演義)≫의 차이점은 무엇일까?

한마디로 단언하자면 사실과 허구의 차이일 것이다. 사실 ≪삼국지≫는 위진남북조 시기 특히 진(晉)나라의 진수(陳壽)가 쓴 역사서적을 의미하며, ≪삼국지연의≫는 명나라 초기의 문인 나관중(羅貫中)에 의하여 편찬된 중국고전통속소설을 의미한다. 그러기에 정사 ≪삼국지≫와 소설 ≪삼국지≫는 엄격히 구별된다. 특히 소설 ≪삼국지≫는 ≪삼국 지연의≫ 혹은 ≪삼국연의≫로 불려져야 함에도 불구하고 우리는 습관상 ≪삼국지≫라 는 이름으로 정착시켜 버렸다.

그러면 연의(演義)란 무엇일까?

연의는 역사적인 사실에 근거하여 그 위에 허구를 부연해 재미있게 꾸며 쓴 소설을 의미한다. 명나라 때에 나관중의 ≪삼국지통속연의≫가 큰 인기를 끌게 되자 속서형태 로 ≪서한연의≫ · ≪동한연의≫ · ≪수당연의≫ · ≪북송연의≫ · ≪남송연의≫등이 출현 하여 일대 연의류 소설의 붐을 이루게 되었다.

연의류 소설은 조선시대 이래 국내에 유입되어 많은 환영을 받았다. 그중에서도 가장 많이 환영을 받은 중국 3대 연의류 소설이 바로 일명 ≪열국지≫라고 부르는 ≪동주열국지 (東周列國志)≫와 ≪초한지≫라고 부르는 ≪서한연의(西漢演義)≫ 그리고 ≪삼국지≫라고 부르는 ≪삼국지연의≫이다. ≪열국지≫는 춘추전국시대를 배경으로 쓴 연의류 소설이 며, ≪초한지≫는 진나라의 흥망성쇠와 한나라의 건국과정을 쓴 소설이고, 또 ≪삼국지≫ 는 후한말기와 위나라를 거쳐 진(晉)나라 건국까지를 묘사한 소설이다.

우리는 왜 ≪열국지≫ · ≪초한지≫ · ≪삼국지≫에 열광하였을까?

이를 이해하기 위해서는 중국학술사의 발전과정에 주목해야 한다. 즉 춘추전국시대는 유가와 도가를 포함한 제자백가의 출현으로 철학사상이 주목을 받았고, 한나라 때에는 사마천의 ≪사기≫와 반고의 ≪한서≫등이 출현하며 사학이 주목을 받았으며, 위진남북 조 시기에는 유협의 ≪문심조룡≫등이 출현하면서 문학이 주목받던 시기이다. 그러기에 이 시기는 중국의 문학 · 사학 · 철학이 각자의 영역에서 학문적 뿌리를 내린 중요한 시기라 할 수 있다.

우리나라에서는 조선개국 이래 문인들 사이에서 유교적 이상국가를 꿈꾸며 특히 중국에 대한 신지식과 학문적 욕구가 강하게 일어났다. 이러한 시기에 딱딱한 경서나 역사 및 철학서적 보다는 흥미로운 연의류 소설을 통하여 중국의 역사 및 신지식 그리고 각종 학문을 쉽게 습득할 수 있었다. 그중 3대 연의류 소설은 조선중기에 유입되기 시작하여 특히 임진왜란을 전후해서는 급속히 전파되며 독자의 각별한 애호를 받은 것으로 추정된다.

중국인들은 "사대기서"라든가 혹은 "육대기서"라든가 하면서 일정한 틀에 집어넣어 서열화하기를 좋아한다. 사실 사대기서라는 말은 명대 작가 이어(李漁)의 문장 중에 풍몽룡(馮夢龍)이 언급한 "사대기서론"을 재인용하면서 처음 등장한다. 그는 "명대 사대기서"라는 말을 쓰며 《삼국지연의》·《수호전》·《서유기》·《금병매》를 꼽았다. 근래에 일부학자들은 명대라는 말을 빼고 "중국 사대기서"라는 이름으로 《삼국지연의》·《수호전》·《서유기》·《홍루몽》을 꼽기도 한다. 또 일부 학자들은 "중국 육대기서"라는 이름으로 《삼국지연의》·《수호전》·《서유기》·《금병매》·《홍루몽》·《유림외사》를 일컫기도 한다.

또 중국고전소설을 자연에 비유하여 소설의 이미지를 상징화하기도 한다. 즉 《삼국지연의(三國志演義)》는 강이요, 《수호전(水滸傳)》는 호수요, 《서유기(西遊記)》는 구름이요, 《금병매(金甁梅)》는 누각이요, 《홍루몽(紅樓夢)》은 바다이다. 물론 그중에서 중국 최고의 고전소설로 《홍루몽》을 으뜸으로 치며 고전의 바다에 비유하기도 한다.

그러나 우리나라에서는 좀 다른 양상을 보인다. 조선시대 이래 지금까지 중국 최고의 고전을 《삼국지연의》로 꼽는데 이의를 제기하는 사람은 없을 것이다. 소설 《삼국지》가 국내에 유입된 것은 고려말기에 《삼국지평화(三國志平話)》가 처음 유입되었고, 나관중 편찬의 《삼국지통속연의》는 조선시대 대략 1500년대 초·중기로 추정된다. 이때 유입되어 문인들 사이에서 크게 유통되었던 사실이 《선조실록》에도 나온다. 또 이 책은 1560년대 초·중기에 《삼국지통속연의》라는 이름으로 출간되었는데 금속활자로 출간되어 더욱 학계의 주목을 받기도 하였다. 이 책은 그 후 17세기와 18세기에도 주왈교본 《新刊校正古本大字音釋三國志傳通俗演義》와 김성탄원평, 모종강평점의 《사대기서 제일종(四大奇書第一種)≫(일명 : 貫華堂第一才子書)이 출판되어 현재 국내도서관에 광범위하게 분포되어 있다. 그 후 대략 1800년대 중기로 들어와 번역 및 번안 출판된 방각본(경판본·완판본·안성판본)이 출현하여 폭넓은 독자층을 형성하였다.

이처럼 소설 ≪삼국지≫는 조선시대 이래 최고의 베스트셀러로 각광을 받으며 저변을 확대하였다. 동 시대에 유입된 ≪수호전≫보다도 인기를 더 끌었던 이유는 ≪수호전≫이 역모를 꾀하는 반정부적인 소설인데 반해 ≪삼국지≫는 충효와 인의를 강조하는 소설이기에 당시의 지배층과 이해타산이 서로 들어맞았고, 또 임진왜란과 병자호란 이후 영웅의 출현을 갈망하는 시대적 요구에 부합되면서 더욱 인기를 누리며 지금까지도 우리 고전소설의 일부로 정착하게 되었던 것이다.

소설 ≪삼국지≫에는 우리가 배워야할 삶의 지혜와 처세술 그리고 재미있는 고사성어들과 명언명구가 많이 담겨져 있다. 또 "≪삼국지≫를 세 번 이상 읽은 사람과는 논쟁을 하지 마라!" 혹은 "≪삼국지≫를 읽지 않은 사람과는 상종도 하지마라."라는 속담도 있다. 이는 ≪삼국지≫의 가치를 평가하는 것으로 꼭 한번은 읽어야할 필독서임을 강조하는 말일 것이다.

그 외 ≪삼국지≫에 대한 역설적인 표현도 있다. 옛말에 "소부독수호, 노불간삼국,(小不讀水滸, 老不看三國)"이라는 말이 있다. 이 말의 의미는 "어릴 때 ≪수호전≫을 읽게 해서는 안 되고, 늙어서 ≪삼국지≫를 보아서는 안 된다."는 뜻으로 이는 인성이 아직 완성되지 못한 젊은 나이에 ≪수호전≫을 읽으면 젊은 혈기가 솟구쳐 역심을 품을 수 있으며, 또 늙어서 평온한 여생을 보내야 할 말년에 ≪삼국지≫를 읽으면 공연한 영웅심리가 되살아나 경거망동으로 인생을 망치기 쉽다는데서 기인된 말로 일종의 경계를 삼기위해 전해져 내려오는 말이다.

그러면 우리는 왜 ≪삼국지≫를 읽어야 하는가?

소설 ≪삼국지≫는 기발한 발상과 지혜 및 흥미로움이 곳곳에 숨어있어 독자로 하여금 손에서 책을 뗄 수 없는 매력을 가지고 있다. 즉 조조는 엄동설한에 상대의 성벽을 넘기 위해 성벽 옆에 모래를 쌓고 그 위에 물을 뿌리니, 이것이 얼어붙어 성벽만큼이나 높은 모래성이 만들어졌다. 결국 그는 손쉽게 성벽을 넘어 적군을 제압했다는 기발한 이야기가 나오는가 하면, 또 제갈공명이 화살을 얻기 위해 한밤중에 배에다 지푸라기를 가득 싣고 강을 따라 적진 깊숙한 곳으로 침투하니 위나라 군대는 크게 놀라 그 배를 향해 수십만의 화살을 쏘아대는 바람에 하룻밤 사이에 십만 여개의 화살을 손쉽게 얻을 수 있었다는 이야기는 그 기발함과 기상천외한 발상이 독자로 하여금 소설 ≪삼국지≫의 매력에 깊게 빠져들게 하였고 또 오랫동안 독자의 사랑을 받아온 원동력이 되었다.

≪삼국지≫에는 인간의 생사고락과 부귀영화 및 삶의 철학이 녹아있는 소설이다. 즉이 책은 삶과 지혜를 가르치는 인생의 교과서라고 평가할 수 있다. 특히 삶에 대한 수많은 교훈과 지혜가 있으며 또 세상을 바라보는 넓은 시야와 처세술 및 통솔력 그리고 인간관계 및 경영관리 등이 함축되어 녹아있다. 그러기에 인문학 필독서 100선에도 늘 빠짐없이 선정되는 연유도 여기에 있다.

필자 또한 이 책을 청소년들에게 적극 추천하는 이유도, 이 책은 언변과 논리력을 배양할 수 있는 가장 적합한 책이며, 또 사회진출에 앞서 한번쯤은 읽어야할 처세술의 필독서이기 때문이다.

* 사실과 허구(어디까지 사실이고 어디까지 허구인가?)

소설 ≪삼국지≫는 후한 말 황건적의 난 부터 시작하여 위·오·촉한의 삼국정립을 거쳐 서진(西晉)으로 통일되기 까지 대략 80여 년간의 흥망사를 기록한 역사소설이다. 역사소설이라고는 하지만 그렇다고 역사적 사실에 근거하여 충실하게 기술하지는 않았다. 그러기에 청대의 문인 장학성(章學成)은 "이 작품 중 7할은 사실이고 3할은 허구여서 보는 사람을 어지럽게 한다."라고 지적하였는데 이것이 바로 "칠실삼허론(七實三虛論)"이다. 그러나 엄밀히 따지면 허구가 4할에 가깝다.

일반적으로 나관중의 저작으로 알려진 ≪삼국지연의≫는 나관중 한 사람의 창작으로만 볼 수 없다. 이미 위진남북조와 당나라 때부터 삼국의 이야기가 야담(野談)으로 전해진 기록을 볼 수 있으며, 송대에는 당시 설강인(說講人 혹은 說話人)들의 이야기 대본으로 사용되었던 화본(話本) 가운데에 삼국의 이야기가 들어있다.

송대에 유행하였던 설강인이란?

직업적으로 행하여졌던 전문적인 이야기꾼으로 이들이 설강하였던 이야기 줄거리를 간추려 놓은 이야기 노트가 곧 화본인데, 이것이 바로 화본소설(話本小說)의 기원이기도 하다. 화본소설은 독자가 읽는 소설이 아니라 듣는 소설로 이야기꾼이 돈을 받고 강독을 한데서 유래한다. 그 후 원대에는 화본소설에서 평화소설(平話小說)로 한 단계 발전하였고, 또 명대에는 인쇄술의 발달과 독자의 수요가 상승작용을 이루면서 장회소설(章回小說)로 발전하였다. 이것이 바로 우리가 읽는 중국의 장회소설이며 현재 중국통속소설의 기원인 것이다.

다른 통속소설의 발전과정처럼 ≪삼국지연의≫도 처음에는 설강인의 이야기로 구전되어 내려왔는데, 특히 송나라 때 곽사구(霍四究)의 ≪설삼분(說三分)≫이 유명하고, 또 송나라 인종 때에는 삼국의 이야기를 연극으로 공연하는 ≪피영희(皮影戲)≫가 있었다. 종사성(鍾嗣成)의 〈녹귀부(錄鬼簿)〉에 의하면 금나라와 원나라 때 희곡으로 개작하여 공연된 것만도 30-40종이나 된다고 한다. 또 원 지치(至治)년간(1321-1323년)에 건안우씨(建安虞氏)가 간행한 〈전상삼국지평화(全相三國志平話)〉라는 책이 있었는데, 이 책은 상·중·하 세권으로 위에는 그림이 아래에는 문장으로 (上圖下文) 구성된 ≪삼국지연의≫의 전신이라 할 수 있는 책이 있었다.

이상의 자료에서 알 수 있듯이 ≪삼국지연의≫는 진수의 ≪삼국지≫와 배송지의 주(注)에서 인용한 야사와 잡기 및 희곡 그리고 화본과 평화본 등을 취하여 나관중이 새롭게 편찬하여 간행한 ≪삼국지통속연의≫가 최초 판본이다. 현존하는 ≪삼국지연의≫의 최초 판본은 가정원년(嘉靖元年, 1522년)에 출판된 ≪삼국지통속연의≫라는 책으로 총 24권 240則으로 되어있다. 그 후 주왈교본(240則)을 거쳐 명말 이탁오(李卓吾)는 나관중본 240則을 다시 120회로 재정리하였다. 또 청대 모종강(毛宗崗) 부자는 작품전체에 대해 오류수정과 윤색을 가하였을 뿐만 아니라, 작품의 치밀성과 예술성까지도 크게 향상시켜 놓았다. 그렇다고 이탁오본과 모종강본의 작품전체를 마구 개작하여 다시 쓴 것은 아니다. 주로 나관중본을 위주로 그리 심하지 않은 정도에서 부분적으로 첨삭이 이루어졌을 뿐이다. 이처럼 ≪삼국지연의≫는 후대에 이탁오와 모종강 부자 같은 대 문장가들이 등장하여 첨삭을 가했기 때문에 더욱 내용이 충실하고 구성이 짜임새 있는 소설로 탈바꿈할 수 있었다. 현재에는 오직 모종강 부자의 모본(毛本)만이 널리 통행하였는데,

우리가 읽고 있는 ≪삼국지연의≫가 바로 이 판본인 것이다.

〈그림 1〉 원 지치(至治)년간(1321-1323년)에 건안우씨가 간행한 ≪전상삼국지평화≫

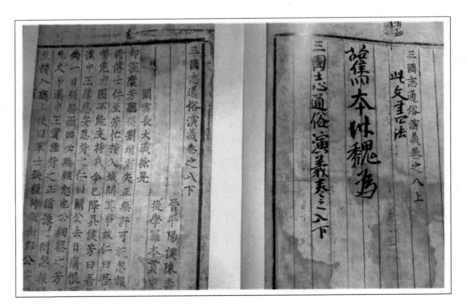

〈그림 2〉 1560년대 초·중기에 조선 금속활자로 출간된 ≪삼국지통속연의≫

나관중은 어떤 인물인가?

나관중에 대한 기록은 의외로 적어 잘 알려져 있지 않고 있다. 그러기에 지금도 그의 본적, 시대, 이름 등에 많은 이설을 가지고 있다. 일반적으로 나관중은 명말청초 사람으로 자(字)가 관중(貫中)이고 호(號)는 호해산인(湖海散人)이다. 그의 본적에 대한 논란은 아직도 이론이 분분하다. 그의 고향이 산동성 동원이라는 설(東原說/지금의 동평)과 산서성 태원지방 이라는 설(太原說) 그리고 항주라는 설(錢塘說)등이 있다. 지금도 이에 대한 학회를 따로 할 정도로 의견대립이 심하다. 필자도 중국에서 개최되는 국제학술대회에 다녀 보았지만 대략 나관중 부모는 태원인으로 보이며 나관중이 태어나기 직전이나 혹은 태어난 직후 산동성 동평으로 이주한 것으로 보인다. 동원에서 쭉 유년 시절을 보내다가 성인이 되어서는 항주 전당으로 거취를 옮겨 문학 활동을 한 것으로 추정된다.

나관중의 젊은 시절은 원말명초의 시기로 그는 반원운동(反元運動)에도 참가하는 등 왕성한 정치적 야망을 가지고 있었던 것으로 전해진다. 그러나 그는 정치적으로 된서리를 맞은 듯하다. 그래서 명나라가 건립된 후에는 갑자기 정치생활을 청산하고 소설과 희곡의 창작에 전념하기 시작한다. 말년에 그는 많은 사람들과 잘 어울리지는 못했지만 통속문학에는 대단한 열정을 가지고 있었다. 그의 작품으로 전해지는 소설로는 ≪수당양조지전(隋唐兩朝志傳)≫과 ≪잔당오대사연의(殘唐五代史演義)≫ 및 ≪삼수평요전(三遂平妖傳)≫등이 있고 잡극(雜劇)으로는 ≪풍운회(風雲會)≫와 ≪비호자(蜚虎子)≫등이 있다. 또한 ≪수호전(水滸傳)≫에도 깊숙하게 관여 하였던 것으로 전해진다. ≪수호전≫의 경우 시내암과 나관중의 공동 창작설이 현재는 대세를 이루고 있다.

≪삼국지연의≫가 나관중에 의해 단지 재편성되었다고 하여 나관중을 경시할 수는 없다. 나관중의 탁월한 문장력이 있었기에 연의체 소설(演義體小說)이란 새로운 소설양식이 만들어졌고, 또 그가 있었기에 오늘날 ≪삼국지연의≫가 중국 4대기서중의 하나로 우뚝 설 수가 있었던 것이기에 그의 공로는 결코 무시되어서는 안 된다. 나관중이야 말로 중국의 위대한 소설가로 재평가 되어야 한다.

어디까지 사실이고 어디까지 허구인가?

소설에서 사실과 허구를 논한다는 그 자체가 웃기는 일이다. 왜냐하면 소설 그 자체가 허구이기 때문이다. 그렇지만 정사 ≪삼국지≫와 소설 ≪삼국지≫의 구분은 명확해야 한다. 왜냐하면 소설 ≪삼국지≫가 나온 이래 수백 년 동안 ≪삼국지≫는 정사와 소설 사이에서 그 정체성을 불분명하였기 때문이다. 즉 역사가 소설이 되고, 소설이 역사가 되는 태도를 취해왔던 것이다. 이러한 문제는 심지어 역사의 왜곡으로까지 이어지는 현상을 초래하였다. 지금도 ≪삼국지≫관련 유적지를 가보면 "역사적 유적"과 "소설적 유적"이 마구 뒤엉키어 결국에는 소설이 역사가 되는 현장을 쉽게 발견할 수 있다. 더 심각한 것은 이러한 사실을 여과시키지 않고 그대로 받아들인다는 데에 문제의 심각성이 더 크다. 이러한 현상은 조선시대에도 논란의 대상이 되었다. 일부 문인들은 소설 ≪삼국지≫가 역사를 왜곡시킨다고 질타를 하며, "소설 폐지론"에 "수입 금지론"까지 들고 나왔다.

다음은 소설 ≪삼국지≫가 정사 ≪삼국지≫와는 다르게 허구화 시킨 부분을 큰 사건 위주로 간추려 보았다.

1) 도원결의 부분은 허구이다.
2) 안희현의 벼슬을 할 때 탐관오리를 매질한 것은 장비가 아니라 유비이다.
3) 동탁 타도를 외치며 펼친 호뢰관 전투에서 화웅의 목을 벤 장수는 관우가 아니라 손견이다. 또 호뢰관에서 여포와 유비 삼형제의 싸움도 허구이다.
4) 조조가 아버지 친구인 여백사와 가족을 죽이는 부분은 허구이다
5) 미인계를 쓴 초선의 이야기는 허구이다.
6) 관우가 조조에게 투항하는 부분과 오관육참장은 상당부분이 허구와 조작이다.
7) 박망파 전투는 제갈량의 전공이 아니라 유비의 전공이다.
8) 신야의 전투는 허구이다.
9) 공명이 적벽대전의 필요성을 설득하기 위해 오나라 신하들과 벌인 "설전군유"는 허구이다.
10) 적벽대전은 대부분이 허구이다. 국지전만 있었지 전면전은 없었다.
11) 적벽대전에서 동남풍을 불러오는 내용이나 "초선차전(草船借箭)"도 허구이다.
12) 화용도에서 조조는 관우에게 목숨을 구걸한 사건은 허구이다.
13) 관우와 황충의 진검승부는 허구이다.
14) 유비가 죽자 손부인도 따라 죽었다는 것은 허구이다.

15) 방통은 낙봉파에서 매복군의 화살에 죽은 것은 사실이 아니다.

16) 한중전투를 지휘한 것은 법정이지 제갈량이 아니다.

17) 관우의 독화살을 화타가 치료하지 않았다.

18) 조조가 죽으며 자신의 무덤이 파헤칠 것을 두려워해 72개의 무덤을 만들었다는 것도 허구이다.

19) 제갈량이 맹획을 "칠종칠금(七縱七擒)"했다는 것도 허구이다.

20) 강유가 촉한에 귀순한 과정은 사실과 다르다.

21) 제갈량의 공성계(空城計)는 실제와는 차이가 있다.

22) 제갈량의 육출기산도 사실과 다르다.

23) 강유의 구벌중원(九伐中原)도 허구가 상당부분 가미 되었다.

대략 간추려 뽑은 허구적 부분만도 이렇게 많다. 그 외 소개되지 않은 부분까지 합치면 허구는 3할이 넘는다. 허구화 시킨 부분을 살펴보면 크게는 세 부분으로 나뉜다. 즉 옹유폄조(擁劉貶曹 혹은 擁劉反曹라고도 한다)에 근거하여 유비의 선(善)을 강조하고 조조의 악(惡)을 부각시킨 부분과 제갈량과 관우 및 장비를 부각시키기 위해 허구적 사실을 첨가하였거나 또 역사적 사실을 왜곡하여 조작을 한 부분들이다.

우리는 이러한 점을 감안하여 작품을 감상을 해야 한다. 즉 소설은 소설일 뿐 역사가 아니다. 그러기에 역사는 역사적 관점에서 접근해야 하며, 문학은 문학적 관점에서 접근해야 한다. 또한 소설은 저자의 의도에 충실해야하지 함부로 저자의 의도를 왜곡시켜서도 안 되는 것이다.

* 수혜자와 피해자

소설 ≪삼국지≫의 예술적 성과를 평가하자면 가장 성공적인 부분이 바로 전형적인 인물형상의 부각에 있다고 할 수 있다. 이 책에는 약 400여 명의 인물이 등장하고 있는데 그 중 중요인물만도 300여 명이나 된다. 인물묘사에 있어서는 인애의 상징으로 유비를, 의리의 상징으로 관우를, 용맹의 상징으로 장비를, 지략과 지모의 상징으로 제갈공명을, 또 간웅의 상징으로 조조를 크게 부각시키고 있다. 그 외에도 갖가지 인물의 형상과 개성을 창출하여 생동감 있고 박진감 넘치는 소설로 만들어 냈다. 그러나 이러한 인물묘사가 모두 성공적인 것만은 아니다. 유비를 너무 중후한 인물로 표현하다보니까 위군자(僞君子)가 되어 버렸고, 제갈공명은 지략지모가 지나쳐 요괴에 가깝게 묘사된 것은 이 작품의 "옥의 티"라 할 수 있다.

　　고전소설을 분석하다보면 선(善)과 악(惡)이라는 이분법의 틀에서 벗어나지 못하는 경우가 비일비재하다. 꼭 이러한 이분법의 틀이 나쁘다고는 볼 수 없지만 문학성을 다소 떨어트리는 것만큼은 확실하다. 또 이러한 이분법이 일반 소설의 경우에는 별 문제가 없으나 역사소설의 경우에는 많은 문제점을 야기 시킨다. 즉 ≪흥부와 놀부전≫의 놀부가 악행을 저지른다고 해서 놀부의 캐릭터에 큰 손상을 입히지는 않지만, 역사소설 ≪성웅 이순신≫의 경우에 있어서는 이순신을 더 부각시키기 위해서 원균이 간신이 되어야 하는 구조적 모순에 빠진다. 결국 원균은 실제의 이미지 보다 더 많은 악(惡)의 이미지를 뒤집어 써야하는 피해자가 되고 만다.

　　소설 ≪삼국지≫에서도 소설의 통한 득실관계가 너무 뚜렷하게 드러난다. 수혜자는 후대에 스타탄생으로 거듭 명예를 드높이지만 피해자는 역사에 크나 큰 불명예를 뒤집어쓰게 된다. 다시 말해 소설 ≪삼국지≫에서의 최대 수혜는 유비·관우·장비·제갈량·조자룡·강유 등으로 주로 촉한의 인물들이다. 그러나 피해자로는 위나라의 조조와 사마의, 오나라의 주유와 노숙 등을 꼽을 수 있다. 즉 유비를 부각시키기 위하여 조조를 희생시킬 수밖에 없었고, 제갈량을 스타로 만들기 위해서는 주유·노숙·사마의 까지 희생양이 되어야 했던 것이다. 그러기에 역사소설에서의 이분법적 대립구조는 수많은 피해자를 만들어 낸다. 그러나 역사소설이라고 해서 모두 피해자가 나오는 것은 아니다. 포청천으로 잘 알려진 ≪포공연의≫의 경우 선과 악의 대립구조임에도 불구하고 피해자는 나오지 않고 오직 포청천이 최대 수혜자로 부각되는 경우도 있다.

　　소설 ≪삼국지≫를 통하여 가장 억울한 누명을 뒤집어 쓴 사람은 바로 조조(曹操)이다. 사실 역사적 사실에 비추어보면 조조는 비록 비겁하거나 간사한 일면이 없지 않으나 강력한 카리스마를 지닌 유능한 인물이었다. 당시 위·오·촉나라 가운데서 위나라가 가장 경제적·정치적으로 안정되었는데 이는 바로 조조의 치적이었다. 또 중국문학사에서 조씨 삼부자는 뺄 수 없는 중요한 인물이기도하다. 조씨 삼부자란 조조와 조조의 아들 조비와 조식을 지칭한다. 조조가 권력을 장악했던 시기에는 시가문학이 크게 발전하는데 이것을 "건안문학(建安文學)"이라고 한다. 건안문학은 중국문학사상 최초로 문단을 형성하고 본격적인 문학 활동을 하였던 시기로 중국문학사에서 중요한 의미를 내포하고 있다. 건안문학을 주도한 문인들을 "건안칠자"라고 하는데 공융, 왕찬, 유정, 완우, 서간, 진림, 응양 등이 문단을 주도하였다. 또 중국시가 가운데 오언시의 형식이 크게 발전하였던 시기이기도 하다.

조조의 아들 조비(曹丕)는 중국 최초 문학전문비평서인 ≪전론(典論)≫을 저술한 인물이다. 현재 ≪전론(典論)≫은 전하지 않고 일부분인 〈논문(論文)〉만 전해지고 있다. 〈논문(論文)〉은 비록 600여 자에 불과 하지만, 내용은 상당히 광범위하여 문학불후론(文學不朽論), 감상론, 비평론, 문체론, 문기론(文氣論) 등에 걸쳐 이론을 전개하고 있다. 또 "논문"이라는 어휘도 여기에서 기원하였다.

그리고 조비의 동생 조식(曹植)은 문학적 재능이 뛰어난 인물이었다. 그러기에 조조는 후계자로 총명한 조식을 마음에 두고 있었다고 한다. 태자책봉 문제로 형 조비가 마음고생을 많이 하였음은 짐작하고도 남음이 있다. 조조가 죽고 조비가 왕위에 오르자 조비는 보복을 생각하며 조식을 불러 일곱 발짝 걸음을 떼기 전에 시를 지어보라고 협박하였다. 여기에서 유래된 시가 바로 유명한 칠보시(七步詩)이다.

칠보시(七步詩)

煮豆燃豆萁 [자두연두기]　　　콩 깍지를 태워 콩을 삶는데,
豆在釜中泣 [두재부중읍]　　　콩은 솥 가운데서 슬피 우는구나.
本是同根生 [본시동근생]　　　본래가 한 뿌리에서 나왔건만,
相煎何太急 [상전하태급]　　　어찌 이다지도 급히 볶아대는가.

이 시를 들은 조비는 결국 조식을 죽이지 못하고 낙향시켜 유배하는 것으로 끝내고 말았다는 일화가 있다. 이렇듯 조씨 삼부자는 당시 문단을 주도하였던 인물로 정치경제 및 문학에서 문명을 떨치던 인물이었으나 소설 ≪삼국지≫로 인해, 특히 유비를 부각시키기 위해 모든 불명예를 뒤집어 쓸 수밖에 없었다.

〈그림 3〉 조비가 동생 조식에게 칠보시를 지으라고 핍박하다

그 외 억울한 누명을 호소하는 또 다른 인물이 바로 오나라의 주유와 노숙이다. 왜냐
하면 그들도 "제갈량의 스타 만들기"에 희생된 인물이기 때문이다. 실질적으로 오나라를
반석에 올려놓은 인물이 주유이며, 적벽대전을 승리로 이끈 주역도 주유이다. 이러한 주
유가 소설에서는 제갈량 보다는 한수 아래의 인물로 왜곡되고 있다. 또 노숙도 마찬가지
이다. 노숙은 외교전문가로 천하삼분론을 주창하였던 인물로 오나라의 걸출한 참모중의
참모였다. 그러나 제갈량을 부각시키기 위해 다소 아둔한 인물과 지략이 부족한 인물로
묘사되고 있다.

* 역사의 정통론과 문학의 정통론

정사 ≪삼국지≫는 진(晉)나라의 학자 진수(陳壽 : 233-297년)가 편찬한 것으로, ≪사기(史記)≫·≪한서(漢書)≫·≪후한서(後漢書)≫와 함께 중국 4대 역사서로 불린다. 이 책은 정사인 25사 중의 하나로, 위·촉한·오 삼국 정립시기인 60년 동안의 역사를 기술한 역사서이다. 정사 ≪삼국지≫는 ≪위서≫(魏書)30권, ≪촉서≫(蜀書)15권, ≪오서≫(吳書)20권 등 총 65권으로 되어 있으며 표(表)나 지(志)는 포함되지 않았다. 진수는 위나라를 정통 왕조로 보았기 때문에 ≪위서≫에만 〈제기(帝紀)〉를 만들어 수록하였고, ≪촉서≫와 ≪오서≫에는 〈열전(列傳)〉으로 대체하였다. 이것이 후세의 역사가들에게 많은 비판의 대상이 되었다.

그러나 진수의 생애를 살펴보면 충분히 이해가 된다. 진수는 처음에 촉한에서 벼슬을 하다가 촉한이 멸망하자, 위나라의 뒤를 이은 진나라로 가서 저작랑이란 벼슬을 하게 된다. 그러기에 자연히 위나라의 역사와 진나라의 역사를 중요시한 것으로 사료된다. 이러한 그의 역사관으로 인하여 후대에 촉한을 정통으로 하는 사서가 나타나기도 하였다. 그러나 진수가 찬술한 ≪삼국지≫는 내용이 매우 근엄하고 간결하여 정사 중의 명저로 꼽힌다. 다만 내용의 묘사가 간략하고 인용한 사료도 부족하여 누락된 부분이 많이 발견되기에 남북조(南北朝)시대의 송(宋)의 문제는 429년에 배송지(裴松之, 372-451년)에게 다시 어명을 내려 각주를 달게 하였다.

정사 ≪삼국지≫에 합각되어 있는 배송지 주가 바로 이것인데, 배송지 주의 특징은 본문의 이야기를 주해하기보다는 누락된 사실을 보충하여 수록하는 데 주안점을 둔 특징을 가지고 있다. 여기에 인용된 내용은 당시의 사실을 고증하는 데 매우 귀중한 사료가 되고 있다.

이처럼 중국역사에 있어서 처음으로 정통론이 제기된 것은 바로 진수의 정사 ≪삼국지≫에서 시작된다. 즉 삼국 가운데 위나라를 정통으로 보고 촉한과 오나라를 한 단계 아래로 설정하여 기술하였는데, 이는 소설 ≪삼국지≫에서 유비를 한나라의 정통으로 삼아 묘사한 것과는 정반대를 이루고 있어 후대에 많은 논란을 불러 일으켰다. 소설 ≪삼국지≫가 촉한을 정통으로 삼은 근거는 동진(東晉)의 습착치(習鑿齒)가 지은 편년체 역사책 ≪한진춘추(漢晉春秋)≫와 이 관점을 계승한 남송의 주희(朱熹)가 지은 ≪통감강목

(通鑑綱目)≫의 힘이 크다.

　이처럼 정사 ≪삼국지≫와 소설 ≪삼국지≫간의 정통론 시비는 더 많은 문제점을 야기시키는 결과를 초래하였다. 즉 유비를 정통으로 놓고 조조를 교활하고 간사한 통치자로 왜곡시킨 데에 더 큰 문제점이 있었다. 사실 역사적 사실에 비추어 볼 때 조조는 걸출한 정치가이고, 지략이 뛰어난 군사전문가였으며, 출중한 문학가였음에도 불구하고 교활한 간웅으로 이천여 년 동안 누명을 쓰고 말았다. 최근에서야 그에 대한 재평가가 이루어지고 있어 다소나마 누명(?)을 벗을 수 있었지만 아직도 인구에 회자되는 조조의 이미지는 회복되기 어려운 실정이다.

　이렇게 역사적 누명을 쓴 조조와 주유 및 노숙의 문제보다도 더 큰 문제는 소설로 인한 역사의 왜곡현상이다. 소설이 소설로 끝나는 것이 아니라 소설이 역사가 된다는 점이다. 특히 중국의 ≪삼국지≫관련 유적지를 답사해 보면 소설적 사건이 어느새 역사적 사실로 둔갑하여 전시되고 있으며, 또 수많은 사람들은 그것을 역사의 일부로 믿고 받아들여지고 있다는 점이 놀라울 뿐이다.

* 소설 ≪삼국지≫의 구성

소설 ≪삼국지≫의 구성을 대략 여덟 부분으로 나누어진다.

1. **도원결의편(제1회 - 제7회)** : 유비 · 관우 · 장비는 도원결의를 통해 황건적과 십상시의 난으로 이어지는 어지러운 정국을 타개하고자하나 역적 동탁이 정국을 장악하면서 조정은 더 혼란에 빠진다.

2. **영웅본색편(제8회 - 제34회)** : 미인계로 동탁을 제거하나, 어지러운 국면을 틈타 조조는 관도대전에서 원소를 무찌르고 북방의 실권자로 등장한다. 또 전국은 영웅호걸들이 세력을 넓히는 각축장으로 변한다.

3. **삼고초려편(제35회 - 제42회)** : 유비는 삼고초려 끝에 제갈량을 책사로 삼는데 성공하나 조조의 침략으로 기반마저 잃고 피난길에 오른다.

4. **적벽대전편(제43회 - 제50회)** : 조조의 추격에 궁지에 몰린 유비와 제갈량은 오나라의 주유와 연합하여 적벽대전에서 조조의 군대를 대파하는 승리를 거둔다.

5. **삼국정립편(제51회 - 제73회)** : 형주를 얻은 유비는 익주까지 영역을 확대하여 천하는 결국 조조의 위나라, 유비의 촉한, 손권의 오나라로 재편된다.

6. **회자정리편(제74회 - 제85회)** : 관우의 죽음에 이성을 잃은 유비는 무모한 이릉대전을 일으키다 결국 크게 패배하고 또 목숨까지 잃게 된다.

7. **출사표편(제86회 - 제104회)** : 후사를 부탁받은 제갈량은 우선 남방의 맹획을 칠종칠금으로 평정한 후, 출사표를 내고 육출기산하며 분전하나 과로로 병사한다.

8. **인생무상편(제105회 - 제120회)** : 제갈량의 유업을 강유가 이어 구벌중원하나 대업을 이루지 못하고 위나라에 항복한다. 또 위나라와 오나라도 진나라에 항복하며 결국 천하는 진나라의 사마염이 통일을 시키며 삼국시대는 종말을 고한다.

상식 한 마당 1

* 중국의 역사

역사는 크게 선사시대와 역사시대로 분류된다. 선사시대(先史時代)란 기록으로 남아 있지 않은 역사를 말한다. 즉 인류가 처음 출현하여 글자를 만들고 역사를 기록하기 직전까지를 말하며, 역사시대(歷史時代)란 문자로 기록되어 문헌상으로 그 내용을 알 수 있는 시기를 말한다. 일반적으로 갑골문이 발견된 은(殷)나라부터 역사시대로 보는 견해가 지배적인데 최근 중국에서는 하(夏)나라로 역사시대를 앞당기는 추세이다.

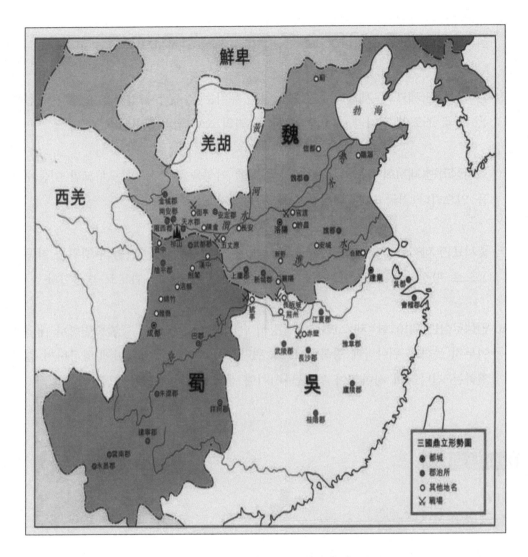

〈그림 4〉 서기 3세기 경 중국의 전도(위/촉/오)

* 중국의 역사 연대표

* 삼황오제(三皇五帝)시대 :

　　　　삼황 : 복희씨(伏羲氏)·신농씨(神農氏)·여와씨(女媧氏)

　　　　오제 : 황제(黃帝)·전욱(顓頊)·제곡(帝嚳)·제요(帝堯)·제순(帝舜)

* 하(夏)나라 : BC 2070년 - BC 1600년. 우왕이 건립

* 상(商)나라 : BC 1600년 - BC 1046년. 은(殷)나라 라고도 함. 탕왕이 건립

* 주(周)나라 : 서주(西周)시대 BC 1046년 - BC 771년. 문왕이 건립

　　　　　동주(東周)시대 : 춘추(春秋)시대 BC 770년 - BC 477년

　　　　　　　　　　　　: 전국(戰國)시대 BC 476년 - BC 221년

* 진(秦)나라 : BC 221년 - BC 206년. 진시황 건립

* 한(漢)나라 : 서한(西漢)시대 : BC 206년 - 서기 23년. 유방이 건립

　　　　　신(新)나라 : 서기 8년 - 서기 23년. 왕망이 건립

　　　　　동한(東漢)시대 : 서기 25년 - 서기 220년. 광무제가 재건함

* 위진남북조 시대 : 221년 - 589년

※ 삼국시대 위(魏)나라 : 220년 - 265년. 조조 건립

　　　　　촉(蜀)나라 : 221년 - 263년. 유비 건립

　　　　　오(吳)나라 : 222년 - 280년. 손권 건립

※ 진(晉)나라 : 서진(西晉) : 265년 - 316년. 사마염 건립

　　　　　동진(東晉) : 317년 - 420년.

※ 오호십육국(五胡十六國) 시대 : 4세기부터 5세기 초.

흉노(匈奴)·갈(羯)·저(氐) 강(羌)·선비(鮮卑)의 호(五胡)가 세운 열세왕조와 한족(漢族)이 세운 세 왕조. 전조(前趙)·후조(後趙)·전연(前燕)·후연(後燕)·남연(南燕)·북연(北燕)·전진(前秦)·후진(後秦)·서진(西秦)·하(夏)·성한(成漢)·전량(前涼)·후량(後涼)·북량(北涼)·남량(南涼)·서량(西涼)

※ 남북조(南北朝)

남조(南朝)	북조(北朝)
송(宋) 420년 - 479년	북위(北魏) 386년 - 534년
제(濟) 479년 - 502년	동위(東魏) 534년 - 550년
양(梁) 502년 - 557년	북제(北齊) 550년 - 577년
진(陳) 557년 - 589년	서위(西魏) 535년 - 556년
북주(北周) 557년 - 581년	

* 수(隋)나라 : 581년 - 618년. 문제가 건립
* 당(唐)나라 : 618년 - 907년. 고조 이연이 건립
* 오대십국(五代十國) 시대 : 907년 - 960년.
    오대 : 후량 · 후당 · 후진 · 후한 · 후주
    십국 : 오월 · 민 · 형남 · 초 · 오 · 남당 · 남한 · 북한 · 전촉 · 후촉
* 송(宋)나라 : 북송(北宋)시대 960년 - 1127년. 조광윤이 건립
          남송(南宋)시대 1127년 - 1279년.
* 원(元)나라 : 1271년 - 1368년. 징기스칸이 건립
* 명(明)나라 : 1368년 - 1644년. 주원장이 건립
* 청(淸)나라 : 1644년 - 1911년. 누르하치가 건립
* 중화민국(中華民國) : 1912년 - 1949년. 손문이 건립
          장개석 국민당 정부 대만천도
* 중국인민공화국(中國人民共和國) : 1949年 10月 1日 成立. 모택동이 건립
          모택동 공산당 정부

第1講

도원결의(桃園結義)편

* 꿈꾸는 자가 천하를 얻는다.

▌소설 배경(제1회 – 제7회)

한나라 말기 외척과 환관으로 인하여 세상이 도탄에 빠지자 "황건적의 난"이 도처에서 일어난다. 이에 놀란 조정에서는 황급히 관군을 파견하나 내란은 쉽게 진압되지 않는다. 이때 전국에서 조조·손견 등 수 많은 영웅들이 나라를 구하고자 의병을 일으키는데 이 때 유비도 관우·장비와 함께 도원에서 결의형제를 맺고 이 대열에 합류하게 된다. 전국 각지 영웅호걸들의 노력으로 황건적의 난이 겨우 수습되자 당시 하진·동탁·조조·원소 등의 야심가들은 정국의 혼란을 틈타 정치적 권력 장악에 혈안이 되고, 또 궁궐에서는 환관들이 "십상시의 난"을 일으키며 발호하게 된다. 이렇게 하여 한나라 정국은 점점 더 혼란국면으로 빠져들게 된다.

"황건적의 난"과 "십상시의 난"이 평정되자 동탁은 이틈을 이용해 권력을 장악하게 된다. 동탁은 황제를 폐위시켜 교체하는 등 그 횡포가 날로 심해지고 민심도 흉흉해진다. 동탁을 암살하려는 음모가 조조에 의하여 처음으로 시도되나 결국 실패하고 도망치게 된다. 조조는 도망치던 중 아버지 친구 여백사의 집에 들르게 되는데, 여기에서 자신의 경솔함과 오해로 여백사의 식솔은 물론 여백사까지 죽이는 실수를 범하게 된다.

동탁제거에 실패하고 도망친 조조는 고향으로 돌아가, 동탁을 토벌하라는 황제의 거짓조서를 꾸미어 전국 각지의 제후들을 끌어 모은다. 초반에는 원소를 토벌군 맹주로 삼고 위세를 크게 떨치나 제후들 간의 내분으로 뜻을 이루지 못한다. 또 우연히 옥새를 얻게 된 손견은 옥새를 숨기고 고향으로 돌아가자 거사의 의미를 잃은 나머지 제후들도 뿔뿔이 흩어진다.

고향으로 돌아온 손견은 원수를 갚으려 유표와 싸우다 전사하고 아들 손책이 대통을 이어받는다. 또 거듭되는 동탁의 폭정을 참지 못한 군신들 사이에서 동탁을 제거하려는 음모가 또다시 은밀하게 시도된다.

※ 소설 《삼국지》를 이해하려면 먼저 시대적 배경에 대한 이해가 필요하다. 특히 이 책의 앞부분에 나타난 "황건적의 난"과 "십상시의 난"이 무엇이며? 이러한 난은 왜 일어났는지? 그 시대적 배경을 무엇인지? 등등에 대한 이해가 이 소설을 감상하는데 키 포인트이다. 삼국시대가 만들어진 도화선은 이미 한나라 초기 외척이 정치에 개입을 하면서부터 시작되었다. 외척이 권력을 장악하며 득세를 하자 황제는 빼앗긴 권력을 회수하고자 환관과 결탁을 하였고, 또 환관의 발호와 매관매직은 사회질서를 도탄에 빠트리게 되었다. 도탄에 빠진 백성들은 태평도를 통해 새로운 이상세계를 만들고자 "황건적의 난"을 일으키게 된다. 의병에 의해 황건적의 난이 겨우 수습되지만 이번에는 다시 환관들이 "십상시의 난"을 일으키는 바람에 결국 군벌들이 궁궐을 범하는 기회를 제공해 주었다. 그리하여 영웅호걸이 시대를 장악하는 삼국시대의 서막이 열리게 된다.

---

* 외척과 환관이 나라를 말아먹다.

한나라의 멸망원인은 크게 두 가지로 꼽을 수 있다. 하나는 외척세력의 득세이고 또 하나는 환관의 발호이다.

▌한대의 외척문제

어느 시대든 외척의 문제는 존재하여 왔다. 그러나 그 심각성이 가장 두드러진 시대가 바로 한나라였다. 이 외척의 문제는 한나라 건국초기부터 그 폐단이 드러난다. 즉 유방에 의해 건국된 한나라는 후계자의 문제에 심한 몸살을 앓는다. 이는 비단 유방만의 고민은 아니었다. 이는 600여 명이 넘는 역대 중국 제왕들의 고민이기도 하였다. 후계자 선정은 언제나 나라의 존망과 밀접한 관계를 가지고 있기 때문이다. 고조 유방이 죽고 유영(혜제)이 즉위하면서, 유방의 부인 여황후는 황태후로 그 후견을 맡게 된다. 여태후는 당의 측천무후, 청의 서태후와 함께 "중국 삼대 악녀"로 꼽히는 여자이다. 그녀는 중국역사상 최초 정식 황후이며, 중국 최초의 황태후이자 태황태후였다.

후계자를 둘러싼 다툼이 얼마나 뿌리가 깊었던지, 여태후는 세자 승계분쟁의 당사자인 척비의 아들 초왕 유여의를 독살하는가 하면, 척비의 사족과 눈과 귀를 도려내고, 또 그녀를 변소에 내던지게 하고는 "인간 돼지(人彘)"라 부르게 했다는 기록이 역사에 전한다.

그리고는 친정인 여씨 일족을 등용하기 시작하여 급기야 여씨 일족이 중앙의 병권 등 중요한 보직을 장악하게 된다. 결국 여태후가 죽어서야 진평과 주발 등의 공신들이 황족과 협력하여 여씨 일족을 주살하고, 유방의 5남인 유항(문제)을 새로운 황제로 책립하게 된다. 이 사건은 후대에 나쁜 전례를 남기었으며 후유증 또한 심각하였다.

그 다음의 외척발호는 왕망(王莽)의 황제 등극이다. 성제(成帝)는 나라의 정사를 돌보지 않는 무능한 황제였다. 그리하여 조정의 대권은 외척의 손에 서서히 장악되었다. 특히 성제의 어머니인 황태후 동생 왕망은 급기야 황제 자리까지 오르며 나라이름을 신(新)나라로 고치기도 하였다. 후대에 광무제가 나라를 되찾아 후한을 재건하였지만 외척의 득세는 좀처럼 수그러들지 않았다.

이러한 외척득세의 원인제공은 황제의 수명에 있었다. 후한 14명의 황제 가운데 나이 40세를 넘긴 황제는 단 3명에 불과했다. 대부분 20-30대에 죽었으니 후사가 있다고 한들 많아야 10여 세 정도나 10세 미만일 경우가 대부분이다. 심한 경우에는 3살밖에 안된 황제도 있었다. 이러한 상황에서 정치권력은 자연 황제의 어머니인 태후에게로 넘어갈 수밖에 없었다. 또 태후 입장에선 그 권력을 지켜내기 위해서는 가장 믿을 수 있는 사람이 바로 자신의 친정사람들일 수밖에 없었다. 그러기에 외척은 독버섯처럼 자라나 결국에는 나라를 위태롭게 만드는 상황을 반복해서 만들어 내었던 것이다.

동서고금의 역사를 통해서 외척의 득세는 긍정적인 부분보다는 부정적인 부분이 더 많아 보인다. 우리나라의 경우 고려시대나 조선시대를 보아도 그 폐해는 대단하였다. ≪사기≫와 ≪한서≫ 및 ≪자치통감≫을 꿰뚫고 있었던 조선 태종 이방원은 외척의 발호를 막기 위해 자신의 처가 민씨 집안과 아들 세종의 처가 심씨 집안을 일찌감치 도륙을 낸 것도 이러한 연유에서 기인한다.

▌한대의 환관문제

후한말기에 외척의 세력이 득세하며 발호할 때 이에 대응하여 나타난 새로운 세력이 바로 환관의 세력이다. 고대 국가에서 외척과 환관은 뗄 수 없는 함수관계를 갖는다. 때로는 서로 연합하여 권력을 나누기도 하고, 때로는 대치되어 보복의 피를 부르기도 한다.

후한시기의 역대 황제들은 장수를 하지 못하고 요절한 황제가 많았다. 그러기에 어린 세자가 황위에 오르면 주로 어머니가 수렴청정으로 통치를 하며 외척을 끌어들이기 마련이다. 문제는 그 어린 황제가 성인이 되어서 발생한다. 즉 성인이 된 황제가 직접 친정을 하려고 하면 이미 중요한 권력은 외척에게로 넘어갔고 황제는 그저 허수아비인 경우가 많았다. 성인이 된 황제가 이런 폐단을 바로잡고자 하면 기득권의 반발로 번번이 좌절되기 일쑤여서 잃어버린 권력을 회수하기란 쉬운 일이 아니었다. 또 믿을 수 있는 신하도 항상 외척의 눈치를 살피기 급급하기에 진정한 신하는 오직 어린 시절부터 함께한 환관(宦官)들 뿐이었다.

일명 내시(內侍)라고 불리는 이들은 대략 은나라 때부터 존재했다고 전한다. 내시제도는 서양에서도 있었는데 고대 "이집트"에서 그 기록을 발견할 수 있고, 그 후 "앗시리아"에서도 잠시 존재하였다가 사라졌다고 한다. 동양에서는 중국과 한국에만 있었던 제도로 중국의 경우는 청나라 말기(1911년)까지, 우리나라의 경우는 조선말기(1910년)까지 존재했던 독특한 제도이다. 중국의 역사에서 대표적인 환관으로는 진나라 때 지록위마(指鹿爲馬)로 유명한 조고가 있었고 명나라 때 대규모 원정단을 꾸려 동남아는 물론 아프리카까지 원정을 갔었던 정화와 또 황제의 권력과 버금갔던 위충현 등이 있었다. 이렇듯 환관의 등장은 긍정적인 부분도 있었으나 부정적인 부분이 많았다. 환관은 특히 자신의 성적부재로 인한 콤플렉스를 돈과 권력으로 만회하려는 경우가 많았는데 후한 때에 이러한 폐해가 극에 달하였다.

다시 말해 외척들에게 잃어버린 권력을 회수하고자 하는 황제와 이러한 기회를 통하여 돈과 세력을 잡으려는 내시들의 이해관계가 잘 맞아 떨어졌던 것이다. 또 황제의 입장에서는 24시간 함께 붙어있는 내시들과 어떤 일을 은밀히 도모하기가 가장 수월하였다. 당시 외우내환으로 인해 도탄에 빠진 조정에 가장 필요한 것은 금전이었다. 그러나 이러한 돈줄은 외척들이 잡고 있어 궁궐의 정치자금은 늘 핍박하기 이를 때 없었다. 이때 정치적 브로커로 등장한 것이 내시들이다. 즉 황제의 묵인아래 거액의 자금을 받고 매관매직을 하며 황제의 정치자금을 조달하였다. 물론 내시들에게도 일정의 지분은 있었다. 결국 이러한 매관매직은 사회의 붕괴로 이어졌다.

그 후 내시들은 점점 대담해지기 시작하여 자기의 일에 걸림돌이 되는 정치인을 제거하는 일을 하기 시작하였다. 예를 들면 관료들의 부정과 비리를 캐내어 정치적으로 고립시키는 일과 신료간의 이간질이 그들의 주된 업무였다. 또 황제의 입장에서도 신권을 누르고 황권을 강화하는데 일석이조의 효과가 있었기에 내시들을 적절히 이용하였다.

이러다가 결정적인 사건이 터지는데 이것이 곧 "당고(黨錮)의 화(禍)"이다. 이 사건은 후한 10대 황제 환제(桓帝 : 147-167년)가 내시의 힘을 빌려 외척 양기를 살해한데서 시작된다. 이 사건을 계기로 환관은 내정에 직접 간섭하는 계기가 되었고 또 자기의 일족을 지방으로 파견시켜 토지겸병을 행하는 등 횡포가 만연하였다. 한편 당시의 외척이나 호족 및 유생들은 유교주의에 입각하여 환관의 정계진출을 극도로 증오하였기에 환관들과는 극도의 대립구도가 형성되었다.

"당고의 화"는 두 번에 걸쳐 일어났는데 이때 황제는 번번이 환관의 손을 들어 주었다. 그 결과 서기 166년에 200여 명의 외척과 호족 및 관료들이 희생되었다. 서기 168년에는 외척 두무와 진번 등이 환관세력을 일거에 제거하려 하였으나 오히려 환관세력에게 역습을 당하여 이응과 두밀 등 100여 명이 살해되고, 600-700명의 관료들이 금고형에 처해졌다. 두 차례의 탄압으로 문인과 관료들은 크게 동요하였으며, 이틈을 틈타 환관들의 위상은 크게 부각되었다. 그 중에서 수장 장양을 비롯한 10명의 환관들이 세력을 잡았는데 이를 십상시(十常侍)라고 한다. 이렇듯 환관의 정치농락은 경제의 부패로 이어져 결국 백성들은 도탄에 빠지게 되었다. 이러한 경제 파판은 결국 서기 184년에 지방에서 황건적(黃巾賊)의 난이 일어나는 계기가 되었다.

▌황건적의 난(黃巾賊의 난)

"황건적의 난"(서기 184년)은 외부의 적이 침입한 것이 아니고 백성이 일으킨 내란이다. 후한 말기에 태평도(太平道)라는 종교결사의 수령 장각(張角)이 일으킨 농민 반란으로 누런 두건을 착용했다하여 황건적이라 불린다. 이 난의 직접적인 원인은 경제구조와 사회구조의 붕괴에서 찾을 수 있다. 즉 조정에서의 매관매직(賣官賣職)은 사회의 근간을 흔들었다. 거액을 들여 매관매직을 한 관리들은 투자금을 뽑기 위해 가혹한 세금으로 백성을 착취하게 되니 민생경제는 더욱 도탄에 빠질 수밖에 없었다. 견디다 못한 백성들이 "태평도"라는 신흥종교를 통해 후한을 타도하고 새로운 이상 국가를 세우고자 일으킨 거사가 바로 "황건적의 난"이다. 황건적의 난은 결국 후한의 멸망을 재촉하였고 삼국시대가 개막되는 도화선이 되었다.

그들이 외쳤던 구호는:

"창천이사(蒼天已死), 황천당립(黃天當立), 세재갑자(歲在甲子) 천하대길(天下大吉)"
(푸른 하늘이 죽고 누런 하늘이 일어나니, 갑자년에 천하가 크게 길하리라.)

여기에서 "창천"은 후한 왕조를 가리키고 "황천"은 태평도를 가리킨다. 사실 이들이 이상으로 내세웠던 태평도의 기원은 후한 순제(順帝 : 126-144년)때 우길(于吉)이라는 자가 ≪태평청령서(太平淸領書)≫를 저술하였는데, 장각이 우길의 가르침과 민간의 신앙 등을 종합하여 태평도를 주창하고, 스스로 대현량사(大賢良師)라 부르며 한나라를 대신하여 자신이 제위에 오른다고 예언하며 세력을 끌어 모았다.

184년에 전 교단이 일제히 봉기하자, 사태의 심각성에 놀란 조정에서는 황보숭과 노식 장군을 파견하여 진압하려고 하였다. 그러나 영천에서는 황보숭의 군대가 오히려 황건적에 포위되고 만다. 이때 조조(曹操)의 구원병이 그들을 구해준다. 한편 노식의 군대는 하북에서 장각의 군대를 물리쳤지만 환관에게 뇌물을 제공하지 않아 해임되고 동탁(董卓)이 관군의 수장으로 임명된다. 그 후 황건적의 수장인 장각이 병사하고 그의 동생인 장량과 장보가 관군과의 싸움에서 전사하자 황건적은 급격히 쇠퇴하였다. 이 내란의 중심에 있었던 장각의 태평도는 황제(黃帝)와 노자(老子)의 사상을 추앙하는 황로학(黃老學)파의 사상을 기본으로 하고 여기에 여러 민간사상을 융합한 특징을 가지고 있다. 또 동시대에 사천지방을 중심으로 만들어진 장릉(張陵)의 오두미(五斗米)교와 함께 중국 도교 발전의 발판이 되었다.

중국의 역사 가운데 가끔 "황건적의 난"이니 "홍건적의 난"이니 하는 이름이 나온다. 이는 누런 수건 혹은 붉은 수건을 머리에 둘렀다 하여 붙여진 명칭이다. 이런데 묘하게도 이들 단체들의 출발은 종교에서 시작되었다. 홍건적의 경우도 그 출발점은 백련교에 뿌리를 둔다. 그 외 "태평천국의 난"도 마찬가지이다. 이러한 단체가 어느 시점에서 갑자기 세력이 강해지며 내란으로 치닫는 경우가 중국의 역사에서 종종 등장한다.

근래 중국 정부가 기공 수련단체인 파룬궁(法輪功)에 대해 민감한 반응을 보이는 것에 대해 의아해 하는 사람이 많다. 1992년 리훙즈(李洪志)가 창시자인 이 단체는 불교와 도교 및 기공과 과학적 이론을 결합하여 만든 단체로 회원만도 1억 명이라고 하며 수련의 목적은 "도를 얻고 원만(圓滿)을 이루는 것."이라고 한다. 그럼에도 불구하고 중국 정부에서는 이들을 사교집단으로 단정하고 민감한 반응을 보이는 이유도 이러한 역사적 배경에서 찾을 수 있다.

▌십상시의 난(十常侍의 亂)

십상시(十常侍)는 후한 말 영제(靈帝)때에 정권을 잡아 조정을 농락한 10여 명의 중상시, 즉 환관들을 일컫는 말이다. ≪후한서≫에 등장하는 십상시와 소설 ≪삼국지≫에 나오는 십상시는 그의 이름과 숫자가 약간 차이가 난다. ≪후한서≫에서는 12명으로 기록되었고 소설 ≪삼국지≫에는 10명으로 나온다.

≪후한서≫의 기록에 의하면 "당시 십상시들이 많은 봉토를 거느린 것은 물론 그들의 부모형제까지도 높은 관직에 올라 그 위세가 대단하였다"라고 쓰여 있다. 특히 그들의 곁에서 훈육되어진 영제는 십상시의 수장인 장양을 아버지라 하고, 부수장인 조충을 어머니라 부르며 따랐다고 하니 그 위세를 가히 짐작할 수 있다.

"당고의 화"를 통하여 조정에서 외척과 관료 및 유생들을 몰아낸 환관들은 매우 조직적으로 권력을 장악하였다. 이들의 기본적인 전횡은 매관매직이었다. 이러한 매관매직을 통하여 정치자금을 조달하고 자신의 세력을 확대시켜 나갔다. 기록에 의하면 모든 관직에 가격을 붙여 벼슬을 팔았다고 한다.

삼공 – 1천만 전, 자사 – 2천만 전, 태수 – 2천만 전, 현령 – 4백만 전.

더 큰 문제는 십상시에게 엄청난 돈을 주고 관직을 구매한 관리는 빠른 시일 안에 본전을 뽑으려는 데 있었다. 왜냐하면 십상시들은 관직만 팔았을 뿐 임기의 보장이 없었으며 또 수시로 탐관오리를 파견해서 뇌물을 거두어갔다. 결국 관직을 구매한 관리들은 이것을 벌충하고자 백성들에게 무거운 세금을 매기어 징수하고 마구 수탈하였다. 결국 폭정에 시달리던 백성들은 이상의 세계를 꿈꾸며 반란의 대열에 합류하였던 것이다. 이 것이 바로 "황건적의 난"이다.

"황건적의 난"이 일어나자 십상시들은 오히려 이 난을 이용해서 자신들의 정적을 제거 하는 방편으로 사용하였다. 즉 정적을 황건적들과 연루시켜 모함을 하거나 혹은 자신에 게 뇌물을 바치지 않는 자들에게는 오히려 적과 내통한다고 무고하였다. 이에 대한 대표 적인 피해자가 바로 유비의 스승인 노식이다.

이러한 전횡을 일삼던 십상시는 대장군 하진과 극하게 대립되었고 급기야 하진을 암 살하면서 "십상시의 난"을 일으키게 된다. 그러나 결국에는 원소에 의해 모두 살해되며 십상시의 시대는 막을 내린다.

* 이상향(理想鄕)을 꿈꾸며…

소설 ≪삼국지≫의 시작은 도원결의(桃園結義)부터 시작된다. 도원결의란 유비·관 우·장비가 도탄에 빠진 나라와 백성을 구한다는 대의명분을 가지고 복숭아밭에서 의형 제를 맺는다는 이야기이다. 그러면 왜 하필 "도원"에서의 결의인가?

"도원"이라하면 동양인들에게는 "이상향"이라는 또 다른 의미가 연상되기 때문이다. 이상향이란 서양에서는 토머스 모어(Thomas More)의 ≪유토피아≫를 떠올리지만 동양 에서는 흔히 세상과 멀리 떨어진 별천지의 세계 즉 "무릉도원(武陵桃源)"을 지칭한다.

무릉이란 지명은 실제로 중국의 후난성에 있는 이름으로 지금의 창더(常德)의 타오웬 (桃源)현과 장자지에(張家界)의 우링웬(武陵源) 자연풍경구가 바로 그것이다. 이 지명이 유명세를 타기 시작한 것은 도연명(陶淵明)이 쓴 〈도화원기(桃花源記)〉라는 산문에서 유 래되었다. 〈도화원기〉의 내용은 위진남북조의 진(晉)나라 때 무릉에 사는 한 어부가 복 숭아꽃이 흘러오는 숲 속의 물길을 따라 갔다가 진(秦)나라의 난리를 피하여 온 사람들 을 만나게 되는데, 이곳의 사람들은 이미 신선이 되어 근심걱정 없이 행복하게 수백 년 을 살고 있었다. 그곳에서 융숭한 대접을 받고 돌아온 어부가 다시 그곳을 찾고자하였으 나 끝내 찾지 못했다는 이야기이다.

이러한 연유에서 "도원"은 도탄에 빠진 나라와 백성을 구하고 새로운 이상세계를 꿈꿨던 유비·관우·장비에게는 가장 적합한 장소였던 것이다. 그러나 도원결의를 한 시기는 후한 말이고 〈도화원기〉를 쓴 도연명은 그 후대인 진(晉)나라 사람이다. 어찌된 일일까? 그 이유는 간단하다. 역사 ≪삼국지≫에는 어디에도 이들이 도원에서 결의를 하였다는 기록이 없다. 이것은 후대 나관중에 의하여 만들어진 허구이기 때문이다. 송·원대에 회자되었던 이야기를 나관중은 소설 ≪삼국지≫의 첫 부분에 배치하여 그럴듯하게 포장하였던 것이기 때문이다.

어찌되었든 이러한 도원결의 문화는 후대의 중국사회에 지대한 영향과 유행을 불러왔다. 지금까지도 중국사회에는 의형제나 의자매 혹은 수양엄마나 수양아빠를 삼는 문화가 남아있다. 또 이러한 풍습은 특히 권력에 관심이 많은 야심가나 심지어는 조직폭력배 사이에서도 이러한 방식을 취해 자신의 권력과 지위를 강화하거나 공고히 하는데 이용되기도 하였다. 특히 도원결의의 선언문은 후대에 크게 유행하여 결의문화의 전형을 만들어 주었다.

> "고하건대 유비·관우·장비는 비록 성은 다르나 이렇게 결의형제를 맺어, 한마음으로 협력하여 어려운 사람들을 도와주며, 위로는 나라에 보답하고 아래로는 백성을 편안하게 하려 합니다. 비록 우리가 동년 동월 동일에 태어나지는 않았지만, 바라건대 동년 동월 동일에 죽기를 원합니다. 천지신명께서는 이 마음을 진실로 굽어 살펴 주시고, 만일 의리를 저버린 배은망덕 자가 있다면 하늘과 사람이 함께 나서 죽여주시옵소서!"
> (念劉備·關羽·張飛, 雖然異姓, 旣結爲兄弟, 則同心協力, 救困扶危 ; 上報國家, 下安黎庶; 不求同年同月同日生, 但願同年同月同日死. 皇天后土, 實鑒此心. 背義忘恩, 天人共戮!")

도원결의 선서문 가운데 특히 "동년 동월 동일에 태어나진 않았지만, 동년 동월 동일에 죽기를 원합니다."라는 부분은 후세에 강호의 세력이나 조직에 있는 사람들이 많이 애용했던 문구로 지금도 중국이나 홍콩영화에서 흔히 보이는 명문이다.

〈그림 5〉 유비 · 관우 · 장비가 도원에서 결의형제를 맺다

* 꿈꾸는 자가 천하를 얻는다.

옛말에 "될성부른 나무는 떡잎부터 알아본다."라는 말이 있다. 다시말해 "싸가지"가 있느냐? 없느냐? 의 문제이다. "싸가지"는 "싹수"의 방언으로 어떤 일이나 사람이 앞으로 잘될 것 같은 낌새나 징조를 보일 때 쓰이는 말이다. 위인전을 읽다보면 천편일률적으로 위인들의 어린 시절은 "싸가지"로 충만했다. 물론 경우에 따라서는 훌륭한 사람이 되고나서 첨언되어 과대포장된 것도 있었겠지만 일반적으로 보통사람과는 다른 야망을 보이는 것도 부인할 수 없는 사실이다.

여기에서는 삼국영웅들의 "싸가지"와 어린 시절의 꿈을 위주로, 그들은 미래를 어떻게 준비하였는가? 하는 문제를 짚어보기로 한다.

　먼저 유비의 경우를 살펴보면, 그가 살던 고향을 누상촌이라고 부르는데 이는 커다란 뽕나무가 마치 황제가 타는 수레의 지붕모습 같았다는데서 유래되었다. 그는 어린 시절 "내가 천자가 되어 이런 수레를 탈 것이다."라는 말을 종종하여 하였다고 한다. 유비의 야망과 포부를 알아본 숙부 유원은 그를 기특하게 여겨 특별히 애지중지 하였다고 하며, 점쟁이도 누상촌에서 큰 인물이 나올 것이라고 예언을 하기도 하였다. 이처럼 유비는 어린 시절부터 천자의 야망을 가지고 있었다. 그의 야망은 그의 아들 이름에서도 드러난다. 수양아들 이름은 유봉(劉封)이고 친아들의 이름은 유선(劉禪)이다. 이름을 합치면 봉선(封禪)이 된다. 봉선은 선양(禪讓)의 의미와 관계가 깊다. 겉으로는 한실부흥을 외쳤지만 내심은 천자의 야망을 끊임없이 꿈꾸고 있었던 것이다.

　또 조조는 어린 시절 영민하고 총기가 넘쳤다. 그러나 환관의 후손이라는 콤플렉스에 시달리기도 하였다. 그러기에 그는 당시 귀족 출신의 친구 원소를 항시 누르고 싶어 했다고 회고 한다. 그의 포부는 처음에는 한 왕실을 일으켜 충신이 되는 것이었지만 후에는 역신으로 바뀌게 된다. "치세의 영웅이요, 난세의 간웅이라"는 어느 점쟁이의 말처럼 그의 야망은 영웅에서 간웅으로 방향을 바꾸었다.

　그 외 천시를 타고난 사람이 조조라면 지리환경을 타고난 사람이 손권이다. 그는 양자강이라는 천혜의 환경에서 아버지 손견과 형님 손책이 다져놓은 기반위에 자신의 야망을 펼칠 수 있었기 때문이다. 점쟁이도 손씨 집안에 대하여 "귀하나 수명이 짧고 손권만이 지극히 귀하여 천수를 누린다."라고 하였다. 손책이 요절하고 후계자를 선정하는 과정에서 "어찌 범의 새끼가 나이가 어리다고 범이 아니겠는가?"라는 말을 했을 정도로 손권은 총기와 야망을 가지고 있었던 것이다.

　마지막으로 삼국을 통일하고 진(晉)나라 건국의 초석이 된 사마의는 어려서부터 비범하고 총명하였으며 또한 박학다식한 견문을 가지고 있었다고 한다. 동향인 양준도 "스무 살도 안 된 젊은이가 범상치 않은 그릇이로다."라고 할 정도로 총명함과 결단력이 있었다고 전한다. 그의 야망을 알아챈 조조는 유언에서 조차 경계하라고 하였던 것이다. 그러기에 사마의는 몸을 더 낮추어 견제를 피하며 큰 뜻을 키웠던 것이다. 때를 기다리며 끝없이 참고 기회를 기다린 사마의의 인내력은 지금까지도 큰 귀감이 되고 있다.

　그러기에 유비·조조·손권·사마의처럼 용기와 지혜를 가지고 미래를 꿈꾸는 자가 천하를 얻을 수 있는 것이며, 그러한 천하는 바로 "꿈꾸는 자의 몫"인 것이다.

* 영웅의 출현을 기다리며...

"난세에 영웅이 나온다."라는 말이 있다. 이는 매우 당연한 말이다. 시대가 어려울수록 백성들은 영웅의 출현을 갈망하고 또 영웅이 혜성처럼 출현하여 어려운 시국을 구원해 주길 염원하는 기대심리가 있기 때문이다. 또 실제로 역사에서도 난세에 영웅이 나타나 위기에 빠진 나라를 구하는 예가 비일비재하다. 대표적인 예가 바로 임진왜란 때 나라를 구한 이순신이 그러하다.

한나라 말기에도 사회의 혼란과 새로운 영웅의 출현을 갈망하는 혼돈의 시기로 수많은 영웅들이 출현하여 그 능력의 자웅을 가리다가 사라지곤 하였다. 또 정치적 승자와 패자로 나뉘어 성공한 영웅과 실패한 영웅도 나오게 되었다. 이러한 영웅이야기를 가장 효율적으로 담아낸 소설이 바로 소설 ≪삼국지≫이다.

> 도원결의를 통해 나타난 유비와 관우 및 장비...
> 십상시를 제거하며 등장한 원소 그리고 그 동생 원술...
> 황건적의 난을 통해 실권을 잡은 동탁과 여포...
> 동탁 타도를 외치며 등장한 조조와 손견...
> 삼고초려를 통해 화려하게 정계에 입문한 제갈공명...
> 유비의 아들 유선을 구한 조자룡...
> 적벽대전을 통해 진가를 주목받은 손권과 주유 및 노숙...
> 관우를 잡고 이릉대전을 승리로 이끈 여몽과 육손...
> 제갈공명의 뒤를 이어 구중중원을 외치던 강유...
> 위나라의 끝없는 견제를 인내하며 진나라를 세운 사마의와 사마소 및 사마염...

이 모두가 그 시대의 영웅들이다. 이들은 시대의 영웅으로 세인의 주목을 받으며 화려하게 등장하였지만 또 일순간에 사라지기도 하였다. 또 어떤 영웅은 지금까지 인구에 회자되며 그를 흠모하는 마니아층이 생기기도 하였다. 누구는 영웅이 되었고 누구는 간웅이 되었다. 또 누구는 충신이 되었고 누구는 역신이 되었다. 이러한 기준은 어디서 나오는 것일까? 이것의 해답은 본인이 어느 길로 갔느냐에 따라서 달라졌던 것이다. 즉 영웅의 길로 갔는가? 간웅의 길로 갔는가? 또 충신의 길로 갔는가? 역신의 길로 갔는가?
모두가 본인의 선택이 스스로의 운명을 갈랐던 것이다.

〈그림 6〉 황건적을 물리치고자 수많은 호걸영웅들이 출현하다

* 중국 도교의 출현

　도교는 진나라와 한나라 때에 크게 유행한 "신선방술"과 "황로학"에 뿌리를 두고 있으며 이것이 바로 도교의 전신이라 할 수 있다.

　특히 후한의 순제 때 장릉에 의해 창시된 오두미교(五斗米敎)는 노자를 교주로 삼아 도교를 형성시켰고, 동시대 영제 때에 장각이 세운 "태평도(太平道)"는 "오두미교"와 쌍벽을 이루며 초기 도교를 주도하였다. 이처럼 초기 도교는 신비한 방술과 장생불사를 목적으로 하는 교파종단으로 시작되었다.

　여기에서 "태평도"란 후한의 우길(于吉 혹은 간길(干吉)이라고 함)의 ≪태평청령서(太平靑領書)≫에서 유래하였다. 우길은 삼국시대 신선술법을 하는 방사로, 처음에는 동방에 살다가 나중에 오나라로 들어왔다. 그러나 손책이 혹세무민하는 무리로 간주하여 잡아 죽였다. 그가 쓴 책이 바로 ≪태평청령서(太平靑領書)≫이다. 184년 태평도 교주 장각은 황하 이북에서 신도를 선동하여 반란을 일으켰는데 이것이 바로 "황건적의 난"이다.

　"오두미교"란 그 교단에 들어갈 때 쌀 5두(斗)를 바친대서 유래했다. 후에 "천사도(天師道)"라고 부르다가 13세기부터는 "정일교(正一敎)"라고 부른다. "오두미교"는 장릉이 죽은 후, 아들 장형과 손자 장로가 그 대통을 이었으나 215년에 장릉의 손자 장로가 조조에게 투항을 하였다. 그 후 조조가 세운 위나라에서 "천사도"라는 이름으로 인정을 받으나 교단은 크게 약화되었다. 그 뒤 동진이 건국되자 "오두미교"도 강서성 용호산으로 거점을 옮겼다. 그 뒤 당송시대를 거치며 "오두미교"는 도교의 다른 교파를 흡수통합하며 교단을 크게 확대하였고, 원나라 때에는 "정일교"라는 이름으로 불리게 되었다. 1949년에 중국 공산당이 본토를 장악하자 이들은 국민당을 따라 타이완으로 교단의 옮겼다. "정일교"는 오늘날 "전진교(全眞敎)"와 함께 도교에서 가장 큰 종파를 이루고 있다.

　도교는 유교사상과 함께 2,000여 년 동안 중국의 문화를 주도하며 중국 고유의 종교철학으로 발전하였고, 급기야 그 주변국에까지 전파되어 많은 영향을 끼치며 동양문화의 근간으로 뿌리를 내렸다. 유교의 특징이 현실적 실용주의에 있다면 도교사상의 특징은 이상적 신비주의에 있다고 할 수 있다.

第2講

영웅본색(英雄本色)편

* 영웅은 타고나는 것이 아니라 만들어지는 것이다.

▌소설 배경(제8회 – 제34회)

충신 왕윤은 자신의 양녀(養女) 초선을 이용해 미인계로 동탁과 여포 사이를 이간시킨다. 그리하여 동탁제거는 성공하나 또 다시 이각과 곽사가 조정을 어지럽힌다.

한편 황건적을 물리치고 연주에 정착한 조조는 아버지의 원수를 갚으려 서주를 공격하나 그 틈을 이용해 여포가 연주를 공격하는 바람에 황급히 회군하여 여포와 일전을 벌린다. 여포를 몰아낸 조조는 이각과 곽사를 물리치고 황제를 옹립하여 황제를 끼고 정치하는 교묘한 계략으로 조정을 장악해 정국운영의 주도권을 잡는다.

이때 도겸의 죽음으로 유비가 승계한 서주에 조조에게 쫓기던 여포가 찾아와 몸을 의탁한다. 그러나 여포는 장비의 과실을 역이용하여 서주를 장악하고 변방 소패 땅을 유비에게 떼어준다. 이때 원술과 유비사이에 전투가 벌어지자 여포가 중재하여 휴전을 시켜준다. 얼마 후 이번에는 원술과 여포 사이에 전투가 벌어져 여포가 승리를 거둔다. 또 조조는 장수를 치러갔다가 장수 진영의 책사 가후의 활약으로 망신만 당하고 돌아온다.

한편 여포의 침략으로 기반을 잃은 유비는 조조에게 잠시 의탁하며 조조와 함께 여포를 토벌한다. 이때 붙잡혀온 여포는 조조에 의해 죽음을 맞이한다. 조조진영에 반 인질 상태에 있던 유비는 원술을 정벌한다는 명분으로 조조에게서 탈출한다. 유비의 공격을 받은 원술은 이때 사망한다.

유비의 배신에 크게 분노한 조조는 기습적으로 유비를 공격한다. 조조의 기습에 크게 패한 유비는 소식이 두절되고 하비성에 홀로 남은 관우는 유비가족을 지키기 위해 잠시 조조에게 조건부 투항을 한다. 후에 유비의 거처를 확인하고는 다섯 관문을 뚫고 여섯 명의 장수를 무찌르며(五關斬六將) 유비에게로 돌아온다. 그리하여 뿔뿔이 흩어졌던 형제들과 다시 만나고 조자룡까지 합류하게 되나 세력기반을 잃은 유비는 형주의 유표에게 잠시 의탁하며 지낸다. 또 강동에서는 손견에 이어 그의 아들 손책도 요절하게 되자 손권이 대를 이어 대업의 기초를 다진다.

한편 북방에서는 원소가 대군을 이끌고 내려와 관도에서 조조군과 대치하게 된다. 이때 원소에게 푸대접을 받은 허유가 조조에게로 귀순하며 전세가 역전되기 시작한다. 원소의 식량창고인 오소를 급습하여 불태워 버리자 관도대전은 조조의 대승으로 막을 내린다. 이리하여 원소의 죽음과 함께 황하일대의 주도권을 잡은 조조는 북방에서 가장 강력한 기반을 구축하게 된다.

또 형주의 유표에 잠시 의탁한 유비는 평소 유비를 견제하던 채모의 흉계에 빠져 곤경에 처하게 되나, 이적의 도움으로 극적인 탈출에 성공한다.

> ※ 본 장에서의 핵심 키워드는 영웅의 출현이다. 도원결의로 맺어진 유비·관우·장비 외에도 조조·원소·원술·동탁·여포·손견·손책·손권 등 수많은 영웅호걸들이 출현한다. 영웅호걸 중에는 승승장구하며 승천하는 영웅도 있지만 잘못된 선택으로 추락하는 영웅도 있다. 그 무엇이 그들의 운명을 갈랐을까?

* 영웅(英雄)이란 무엇인가?

영웅이란?

한자의 의미를 풀어보면 "뛰어날 영(英)자"에 "수컷 웅(雄)자"의 결합으로 "뛰어난 수컷"이란 뜻이 된다. 한자의 의미대로 하면 유관순이나 잔다르크는 영웅이 될 수 없다는 결론이다. 사실 한자만큼 남존여비의 사상이 철저히 배어있는 문자도 드물다. 또 사전적 의미로 보면 영웅이란? "지혜와 재능이 뛰어나고 용맹하여 보통 사람이 하기 어려운 일을 해내는 사람" 또는 "재능과 지혜가 비범하여 대중을 영도하고 세상을 경륜할 만한 사람" 정도의 의미를 가진다.

　이러한 관점에서 "영웅의 조건"은 대략 "소극적 조건"과 "적극적 조건"으로 분류할 수 있다. "영웅의 기본적 조건"은 우선 영웅은 남들보다 뛰어나다는 점이며 "소극적 조건"은 타고난 재능이나 지혜 등이 일반사람을 뛰어넘어야 하고 일반사람들이 하기 어려운 일을 해내는 사람이어야만 한다. 또 "적극적 조건"으로는 대중을 이끌고 세상을 경륜할 만한 인물이어야 한다. 물론 영웅에 대한 의미는 시대에 따라 판단의 기준과 의미가 약간씩 다르게 변형되어 왔다.

〈그림 7〉 삼국시대 초반에 영웅으로 부각되었던 원소와 원술형제

  소설 ≪삼국지≫제21회에 조조와 유비가 이 시대의 영웅에 대하여 토론하는 장면이
나온다. 조조는 원술·원소·유표·손책·유장 등의 인물에 대하여 영웅으로써의 자질
이 부족하다고 이야기 했다. 그는 영웅이란 "가슴에는 큰 뜻을 품고 뱃속에는 훌륭한 계
책을 가지고 있어야 하며 또 능히 우주를 감싸고 감출만한 기지와 천지를 삼켰다 토했다
할 만한 큰 뜻을 겸비한 자"가 진정한 영웅이라 하며 이 시대의 영웅은 조조 자신과 유비
라고 지목을 하는 장면이 나온다. 조조는 영웅의 조건으로 적극적 조건의 영웅을 진정한
영웅으로 본 것이다.

〈그림 8〉 조조가 유비를 불러 술을 마시며 천하의 영웅에 대하여 논하다

여기에 조조와 유비가 남긴 명언이 있다. 이 명언을 통해서 두 영웅이 바라보는 세상과 두 영웅이 가고자 했던 길은 극명히 구분된다.

> 차라리 내가 세상을 버릴지언정 세상이 나를 버리게 하진 않겠다.
> (寧敎我負天下人, 休敎天下人負我) 소설 ≪삼국지≫제4회
>
> 큰일을 할 사람은 항상 백성을 근본으로 삼아야 한다. 이렇게 백성들이 나를 믿고 따르는데 내 어찌 이들을 버린단 말인가!"
> (擧大事者必以人爲本. 今人歸我, 奈何棄之?) 소설 ≪삼국지≫제41회

위에 있는 말은 동탁을 암살하려다 실패하여 도망치던 조조가 잠시 아버지의 친구 여백사의 집에 머물게 되는데, 자신을 접대하려고 돼지를 잡는 것을 자기를 죽이려는 줄 오인하여 그 식솔을 죽이게 된다. 황급히 도망치다가 술을 사오던 여백사를 만나는데 여백사 마저 죽이고 만다. 이를 본 진궁이 의아하여 그 연유를 묻자 조조가 한 말이다. 어찌 보면 자신의 운명은 자신이 개척하겠다는 강한 의지가 있는듯하지만 그러나 여기에는 대단한 이기주의가 숨어있다. 또 다음 명언은 유비가 조조에 쫓기어 신야를 버리고 도주를 하게 되는데, 백성들도 따라오게 된다. 전투가 급박해지자 신하들은 백성을 포기하자고 건의한다. 이때 유비가 한 말이다.

여기에서 두 영웅의 운명은 명확하게 갈리게 된다. 성취하고자 하는 권력은 성취할 수 있었으나 그 명예는 후대에 극명하게 달라졌기 때문이다. 그러기에 영웅의 조건에 한 가지 빠진 것이 있다면 이것이 바로 도덕성이다. 영웅은 덕(德)을 겸비해야 한다. 남을 위하지 않고, 남을 배려하지 않는 영웅은 진정한 영웅이 아니라 호걸(豪傑)에 불과하기 때문이다. 결론적으로 두 영웅이 가고자 하는 길은 분명히 달랐다. 목적지가 달랐기 때문에 종착역도 달라질 수밖에 없었다.

* 영웅(英雄)과 간웅(奸雄)사이...

과연 영웅은 타고나는 것일까? 아니면 만들어지는 것일까?

이에 대한 의견은 매우 다양하다. 그러나 필자는 "영웅은 타고나는 것이 아니라 만들

어지는 것이다."라고 말하고 싶다. 물론 시운도 따라야 하고 주변 환경도 유리하게 조성되어야만 가능하다. 그렇지만 가장 중요한 것은 끊임없는 자기노력과 철저한 준비가 선행되어야 하며, 또 항상 정의라는 정도(正道)를 걸어야만 한다. 그리고 기회가 왔을 때 그 기회를 정확히 잡아야만 가능하다.

소설 ≪삼국지≫에는 수많은 영웅이 등장한다. 삼국시대와 같은 역사에서 특히 전쟁을 통해서 만들어지는 영웅은 전쟁영웅이라 하며 전쟁영웅은 끊임없는 피를 부르기 마련이다. 결국 그 피의 대가로 만들어지는 것이 전쟁영웅인 셈이다.

영웅이 만들어지는 과정을 살펴보면 크게 3가지 유형으로 분류된다.

* 첫째, 주변인의 희생을 업고 만들어지는 영웅이다. 이런 영웅은 측근들의 끊임없는 피·땀과 그들의 희생에 힘입어 만들어진 영웅으로 보통 유비와 조조와 손권 등을 들 수 있다. 이들의 장점은 출중한 리더십과 카리스마를 가지고 있다.

* 둘째, 적군의 희생을 업고 만들어지는 영웅이다. 이런 영웅은 적군 혹은 상대를 희생시켜 공을 세우며 일어나는 영웅으로 보통 관우와 장비와 조자룡·조인·여몽 등과 같은 장수들이다. 이들의 특징은 무장으로 전쟁영웅이라고도 할 수 있다.

* 셋째, 자신의 지혜를 가지고 만들어지는 영웅이다. 이런 부류는 자신의 지혜와 주변의 배경을 디딤돌로 일어나는 영웅으로 보통 제갈공명·방통·곽가·순욱·주유·노숙 등과 같은 참모들이 이 유형에 속한다. 일명 지략형 참모들로 문관들에 해당된다.

어느 점쟁이가 조조의 관상을 보고 "치세의 영웅이요, 난세의 간웅이다.(治世之能臣, 亂世之奸雄.)"라고 하였다. 이 말을 들은 조조는 내심 기뻐했다고 한다. 그러면 영웅과 간웅의 차이는 어디에서 나오는가?

간웅이란? 간사한 꾀가 많은 영웅으로 자기의 이익을 위해서는 정의롭지 못한 꾀를 부려서라도 목적을 달성하는 자를 말한다. 그러기에 영웅과 간웅의 차이는 '자신의 이익을 앞에 두느냐? 뒤에 두느냐?'가 기본조건이고, 도모하는 일이 '의로운 일이냐? 간사한 일이냐?'에 달려있다고 할 수 있다. 언제부터인지 우리의 이미지에 간웅하면 조조를 떠올린다. 왜 그런 이미지로 정착이 되었을까?

소설 ≪삼국지≫제4회 : 조조는 동탁을 암살하려다 실패하고 도주하던 중 여백사의 집에 들렀다가 오해로 인해 일족을 몰살시키는 장면이 나온다. 더군다나 "차라리 내가 세상을 버릴지언정 세상이 나를 버리게 하진 하겠다."라고 한 그의 말에 뜻을 같이했던 진궁이 크게 실망하여 떠나는 장면이 나온다. 여기부터 조조의 간사한 이미지가 시작된다.

　소설 ≪삼국지≫제17회 : 조조가 전쟁터로 가던 중 밀밭을 지나가게 된다. 밀밭이 병사들에 의해 망가지자 조조는 민심을 잃을까 우려하여 밀밭을 망치는 자는 사형에 처한다고 명을 내렸다. 그런데 묘하게도 자신이 탄 말이 무엇에 놀라 날뛰는 바람에 밀밭을 망치게 된다. 이때 조조는 자신을 잘 이해하는 참모 곽가가 옆에 있음을 확인하고 스스로 목을 자르려는 행동을 보인다. 이때 곽가가 황급히 만류하자 조조는 군법을 어길 수 없다며 자신의 머리카락을 자르는 것으로 대신한다. 이를 본 군사들은 군법을 어기지 않으려고 조심하여 밀밭을 지나갔다는 이야기이다. 여기서도 조조의 간사한 꾀가 더욱 더 빛나는 한 부분이기도 하다.

　소설 ≪삼국지≫제17회 : 한 번은 전쟁터에서 적군과 대치 중에 군량의 보급은 끊어지고 군량은 불과 수일 밖에 버틸 수 없다는 군량장교의 보고를 받는다. 군사들도 굶주림에 동요하기 시작하자 조조는 군량관에게 희생을 강요한다. 결국 군량관이 다음날 효수되어 공고가 나가길 "군량관이 그동안 군량을 빼돌려 병사들이 배불리 먹지 못하였다."라고 하며 군량관을 희생양으로 삼아 군사들의 분노를 다른 데로 돌린다. 그리고 그 날 배불리 밥을 먹여 사기를 끌어 올린다음 전투를 승리로 이끌고 위기를 벗어나는 내용이 나온다. 죄 없는 군량담당 장교를 희생양으로 처벌하고 나중에 그 가족에게 후하게 보상을 하였다는 이야기이다. 역시 간웅 조조다운 기발한 발상이다.

　여기에 열거한 것 외에도 조조의 간사한 행동은 수없이 많다. 수많은 전투에서 조조는 출중한 지략과 지혜로 승리를 하며 승승장구 하였다. 그중 관도대전의 승리는 그를 영웅적 경지에 올려놓는다. 그럼에도 불구하고 그를 영웅이라고 하지 않고 간웅이라 칭한다. 또 효웅(梟雄)이라고도 한다. 효웅이란 사납고 용맹스러운 영웅을 의미하는 것으로 조조를 간웅이자 효웅이라 하기도 하고 또 유비를 영웅이자 효웅이라고도 한다. 그러나 나관중은 유비의 강한 이미지를 크게 약화시키고 오직 조조만 간웅이자 효웅의 이미지를 부각시켰다. 즉 "내가 세상을 버릴지언정 세상이 나를 버리게 하진 않겠다."라고 한 조조의 말과 "큰 일을 할 사람은 항상 백성을 근본으로 삼아야 한다. 이렇게 백성들이 나를 믿고 따르는데 어찌 그들을 저버린단 말인가!"라고 한 유비의 말이 큰 대조가 된다.

* 조조를 위한 변명

조조는 내시의 집안(조부)에서 태어난 인물이다. 수많은 인재들을 모아 위나라의 기틀을 다진 그의 탁월한 리더십을 보면 영웅적 기질이 다분하다. 또 인정보다는 냉철한 판단과 지혜 및 리더십을 통해 성공한 사람이기에 현대적인 관점에서 보면 카리스마와 쇼맨십을 겸비한 성공한 사업가의 전형이다. 대표적 자수성가형 인물이라 할 수 있다. 일찍이 당 태종도 조조에 대해 "뛰어난 재능을 갖춘 인물이며 나라가 혼란에 빠졌을 때 나라를 지탱하게 하는 큰 힘을 보여주었다. 특히 천하를 평정한 공로는 그 누구보다 뛰어나다."라고 극찬을 하였다.

사실 정사 ≪삼국지≫에 근거하면 정치와 경제 등 문물정비가 삼국 중 조조의 위나라가 가장 우수하다고 평가되고 있다. 또 앞에서 열거한 간웅의 이야기들은 대부분 나관중에 의하여 왜곡되거나 조작되어진 이야기가 대부분이다. 이러하니 조조 입장에서는 억울하기 그지없다. 조조는 아마도 저승에서 "하늘은 나 조조를 낳고 왜 나관중을 낳았단 말인가!"라고 외쳤을 것이다. 이러한 연유에서 최근에 조조에 대한 재평가 서적들이 많이 나와 그나마 그의 억울함을 풀어주고 있다.

그러면 나관중은 조조에 무슨 원한이 많기에 이렇게 모질게 모략을 하였을까?

그렇지만 천재 문학가 나관중은 "조조에 별다른 원한은 없고 다만 유비를 스타로 만들기 위해서 그랬을 뿐"이라고 말할 것이다. 나관중의 "영웅 만들기"는 조조만 해당되는 것이 아니라 주유·노숙·사마의 등 여러 사람에게도 불똥이 튀었기 때문이다. 즉 유비를 살리려고 조조를 잡았지만, 제갈공명을 살리려고 조조·주유·노숙·맹획·사마의를 잡았고, 또 관우를 살리려고 손견·여포·조조·여몽 등의 공을 가로채거나 체면을 손상시켰기 때문에 혼자만 억울해할 일은 아니다. 그렇지만 조조가 더 집중적으로 누명을 쓴 것만은 부인할 수 없는 사실이다. 특히 여백사 살해사건과 적벽대전 및 조조삼소(曹操三笑) 등에서는 지나칠 정도로 조조를 비참하게 만들어 놓았다.

이렇게 나관중의 영웅 만들기는 수많은 희생양을 만들었다. 그 기준은 철저한 내 식구 챙기기로 제한된다. 즉 유비·제갈량·관우·장비·조자룡·강유까지 영웅 만들기의 핵심멤버이다. 특히 그 시대는 원나라가 망하고 명나라가 들어서는 시점으로, 한족의 복고주의가 절실하게 필요했던 나관중은 성리학적 관점에서 유비를 정통으로 놓고, 그와 대립되거나 라이벌 관계의 인물들은 여지없이 깎아 내리거나 조작하는데 천재적 기지를 발휘하였다. 사실 소설의 구성에 있어서 영웅들의 갈등구조는 긴장의 끈을 늦추지 않게 하는 활력소로 작용된다. 또 소설에서 흥미는 소설의 성패를 좌우하기 마련이다. 그러기에 이러한 영웅들의 갈등구조를 만들어놓고 또 여기에 적절한 허구성을 가미한 소설 ≪삼국지≫는 이렇게 성공적인 작품으로 탄생하게 되었다.

결론적으로 소설은 소설일 뿐 역사가 아니다. 그러기에 조조는 소설이 만든 간웅이지 실제로는 억울한 영웅이었다. 그럼에도 불구하고 "차라리 내가 세상을 버릴지언정 세상이 나를 버리게 하진 않겠다."라고 외쳤던 조조는 아이러니하게도 아직도 철저히 세상에 버려진 채 명예회복의 그날을 기다리고 있다. 나관중을 원망하며.....

* 성공한 영웅과 실패한 영웅

소설 ≪삼국지≫에서 성공한 영웅으로 관우를 꼽는데 그 누구도 이의를 제기할 사람은 없을 것이다. 살아서는 살인 현상범에서 장군으로, 장군에서 한수정후(漢壽亭侯)에 이르렀으며, 또 죽어서는 제후에서 공(公)으로, 공에서 왕으로, 왕에서 황제로, 황제에서 신으로 추존되다가, 급기야 명말청초에는 공자와 함께 중국의 문무이성(文武二聖)으로 추존되는 영광을 누린다. 이렇게 관우가 영웅이 된 배경에는 물론 ≪삼국지연의≫가 보편화됨에 따라 이루어진 영향도 있었지만 특히 송·원·명·청대에 이루어진 정치적 의도와 종교적 영향이 지대하다. 지금도 도교사원은 물론 불교에서도 가람(伽藍) 수호신으로 당당한 지위를 점유하고 있으니 관우야말로 가장 성공한 영웅임에 틀림없다.

관우의 성공배경에는 출중한 무예에서 시작된다. 특히 화웅·안량·문추 등과 같은 장수들을 단칼로 제압한 전쟁영웅이었다. 그러나 그보다도 더 그를 성공한 영웅으로 만든 것은 충(忠)과 의(義)이다.

하비성 전투에서 패한 관우는 3가지 약속을 다짐받고 조조에게 조건부 투항한다.

(1) 조조에 대한 항복이 아니라 천자에 대한 항복이다.

(2) 형수님에 대한 봉록과 안전을 보장한다.

(3) 유비의 거처를 확인하면 언제든지 하직하고 떠난다.

세상에 어찌 이런 항복문서가 있을 수 있을까? 어찌되었던 관우에 대한 조조의 짝사랑은 도가 지나치다. 조조가 비단옷 전포를 선물하자 새 전포는 속에다 입고 유비가 준 전포는 여전이 겉에 입으며 의리를 지켰고, 금은보화와 미녀마저도 거절 한다. 조조가 적 토마를 하사하자 유비 소식을 알면 빨리 가고자 적토마는 얼른 받아 챙긴다. 결국 유비 의 거처를 확인하자 관우는 즉시 유비가족을 모시고 다섯 관문을 뚫고 여섯 장군을 베며 (五關斬六將) 조조에게서 탈출한다. 그야말로 주군에 대한 일편단심이 하늘을 찌른다.

〈그림 9〉 오관참육장(五關斬六將)하며 유비에게로 돌아가는 관우

또 적벽대전에서 크게 패해 도주하는 조조를 화용도에서 만나게 된다. 그러나 관우는 조조에 대한 의리로 풀어준다. 생사 갈림의 전쟁터에서 다잡은 적장을 풀어주는 황당한 관우를 우리는 어떻게 이해해야 할까! 그야말로 관우는 군법회의에서 참수를 당해도 부족한 죄를 저질렀다. 그럼에도 불구하고 후세사람들은 오히려 그가 의리를 보답한 영웅이라며 치켜세운다. 후에 형주를 지키던 관우는 순간적 자만과 부주위로 여몽에 의하여 죽음에 이르게 된다. 관우의 죽음은 유비의 이성적 판단력과 무게중심을 흔들어 놓아 촉한 멸망의 길을 재촉하는 계기가 되었다.

관우가 갔던 영웅의 길은 실제 역사에서도 일부는 확인할 수 있다. 그러나 상당수는 나관중이 만들어준 영웅의 길이었다. 그러기에 관우는 고향 후배 나관중에게 감사를 해야 할 것이다.

실패한 영웅을 꼽으라면 제일 먼저 여포를 꼽을 수 있다. 여포에 대해서는 "인중여포요, 마중적토라(人中呂布, 馬中赤免)"라는 말이 있다. 이는 여포를 일컬어 "사람 중에는 여포만한 장수가 없고, 말 중에는 적토마만한 말이 없다."라는 뜻이다. 그야말로 여포에 대한 최고의 찬사이다. 이렇게 여포는 충분히 영웅적 자질이 있는 장수였다. 그러나 순간적인 잘못된 선택이 그를 영웅에서 졸장부로 만들어 버렸다.

여포는 본래 정원의 수양아들이었다. 그러던 그가 적토마에 혹하여 정원을 살해하고 동탁의 수양아들로 들어갔다. 또 왕윤의 미인계에 걸려 초선과 동탁을 놓고 갈등하다가 결국에는 동탁을 살해한다. 다시 원소에게로 몸을 의탁하나 원소가 죽이려하자 장막에게로 가서 의지하였다. 그 후 조조 군대에 패한 여포는 서주를 물려받은 유비에 의지하였다. 그러나 그는 유비와 원술이 싸우는 틈을 이용하여 유비의 본거지인 하비성을 빼앗는 만행을 저지른다. 후에 다시 유비를 공격해 소패마저 빼앗아 버리는 바람에 유비는 결국 조조에 의지하게 된다.

서주에서 자리를 잡은 여포는 스스로 서주자사가 된 후, 원술과 결탁하며 세력을 키워나간다. 위협을 느낀 조조가 직접 대군을 이끌고 서주를 공격하는 바람에 여포는 하비성에서 조조의 군대에 포위되고 만다. 3개월 동안 농성전을 벌였지만, 결국 부하인 후성·송헌·위속의 반란으로 조조에게 사로잡힌다. 조조가 여포의 처형문제를 놓고 고민 할 때, 유비의 권유를 받고 여포를 사형시킨다.

이처럼 여포는 영웅적 자질을 갖췄음에도 불구하고 세상을 보는 장기적인 안목이 부족하여 결국 목전의 이익만을 추구하다가 형장의 이슬로 사라진다. 의리와 신의를 저버려 능력을 발휘할 기회를 잃어버린 것이다. 즉 여포는 인덕이 부족한 실패한 영웅이라고 할 수 있다. 그러기에 "비울 줄 알아야 채울 수 있고, 버릴 줄 알아야 얻을 수 있다."는 명언이 그에게 절묘하게 들어맞는다.

　물론 여포입장에서도 할 말은 있다. 그가 몽고 출신이기에, 또 원말명초시기를 살았던 나관중이 이 소설을 편찬할 시기에는 반원감정이 팽배했던 시기였다. 그러기에 여포에게 불리하게 묘사된 것도 사실이다. 그러나 나관중의 허구보다도 역사적인 사실에서 그가 보인 충(忠)과 의(義)의 부재는 아무리 변명해도 설득력이 없기에 실패한 영웅으로 남을 수밖에 없었다.

〈그림 10〉 왕윤의 미인계로 동탁과 여포를 농락하는 초선

이상에서처럼 소설 ≪삼국지≫에는 수많은 영웅들이 혜성처럼 등장하였다가 유성처럼 사라져갔다. 그들이 영웅으로 자리매김을 하는 과정을 살펴보면 영웅은 결코 하늘에서 타고나는 것이 아니라는 점이다. 물론 천운이 함께하여 잠시 영웅이 된 사람도 있었다. 그러나 결국에는 자신이 선택한 길에 의하여 영웅의 길과 간웅의 길이 갈렸고 또 성공한 영웅과 실패한 영웅으로 남을 수밖에 없었다. 그러기에 영웅은 하늘에서 타고나는 것이 아니라 스스로 끊임없이 노력하고 관리하여 만들어내는 것이 영웅인 것이다. 이 시대의 진정한 영웅은 무엇인가? 혹자는 이 시대의 진정한 영웅은 없다고 말한다. 진정 영웅이 없는 것일까? 아니면 우리 스스로가 영웅을 만들어 내지 못하는 것은 아닐까?

* 영웅(英雄)과 미인(美人)

영웅의 뒤에는 항상 미인이 있고 미인의 뒤에는 항상 영웅이 있다. 그러기에 영웅과 미인은 뗄 수 없는 묘한 함수관계가 있는 듯하다. 중국 속담에 "영웅은 미인을 그냥 스쳐 넘어가기 어렵다.(英雄難過美人關.)"라는 말과 영웅호색(英雄好色)이라는 말이 있다. 그렇다면 과연 영웅은 호색인가?

어느 시대나 미인은 늘 있어왔다. 그러나 혼란시대에 특히 미인이 두드러지게 많이 나타나는 것은 역사의 아이러니이다. 이는 영웅 뒤에 항상 미인이 있었기 때문일까? 아니면 미인 뒤에 항상 영웅이 있었기 때문일까? 먼저 중국의 사대미녀부터 알아 볼 필요가 있다. 중국의 사대미녀는 서시(西施)·왕소군(王昭君)·초선(貂蟬)·양귀비(楊貴妃)를 꼽는다. 서시는 춘추시대 월 구천이 오 부차에게 미인계로 이용했던 여인이며, 왕소군은 한나라 때 북방 흉노 선우와 평화를 유지하기 위해 시집보낸 여인으로 일종의 미인계이다. 또 초선은 삼국시기 동탁과 여포사이를 이간시킬 목적으로 이용된 미인이며, 양귀비는 당 현종의 여인이며 경국지색(傾國之色)으로 잘 알려진 여인이다. 그중에서 서시·왕소군·초선은 미인계로 이용된 여인으로 국익에 기여를 한 비운의 여성이고, 국익에 장애가 되었던 미인으로 양귀비를 꼽는다.

중국의 역사에서는 미인의 출현을 항상 부정적으로 보는 경우가 많다. 예를 들면 은나라의 주왕과 달기, 주나라의 유왕과 포사, 춘추시대의 부차와 서시, 초나라의 항우와 우미인, 당나라의 현종과 양귀비, 송나라의 휘종과 이사사, 명나라의 오삼계와 진원원 등 모두가 나라의 흥망에 영향을 끼쳤던 미인들이다.

그러기에 "난세에 영웅이 출현한다."라는 말과 "난세에 미인이 나온다."는 말의 사이에는 일정의 함수관계가 있고 또 미인박명(美人薄命)이라는 성어도 이러한 묘한 함수관계에서 나온 것이기에 나름 설득력이 있는 것처럼 보인다.

소설 ≪삼국지≫는 애정묘사 부분이 거의 없는 소설중의 하나이다. 그나마 몇 군데 보이는 것도 순수한 사랑묘사가 아닌 여인을 미인계로 이용하는 부분이 전부이다. 사실 미인계(美人計)란 미인을 이용하여 영웅들의 가슴을 녹이고 또 영웅들을 서로 이간질 시키는 병법으로 역대 장수들이 많이 써왔던 방법 중의 하나이다. 특히 춘추시대 와신상담(臥薪嘗膽)으로 알려진 월나라 구천이 서시(西施)라는 미인을 이용하여 오나라 부차를 격파시킨 예가 있다.

소설 ≪삼국지≫에서는 왕윤이 미인 초선을 이용하여 여포와 동탁 사이를 이간질 시켜 여포로 하여금 동탁을 죽인 이야기가 대표적인 미인계이다. 그 외에는 여인을 정략적으로 이용하는 경우가 일부분 보인다. 소설 ≪삼국지≫제16회에 원술은 여포의 딸을 며느리로 맞는 정략결혼을 계획하다가 실패하는 장면이 나온다. 대개 정략결혼의 경우 평화 시에는 성공적인 경우가 많으나 전쟁 시에는 실패로 끝나는 경우가 허다하다.

또 소설 ≪삼국지≫제44회에는 제갈량이 조조의 아들 조식이 쓴 〈동작대부(銅雀臺賦)〉를 왜곡하여 손권과 주유를 적벽대전에 끌어들이는 계기로 만든다. 즉 〈동작대부〉에 "이교(二喬)를 동남에 잡아놓고 조석으로 즐겨보자."라는 문구인데 여기에서 본래 〈동작대부〉의 이교는 두 다리를 가리키는 것이나 제갈공명은 이를 교묘히 왜곡하여 손책의 처 대교와 주유의 처 소교를 이교를 라고 속여 주유를 격분시켜 적벽대전에 끌어들인다.

그리고 소설 ≪삼국지≫제54회와 55회에는 유비가 손권의 여동생과 정략결혼을 하는 내용이 나온다. 본래는 전략적인 측면에서 꾸민 거짓 결혼이 진짜의 결혼으로 발전된다. 유비는 잠시 미인계로 향락에 빠지게 되나 공명의 지혜로 오나라에서 빠져나온다는 이야기가 나온다.

이러한 것처럼 영웅은 미인을 그냥 스쳐지나가기는 매우 어려운 듯하다. 영웅의 뒤에는 항시 미인이 존재하였으니까!

상식 한 마당 3

* 중국의 10대 미녀

중국의 역사에서는 수많은 영웅을 만들었지만 수많은 미녀도 탄생시켰다. 다음은 중국을 움직였던 10대 미녀를 간략하게 소개하고자 한다.

1. 달기(妲己)는 은(殷)나라를 파멸로 이끌었던 주왕의 여인이다. 주왕은 "사구(沙丘)에 별궁을 지어 놓고 술로 못을 만들고 고기를 매달아 숲을 만든(以酒爲池懸肉爲林)다음 남녀가 발가벗고 그 사이에서 밤낮없이 즐겼다."는 데서 주지육림(酒池肉林)의 고사성어가 나왔다.

2. 포사(褒姒)는 주나라 유왕이 총애했던 미인으로 허리가 가늘기(세요細腰)로 유명하며 평생 웃는 일이 없다가 잘못 점화된 봉화에 군사들이 헛걸음하는 것을 보고 웃음을 터트리자, 유왕은 포사를 웃기기 위해 거짓 봉화를 수시로 올리게 된다. 그 후 외적이 실제로 침입해오자 정작 아무 제후도 달려와 돕지 않는 바람에 서주에서 동주시대로 넘어가는 계기가 되었다. 붉은 입술 사이로 들어난 흰 치아가 매력적 이어서 단순호치(丹脣皓齒)라는 고사성어가 생겼다.

3. 서시(西施)는 월나라의 미녀로 와신상담(臥薪嘗膽)으로 유명한 오나라 부차와 월나라 구천의 고사에 등장한다. 월나라 구천이 미인계로 오나라 부차에게 서시를 시집보내며 오나라가 망하게 되는 계기가 되었다. "눈을 찡그려 예쁜 서시를 따라 동시도 흉내를 낸다."는 동시효빈(東施效矉)과 "물고기가 물속으로 숨고 기러기가 땅에 떨어질 만큼 아름다운 여인"이라는 침어낙안(沈魚落雁)의 고사성어가 여기에서 유래한다.

4. 우미인(虞美人)은 진시황이 죽은 후 초한대전으로 유명한 항우의 여인이다. 서초패왕 항우가 우미인을 사랑하여 전쟁터까지 데리고 다녔다고 한다. 사면초가(四面楚歌)로 항우가 위기에 몰리자 우미인은 항우의 부담을 덜기위해 자결을 한다. 그 무덤에서 핀

꽃이 우미인초(개양귀비)라고 한다.

5. 이부인(李夫人)은 한무제(漢武帝)의 여인으로 아름답고 춤을 잘 춰 한무제의 총애를 받았다. 문인 이연년(李延年)의 누이로 이연년이 노래하기를 "북쪽에 한 미인 있어, 절세 가인으로 홀로 우뚝하네. 한 번 돌아보면 성곽이 기울고, 두 번 돌아보면 나라가 기운다 네.(北方有佳人 絶世而獨立 一顧傾人城 二顧傾人國)"라는 시로 유명해 졌다.

6. 왕소군(王昭君)은 한나라 원제 때의 후궁으로 흉노의 선우에게 미인계로 시집보낸 여인이다. 침어낙안(沈魚落雁)이라는 고사성어에서 침어(沈魚)는 서시를 가리키고 낙안 (落雁)은 왕소군을 가리킨다. 왕소군은 화공 모연수에게 뇌물을 주지 않아 밉게 초상화 를 그리는 바람에 흉노 선우에게 시집을 가게 되었는데, 나중에 원제가 그녀의 미모를 보고 분노하여 모연수를 참수하였다고 한다.

7. 초선(貂蟬)은 소설 ≪삼국지≫에서 동탁과 여포사이를 이간시키기 위해 미인계로 이용하였던 여인이다. 침어낙안(沈魚落雁)과 대구로 폐월수화(閉月羞花)라는 고사성어를 쓰는데, 폐월(閉月)은 소설 ≪삼국지≫의 초선을 지칭하며, 수화(羞花)는 당나라의 미인 양귀비의 별칭으로 쓰인다. 폐월수화의 의미는 미인을 보면 "달이 부끄러워 구름 뒤로 숨고, 꽃들이 부끄러워 고개를 숙인다."라는 뜻이다

8. 양귀비(楊貴妃)는 당나라 때 현종의 여인으로 경국지색(傾國之色)으로 잘 알려진 여 인이다. 절세미인에 총명하여 현종의 총애를 독차지 하였다고 한다. 그러나 "안사의 난" 이 일어나자 나라를 기울게 한 책임을 뒤집어쓰고 죽게 된다.

9. 이사사(李師師)는 송나라 휘종의 총애를 받았던 여인으로 명기(名妓)이다. 정황후의 반대로 입궁을 못하자 휘종은 황궁에서 그녀의 집까지 지하통로를 뚫고 은밀한 사랑을 나눈 것으로 유명하다. 금나라가 송나라를 침략하자 그녀의 명성을 듣고 달려온 금나라 군사들 앞에서 그녀는 절개를 지키며 죽었다고 한다.

10. 진원원(陳圓圓)은 명나라 말기 장군 오삼계의 여인이다. "이자성의 난"때에 이자성의 부하가 진원원을 범했다는 소문을 듣자 오삼계는 이자성과 사생결단의 혈투를 벌인다. 또 오삼계는 만주족을 끌어들여 결국 명나라가 망하고 청나라가 들어서는 결과를 초래한다.

※ 일반적으로 당대와 송대를 기점으로 중국의 미인관은 크게 변한다. 즉 당 이전에는 양귀비처럼 통통한 여자가 미인이었던 반면, 송대에 이르러서는 전족(纏足)의 유행과 함께 날씬해지는 양상을 보여주고 있다.

※ 중국 사대미녀중 하나인 초선은 실존 인물이 아닌 가공인물이다. 사료에 근거하면 동탁이 한나라 황실을 범하였을 때 황실에서 데리고 온 궁녀로 추정된다. 역사에는 동탁의 집에 있던 시비(侍婢) 초선과 여포의 염분에 대한 간략한 기록만이 존재할 뿐 실제 왕윤의 양녀는 절대 아니다. 이는 소설화 과정에서 삽입된 허구이다. 또 제갈량이 이교를 비유했던 동작대도 사실 적벽대전 후 3년이나 지나서 만들어 졌고, 〈동작대부〉도 동작대를 만든 지 2년 후에 지었다고 한다. 이교에 대한 문구도 나관중과 모종강이 만들어 낸 허구인 것이다. 그 외 미인계로 이용되어 유비에게 시집온 손부인은 유비가 죽자 강물에 투신했다고 하지만 이 또한 문학적 허구일 뿐이다.

第3講

삼고초려(三顧草廬)편

* 역사는 소수의 창조자에 의해 만들어 진다.

▌소설 배경(제35회 - 제42회)

세력기반과 입지가 가장 빈약했던 유비는 우연히 사마휘(수경선생)를 만나 와룡과 방통에 대한 이야기를 듣게 되고, 그 후 책사 서서를 만나 나라의 기틀을 마련하고자 하나 조조의 음모(조조가 서서 어머니를 인질로 삼음)로 결국 서서는 유비를 떠나 조조에게로 가버린다. 서서는 떠나면서 유비에게 와룡과 봉추를 추천한다. 와룡의 거처를 알아낸 유비는 삼고초려(三顧草廬) 끝에 겨우 와룡 제갈공명을 책사로 삼는데 성공한다. 그리고 유비와 제갈량의 밀착관계는 관우와 장비 등의 보이지 않는 시기와 견제를 야기 시킨다. 그러나 제갈량은 박망파 전투에서 지략과 지모를 유감없이 발휘하여 관우와 장비 및 조자룡 등 세상 사람들을 탄복시키며 화려하게 무대 전면에 등장한다.

제갈량은 먼저 형주를 점령하여 기반을 확보하려 하나 유비가 대의명분을 내세워 주저하는 사이에 결국 조조의 대군이 형주로 진격해 오게 된다. 이때 유표가 병사하면서 형주는 대 혼란에 빠진다. 대권을 이어받은 유종은 조조에게 항복을 준비하자 유비는 신야를 불태우고 자신을 따르는 백성과 함께 남하한다. 남하하는 도중 조자룡은 전투 중에 세자를 구하여 공을 세우고, 장비는 장판교의 싸움에서 위세와 용맹을 천하에 떨친다. 이때 형주를 점령한 조조는 유비와 손권이 서로 싸우도록 이간시키나 오나라의 노숙은 오히려 유비와 손을 잡고 조조를 견제하는 계획에 들어간다.

한편 오나라 손권은 주유·노숙·여몽·육손·공근 등을 기용하여 안으로는 내실을 기하고 밖으로는 꾸준히 세력을 확장시킨다.

> ※ 삼고초려 편에서의 키워드는 "인재의 등용"이다. 토인비는 "역사는 창조적 소수에 의하여 만들
> 어 진다"고 하였듯이 세상을 이끄는 것은 소수의 인재가 세상을 만드는 것이다. 또 요즘 흔히
> 하는 말로 "똑똑한 인재 한명이 십만 명을 먹여 살린다"는 말이 있다. 이처럼 인재의 등용은 사
> 회나 국가에 있어서 흥망을 결정짓는 중요한 변수이기 때문이다. 과연 소설 ≪삼국지≫에서는
> 어떠한 인재가 있었으며 또 인재를 얻기 위한 삼고초려는 어떻게 하였을까?

---

* 삼고초려(三顧草廬)

형주의 유표 밑에 잠시 의탁하던 유비는 채모의 흉계에 빠져 위기에 몰리게 되나 이적
의 도움으로 극적으로 도망친다. 도중 우연히 수경선생(사마휘)을 만나 와룡(臥龍)과 봉
추(鳳雛)중 하나만 얻어도 천하를 경영할 수 있다는 말을 듣게 된다. 그 후 와룡이 인근
융중지방에 거처한 다는 사실을 알게 된다. 유비는 몹시 기뻐하며 관우와 장비를 데리고
융중에 거처하는 제갈량의 집을 찾아갔으나 외출중이란 말을 듣고 신야로 되돌아온다.
며칠 후 제갈량이 집에 돌아왔다는 소식을 들은 유비 일행은 눈보라를 헤치며 제갈량의
집에 찾아갔으나 또 외출을 하였다는 소식을 듣는다. 그 후 사람을 자주 보내 제갈량이
집에 있다는 소식을 접한 유비는 세 번째로 융중을 찾아간다. 때마침 제갈량은 초당에서
낮잠을 자고 있었다. 그러나 유비는 제갈량이 깨어날 때까지 초당 댓돌 아래에서 공손히
기다린다.

유비의 성심에 감동한 제갈량이 자신이 품고 있던 천하삼분론에 대한 비전을 제시하
자 유비는 제갈량에게 도와줄 것을 간곡히 청한다. 유비의 진정성을 본 제갈량은 흔쾌히
유비를 따라 정계로 나온다. 그 후 제갈량은 죽을 때까지 전심전력으로 유비를 보좌하며
또 자신의 정치적 포부를 실현해 나간다. 이러한 연유에서 삼고초려라는 말의 의미는
"인재를 얻기 위해 극진한 예를 갖춘다는 뜻"으로 사용된다.

예로부터 동양에서는 3이라는 숫자를 즐겨 사용하였다. 주로 삼세번과 사양의 미덕으
로 3이라는 숫자를 사용하였고 심지어 왕위를 양도하는 선양(禪讓)에서 조차도 3번의 사
양지덕(辭讓之德)을 중시하였다.

그러기에 삼고초려라는 고사성어를 단순히 예전부터 전해 내려오던 미담으로만 볼 것이 아니라 현대적 관점에서 또 심리학적인 관점에서 이해하고 분석할 필요가 있다. 즉 유비와 제갈량은 고용주와 고용인의 관계가 형성되는 것이다. 고전에 "약은 새는 나무를 가려서 깃들고, 지혜로운 신하는 군주를 가려서 섬긴다."라는 말이 있듯이 제갈량의 입장에서 보면 생면부지의 유비, 그리고 아무런 정치적 기반도 없는 유비에게 자신의 일생을 맡긴다는 것은 대단히 위험한 정치적 모험인 것이다. 그러기에 제갈량에게는 유비의 인격과 됨됨이를 관찰할 적절한 시간이 필요했고 또 자신의 몸값을 적당히 저울질할 계기가 필요했던 것이다.

〈그림 11〉 와룡을 얻고자 유비가 삼고초려하다

반면 유비의 입장에서는 최고의 책사를 얻기 위해서는 제갈량에 대한 최고의 예의를
보여줄 필요가 있었다. 그러기에 관우와 장비를 대동하고 엄동설한에 3번이나 초옥을
방문하며 제갈량의 체면을 크게 살려주는 수고를 감내하였던 것이다. 이러한 가운데 상호
의 조건과 이상이 부합되며 삼고초려는 성공적인 시너지 효과를 낼 수 있었던 것이다.

〈그림 12〉 제갈량이 천하삼분지계를 설파하다(융중대책)

그러면 왜 제갈량은 유비를 주군으로 선택하였을까?

제갈량과 같은 인재라면 조조 진영이나 손권 진영에서도 탐낼만한 인재이다. 또 제갈
량도 강력한 세력과 기반을 갖춘 조조나 손권에게 의탁하여 정치적 야망을 실현시킬 수
도 있었을 것이다. 그러나 정작 제갈량이 빈털터리 유비를 선택한 이유는 바로 상호의

이해관계가 부합되었기 때문이다. 즉 조조 진영에는 이미 곽가·순욱·정욱 등 기라성 같은 참모들이 버티고 있어 그 틈을 비집고 들어갈 여지가 없었고, 또 손권 진영에도 이미 주유·노숙 등 쟁쟁한 가신그룹이 형성되어 있어 자신의 능력발휘가 어려웠다고 본 것이다.

전국책(全國策)에 "닭 머리가 될지언정 소꼬리는 되지 않는다.(寧爲鷄口 無爲牛後. 일명 鷄口牛後)"라는 명언이 있다. 큰 집단에서 치열하게 경쟁하느니 비록 가진 것은 없으나 개척의 여지가 충분하고 자신의 능력을 십분 발휘할 가능성이 높은 유비 진영에 승부수를 띄운 것이라 할 수 있다. 특히 유비같은 권력위임형 주군과는 성격 면에서 환상의 콤비를 이룰 가능성을 감지하였던 것이다. 이러한 판단은 단지 제갈량만 한 것은 아니다. 바로 봉추(鳳雛) 방통도 이러한 연유에서 유비를 선택하게 된다.

"와룡봉추(臥龍鳳雛)"라는 말과 "봉추추지요, 와룡승천이라(鳳雛墜地, 臥龍昇天 : 봉추 [방통]는 땅에 떨어지고 와룡[공명]은 승천한다)"이라는 말이 있다. 일찍이 수경선생은 와룡과 봉추중 하나만 얻어도 천하를 경영할 수 있다고 하였지만 유비는 두 명의 책사를 모두 얻고도 천하통일의 대업은 이루지 못했다.

그 이유는 첫째 방통의 요절에 있다. 방통은 시작부터 불공정한 게임을 하였다. 즉 추남이라는 이유로 손권과 조조 진영에서도 중용되지 못하여 결국 자발적으로 유비 진영으로 찾아온다. 유비 진영에 와서도 장비가 그 진가를 발견하기 전까지 그는 무시를 당하는 수모를 감수해야 했다. 이는 삼고초려를 통해 화려하게 정계에 진출한 제갈량과는 극명한 대조를 이룬다. 그러기에 방통은 이러한 수세를 만회하고 빨리 출세하려는 조급함과 제갈량에 대한 오해 등으로 낙봉파에서 36세의 나이로 요절하는 바람에 꿈을 펼쳐보지도 못하고 인생을 마감한 비운의 책사로 남게 되었다.

둘째는 유비가 관우의 원수를 갚겠다고 무리하게 일으킨 이릉대전으로 결국 유비는 이 전투의 후유증으로 죽게 되면서 천하통일의 꿈은 사라지고 만다.

셋째는 제갈량의 과로사이다. 당대 최고의 책사이며 지략과 지모가 뛰어났던 제갈량도 자신의 건강을 돌보지 않고 조급하게 대업을 이루려 하다가 결국에는 병사를 하게 되면서 비록 삼국정립으로 천하경영은 하였지만 최후의 꿈인 천하통일은 사마염의 진(晉)나라로 넘겨주었다.

* 삼국의 인재들...

집안이나 기업이나 더 나아가 국가의 흥망은 인재의 기용에서 결정된다. 어느 시대나 "사람은 많으나 인재는 없다"라는 말을 많이 한다. 과연 인재가 없는 것일까? 아니면 인재를 찾아내지 못하는 것일까?

역사를 움직인 창조적 소수는 항상 존재하였다. 그러나 그 창조적 소수가 누구를 만나느냐에 따라 결과는 달라지게 마련이다. 즉 신하는 누구를 만나 섬기느냐에 따라 운명이 결정된다는 의미이다. 반대로 군주는 어떤 인재를 기용하느냐에 따라 나라의 흥망이 결정된다.

소설 ≪삼국지≫에서 건안 12년(207년)은 조조와 유비에게 있어서 희비의 쌍곡선을 그리는 분기점이 된 매우 의미가 있는 해이다. 그해에 유비는 특급참모 제갈량을 책사로 받아들인 반면 조조에게 있어서는 특급참모인 곽가가 죽은 해이다. 적벽대전에서 대패한 후 조조가 가장 안타까워 한 인물이 바로 곽가였다. 조조는 "적벽대전 때에 곽가가 있었다면 내가 이런 수모를 당하지 않았을 텐데" 하면서 통곡을 하였다는 기록이 있다.

이처럼 곽가와 순욱마저 잃은 조조의 기세는 한풀 꺾이고 제갈량에 방통까지 얻은 유비는 본격적으로 세를 펼치면 삼국을 정립시킨다. 그러기에 인재의 양성이야말로 나라의 흥망을 좌우하는 중요한 변수인 것이다.

* 조조는 삼국 중에 가장 풍부한 인재 그룹을 형성하고 있었다. 그의 인재그룹은 대략 3가지로 분류된다.
 1) 조조가 처음 동탁 타도를 외치며 군사를 모을 때 모인 오리지널 가신 그룹.
 2) 후한의 황제를 끼고 조정(후한)을 호령하던 시기에 모여든 헌제의 가신 그룹.
 3) 관도대전 이후 포로였다가 전향한 신진 가신 그룹.

특히 인재에 욕심이 많았던 조조는 전쟁을 통하여 관용과 포용을 내세우며 적극적으로 인재를 끌어들여 위나라 건국의 초석으로 삼았다. 그러나 조조와 조비 때에는 그런대로 조화를 이루며 인재 경영을 성공적으로 이끌었지만 조조와 조비가 죽은 후대에는 사마의를 따르는 인재 그룹과 충돌하며 급격히 붕괴되었다.

* 손권의 인재 그룹은 매우 다양한 계층을 흡수통합하며 인재 그룹이 형성되었다. 손권의 인재 그룹도 대략 3가지로 분류할 수 있다.

1) 선친 손견을 따르던 인재 그룹
2) 형 손책이 이끌었던 인재 그룹
3) 손권 자신이 키운 인재 그룹

손권은 손견의 가신 그룹과 손책의 가신 그룹 및 자신의 가신 그룹 등 성격이 각기 다른 계층의 인재 그룹을 인내와 화합으로 조화를 시키며 흡수하였고 또 새롭게 양성하며 인재 그룹을 만들어 갔다. 그러나 손권이 죽은 후에는 인재의 부족현상이 일어나며 오나라는 급격히 붕괴되었다.

* 유비의 인재 그룹은 형주시절부터 만들어졌기에 가장 취약한 상황에서 또 가장 늦게 형성되었다. 이 또한 3부류로 분류된다.

1) 건국하기 전 형주에서 모았던 인재 그룹인 형주파
2) 유장이 익주를 통치하던 시절 유비에 귀순한 동주파
3) 익주에서 자생적으로 힘을 키운 익주파

촉한의 인재 그룹은 주로 형주파와 동주파 및 익주파로 형성되었는데 주로 형주파와 동주파에 의하여 정권이 장악되는 구조적 모순점을 가지고 있었다. 익주파는 권력에서 소외되며 불만이 가장 많았기에 제갈량이 죽은 이후에는 익주파가 가장 먼저 등을 돌렸다. 이러한 결과 촉한이 가장 빠르게 나라를 잃고 말았다.

다음은 삼국을 움직인 인재들이다.

나라	문/무관	인물
위나라	참모	사마의 · 가후 · 곽가 · 순욱 · 곽회 · 허유 · 순유 · 양수 · 왕랑 · 왕숙 · 정욱 · 사마사 · 사마소 · 종요 · 종회 · 화흠
	장수	조인 · 하후돈 · 하후연 · 방덕 · 서황 · 악진 · 우금 · 이전 · 장합 · 장료 · 전예 · 전위 · 조진 · 조창 · 조홍 · 조휴 · 등애 · 허저
촉나라	참모	제갈량 · 방통 · 법정 · 비의 · 간옹 · 동윤 · 등지 · 마량 · 마속 · 미축 · 손건 · 양의 · 유파 · 이적 · 장완 · 진지
	장수	관우 · 장비 · 조운 · 황충 · 마초 · 강유 · 관평 · 뇌동 · 마대 · 엄안 · 유봉 · 왕평 · 요화 · 위연 · 이엄 · 장익 · 주창 · 하후패 · 황권
오나라	참모	주유 · 노숙 · 육손 · 제갈근 · 감택 · 고옹 · 반준 · 보즐 · 여범 · 우번 · 장굉 · 장소 · 장제 · 제갈각
	장수	태사자 · 감녕 · 여몽 · 능통 · 주태 · 마충 · 황개 · 미방 · 반장 · 서성 · 육항 · 장흠 · 정보 · 정봉 · 주환 · 진무 · 한당

이처럼 유능한 인재의 등용은 나라의 운명을 좌우할 정도로 미치는 영향이 크다고 할 수 있다. 또 현대의 기업에서도 유능한 인재 하나가 천 명을 혹은 만 명을 먹여 살린다는 말이 나오는 이유가 여기에 있다. 그러기에 "인사가 만사다"라는 명언은 예전이나 지금이나 여전히 중요한 의미를 지니고 있는 것이다.

* 인재를 향한 각축전...

나타났다가 순식간에 사라진 수많은 영웅호걸들... 그들의 성패를 가른 것은 인재의 양성에 있었다.

당시의 인재 그룹은 조정에서 주군을 모시는 인재 그룹과 후한 말 외척과 환관의 권력 투쟁에 염증을 느낀 엘리트 지식인 그룹이었던 청류파가 있었다. 하지만 청류파는 두 차례 "당고의 화"를 겪으면서 전국 각지로 흩어졌고, 후대에 형주를 중심으로 한 재야 인재 그룹이 형성되었다. 이들의 대표주자가 수경선생 사마휘와 방덕공 · 제갈량 · 최주평 · 석광원 · 서서 · 맹공위 · 마량 · 방통 · 윤묵 · 왕찬 등이었다. 물론 이들 재야인사 가운데는 제갈량이나 서서 · 방통 · 마량 등과 같은 인재는 재야생활을 접고 세상으로 나온 인물들이다.

또 조정에서 황제를 모신 인재 그룹은 황권의 붕괴에 따라 각기 강한 주군을 찾아 이합집산하는 양상을 보인다. 앞에서 소개한 조조와 유비 및 손권의 인재 그룹 외에도 기타 영웅호걸들의 인재 그룹 또한 만만치 않다.

동탁의 인재 그룹 : 이유·여포·곽사·이각·화웅·가후·장료·한복·화흠
여포의 인재 그룹 : 진궁·진등·진규·한섬·장료
원술의 인재 그룹 : 기령·양봉·한섬·장노
원소의 인재 그룹 : 허유·곽도·전풍·저수·장합·순우경·문추·순욱·진림·한복
유표의 인재 그룹 : 채모·장윤·괴월·이엄·이적·위연·황충

이처럼 만만찮은 인재 그룹에 중복되는 인물이 다수 나타난다. 한마디로 철새 정치인들이다. 이들은 주군의 흥망에 따라 자신의 주군을 바꾸며 발 빠르게 혼란한 국면을 대처하였다. 가장 대표적인 인물이 바로 가후였다. 가후는 조조의 참모이기는 하지만 이전에 이미 5번이나 주군을 바꾸고 6번째로 모신 주군이 조조였다.

결국 '군주가 인재를 어떻게 받아들이고 어떻게 쓰느냐'에 따라 흥망성쇠가 결정되는 것인데 여기에서 유능한 군주의 공통점은 인재에 대한 욕심이 많았다는 점이다.

특히 인재에 집착을 보인 인물은 조조였다. 조조의 인재에 대한 욕심은 지나칠 정도로 과했다. 적군의 신하까지도 자기 사람으로 만들고자 집착을 보였다. 특히 관도대전을 통하여 허유·순욱·진림 등 수많은 원소의 신하들을 그대로 포용하였다.

또 조조의 인재 사랑은 적군의 장수에게 까지도 추파를 보냈다. 대표적인 사례가 관우에 대한 짝사랑이다. 금은보화에 미녀 및 적토마까지 주어가며 회유하는 적극성을 보이기도 하였다. 그러나 조조에게는 자신에게 위해가 되거나 걸림돌이 되면 바로 용도를 폐기하는 냉정함을 함께 가지고 있었다. 그러한 예가 바로 군기누설 죄로 죽어간 양수와 조조의 정권탈취를 반대하다 자의반 타의반으로 죽은 순욱이 그러한 케이스이다.

유비의 인재 욕심 또한 빠지지 않는다. 제갈량을 책사로 맞이하기 위해 삼고초려에서 보여준 지극정성은 결국 제갈량을 감복시켜 출사하도록 만들었다. 또 피난길에 당양현 장판에서 조조군의 습격을 받고 도주할 때, 조운이 미처 도망가지 못한 유선을 구출해

오자 "이까짓 자식 때문에 아까운 장군을 잃을 뻔 했소"라며 조자룡의 손을 잡고 눈물을 흘리자 조자룡은 크게 감동을 받는다. 결국 이 한마디는 조자룡이 죽을 때 까지 유비에게 충성을 다할 수밖에 없었던 계기가 되었다.

손권의 인재 욕심은 인내와 화합의 결정체이다. 그에게는 손견의 가신 그룹과 손책의 가신 그룹 및 자신의 가신 그룹을 함께 수용하고 화합시켜야만 하는 어려움이 있었다. 그러나 그는 인내와 화합으로 조화를 시키며 오나라를 반석에 올려놓았던 군주이다. 특히 유연한 처신과 넓은 도량으로 원로대신을 수용하였으며, 당근과 채찍요법으로 인재를 끌어 모으고 또 인재를 키웠다. 그러한 결과 주유·노숙·여몽·육손 같은 유능한 인재들이 끝없이 나와 오나라를 지탱해 주었다.

옛말에 "여인은 자기를 사랑하는 사람을 위해 몸을 바치고, 남자는 자기를 인정해 주는 사람을 위해 몸을 바친다."라는 말이 있다. 또 "인재는 인재를 알아보는 군주만이 인재를 품을 수 있다."라는 격언도 있다. 그러기에 어느 시대나 인재는 있어왔으나 현명한 주인을 만나지 못해 꿈을 펼치지 못하는 경우가 있었고, 반대로 군주는 현명한 인재를 알아보지 못해 대사를 망치는 경우가 부지기수였다.

역사에 나오는 성공한 군주에게는 반드시 현명한 인재가 있었기에 가능했다. 그러기에 과거에도 그 지혜로운 소수의 창조자가 세상을 이끌어 왔고, 또 미래에도 그 창조적 소수가 세상을 이끌어갈 것이다.

상식 한 마당 4

* 삼고초려와 적벽대전의 장소

☆ 삼고초려의 장소는 호북성 양양(襄陽)인가? 하남성 남양(南陽)인가?

유비가 제갈량을 찾아 삼고초려를 한 장소에 대해 한때 호북성 양양시와 하남성 남양시가 원조시비를 놓고 크게 대립되었다. 이 문제에 대해서는 아직도 대립된 상태이지만 일반적인 정설은 호북성 양양시로 귀결되고 있다. 양양시의 남쪽(13km)에 제갈량이 살았다고 하는 융중이 있는데 이곳이 바로 "천하삼분론"을 구상하며 융중대책을 세웠던 곳이다.

그러나 제갈량의 출사표와 《한진춘추》에는 그가 남양에 살았다고 언급되어 있다. 하지만 지금의 남양시는 후한 때에 완현으로 불리었으며 당시에는 조조의 영역이었다. 그럼에도 불구하고 후대에 많은 오해가 생기며 분란을 키워왔다. 그 대표적인 예가 남송의 명장인 악비가 남양을 지나다가 와룡강의 무후사에 들려 제갈량의 출사표를 읽고는 눈물을 흘렸다는 기록과 그날 밤 눈물로 밤을 지새우며 자신도 제갈량의 출사표를 쓰게 된다. 악비장군 조차도 남양 융중을 이곳으로 잘못알고 착각을 하였던 것이다. 이러한 오해와 대립은 지금까지도 이어지고 있으나 중국정부는 명확한 입장을 표시하지 않고 학술적인 문제이니 학자들이 학술적으로 해결하라고 미루고 있다. 그러나 그 내면에는 다른 속사정이 있다. 즉 삼고초려의 장소가 양양시나 남양시 가운데 하나로 결정되면 두 도시 중 하나는 관광산업에 큰 타격을 받게 되기 때문에 판단을 아예 관광객의 몫으로 돌린 것이다.

☆ 적벽대전이 일어난 곳은 어디인가?

적벽대전의 전쟁터에 대해서는 수·당나라 이래로 포기지방·황강지방 등을 포함해서 다섯 곳이나 되었지만 지금은 포기시(현 적벽시)를 정설로 받아들이고 있다.

그러나 지금도 중국에는 적벽이 두 곳이나 된다. 호북성 황강에 있는 적벽은 송대의 소동파가 이곳에 유배되어 적벽에서 뱃놀이를 하다가 지은 《적벽부》에서 유래된다. 《적벽부》에는 조조와 주유가 벌였던 적벽대전에 대해 감회를 밝힌 부분이 나온다. 일설에는 소동파가 이곳을 삼국시대 적벽대전을 벌였던 곳으로 착각하여 지었다고 한다.

그리고 다른 한곳은 오늘날의 호북성 적벽시이다. 이곳이 바로 소설 《삼국지》에 나오는 적벽대전 최대의 격전장 적벽을 가리킨다. 오늘날 두 곳의 역사적 가치를 중시하여 소동파가 노닐며 《적벽부》를 지었던 그곳을 "문적벽(文赤壁)" 혹은 "동파적벽(東坡赤壁)"이라 부르고, 소설 《삼국지》의 적벽대전 전쟁터를 "무적벽(武赤壁)"이라고 부르고 있다.

第4講

적벽대전(赤壁大戰)편

* 강한 자가 살아남는 것이 아니라 살아남은 자가 강한 자이다.

▌소설 배경(제43회 – 제50회)

제갈량은 오나라로 들어가 적벽대전의 필요성을 토로하며 주유에게 조조가 노리는 것은 강동이교(江東二喬, 大喬 : 손책의 부인, 小喬 : 주유의 부인)라며 조식의 시 동작대부(銅雀臺賦)를 이용하여 주유를 격분시킨다. 결국 제갈량은 오나라를 끌어들여 위나라와 일대 접전을 하였는데, 이것이 곧 적벽대전이다.

조조는 형주에서 항복한 채모와 장윤을 수군도독으로 임명하여 수군의 위세를 크게 정비시킨다. 이때 주유는 조조가 첩자로 보낸 장간을 역이용하여 채모와 장윤을 제거하는데 성공한다.

수군 도독 채모를 간단히 제거한 주유는 화공으로 조조의 함선들을 불태우는 화공계를 준비한다. 이때 방통은 수상전에 약한 조조군대에 배끼리 사슬로 묶는 연환법을 제시한다. 이어 주유는 황개를 고육지책으로 조조와 내통하게 하며, 동남풍이 부는 날 투항하는 척 조조의 함선에 접근하여 이 함선을 모두 불태운다. 이렇게 하여 적벽대전은 손권과 유비연합군의 승리로 끝난다.

한편 주유는 범상치 않은 제갈량을 제거하고자 병사들을 급파하나 배풍대에서 동남풍을 기도하던 제갈량은 주유의 감시망을 피해 미리 준비한 함선을 타고 유유히 유비의 진영으로 돌아온다.

화공으로 궁지에 몰린 조조는 허둥대며 도망치다 제갈량이 미리 매복시켜두었던 조자

룡과 장비를 차례로 만나지만 황급히 이들을 따돌리고 도망친다. 마지막 3번째는 화용도
에서 관우에 붙잡히나 조조는 관우에게 예전의 의리를 읍소하며 위기에서 겨우 탈출한다.

※ 소설 ≪삼국지≫에서 적벽대전은 100만의 조조군대와 10만의 손권·유비연합군이 출동한 대규
모 전투로 외교와 병법 및 심리전 등이 총망라된 전투의 하이라이트이다. 또 소설 ≪삼국지≫
에서 허구성과 예술성이 가장 잘 부각된 부분이기도 하다. 여기에서의 핵심은 심리학에 바탕을
둔 외교력과 병법의 운용이다.

〈그림 13〉 적벽에서 주유가 화공으로 조조를 물리치다

* 적벽대전은 전투의 종합예술이다

적벽대전은 치밀하게 잘 짜여 진 한편의 드라마이다. 제갈량이 동남풍을 빌려오는 것 외에는 그리 무리한 부분이 별로 없다. 문제의 동남풍도 천문지리와 기후변화에 밝은 제갈량의 입장에서 또 형주에서 젊은 시절을 보낸 제갈량은 충분히 이러한 점을 감안하여 주유에게 내기승부를 걸어볼 만한 일이기에 그리 억지스런 이야기만은 아니다. 그러기에 적벽대전의 한 부분만으로도 발단·전개·위기·절정·결말이 명확하게 드러나며, 이야기 전개방식도 흥미와 긴장을 교묘하게 배합하였기에 소설로써 성공적 요소를 모두 갖추고 있다.

적벽대전의 발단부분은 제갈량이 오나라의 주유와 손권을 설득하여 조조와의 일전을 성사시키는데서 적벽대전은 시작된다. 그러나 약 10만여 명 정도의 유비·손권 동맹군이 100만 대군의 조조군대를 맞이하여 전투를 벌인다는 것은 무리한 전투임이 틀림없다. 그러기에 교묘한 전략 전술과 기발한 병법이 총망라되어 최후의 한판승부를 가르는 내용으로 전투라기보다는 잘 짜여진 종합예술을 감상하는 느낌마저 든다. 또 치밀한 구성은 시작부터 긴박함과 긴장감으로 계속 이어져 끝날 때까지 숨조차 돌릴 틈을 주지 않고 이어진다. 그 내용의 핵심을 살펴보면 다음과 같다.

조조는 주유와 친분이 있는 장간을 오나라에 보내 주유를 설득 시키고 한편으로 염탐을 하고자 첩자로 파견하였다. 주유는 그 의도를 간파하고 오히려 장간으로 하여금 주유가 자고 있을 때 채모와 장윤이 주유와 내통하고 있다는 허위 편지를 보도록 방치해둔다. 이 허위편지를 액면 그대로 받아들인 조조는 크게 노하여 당장 채모와 장윤을 처형시킨다. 여기에서 주유의 초반작전은 크게 성공을 거둔다. 즉 채모와 장윤은 형주의 유표부하로 수군에 능통한 전문가이기에 이들을 제거하고 우금과 모개와 같은 육군 기마장수를 수군도독으로 임명하게 한 것은 전략적으로 큰 승리이기 때문이다.

그 후에 장간이 다시 주유를 염탐하러 오지만 주유는 편지를 훔쳐갔다는 죄목으로 산속에 가두고 의도적으로 방비를 허술하게 하여 탈출하도록 방치하였다. 장간은 그곳을 탈출하여 방통을 데리고 조조의 진영으로 돌아왔다. 방통은 조조군사들이 수전에 약해

배 멀미를 하는 것을 보고 배를 서로 연결하도록 하고 그 위에 널판을 깔도록 건의하고 사라진다.

조조는 장간이 몰래 훔쳐왔던 편지가 주유의 계략인 것을 알아차리고 역으로 채모의 동생 채중과 채화를 주유군대에 거짓 투항시켜 잠입시킨다. 그러나 주유는 사항계라는 것을 간파하고 다시 역으로 채중과 채화를 이용한다. 즉 주유는 고육계를 활용해 황개를 처벌한다. 물론 이것은 사전에 주유와 황개가 조조를 속이고자 약속된 고육지책이었다. 그러나 이러한 사실을 모르는 조조의 첩자 채중과 채화는 이러한 사실을 낱낱이 조조에게 보고한다. 어느 날 황개는 조조에게 투항의 의사를 전달한다. 채중과 채화로부터 상황을 보고받은 조조는 황개의 투항을 의심없이 받아들인다. 이처럼 거짓으로 위장하여 투항하는 것을 사항계(詐降計)라고 하는데 바로 조조가 채중과 채화를 이용하여 쓴 작전이다. 그러나 주유는 이것을 역이용하여 역사항계(逆詐降計)로 황개를 이용하였던 것이다.

한편 제갈량은 주유의 화공법이 성공하려면 동남풍이 필요하다는 것을 알고 칠성단을 만들어 기도를 올린다. 천문지리에 능통한 제갈량은 이때쯤이면 간혹 계절풍의 영향으로 동남풍이 불어온다는 사실을 알고 있었다. 그러기에 동남풍의 비밀은 신풍이 아니라 오랜 경험을 통해 얻은 통계적 확률에 근거한 일종의 과학이다.

또 제갈량은 조자룡에게 군마를 주어 오림에 매복하게 하고, 장비에게는 이릉으로 가는 길을 차단하여 호로곡에 매복하게 했으며, 마지막으로 관우에게는 화용도에 매복하도록 지시하고는, 자신은 미리 준비한 배를 타고 주유의 감시망에서 탈출하여 유비에게로 귀환한다.

드디어 동남풍이 부는 날 주유는 거짓으로 항복한 채화일당을 처형하고 또 제갈량을 제거하라고 지시한다. 동시에 황개는 항복을 가장하며 조조의 함대에 접근하여 조조군 수채에 불을 붙이고 총공격에 들어간다. 이미 사슬로 묶인 배들은 순식간에 불이 붙어 조조군대는 일대 혼란에 빠진다. 이때 장료가 황급히 군사를 이끌고 조조를 구출하여 탈출한다.

육손과 태사자 등이 합세하여 도망치는 조조를 추격하자 조조는 오림방향으로 도망친다. 그러나 오림에는 조자룡이 이미 매복하고 있던 터라 혼비백산하여 달아난다. 조조는 이릉방향으로 가던 중 호로곡에서 잠시 머무르지만 그곳에도 장비가 매복하고 있다가 기습해오자 조조군은 만신창이가 되어 화용도 인근으로 도망친다. 하지만 화용도에는 이미 관우가 매복하고 있다가 나타나 조조를 절망에 빠트린다. 이에 조조는 관우에게 옛날의 의리와 은혜를 내세우며 목숨을 구걸한다.

관우가 갈등하는 사이 조조는 남은 군사 이십여 명을 이끌고 남군 근처의 조인과 합류해 번성으로 도망간다. 이튿날 조조는 남은 군사들을 수습해 근거지 허창으로 돌아가며 적벽대전은 조조의 참패로 막을 내린다.

이처럼 적벽대전은 잘 구성된 한편의 드라마로 처음부터 끝까지 긴장의 끈을 풀지 못하게 하는 매력과 시종일관 흥미진진한 이야기로 점철시키고 있어 독자로 하여금 책에서 눈을 떼지 못하게 하는 마력을 가지고 있다.

* 적벽대전의 전략전술

적벽대전의 전략전술은 크게 외교전과 병법으로 나눌 수 있다. 특히 외교전과 병법은 심리학에 근거를 두고 있다. 우선 여기에 동원된 외교전과 병법을 살펴보면, 외교전의 경우 3가지의 외교력이 상징적으로 잘 드러나고, 병법에 있어서는 10여 가지의 병법이 인상적이다.

적벽대전에서 펼친 제갈량의 외교전은 눈부시다. 그의 외교전은 크게 천하삼분론(天下三分論)과 이이제이(以夷制夷) 그리고 설전군유(舌戰群儒)와 동작대부를 이용한 주유의 참전유도 등으로 나눌 수 있다.

제갈량은 당시 아무런 정치적 배경과 세력도 없는 혈혈단신의 몸이었다. 그럼에도 불구하고 천하삼분 대업의 구상을 완성하고자 먼저 오나라의 노숙을 파트너로 삼고 적벽대전의 계획한다. 한편으로는 노숙과 제갈근처럼 천하삼분론에 동조하는 세력을 끌어모아 세를 규합한다. 천하삼분이란 조조의 세력이 너무 크기에 손권과 유비의 세력이 힘을 모아 조조를 견제한다는 계획으로 노숙도 이를 지지하고 있었다.

"이이제이"란 오랑캐를 이용해 오랑캐를 무찌른다는 뜻으로 한 세력을 이용하여 다른 세력을 견제하게 하는 병법이며 외교전이기도 하다. 역대 중국이 주변국을 대상으로 쓰던 전통적 병법이며 현대에도 이러한 방법은 주요한 외교정책으로 이용되고 있다. 적벽대전에서는 세력이 약한 유비진영이 오나라를 전쟁에 끌어들여 위나라의 공격을 막아내게 하는 것이 대표적이다.

노숙과 함께 오나라로 들어온 제갈량은 오나라의 참모들에게 설전군유(혹은 강동설유)를 펼치며 전쟁의 불가피론을 주장한다. 이때 강동의 명사들 가운데 장소·우번·보즐·육적·설종·엄준·정덕추 등은 100만 대군을 갖춘 조조의 위세에 눌려 항복을 주장하고 있었다. 제갈량은 이들과의 격렬한 난상토론에서 논리정연한 언변으로 분위기를 반전시키는 외교적 성과를 거둔다.

또 항복이냐 전쟁이냐를 놓고 주저하는 주유에게는 조조의 아들 조식이 쓴 동작대부 가운데 "동남의 두 교씨를 잡아와 그들과 함께 즐기리라"라는 "강동이교"의 문구가 대교는 손책의 처를, 소교는 주유의 처를 의미한다고 속여 주유를 격분시킨다. 결국 오나라를 전쟁에 끌어들여 적벽대전을 성사시키는 절묘한 외교력을 발휘한다.

사실 유비 입장에서는 손해가 전혀 없는 싸움이 바로 적벽대전이다. 더군다나 조조가 형주까지 대군을 이끌고 출전한 것도 따지고 보면 유비를 잡기 위해서였다. 그러기에 오나라가 항복을 하면 다음 차례는 자신이기에 목숨을 걸고 오나라를 부추겨 싸워야 하는 절박한 상황이었다.

적벽대전은 병법의 박람회장이었다.

적벽대전에서는 매우 다양한 병법이 구사되었다. 그중에서 대표적인 병법만 몇 가지 간추려 소개한다.

1) **이이제이**(以夷制夷) : 이이제이는 적을 또 다른 적의 힘을 이용하여 무찌르는 계책으로 힘이 약한 제갈량이 오나라의 힘을 이용하여 위나라를 친 적벽대전이 대표적이다.

2) **반간계**(反間計) : 반간계는 상대방의 첩자를 역이용하여 상대의 사이를 이간시키는 계책으로 조조가 보낸 장간을 주유는 역으로 이용하여 주유가 채모와 내통하고 있다는 거짓문서를 보게 하는 바람에 이에 속은 장간은 이를 조조에게 보고함으로

결국 채모는 내통 음모죄로 목이 달아난다.

3) **사항계**(詐降計) : 사항계는 거짓으로 항복하는 계책을 말하는데 적벽대전에서는 조
조가 채모의 동생 채중과 채화를 주유군대에 거짓 투항시켜 잠입시켜 정보를 수집
하는 계책이 나온다.

4) **역사항계**(逆詐降計) : 역사항계는 채중과 채화가 조조가 보낸 사항계임을 알아차리
고 주유는 황계를 이용한 고육지책을 써서 역으로 황개를 조조에게 투항하게 하는
계책이다.

5) **장계취계**(將計就計) : 장계취계는 적의 계략을 역이용하여 상대를 공략하는 계책으
로 조조의 사항지계에 주유가 고육지계로 역이용하는 계책으로 역사항계와 유사
하다. 또 일종의 반간계로 적의 첩자를 이용하여 적을 제압하는 계책이다.

6) **고육지계**(苦肉之計) : 고육지계는 매우 어려운 상황에서 아군의 희생을 감수하고 상
대방을 속이기 위해 꾸미는 계책으로 오나라 주유가 조조를 치기위해 충신 황개를
모욕시키고 적진에 거짓 투항하게 하여 목적을 달성시키는 계책이다.

7) **연환계**(連環計) : 연환이란 고리를 잇는 계책이라는 뜻으로, 여러 가지 병법을 교묘
하게 연결시켜 계책을 꾸미는 것을 말한다. 이는 36계 가운데 미인계(美人計) · 공
성계(空城計) · 반간계(反間計) · 고육계(苦肉計) 등과 함께 패전계(敗戰計)에 속한
다. 패전계란 패전의 궁지에 몰린 싸움에서 기사회생하여 승리를 이끌어내는 계책
이라는 뜻이다. 적벽대전에서는 반간계 · 사항계 · 고육계 등의 계책들이 계속적으
로 이어지며 가장 큰 효과를 보았다

8) **화공계**(火攻計) : 화공계는 불로 적진의 진영을 모두 불태워 버리는 작전으로 적벽
대전 · 박망파전투 · 관도대전 · 이릉대전 등에서 사용되었다.

9) **허허실실**(虛虛實實) : 허허실실 전법은 적의 허(虛)를 찌르고 실(實)을 꾀하는 計策
으로 병법으로 일종의 기만법이다. 제갈공명이 주로 하는 병법으로 고도의 심리전
에서 나온다. 즉 화용도에서 관우에게 연기를 피워놓고 연기가 나는 방향에 매복
하게 하여 조조를 잡은 장면이 나온다.

10) **격장지계**(激將之計) : 격장지계는 아군 장수(혹은 적군 장수)의 감정을 자극시켜 의
도하는 방향으로 이끄는 계책이다. 주로 제갈량이 늙은 장수의 심리를 자극시켜
전투에서 분전하도록 한 병법이다.

이처럼 적벽대전은 다양한 외교전술과 수많은 병법들이 끊임없이 전개되며 흥미를 배가시켰다.

* 제갈량의 심리전과 원맨쇼

적벽대전에서 보여준 제갈량의 외교전술과 병법은 대부분 상대방의 심리를 교묘히 이용하여 승리를 얻었다. 손자병법에 나오는 "적을 알고 나를 알면 백번을 싸워도 위태롭지가 않다."라는 말과 일맥상통한다. 이처럼 제갈량은 치밀하게 상대의 심리를 꿰뚫어보며 작전을 펼쳤다. 결국 제갈량은 빈틈없는 전략전술로 적벽대전을 통하여 화려하게 정치무대에 등장하였고, 동시에 적벽대전을 자신의 원맨쇼 공연장으로 이용하며 최고의 승자가 되었다.

◎ 주유와의 심리전

주유와는 같은 우군이면서 팽팽한 심리전으로 긴장감이 이어진다. 적벽대전에서 대략 3번에 걸친 심리전이 전개된다.

첫 번째 심리전은 제갈량부터 시작된다. 오나라를 적벽대전에 끌어들이기 위해서는 대도독 주유의 마음을 바꿔야 했다. 그래서 그는 조식의 동작대부에 "강동이교"라는 말이 있는데 그 뜻은 "동남의 두 교씨를 잡아와 그들과 함께 즐기리라"라는 의미라고 주유를 자극시킨다. "강동이교"는 당시 손책의 처를 대교라 부르고 주유의 처를 소교라고 불렀는데, 이 말을 들은 주유는 격분하여 결국 참전 쪽으로 결심을 바꾸는 계기가 되었다.

두 번째 심리전은 주유로부터 시작된다. 제갈량의 지혜가 범상치 않음을 감지한 주유는 은연중에 제갈량을 견제하기 시작한다. 후에 자신이 이루려는 대업에 상당한 걸림돌이 될 것이라 판단하고 가장 합법적인 제거방법을 찾게 된다.

어느 날 주유는 제갈량에게 전쟁에 필요한 화살 10만개를 10일안에 만들어 달라는 무리한 명을 내린다. 그 심리를 꿰뚫은 제갈량은 오히려 3일안에 만들겠다며 맞대응한다. 그러나 주유는 제갈량을 잡기위한 덫에 제대로 걸려들었다고 생각하고 군중무희언(軍中無戲言 : 군대에서는 농담이란 없다)이란 말로 다짐을 받는다.

〈그림 14〉 제갈량이 심리전으로 주유를 농락하다

　그리고 마지막 날, 제갈량은 노숙에게 배 20척을 빌려, 그 배에 볏짚을 가득 채우고 출전 준비를 한다. 한치 앞을 볼 수 없을 정도로 안개가 자욱하게 낀 야밤에 제갈량은 노숙을 배에 태우고 조조진영으로 들어가 요란하게 북을 치며 함성을 지르라고 명한다. 조조군은 기습인줄 알고 배를 향하여 화살을 빗발치듯 쏘아댔다. 얼마 후 다시 뱃머리를 돌려 다른 면도 화살로 가득채운 후에 제갈량은 철군명령을 내리고 유유히 부대로 복귀한다.

　새벽이 되어 도착한 후 화살을 세어보니 10만개가 넘었다. 이를 본 노숙은 신기묘산(神機妙算 : 신기에 달하는 뛰어난 계략)이라며 혀를 내두른다. 이것이 바로 유명한 초선차전(草船借箭)이다. 이렇게 제갈량에 대한 제거 음모가 수포로 돌아가자 주유의 마음은 점점 초조해지기 시작한다.

　세 번째 심리전은 제갈량에 의해서 시작된다. 주유는 화공으로 조조함대를 불태워 버리려 고육계과 역사항계 등 만반의 준비를 하였으나 마지막 부족한 것이 동남풍이었다(萬事具備, 只欠東風). 화공계의 의도를 간파한 제갈량은 주유에게 찾아가 마음의 병(心腹之患)인 동풍을 빌려오겠다고 호언장담하고 칠성단에서 기도를 시작한다. 얼마 후 과연 동풍이 불어오자, 주유는 조조와의 전면전을 시작하며 한편으로는 병사를 급파하여 제갈량을 제거하라고 명을 내린다. 제갈량은 주유의 심리를 꿰뚫고 미리 준비한 함선으로 주유의 감시망을 뚫고나온다.

　이처럼 적벽대전에서 세 번에 걸친 주유와의 심리전은 일방적으로 제갈량의 승리로 막을 내린다. 주유의 입장에서 제갈량과의 만남은 악연이었다.

◎ 조조와의 심리전

　적벽대전의 전반부에는 주유와 조조간의 팽팽한 심리전이 대부분을 차지한다. 즉 조조가 보낸 첩자 장간을 역이용하여 채모를 제거한 반간계와 조조의 사항지계에 주유가 고육지계로 맞대응하였던 장계취계(將計就計)가 바로 고도의 심리전에서 나온 것이다.

　제갈량과 조조와의 심리전은 마지막 부분에 나온다. 이것이 바로 유명한 조조삼소(曹操三笑)이다. 주유에 쫓기던 조조는 오림에서 껄껄 웃으며 제갈량의 병법을 비웃다가 조자룡한테 크게 당하고, 호로구에서도 크게 비웃다가 장비의 매복에 걸려 혼비백산하여 화용도 방면으로 도망친다. 화용도에서 관우는 연기를 피워놓고 조조를 유인한다. 일반 장수 같으면 연기가 피어오르는 반대방향으로 가는 것이 병법의 기초이다. 그러나 조조는 이것이 제갈량의 기만이라는 것을 간파하고 오히려 연기가 피어오르는 쪽으로 방향을 잡는다. 그러나 관우도 연기를 피우는 곳에서 기다리고 있었다. 이는 꾀 많은 조조의 심리를 간파한 제갈량의 이중 복선이며 허허실실(虛虛實實)전법이다.

◎ 관우와의 심리전

　제갈량의 심리전은 아군과 적군을 가리지 않는 것이 특징이다. 제갈량은 오림에 조자룡을 보내고 호로구에는 장비를 매복시킨다. 그러나 관우에게는 일언반구의 말이 없어 그 이유를 물어보자, 제갈량은 관우가 의리 때문에 화용도에서 결국 조조를 살려줄 것이라 관우를 제외시킨 것이라고 하였다. 관우는 버럭 화를 내며 목숨을 담보로 출정을 요구한다. 출정했던 관우는 제갈량의 예상대로 조조를 잡지 못하고 돌아온다.

제갈량의 덫에 걸린 관우에게 제갈량은 참수를 요구하나 유비와 제갈량의 쇼맨십으로 관우는 겨우 목숨을 보전한다. 그러나 이렇게 덜미를 잡힌 관우는 이후 제갈량에게 꼼짝 못하는 신세가 된다.

이처럼 적벽대전은 치열한 외교로 얻어낸 제갈공명의 외교적 승리이다. 또 적벽대전은 제갈량에게 외교전술과 병법은 물론 원맨쇼의 독무대를 만들어 주며 스타탄생의 예고편이었다. 제갈량의 전략전술은 모두가 상대의 심리를 꿰뚫어 보는 독심술에서 시작한다. 그것은 아군과 적군을 가리지 않고 적용되었기에 그 위력은 대단한 것이다. 그야말로 와룡(臥龍)의 승천(昇天)이라 할만하다.

* 삼대대전의 득실

소설 ≪삼국지≫에서 벌어진 전투가운데 관도대전 · 적벽대전 · 이릉대전을 일컬어 ≪삼국지≫3대전투라고 한다. 그중에서 가장 큰 전투가 소설적 허구와 예술성이 부각된 적벽대전이다.

관도대전은 조조와 원소의 싸움으로, 동북일대를 장악했던 원소가 조조를 상대로 일으킨 전투이다. 그러나 병력면에서 절대적으로 열세였던 조조가 승리함으로 조조는 동북의 황하일대를 장악하는 강자로 부각되는 계기가 되었다.

적벽대전은 조조가 손권과 유비를 상대로 일으킨 싸움이다. 조조의 100만 대군에 10여 만의 손권 · 유비연합군이 맞서야 하는 절대적 약세에서 화공으로 손권과 유비 연합군이 대승을 거두게 된다. 이 전투를 계기로 위 · 오 · 촉나라 삼국이 정립하는 계기가 만들어 졌다.

이릉대전은 관우가 오나라에 의하여 살해되자, 유비가 오나라 손권을 대상으로 무리하게 일으킨 싸움이다. 상대적으로 약세에 있었던 오나라의 육손이 지구전을 편 끝에 오나라의 승리로 끝나게 된다. 이 전투를 계기로 유비가 병사하며 천하통일 대업이 차질이 생기게 된다.

3대 대전의 진행과정과 승패요인을 도표로 살펴보면 다음과 같다.

대전	상대	참모와 장수	전력	병법 및 승패요인	결과
관도 대전	원소	곽도 · 전풍 · 저수 · 장합 · 고람 · 순우경	11만	허유배신, 원소와 곽도의 독선과 오만	조조 승리
	조조	곽가 · 가후 · 순유 · 서황 · 악진 · 순욱 · 관우 등	1만	허유의 투항 기습공격(식량기지를 화공)	
적벽 대전	조조	순유 · 정욱 · 순욱 · 서황 · 조인 · 하후돈 · 장합 · 장료 · 악진	100만	조조의 자만, 수군의 약점과 전략전술의 부족, 주유의 기만술에 역이용 당함	손권과 유비 연합군의승리
	손권/ 유비	제갈량 · 주유 · 노숙 · 정보 · 황개 · 관우 · 장비 · 조자룡 · 여몽 · 제갈근 등	10만	고육계 · 연환계 · 반간계 · 사항계 등과 화공으로 기습공격, 제갈량과 주유의 지혜와 통솔력의 승리	
이릉 대전	유비	황권 · 마량 · 조자룡 · 황충 등	75만	유비의 진법실수, 전략가의 부족, 제갈량의 불참	손권승리
	손권	육손 · 정봉 · 주태	5만	지구전(더위에 적군이 지치도록 유도), 화공으로 기습	

※ 여기에서 군사 수는 소설적 허구가 들어간 과장된 숫자이다.

3대 전투의 공통점은...
첫 번째는 강자가 약자를 상대로 싸움을 일으켰다는 점이다.
두 번째는 강자가 모두 전투에서 패하고 약자가 대승을 하였다는 점이다.
세 번째는 모두가 화공계으로 불태우며 승패를 갈랐다는 점이다.
네 번째는 승자가 그것을 기반으로 반석에 올라선다는 점이다.

또 전쟁의 승패는 갈랐던 결정적 원인은...
관도대전의 경우 원소의 부하였던 허유가 조조에게로 귀순하여 고급정보를 제공한 것과 조조가 결단력 있게 원소의 식량창고 오소를 기습하여 불태워 버린데 있으며, 원소의 실패원인은 곽도와 전풍의 반목으로 단합에 균열이 가고, 또 원소와 곽도의 독선과 오만, 그리고 참모 허유의 배신에서 패배의 원인을 찾을 수 있다.
적벽대전의 경우는 손권과 유비 연합군의 승리 원인은 고육계 · 연환계 · 반간계 · 사항계 등을 이용하여 적의 기선을 제압한 것과 화공으로 기습공격을 들 수 있다. 그 보다도 더 중요한 것은 제갈량과 주유의 지혜와 통솔력에서 승리의 원인을 찾을 수 있고, 조조의 실패원인은 수군의 약점과 전략전술의 부족으로 주유의 기만술에 역이용 당한 것을 들 수 있으며, 결정적 변수는 조조의 자만에서 기인한다.

이릉대전의 경우는 손권의 승리원인은 육손이 지구전으로 유비군대를 더위에 지치도록 유도한 것과 그 틈을 이용하여 화공으로 기습한 것을 들 수 있으며, 유비의 실패원인은 제갈량의 불참으로 인한 전략가의 부족과 유비의 진법실수에서 그 원인을 찾을 수 있다.

이처럼 싸움이란 늘 강자가 이기는 것이 아니라 철저하게 준비된 약자도 언제든지 역전이 가능하다는 것이다. 문제는 강자의 틈에서 어떻게 약자가 살아남느냐! 이것이 흥망의 관건인 것이다. 살아남는 한 승리를 향한 기회는 여전히 열려있기 때문이다. 그러기에 "강한 자가 살아남는 것이 아니라, 살아남은 자가 강한 자이다."라는 말이 더 명언으로 우리에게 다가온다.

상식 한 마당 5

* 적벽대전의 허구와 진실

소설 ≪삼국지≫에서 허구가 가장 많이 들어간 부분이 적벽대전이다. 어디까지 진실이고 어디까지 허구인가? 이 문제로 학자들 사이에 끝없이 논쟁이 벌어졌다.

적벽대전 가운데 허구만을 간추려 보면 다음과 같다.

1) 제갈량과 강동의 명사들과 벌인 설전군유와 동작대부의 "강동이교"를 이용해 주유를 전쟁에 끌어들인 것은 허구이다.

2) 조조의 명에 따라 장간이 주유를 한차례 찾아간 적은 있지만 훔친 서신으로 인한

반간계 부분은 허구이다.

3) 볏집 실은 배를 이용하여 화살 10만개를 얻었다는 초선차전(草船借箭)은 허구이다. 오히려 이와 유사한 이야기는 손권이 조조군대와 대치하던 어느 날 전황을 살피러 나갔다가 조조군대의 화살세례를 받고 화살의 무게로 배가 기울자 손권은 뱃머리를 반대 방향으로 돌리게 한다. 화살이 반대 방향에 꽂히는 바람에 배가 다시 균형을 이루게 되어 무사히 귀환하였다는 이야기가 있는데 이 이야기는 적벽대전 5년 후의 일이다.

4) 황개의 고육지책은 허구이다. 그러나 거짓 항복한 것은 사실이다.

5) 채화와 채중의 사항계도 허구이다.

6) 방통의 조조에게 권유한 사슬로 배를 묶었다는 연환계책도 허구이다.

7) 조조가 창을 비껴들고 "달은 밝고 별은 드문데, 까막까치 남으로 날아가네."(月明星稀, 烏鵲南飛)라는 시를 짓자 양주자사 유복이 문구가 불길하다고 말한다. 화가 난 조조는 창으로 유복을 찔러 죽였다는 부분도 허구이다.

8) 제갈량이 칠성단에서 동풍을 빌려왔다는 이야기도 허구이다.

9) 관우가 화용도에서 조조를 풀어주었다는 이야기도 허구이다. 또한 제갈량은 오림에 조자룡을, 호로구에 장비를 매복시킨 일도 없다.

10) 적벽대전 가운데 제갈량의 위상을 높이는 일은 대부분 허구라고 보면 틀림이 없다. 또 조조에 대하여 간악하고 잔인하게 묘사한 부분이나 체통을 구기거나 품위를 손상시키는 부분 또한 대부분 허구이다. 그 외 주유를 시기심 많고 비겁하게 묘사한 부분도 허구이다. 특히 노숙을 어리석고 아둔하게 묘사된 부분 또한 허구이다. 제갈량을 최고의 지략가로 만들려다 보니 어쩔 수 없이 적군 조조든, 아군 주유와 노숙이든 제갈량의 들러리로 전락시킬 수밖에 없었던 것이다.

그러면 도대체 어디까지 진실일까?

사실 적벽대전은 양대 세력이 군집한 가운데, 조조 진영에 전염병이 돌아 조조군에 불리한 상황이었다. 그때 황개가 화공계를 주유에 올리고 소형 배를 이끌고 조조수채에 접근하여 불을 지른다. 때마침 동남풍이 불어와 배는 물론이고 영채까지 불길이 번져 주유의 군대가 큰 승리를 거두게 된다. 전염병에 영채까지 불타버린 조조의 군대는 전의를 잃게 된다. 결국 조조는 철수를 결정하는데 나머지 선박을 두고 철수하면 적에 이롭기에 나머지 선박까지 모두 불태우고 철수한다.

이것이 역사에 나오는 적벽대전의 진실이다. 그러나 나관중은 적벽대전을 확대 포장하여 최고의 승자인 주유를 끌어내리고 제갈량으로 대체하였다. 그러기에 소설을 소설적 관점으로 이해해야지 역사로 착각해서는 안 된다. 역사적 관점이 아닌 문학성만 논한다면 적벽대전은 가장 화려한 종합예술의 극치로 성공적인 문학작품임에는 틀림없는 사실이다.

第5講

삼국정립(三國鼎立)편
* 명분인가? 실리인가?

▌소설 배경(제51 – 73회)

　적벽대전에서 승리한 유비는 정국의 어수선한 틈을 타 어부지리로 형주일대를 장악하였고 그 기반을 거점으로 서천 및 한중 일대까지 장악하며 삼국정립을 위한 교두보를 확보한다. 그러나 오나라는 기득권을 주장하며 집요하게 형주반환을 요구한다. 급기야 손권의 누이동생과 거짓 정략결혼이 성사되면서 유비는 잠시 미인계로 위기에 처하나 제갈량과 조자룡의 지혜로 오나라에서 빠져나온다.

　또 주유는 가도멸괵지계로 형주를 탈취하려는 계획을 세우나 제갈량에게 간파 당하는 바람에 충격으로 병사하고 노숙이 대도독이 된다. 그 후 형주의 땅을 놓고 삼국이 명분과 실리의 각축장이 되어 각국마다 고도의 외교적 전략전술과 치열한 전투가 펼쳐진다. 이때 방통은 유비에게 중용되며 본격적인 활약에 들어간다.

　그때 한중의 장노가 서천땅에 야욕을 보이자 서천의 유장은 유비를 끌어들여 장노를 막기로 결정한다. 이때 조조는 적벽대전의 원수를 갚고자 오나라를 침공하나 서로가 피해만 입고 명분을 잃은 싸움은 결국 휴전에 들어간다.

　유장에게 크게 실망한 유비는 서천을 치기로 결심하고 진군하던 중 낙봉파에서 책사 방통을 잃고 위기에 처한다. 황급히 제갈량이 장비와 조자룡을 데리고 와서 위기를 극복하고 또 장노와의 싸움에서는 오호대장군의 하나인 마초까지 얻게 된다. 결국 법정 · 맹달 · 마초 등의 활약으로 서천을 정복한다.

한편 황실에서는 복황후가 조조 암살계획을 세우나 조조에게 발각되어 암살되고 황후 자리는 조조의 딸로 대체된다. 또 조조는 한중의 장노를 치려 출정하나 크게 패하고 만다. 그러나 다시 전열을 정비하여 결국에는 한중을 손에 넣는다. 여세를 몰아 조조는 대군을 이끌고 오나라를 치기위해 합비로 진격한다. 오나라는 감영과 육손의 활약으로 겨우 지키는 하였으나 양국은 상당한 피해를 입는다. 결국 손권이 조공을 조건으로 화의를 신청하자 조조도 받아들이며 휴전한다.

그 후 지리적 요충지인 한중을 놓고 조조와 유비가 일대 접전을 벌인다. 장비와 황충 및 엄안장군 등의 활약과 책사 법정의 지략으로 한중을 점령하자 조조의 군대는 진퇴양란에 빠진다. 조조는 유비군과 대치하다가 명분이 없자 실리를 쫓아 한중을 포기하고 철군한다. 철군한 조조가 위왕으로 등위하자 유비도 한중왕으로 옹립되며 결국 천하는 북방의 위나라, 남동부의 오나라, 서남부의 촉한으로 삼국정립이 이루어진다.

> ※ 본장에서의 핵심 키워드는 천하삼분지계에 의한 삼국정립이다. 삼국정립은 대의명분에 의하여 결정되었다. 즉 "대의명분이 있는 전투인가? 없는 전투인가?"에 의하여 성공과 실패가 판가름 났던 것이다. 그만큼 어떤 일을 할 때 대의명분이 중요한 함수로 작용한다. 아울러 명분과 함께 실리에 대해서도 생각해 볼 필요가 있다. 대업을 준비하는 자는 "명분을 우선으로 할 것인가? 아니면 실리를 우선으로 할 것인가?"

* 천하삼분론(天下三分論)

"천하삼분론"은 유비가 제갈량을 책사로 삼기위해 삼고초려한 자리에서 나온 계책으로 보통 "융중대책"이라고 한다. 이 자리에서 제갈량은 유비에게 시국현황과 대책 및 시행방법론까지 비전을 제시해준다.

> 조조는 백만대군에다 황제를 끼고 제후들을 호령하니 실로 그와는 싸우지 못할 것이요, 손권은 강동에 기반을 내린지 이미 3대가 지났으며, 그곳은 지세가 험난한데다 백성들마저 그를 따르니 그의 도움은 받을지언정 그를 도모하기는 어렵습니다.
> 형주로 말하자면 북쪽으로는 한수와 면수를 껴안고, 남쪽으로 남해에 다다르며, 동쪽으로는 오회에 연해있고, 서쪽으로는 파·촉과 통하니, 이곳은 무력으로 지켜낼 수 있는 강한 주인

이 아니고는 능히 지킬 수 없는 곳입니다. 이는 하늘이 장군에게 준 것으로 여겨집니다. 익주는 요새지로 옥토가 천리나 되는 천부지국인지라 한 고조 유방께서도 이로 인해 대업을 이루셨으나, 지금은 유장이 아둔하고 허약하여 나라는 부유하건만 백성들을 돌볼 줄 모르니 지혜로운 유생들은 영명한 군주의 출현을 그리워하고 있을 것입니다.

장군(유비)은 한실종친으로 신의가 사해만방에 드러나 여러 영웅들을 심복시켰으며, 지혜로운 인재를 목마르게 찾고 계시는 바라, 만약 형주와 익주를 차지해 잘 다스리면서 서쪽으로는 융족과 화친하고, 남쪽으로 이·월족들을 어루만지며, 밖으로는 손권과 화친을 하고 안으로 나라를 잘 다스리며 천하에 기회가 생기기를 기다리소서. 기회가 왔을 때 상장군에게 형주의 군사를 완·낙으로 출전하도록 명을 내리고, 장군께서는 친히 익주의 무리들을 거느리고 진천으로 들어가면 백성들이 모두 장군을 환영하며 맞이할 것입니다. 이렇게 하면 대업을 이룰 수 있고 한실을 다시 부흥시킬 수 있을 것입니다.

장군이 패업을 이루고자 하면 북쪽은 이미 천시(天時)를 얻은 조조의 기득권을 인정해야 하고, 남쪽은 지리(地利)를 얻은 손권의 기득권을 인정해야 하기에, 장군은 인화(人和)를 가지고 먼저 형주를 취하여 기반을 마련한 뒤 서천을 취해 정족지세(鼎足之勢)를 이룬다면 후에 가히 중원을 도모할 수 있습니다.

이상이 제갈량이 유비에게 제시한 융중대책의 내용이다. 제갈량이 제시한 융중대책의 핵심은 천하삼분지계로 삼분의 이유와 방법을 제시하고 있다. 즉 조조는 이미 황제를 끼고 북방을 장악하였고, 손권은 동남쪽의 지리적 이점과 정치·경제적 기반을 가지고 자립을 하였기에, 유비는 형주를 거점으로 서천을 점령해 천하를 삼분하라는 비전이다.

이러한 천하삼분론은 오직 제갈량만 가지고 있는 유일무이한 계책은 아니었다. 이미 오나라의 주유·노숙·감녕·제갈근 등도 방법에는 다소 차이는 있지만 이러한 천하삼분론에 동조하며 적벽대전에서 손권과 유비의 연합정책을 지지하였고 후에는 친 촉한파가 되었던 것이다. 또 형주의 방통과 익주의 법정 등 당시 정치적 식견이 있는 지식층들도 이러한 견해를 가지고 있었다. 다만 제갈량만이 이러한 천하삼분의 계책을 철저히 분석하고 급기야 이를 실행까지 하였기에 제갈량의 위대함이 드러나는 것이다.

제갈량이 천하삼분지계를 실행하는데 가장 큰 걸림돌은 조조라고 할 수 있지만 그보다도 더 견제한 사람이 주유였다. 주유는 적벽대전을 치루면서 지속적으로 제갈량과 협조를 하였지만 또한 지속적으로 견제를 하였다. 왜냐하면 제갈량의 지략이 주유를 능가하기에 주유는 초조해질 수밖에 없었다. 적벽대전이후 주유가 화병으로 죽기까지 양자 간에는 세 번에 걸친 지혜대결이 펼쳐진다.

〈그림 15〉 제갈량이 천하삼분지계의 비전을 제시하다

첫 번째는 남군과 형주를 놓고 팽팽한 신경전이 이어지지만 주유와 조인이 접전을 벌리는 사이 제갈량이 먼저 선점해 버린다. 이로 인해 주유는 화가 나서 졸도까지 하게 된다.

두 번째는 위장결혼과 유비의 탈출이다. 손권의 동생과 거짓 정략결혼으로 유비를 오나라로 끌어들인 것이 진짜 결혼으로 이어지고(弄假眞成), 또 유비가 손부인을 데리고 오나라를 탈출하자 주유는 큰 충격을 받는다.

세 번째는 오나라에서 형주 반환을 요구하자 공명은 서천을 정벌한 다음 돌려주겠다고 한다. 그러자 주유는 대신 자신이 병사를 이끌고 서천을 공략해 줄 테니 길을 빌려달라는 가도멸괵지계(假道滅虢之計 : 옛날 진나라가 괵을 치기위해 우나라에게 길을 빌려 줄 것을 요청하고 우나라를 멸망시킨 계책)를 제안하나 제갈량에 역이용 당하자 주유는 "하늘은 왜 나 주유를 낳고 제갈량을 낳았단 말인가!"라고 절규하며 화병으로 죽는다.

물론 제갈량과 주유의 지혜대결은 나관중의 허구가 가미된 부분이다. 아마도 제갈량 이 정의롭지 못한 방법으로 남군과 형주를 탈취하자 독자를 의식한 나관중은 제갈량과 주유의 지혜대결로 관심을 돌리게 한 것으로 추정된다. 주유가 병사한 시기는 36살이었 는데 이때 제갈량의 나이는 29살이었다.

* 명분(名分)인가? 실리(實利)인가?

"명분(名分)"이란 사람이 도덕적으로 지켜야 할 도리를 말하고, "실리(實利)"란 실제로 얻는 이익을 의미한다. 이 두 단어는 각기 의미가 다르지만 일상에서는 함께 연동되는 경우가 비일비재하다. 물론 명분과 실리를 다 챙기면 이상적이나 명분을 챙기다 보면 실리를 잃게 되고, 실리를 챙기다 보면 명분을 잃는 경우가 허다하다. 이는 실리와 명분 사이는 묘한 함수관계가 성립하기 때문이다.

적벽대전을 기점으로 조조·손권·유비는 삼파전을 이루며 수없이 많은 전투를 벌였 다. 그런데 이러한 전투의 승패를 좌우했던 것이 바로 대의명분이었다. 대의명분이 부족 한 싸움은 항상 승리는 고사하고 많은 피해만 가져왔다. 심지어는 몰락의 길을 가기도 하였다. 그렇다고 무턱대고 명분을 무시한 실리만을 추구할 수도 없는 일이다. 명분이 부족한 실리는 당장 이득인 것처럼 보이지만 결국에는 피해를 동반하기 때문이다. 그러 기에 명분과 실리를 동시에 챙기기는 매우 어려운 일이다.

그러면 유비·조조·손권은 명분과 실리를 어떻게 챙겼을까?

1) 유비의 명분과 실리

명분을 가장 잘 활용한 군주는 유비였다. 그의 명분은 인의(仁義)를 바탕으로 한 것이 기에 민심을 등에 업을 수 있었다. 가장 대표적인 예가 도원결의를 통한 황건적의 퇴치였다. 도원결의 선언문에 언급하였듯이 "한 마음으로 협력하여 어려운 사람들을 도와주며, 위로는 나라에 보답하고 아래로는 백성을 편안하게 하려합니다."라는 대의명분이 있었기에 백성의 지지와 대업을 이룰 수가 있었던 것이다.

유비는 설사 실리가 있다고 해서 바로 실리를 취하지는 않았다. 항상 먼저 명분을 생각하였다. 서주에서도 도겸이 죽으며 서주를 맡아달라고 하여도 사양했다. 그러면서 명분이 만들어지길 기다렸다. 그러다가 백성과 지역 원로들이 유비를 추대하자 그때서야 못이기는 척 받아들였다. 유비는 늘 이런 방식을 좋아했다.

또 형주의 유표에게 의탁하고 있을 때, 제갈량은 형주를 쳐 삼국정립의 기반을 만들자고 하였으나 유비는 명분이 부족하다는 이유로 거절한다. 그리고 유표가 죽은 후 적벽대전을 이용해 슬그머니 형주를 취해버린다. 이처럼 유비는 명분이 부족하면 명분을 만드는 재주가 있었다.

그리고 유장이 통치하고 있던 서천의 경우도 마찬 가지이다. 방통이 서천을 바로 접수하자고 하나 유비는 인의를 내세워 거절한다. 그리고 명분이 생길 때 까지 기다린다. 그러다가 적절한 핑계거리가 생기면 그때서 그것을 명분삼아 실리를 취한다. 비록 대의명분은 아니지만 비슷하게 명분을 만들었던 것이다.

그 후 서천을 접수하고 삼분천하가 이루어진 상황에서 신하들은 유비를 왕으로 추대하려고 하였다. 그러나 그는 또 명분에 어긋난다며 극구 사양하는 자세를 취한다. 그러다가 조조가 위왕에 등극하고 나서야, 제갈량을 포함한 신하들이 적극적으로 추대하자 못이기는 척 취임을 한다. 이렇게 유비는 무리수를 두지 않고 적절한 때와 명분을 찾아서 처신을 하였기에 결국 명분과 실리를 모두 취하며 승승장구할 수 있었다. 즉 명분과 실리를 가장 효율적으로 활용한 유비의 인간승리인 것이다.

그러나 유비는 초지일관 대의명분을 따르지는 못했다. 유비에게 단 한 번의 실수가 결국 파국으로 치닫게 되었는데 이것이 바로 오나라와 벌린 이릉대전이다. 이릉대전은 명분도 실리도 없었던 무모한 싸움이었다.

이릉대전의 발단은 관우가 여몽에게 잡히어 죽자, 결의형제를 맺은 유비와 장비는 이성이 무너지고 복수의 감정이 앞서기 시작한다. 결국 장비마저 부하에게 피살을 당하게 되자, 조급해진 유비는 더욱더 이성을 잃게 된다. 오로지 결의형제들의 원수를 갚고자 일으킨 전투, 즉 이성보다 감정이 앞선 전투는 성공할 수가 없었던 것이다.

백성의 입장에서 보면 "누구를 위한 전투인가?", "왜 싸워야 하는가!" 이처럼 목적도 불투명하고 명분도 부족한 전투에 피를 흘리고 싶어 하는 병사는 하나도 없었기 때문이다. 그러기에 명분도 실리도 없는 이릉대전은 촉한의 대패로 끝났으며 이러한 후유증으로 인해 유비는 백제성에서 최후를 맞이하게 된다.

〈그림 16〉 유비가 명분과 실리를 얻으며 황제로 취임하다

이렇게 평생을 대의명분을 가지고 살았던 유비도 단 한 번의 실수로 인해 명분과 실리는 물론 목숨마저 잃으며 천하통일의 대업을 물거품으로 만들어 버리고 말았다. 그러기에 우리는 명분과 실리라는 문제의 중요성을 다시 한 번 생각해 볼 필요가 있는 것이다.

2) 조조의 명분과 실리

조조는 제1·2차 황건적의 난과 난적 곽사와 이각를 제거하는 데에 많은 전공으로 높은 관직을 얻으며 다시 정치무대에 등장한다. 당시 황실을 안정시켰다는 관점에서 높은 벼슬은 물론 명분과 실리를 모두 얻었다. 더군다나 황제를 모시며 황제를 끼고 지방의 관리를 호령하는 명분까지 얻게 된다. 이러한 상황에서 관도대전은 조조에게는 중요한 일전이었다. 관도대전에서의 승리는 조조에게 결정적인 실리와 명분을 주며 황하일대를 장악하게 되었다. 정치·경제의 중심지인 북부지역을 장악함으로 실제 국토의 절반을 장악하는 최고의 실력자가 되었다. 또 황제를 등에 업고 하는 정치는 실질적으로 지방군벌을 정리할 수 있는 명분까지 얻게 되었다.

그러나 이때부터 조조는 영웅에서 간웅의 길을 걷기 시작한다. 특히 적벽대전에서의 무리한 욕심은 그에게 크나큰 타격을 주었다. 오히려 가후의 권유대로 형주를 수습한 후에 오나라는 회유정책으로 복종을 시켜야 했다. 즉 형주에서 병력을 정비하고 남방의 환경에 적응한 다음, 기회를 만들어 오나라를 쳤다면 천하통일은 조조에 의하여 이루어졌을 것이다. 결국 조조는 지나친 욕심으로 명분이 부족한 적벽대전을 일으켰고 더욱이 교만과 경솔함은 명분은 물론 실리까지도 잃어버리는 참패를 불렀다.

적벽대전 이후에도 조조의 명분없는 싸움은 계속되었다. 조조가 적벽대전의 원한을 갚고자 40만 대군을 이끌고 오나라를 재차 공격하였다. 조조가 유수를 침공하자, 손권은 이를 저지하며 1개월 넘게 서로 대치하였다. 그 후 조조는 또 합비로 40만 대군을 출정시킨다. 합비전투에서 손권의 감녕과 육손 및 진무 등이 필사적으로 방어로 오히려 궁지에 몰리기도 하였다. 이처럼 명분이 없는 싸움은 양측진영의 피해만 늘렸지 실리는 없었다.

또 그 후 촉나라와 벌린 한중전투는 명분과 실리 사이에서 고뇌했던 조조의 심정을 잘 말해준다. 그것이 그 유명한 양수의 계륵사건이다. 계륵이란 본래 닭갈비란 뜻으로 먹을 것은 없으나 그렇다고 버리기도 아깝다는 의미이다. 조조는 촉나라와 한중 땅을 놓고 진퇴양난에 빠지게 된다. 철수하자니 한중이 너무 아깝고, 계속 싸우자니 적당한 계책도 없는 상황이었다. 그날 밤 조조는 암호를 정해달라고 찾아온 부하에게 그저 계륵이라고만 할 뿐 아무 말도 하지 않자 부관은 계륵으로 암호를 삼아버렸다. 이때 참모인 양수만이 조조의 속마음을 꿰뚫어보고 철군준비를 하자 나머지 군사들도 양수를 따라 철군준비를 하였다. 과연 다음날 조조는 철군을 명령한다. 그러나 조조는 이미 철군준비가 다 되어있는 모습을 보고 깜짝 놀라 경유를 확인해보니 양수부터 시작된 일이라는 것을 확인한다. 마음을 들켜버린 조조는 양수를 군기 누설죄로 처형하였던 사건이다.

이처럼 조조는 천시를 타고난 이점이 있었음에도 불구하고 대의명분에 대해서는 소홀한 감이 적지 않다. 그 원인은 대부분은 지나친 욕심과 개인적인 감정에서 시작되었으며 조급함 또한 조조의 실패에 한몫을 하였다. 초반에는 명분과 실리를 잘 조화시키며 나아갔던 조조는 적벽대전을 기점으로 무리수가 나오기 시작하는데 이는 조조가 영웅의 길을 접고 간웅의 길을 택한 시점과도 무관하지 않다.

3) 손권의 명분과 실리

손권은 명분도 중시하였지만 실리 쪽을 더 중시한 인물이다. 손견과 손책의 대를 이어 대권을 이어받은 손권은 혼란한 동오 지역의 버팀목으로 또 강남의 실권자로서 살아남기 위해서는 적절한 명분이 필요했다. 또한 이 지역을 지켜내기 위해서는 적절한 실리도 필요했기 때문이다.

3대에 걸쳐 민심을 업고 다져놓은 튼튼한 기반위에 풍족한 환경과 지리적 이점까지 가지고 타고난 손권은 천하통일의 꿈이 유비나 조조에 비하여 강렬하지는 않았다. 오직 대업을 지키기에 급급한 일면을 보여주었다. 그래서 그런지 오나라가 주체가 되어 일으킨 전쟁가운데 비록 국지전은 있을지언정 전면전은 많지 않다. 예를 들어 조조와 싸운 적벽대전·유수전투·합비전투, 그리고 유비와 싸운 이릉대전 등 대부분의 전쟁은 침략을 한 것이 아니라 침략을 받은 것이다. 그러기에 손권의 입장에서는 명분을 따질 겨를도 없이 지켜내기에 급급하였던 것이다. 이러한 수비일변도의 상황이 명분보다는 실리를 중시하게 만들었을 가능성이 높다.

적벽대전의 경우, 갑작스럽게 밀어닥친 조조의 100만대군 앞에 항복이냐 결전이냐를 놓고 고민을 하게 된다. 손권에게 항복은 3대에 걸친 가업을 포기해야하는 것이기에 전쟁을 선택할 수밖에 없었다. 또 손권에게는 적벽대전이 최대의 위기이면서 삼국정립의 기회가 되기도 하였다. 결국 적벽대전의 승리는 손권에게 명분과 실리 모두를 가져다주었다.

문제는 그 다음 부터이다. 적벽대전 후에 주유는 노숙을 시켜 지속적으로 형주반환을 요구한다. 그렇다고 오나라에 전혀 명분이 없었던 것은 아니다. 적벽대전에서 대승한 오나라의 입장에서는 남군과 형주를 점유할 권한과 일정의 지분은 있었다. 그러나 유비는 서천을 점령한 후에 형주를 반환하겠다고 나오니 오나라 입장에서는 또 다른 계책이 필요했다. 이것이 바로 주유가 제시한 위장결혼 계책과 서천을 대신 점령해 주고 형주를 돌려받겠다는 가도멸괵지계(假道滅虢之計)이지만 이마저도 제갈량에게 간파 당한다. 이것으로 주유가 죽게 되는 막대한 손실을 입게 된다. 결국 명분이 부족한 위장결혼 계책과 가도멸괵지계는 철저히 제갈량에게 농락만 당하고 실리는 전혀 얻지 못하는 계책으로 남게 되었다.

손권은 적벽대전 이후 2차례에 걸쳐 조조의 대규모 침략을 받게 된다. 첫 번째가 적벽대전의 원한을 갚고자 40만 대군을 이끌고 온 유수전투이다. 손권의 철두철미한 방어로 위기를 모면하게 된다. 당시 손권이 배를 타고 조조의 진영을 시찰하러 나섰는데 무기나 대오 등 어느 것 하나 흐트러짐 없이 완벽하게 정돈된 손권의 진영을 보고 조조는 "자식을 낳으려면 손권과 같은 자식을 낳아야 한다."고 칭찬하며 군대를 퇴각시켰다고 하는 일화가 있다. 두 번째 전투가 합비전투이다. 이때에도 조조는 40만 대군을 출동시켜 양측에 많은 피해를 입었다. 일전일퇴의 치열한 전투가 이어지다가 결국에는 화의를 하고 돌아간다. 그러나 화의의 조건은 매우 치욕적이다. 손권이 조공을 한다는 조건이었다. 손권은 이후에도 세력이 약할 때는 신하를 자청하거나 위나라를 황제로 인정하거나 하는 등 굴욕외교를 하게 된다. 이는 명분보다는 실리를 중시한 대외정책에서 나온 것으로 추정된다.

그 후 유비가 서천을 평정하자 손권은 다시 형주에 대한 반환을 요구한다. 이 요구가 또 실패하자 화가 난 손권은 여몽을 파견해 형주를 지키고 있는 관우를 기습하여 결국 관우가 죽게 된다. 이것이 빌미가 되어 촉한의 유비는 관우의 원수를 갚고자 대군을 이끌고 오나라를 침략한다. 이것이 바로 이릉대전이다.

앞서 언급하였지만 여몽의 형주 침략과 이로 인해 발발된 이릉대전은 명분이 부족한 무모한 싸움이었다. 오히려 이 시기에는 오나라와 촉나라가 동맹을 하며 위나라를 견제해야하는 시기였다. 그렇지만 공격을 받은 손권의 입장에서는 필사적으로 방어를 해야만 했다. 결국 육손이 지구전과 화공으로 유비를 겨우 물리치기는 하였지만 오나라의 피해도 상당한 것이었다.

이처럼 이릉전투의 승리는 오나라에게 명분을 크게 준 것도 아니고 그렇다고 실리를 많이 얻은 전투도 아니었다. 오히려 위나라에 빌미만 제공해주며 또 위나라의 실리만

채워주었던 전투였다. 이렇게 지속적인 외부의 침략은 손권을 줄타기 외교와 실리외교의 고수로 만들어주었다.

세상사에서 실리를 지나치게 챙기다 보면 명분을 잃게 되고, 명분을 지나치게 챙기다 보면 실리를 잃게 된다. 그러기에 지나친 욕심은 항상 실리와 명분 모두를 잃게 된다. 또 일반적으로 명분보다도 실리가 중요한 경우도 있지만 명분이 없는 실리는 진정한 실리가 아닌 경우가 더 많다. 그러기에 '큰일을 결정함에 있어서 항상 명분이 있는가? 없는가?'를 염두 해 두어야 한다. 그것도 단순한 명분이 아니라 대의(大義)가 전제된 명분인가를 먼저 생각해야 한다.

특히 삼국의 정립과정에서 대의명분이 부족한 전투는 대부분 실패로 돌아갔다. 이는 대의가 부족한 명분이기에 나타난 필연적인 결과였다. 이것이 바로 역사가 주는 교훈이다.

상식 한 마당 6

* 왕(王)과 황제(皇帝)의 선양(禪讓)과 세습(世襲)

☆ 왕과 황제는 어떻게 유래되었나?

왕(王)은 군주의 칭호의 일종으로 중국의 상나라(商)와 주나라(周)의 군주를 왕이라 호칭하였다. 물론 삼황오제(三皇五帝)가 있으나 이는 중국 고대의 전설적 제왕을 말하며 설화속의 인물들이다. 주나라 시대의 왕은 천자의 칭호이었으나, 춘추전국시대(春秋戰國時代)에 봉건제도가 붕괴되자 각국의 제후들은 왕을 자칭하며 왕의 존엄적 가치를 폭락시켰다. 그 후 천하를 통일시킨 진나라 왕 영정(嬴政)은 스스로를 황제(皇帝)라고 칭하게 되었다. 황제라는 말은 삼황과 오제에서 유래한 말로 삼황의 황(皇)자와 오제의 제(帝)자를 따서 황제라고 하였으며 자신부터 최초로 황제가 시작된다고 해서 진시황(秦始皇)이라고 하였다.

그 후 한나라도 황제를 군주 명칭으로 사용하면서 황제의 명칭은 청나라까지 군주의 명칭으로 계속 쓰여 졌다. 그렇다고 왕이라는 명칭이 사라진 것은 아니다. 한나라 경우, 황족이 담당하는 지역은 국(國)이라 부르며 그 수장을 왕(王)이라 호칭한 적도 있었다. 그 후 왕의 명칭은 일반적으로 황실 종친으로 태어난 것만으로 얻어지는 일종의 명예직으로 사용되었다.

그런데 왕도 아니고 황제도 아닌 약간 특이한 명칭이 하나 있다. 이것이 바로 "서초패왕(西楚霸王)"이다. 이는 진나라를 멸망시킨 항우가 자신을 서초패왕으로 호칭하면서 유래된 명칭이다. 그는 자신이 황제라고 호칭하기에는 다소 부담스러웠고 또 일반 제왕이라고 하기에는 너무 가벼워 중간의 호칭을 사용한 것이다. 패왕이란은 의미는 "왕중왕"이라는 의미로 춘추전국시대에 시대를 이끌었던 패자(覇者)에서 따온 말이다.

소설 《삼국지》에서 위나라 조조가 가장 먼저 위왕으로 등극하였고 촉나라 오나라 순으로 이어졌다. 황제의 등극은 위나라 조비에 이어 촉나라 유비, 오나라 손권 순으로 등극하였다. 유비에게 문무백관들이 황제에 오르라고 하였으나 유비는 한나라 황제가 살아계신데 어떻게 자신이 황제의 자리에 앉느냐며 왕의 자리에만 오르는 내용이 나온다. 그러다 조비가 한나라 황위를 찬탈하고 황제에 오르자 자신도 촉한의 황제에 오른다.

☆ 선양(禪讓)과 세습(世襲)의 기원은?

선양이란 왕이 자신보다 덕이 많은 자에게 왕위를 물려주는 제도로 이상적 정권교체 방식을 말한다. 선양은 맹자(孟子)에 의해 본격적으로 주장되고 이론화되었다. 중국의 전설에서 요(堯)임금이 순(舜)임금에게, 순임금은 우(禹)임금에게 정권이 평화적으로 이양하였으나 우임금은 자기 아들에게 왕위를 물려주며 세습제가 고착되었다고 전해진다.

이상적 정권교체인 선양제도는 후대에 유교정치의 모범으로 삼았다. 그러나 후대에 역성혁명(易姓革命)으로 권력을 약탈한 자들이 이러한 선양제도를 악용한 예가 비일비재하다. 우리나라의 경우 신라의 마지막 왕 경순왕이 그러하였고, 고려의 마지막 왕 공양왕이 조선 이성계에게 이러한 절차를 밟았다. 즉 찬탈자가 무력으로 정권을 찬탈해 놓고, 제위를 세 번 사양하는 형식적 절차를 밟게 하였던 것이다. 이는 혁명의 정통성과 명분을 찾고자 하는 얄팍한 정치적 수단으로 우리의 근현대사에서도 종종 볼 수 있는 악용사례들이다.

第6講

회자정리(會者定離)편

*비울 줄 알아야 채울 수 있고, 버릴 줄 알아야 얻을 수 있다.

▍소설 배경(제74회 - 제85회)

　형주를 지키던 관우는 번성을 공격하다 조인의 궁수가 쏜 독화살을 맞고 쓰러진다. 독화살을 맞은 관우는 화타의 치료로 회복되나 이후에는 평상심을 잃고 방심하다가 결국 여몽과 육손의 계략에 속아 형주를 잃고 포로가 된다. 그러나 관우는 끝내 절개를 지키며 죽음의 길을 택한다. 손권은 책임을 회피하고자 관우의 머리를 조조에게 보낸다. 죽은 관우를 본 조조도 지병이 도져 죽게 된다. 조조의 뒤를 이은 위나라 조비가 한나라 황제 헌제를 폐하고 자신이 황제에 오르자 유비도 촉한의 황제에 오른다.

　한편 장비는 관우의 원수를 갚기 위해 부하들에게 무리한 출정준비를 시킨다. 그러나 이에 불만을 품은 휘하 무장 범강과 장달은 장비를 암살하고 오나라로 도망친다. 장비마저 죽자 유비는 급격히 냉정을 잃고 아우의 원수를 갚으려 무리한 전투를 벌이는데 이것이 바로 이릉대전이다. 제갈량의 만류에도 유비는 황충·조자룡·관흥·장포 등을 데리고 출전하여 초반에는 대승을 거두었으나 오나라 대장군 육손이 수비에 치중하며 장기전으로 대응하자 소강국면으로 들어간다.

　육손의 지구전으로 더위에 지친 유비군은 진법을 무시하고 산속의 시원한 그늘로 영채를 구축하자 육손은 700여리에 걸친 영채를 단숨에 화공으로 불태워버리며 전세를 역전시킨다. 여세를 몰아 유비군을 추격하던 육손은 제갈량이 만들어 놓은 팔진도에 빠져 곤경에 처하자 추격을 포기하고 철군한다.

　조운·장포·관흥의 도움으로 겨우 목숨을 건진 유비는 백제성으로 탈출하지만 건강
이 악화되어 사망한다. 죽음에 이른 유비는 문무백관을 모아놓고 제갈량에게 유선의 후
사를 부탁한다. 유비는 이렇게 백제성에서 최후를 맞이하며 유비시대의 막을 내린다. 후
사를 부탁받은 제갈량은 성도로 돌아와 유선을 황제로 옹립하고 재기의 발판을 다진다.

　※ 삶이란 예정된 죽음을 향하여 한발 한발 다가서는 엄숙한 행진이다. 또 누구나 한 번씩은 찾아
　　오는 마지막 노정(路程)이기에 그 누구도 예외가 될 수 없다.
　　삼국이 정립된 이후에 중요한 인물들이 갑자기 하나둘씩 죽어가기 시작한다. 관우·조조·황
　　충·법정·장비·마초·유비 등 주요인물의 연이은 죽음은 오히려 독자로 하여금 당황스럽게
　　만든다. 그러나 죽음 앞에서는 누구도 어찌할 수 없는 것이다. 결국 이렇게 구세대가 가고 신
　　세대가 다가오는 것이다. 그러기에 담담하게 다음 세대를 맞이할 수밖에 없다.
　　영웅의 삶과 죽음! 그들의 야망은 죽음 앞에 어떠한 모습으로 비추어졌을까?

---

* 영웅의 삶과 죽음

　불경에 "회자정리, 거자필반(會者定離, 去者必返)"이라는 말이 있다. 이 말은 "인연으로
이루어진 이 세상 모든 것이 덧없음(無常)으로 귀착되나니, 은혜와 애정으로 모인 것일지
라도 언젠가는 반드시 이별하기 마련이다."라는 뜻으로 만남과 이별을 의미한다.
　적벽대전 이후 삼국이 정립되는 사이에 급격한 세대교체가 이루어진다. 대략적으로
중요인물들의 사망 시기를 살펴보면 다음과 같다.

　주유(210년) / 순욱(212년) / 방통(214년) / 노숙(217년) / 관우(219년) / 여몽(219년) / 조
조(220년) / 황충(220년) / 법정(220년) / 장비(221년) / 마초(222) / 유비(223년).

　이처럼 몇 년 사이에 중요인물들이 대거 죽음을 맞이한다. 그중에서 순식간에 죽어버
린 관우·장비·유비의 죽음은 독자로 하여금 황당함마저 들게 한다. 또 조조마저 죽어
버린 ≪삼국지≫를 어떻게 읽어야 할지 걱정마저 들 정도로 급속한 세대교체가 이루어
졌다.

여기에서는 영웅들의 삶과 죽음에 대하여 간략하게 살펴보고 그들이 세상에 남긴 의미는 무엇인지 알아본다.

1) 주유(周瑜)

오나라의 뛰어난 전략전술가로 오나라의 창업공신이다. 그는 처음에 손견에 이어 손책을 섬겼으며 장강 하류를 평정하는 데 큰 공을 세웠다. 형주 지역을 점령하다가 우연히 교공(橋公)의 두 딸을 포로로 생포하였는데 이들이 절세미인인지라 언니 대교(大橋)는 손책의 아내가 되었고, 동생 소교(小橋)는 주유의 아내가 되었다.

〈그림 17〉 오나라의 핵심 책사 주유와 노숙

손책이 요절하여 동생 손권(孫權)이 등극하자 주유는 손권을 충실하게 보필하며 오나라를 반석위에 올려놓았다. 특히 적벽대전에서 혁혁한 공을 세웠다. 그는 서천을 점령하여 촉나라를 병합하고 조조의 위나라를 점령하여 천하를 통일하겠다는 "천하이분지계"의 원대한 꿈을 가지고 있었다. 그는 이를 실행하다가 36세의 젊은 나이로 병사하고 말았다. "하늘은 나를 낳고 왜 공명을 낳았단 말인가!"라는 명언을 남긴 인물이다.

2) 순욱(荀彧)

순욱은 곽가와 함께 조조의 최고가는 책사이다. 원래는 원소의 책사였으나 원소가 인물이 아님을 인지하고 조조의 휘하로 들어왔다. 이후 순욱은 조조에게 곽사와 이각의 반란으로 궁지에 몰린 후한의 황제인 헌제를 모시도록 조언하였던 인물이다. 그 후 조조는 황제를 끼고 제후들에게 호령하며 천하쟁취의 기반을 만들게 되었다.

또 원소와 대치하던 관도대전에서 조조가 원소군을 기습으로 역공하여 승리하는데 혁혁한 공을 세운 인물이 바로 순욱이다. 벼슬은 시중과 상서령까지 두루 거치며 승승장구하였다.

그러나 그는 한나라 왕조의 지속을 원하는 청류파로, 당시 천하를 차지하려는 야심가 조조와 틈이 생기게 된다. 참전 중인 순욱에게 조조는 빈 반합을 보낸다. 빈 반합의 의미를 간파한 순욱은 자의반 타의반으로 자결을 한다. 그때 나이 50세이었다.

3) 방통(龐統)

적벽대전 이후에 촉의 책사가 된 인물이다. 일찍이 사마휘가 방통의 인물됨을 알아보고 제갈량을 와룡(臥龍 : 숨어있는 용)에 비유하였고 방통은 봉추(鳳雛 : 봉황의 새끼)에 비유하였다. 못생긴 외모와 인상 때문에 오나라에서도 주목을 받지 못하자 노숙은 유비에게 추천을 하였다. 하지만 유비도 그의 재능보다 외모를 보고 뇌양현의 현령으로 보낸다. 어느 날 장비가 그의 재능을 알아보고 유비에게 천거하며 군사중랑장으로 발탁되었다.

유비가 서천(익주)땅을 얻는 데 방통은 뛰어난 책략으로 일등공신의 역할을 하였다. 그러나 낙성으로 진격하던 중 매복병에게 화살을 맞고 낙봉파(落鳳坡)에서 36살의 젊은 나이로 사망한다. 방통은 제갈량에 대한 열등감과 빨리 전공을 세우려는 조급한 마음이 그를 36살 나이로 요절하게 만들었던 것이다.

4) 노숙(魯肅)

노숙은 사실 전략적 식견이 높고 걸출한 재능을 가진 당대의 영웅이었다. 역사에서는 그가 "담론은 물론 문장이 뛰어나고, 생각이 원대하며 현명함이 그를 따를 자가 없었다." 라고 평한다. 적벽대전에서 노숙의 지혜가 다소 부족한 것으로 그려지나 이는 제갈량을 지혜의 화신으로 만들면서 발생한 부작용이다.

한때 주유가 노숙에게 군량을 요청한 적이 있었는데 노숙은 창고 절반을 주유에게 내어주는 통 큰 모습을 보인다. 이로 인하여 주유와는 마음속의 친교를 쌓게 된다. 그리고 주유가 손권에게 추천하여 오나라의 핵심 책사가 되었다.

적벽대전 때에도 손권의 신하들은 조조에게 항복하자고 하였으나 노숙은 항전을 주장하였다. 결국 유비와 동맹을 맺고 주유와 함께 적벽대전을 승리로 이끌었던 인물이다. 주유가 죽자 강동의 군권을 거느렸던 인재였으나 지병으로 장수하지는 못하였다. 그는 여몽을 후임으로 선정하고 병사하였다.

5) 관우(關羽)

관우는 유비·장비와 함께 도원결의를 맺으며 화려하게 등장하였다. 하비성에서 유비의 가족과 함께 조조에게 붙잡혀 조건부 투항을 하는 포로가 되기도 하였다. 백마전투에서는 안량과 문추의 목을 베는 공을 세우며 한수정후(漢壽亭侯)로 봉해진다. 후에 유비의 거처가 확인되자 오관참육장(五關斬六將)을 하며 유비에게로 돌아오는 의리의 화신으로 명성을 얻었다.

박망파와 신야 및 형주를 둘러싸고 벌어진 각종 전투에서 많은 전공을 쌓는다. 유비의 익주정벌 때에는 형주에 남아 그곳을 지켰다. 그때 조인이 지키던 번성과 양양을 공격하여 대승을 하였으나 순간의 방심으로 여몽의 기습을 받고 퇴각하다 붙잡혀 참수를 당한다. 손권이 그의 머리를 조조에게 보내자, 조조는 제후의 예로 장례를 치르게 된다. 그래서 머리가 매장된 하남성 낙양의 무덤을 관림(關林)이라 부르고 몸이 매장된 호북성 당양의 무덤은 관릉(關陵)으로 불린다. 그는 촉한의 오호대장군 가운데 으뜸으로 기록되며 의리의 화신으로 또 중국 도교의 중요한 무신·문신·재물신 등으로 남게 되었다.

〈그림 18〉 주유와 노숙에 이어 오나라의 대도독이 된 여몽과 육손

6) 여몽(呂蒙)

여몽은 주유와 노숙에 이어 오나라의 대도독이 된 인물이다. 집안이 가난하여 교육을 제대로 받지 못했지만 손책에게 발탁되어 활약하다가 나중에는 손권의 휘하에서 많은 공을 세웠다. 적벽대전에서 뿐만 아니라 강릉을 지키던 조인과의 전투 및 유수전투·합비전투 등에서도 많은 전공을 세웠다.

형주의 3군을 돌려달라는 요구를 촉나라가 거절하자 여몽은 형주 공략을 준비한다. 관우가 위나라의 조인이 지키는 번성을 공략하자 여몽은 그 틈을 이용하여 관우의 배후를 공격해 사로잡아 처형한다. 그 후 여몽은 건강이 악화되어 사망하였으나 소설에서는 관우의 귀신이 여몽의 목숨을 빼앗은 것으로 묘사하였다.

여몽은 관우를 죽였다는 이유 때문에 부정적으로 묘사되었지만 사실은 용감하고 지략도 뛰어난 인물로 평가된다. 또 오하아몽(吳下阿蒙)과 그 반대말 괄목상대(刮目相對)라는 고사성어가 그로부터 유래되었다.

7) 조조(曹操)

조조는 황건적의 난을 통하여 두각을 보인 인물로 동탁제거에 실패하고 다시 고향으로 돌아가 원소·원술·손견 등과 연합하여 동탁토벌을 주도한 인물이다.

그는 헌제가 장안을 탈출하였을 때, 순욱의 건의에 따라 황제를 보호하기 시작하며 정국의 주도권을 잡는다. 헌제를 끼고 조정을 장악하며 세력을 확대하면서도 한편으로는 둔전제 등 제도를 정비하며 위나라 건국의 기반을 마련하였다.

관도대전을 통하여 중국 북부를 통일시키고 승상에 오른다. 북방을 평정한 그는 남쪽으로 형주를 점령하며 기세를 올렸으나 적벽에서 손권과 유비 연합군에게 크게 패하며 기세가 꺾인다. 그 후 조조는 여러 차례 오나라와 촉나라를 상대로 접전을 벌렸으나 큰 실리는 얻지 못하였다.

조조는 213년에 위공으로, 216년에는 위왕으로 봉하며 황제의 권력에 버금가는 위세를 행사하다가 220년에 병사하였다. 조조가 죽자 그의 아들 조비가 위왕 지위를 계승하였고, 조비가 위나라 황제의 지위에 오른 뒤에는 무황제로 추존 되었다. 그는 정치가이가도 하며 위대한 문학가이기도 하다.

8) 황충(黃忠)

황충은 본래 형주 유표의 부하였으며, 당시 장사태수인 한현의 휘하에서 장수로 있었다. 적벽대전 후에 관우가 장사를 공격하자 일전을 벌이게 된다. 명장은 명장이 알아보듯 서로 한차례씩 목숨을 구해주며 호감을 갖게 된다. 이후 위연과 함께 유비의 진영에 투항을 하며 수많은 전공을 세운다. 후에는 관우·장비·마초·조운과 함께 오호대장군이 되었다. 유비가 익주를 공격할 때 큰 공을 세웠으며 한중전투에서는 적장 하후연을 죽이며 후장군에 올랐다가 이릉전투에서 전사하였다.

〈그림 19〉 관우와 장비에 이어 오호대장군 중의 하나인 조자룡 황충 마초

9) 법정(法正)

법정은 본래 익주 유장의 부하였으나 후에 맹달·장송 등과 함께 유비에게 귀순한 책사이다. 서천을 접수한 유비는 그를 촉군 태수와 양무장군으로 임명하였다. 그 후 법정은 유비에게 한중공격을 제안하였고, 그의 계략으로 조조군의 맹장 하후연을 제거하였다. 유비가 한중왕으로 등극할 때 그는 상서령으로 임명되었으나 불행히도 일찍 세상을 마감하였다. 법정은 특히 유비가 아꼈던 인물로 그가 일찍죽자 유비는 매우 안타까워했다고 한다.

10) 장비(張飛)

　도원결의로 맺어진 의형제 가운데 막내인 장비는 호탕한 성격의 인물이다. 관우와 함께 많은 전쟁에 참전하여 용맹을 떨쳤다. 특히 당양 장판교에서 호성일갈로 추격해 오던 조조군을 물리친 일화는 그의 트레이드 마크가 되었다. 또 적벽대전과 익주공략 등에서 큰 공을 세웠다. 그 외에도 위나라 명장인 장합과의 혈투는 그의 명성을 더욱 높여 놓았다.

　그러나 장비의 고질병인 술과 지나치게 엄격한 부하관리는 그를 다시는 돌아올 수 없는 불귀의 객으로 만들어 놓았다. 즉 관우의 복수를 위해 오나라의 출정을 앞두고 과도한 명령과 지나친 술 때문에 결국 부하인 장달과 범강에게 암살되었다. 당대 최고의 용장이며 오호대장군의 하나였던 장비는 이렇게 허무하게 세상을 하직하였다.

11) 마초(馬超)

　오호대장군 중의 하나인 마초는 조조에게 죽은 마등의 아들이다. 그는 강족과 융족의 기반을 가지고 조조에 대항하다 최후에는 유비에 투항하였다. 장비와 용호상박의 승부로 유명하다. 유비가 그의 용맹을 탐내어 이회를 파견해 설득하자 그는 이내 유비에게 투항하여 평서장군이 되었다. 그 후 한중에서 조조의 아들 조창을 격파해 승리하는 등 많은 공을 세워 관우·장비·조자룡·황충과 함께 오호대장군이 되었다. 유비가 촉한의 황제가 되었을 때에는 표기장군이 되고 태향후로 봉해졌다.

12) 유비(劉備)

　도원결의를 통해 천하를 도모하려던 유비는 초반에 뜻을 이루지 못하고 공손찬·도겸·조조·원소·유표 등에 의탁하며 전전긍긍한다. 삼고초려를 통하여 제갈량이라는 걸출한 책사를 얻은 유비는 적벽대전을 통하여 형주일대를 확보하여 천하삼분의 대업을 하나하나 이루어 나가게 된다. 그 후 유비는 익주와 한중마저 손에 넣고 삼국정립에 성공하여 급기야 한중왕에 오른다. 그 후 조비가 헌제를 폐하고 황제가 되자 자신도 촉한의 황제로 등극한다.

　그러나 관우와 장비의 죽음으로 그는 냉정함을 상실한다. 결국 무리한 이릉대전을 일으켜 육손에게 대패하고 백제성에서 병사한다. 후사를 제갈량에게 위탁하고 63세의 나이에 세상을 하직하며 천하통일의 대업은 하나의 물거품이 되고 만다.

이처럼 이릉대전 전후로 촉나라는 유비·관우·장비 삼형제는 물론 황충·마초까지 전사하였다. 특히 오호대장군 관우·장비·황충·마초 가운데 조자룡만 빼고 모두 죽는다. 위나라에서는 조조·하후돈·장료·조인 등이 죽었으며, 또 오나라에서는 감녕·여몽·장흠 등이 죽는다. 이렇게 삼국시대 제1세대의 시대가 가고 제2세대의 시대로 접어들게 되었다.

때가 되면 어김없이 찾아오는 죽음 앞에 그 누구도 자유로울 수는 없었다. 영웅조차도 무기력해지기는 마찬가지였다. 그중에는 나름 보람찬 인생을 살다가 간 영웅도 있었지만, 꿈과 야망을 펼쳐보지도 못하고 허무하게 사라진 불쌍한 영혼도 있었다. 그러기에 우리는 가끔씩 영웅의 삶과 죽음을 통하여 우리의 인생역정을 점검해 볼 필요가 있다.

* 비울 줄 알아야 채울 수 있고, 버릴 줄 알아야 얻을 수 있다.

나이가 들며 가슴으로 와 닿는 명언이 바로 "비울 줄 알아야 채울 수 있고, 버릴 줄 알아야 얻을 수 있다."라는 말이다. "비우다"라는 것은 "마음을 비운다."는 의미로 감정을 이성으로 조정할 수 있음을 말한다. 또 "버리다"라는 뜻은 "욕심을 버린다."라는 의미이다. 즉 "마음을 비우고 욕심을 버리다."라는 뜻이 된다.

이는 수많은 영웅들이 죽음에 이르러 느끼는 아쉬움이기도 하다.

적벽대전부터 이어지는 욕심과 집착으로 일관된 조조...
형주에 지나친 집착을 보인 주유...
무공을 세우기에 초조했던 방통...
순간의 교만과 방심의 관우...
일순간 감정에 사로잡혀 사리판단이 흐려졌던 유비와 장비...

이 모든 것들이 그들의 운명을 가르며 죽음을 자초했던 원인들이다. 그러기에 비워야 할 때는 비울 줄도 알아야 채울 수 있는 것이고, 버려야 할 때는 버릴 줄도 알아야만 또 얻을 수 있는 것이다. 이것은 지극히 단순하지만 그렇다고 실행에 옮기기 또한 쉽지는 않다. 그러기에 이것이 인생이고 또 운명인지도 모른다.

* 무한 도전과 무모한 도전

"무한 도전"과 "무모한 도전"은 한 글자 차이지만 의미상에는 천양지차(天壤之差)이다. 또 이것은 어떤 일의 승패를 결정짓는 중요한 단서가 되기도 한다. 무한 도전이란 어떤 목표를 향해 끊임없이 전진해 나가는 것이지만, 무모한 도전은 치밀한 준비나 대책도 없이 그저 막연하게 추진하는 도전을 말한다.

무한 도전이라고 해서 반드시 성공하는 것은 아니다. 성공의 열쇠는 대개가 대의명분에 달려있다. 대의명분이 없는 도전은 실패하기 마련이다. 대의명분이 있는 도전도 성공이 보장되지 않는데 대의명분이 없는 도전이 성공하기는 더 어렵기 때문이다.

소설 《삼국지》에 나타난 무한 도전은 도원결의를 통한 황건적 소탕이나 제갈량이 추진한 천하삼분지계 및 남방원정 등은 나름대로 사회의 안정과 백성을 구한다는 대의명분이 있었기에 백성의 지지를 얻을 수 있었고 또 이를 바탕으로 소기의 목표를 달성할 수 있었다.

그러나 조조가 일으켰던 적벽대전은 조조의 지나친 욕심에서 나온 무모한 도전이었다. 또 적벽대전에서의 참패에 보복을 전제로 일으킨 유수전투와 합비전투는 그야말로 감정에 치우친 무모한 도전이었다. 이러한 무모한 도전은 국력낭비는 물론 치세의 영웅 조조가 난세의 간웅으로 바뀌는 계기가 되었다.

손권과 주유의 경우도 별반 다르지 않다. 적벽대전 이후 손권과 주유는 형주에 지나친 욕심과 집착을 보였다. 물론 천하삼분을 구상했던 유비와 천하이분을 계획했던 손권·주유의 입장은 다를 수 있지만, 절대강자 조조를 견제하기 위해서는 유비를 이용하여 이이제이(以夷制夷) 전법으로 대응해야 했다. 즉 강자 앞에서 두 약자가 서로 이전투구를 하는 모습은 강자만 더 이롭게 하는 소탐대실이기 때문이다.

결국 형주에 대한 지나친 욕심은 관우의 죽음을 불러왔고, 관우의 죽음은 이릉대전을 야기시켰다. 또 한편으로는 위나라와 유수전투 및 합비전투를 치루며 전쟁에 시달렸다.

그 후 제갈량의 죽음으로 촉나라가 무너지자 오나라도 무너진 것은 필연의 결과이기도 하다.

무모한 도전의 전형은 유비에게서 찾을 수 있다. 이것이 바로 "이릉대전"이다. 이릉대전은 그야말로 명분이라고는 전혀 없는 전쟁이었다. 형제의 원수를 갚고자 의리로 일으킨 감정의 전쟁이기 때문이다. 이 무모한 전쟁으로 장비·황충은 물론 유비 자신도 죽음에 이르는 치명타를 입게 되었다. 그동안 대업의 위해 전전긍긍했던 유비도 한순간의 무모한 도전으로 인하여 대사를 망치고 만 것이다.

무한 도전과 무모한 도전의 기준점은 이성(理性)과 감정(感情)에 있다. 즉 "감정이 앞서는가? 아니면 이성이 앞서는가?"에 따라 승패 혹은 성패가 갈리는 것이다. 이렇듯 감정의 판단은 늘 실패 혹은 패배를 부르는 경우가 다반사임을 알 수 있다. 그러기에 도전은 이성으로 하는 것이지 감정으로 하는 것은 아니다. 즉 도전의 선행조건은 이성이지만 필수조건은 대의명분이다.

상식 한 마당 7

* 관우신앙의 출현 – 현상수배자 관우가 신이 되다.

관우는 산서성 운성사람으로 젊은 시절 악덕 소금장수를 죽이고 현상수배자가 된다. 그러다가 유비와 장비를 만나 도원결의를 맺으며 세상 밖으로 나온다. 그는 수많은 전공으로 오호대장군 가운데 으뜸이 되었고 한수정후와 장무후라는 관직까지 올랐던 인물이다. 그러나 관우는 오히려 죽어서 더 승승장구한다. 즉 북송 휘종 때에는 충혜공이 되었다가 무안왕으로 격상되었고, 명대 신종 때에는 충의대제로 급기야 황제의 신분까지 격상되었다. 또 문무이성(文武二聖)으로 추존되어 문묘에는 공자를, 무묘에는 관우를 추앙하고 있다.

어느 시대를 막론하고 수많은 종교는 흥망성쇠의 전철을 밟으며 발전하여 왔다. 그 가운데 가장 독특하고 특이한 경로를 밟으며 발전해온 신이 중국의 관우신이다. 즉 관우신은 유교에서는 나라를 수호하는 충의의 무신(武神)이 되었으며, 불교에서는 사찰을 지키는 가람신(伽藍神)이 되었다. 또 도교에서는 악마를 쫓아내고 재난과 고통에서 벗어나게 해주는 삼계복마대제(三界伏魔大帝)가 되어 三敎를 두루 통괄하는 만능수호신(萬能守護神)이 되었다.

〈그림 20〉 당양 옥천사가 세워지며 관우가 가람신으로 등극

　　관우를 제일 먼저 신으로 끌어들인 종교는 불교였다. 당 고종은 관우에게 가람신이라는 시호를 추증하였고, 덕종 때에는 호북성 당양에 옥천사가 세워지며 관우도 가람신으로 등극하였다. 유교에서는 대략 북송시기부터 관우를 신적 대상으로 숭배를 하기 시작

하였고, 도교에서도 역시 북송부터 도교의 숭녕진군으로 숭배하다가 명·청대에는 관성제군(關聖帝君)으로 최고의 경지까지 올려놓았다.

이렇게 관우가 신의 경지까지 오른 배경에는 물론 종교적 영향도 있었지만 정치적 의도가 다분히 있었다. 특히 송·원·명·청대에 이루어진 정치적 의도와 도교가 상승작용을 일으키며 크게 발전하였다.

현재 관우신은 전지전능(全知全能)한 만능신으로 무신·문신·수호신의 역할 외에도 재물을 모아주는 재물신, 병을 치유하는 치유신 등으로 매우 다양한 신의 역할을 담당하며 지금까지도 중국인들의 마음속에 강한 신앙의 뿌리를 내리며 발전하고 있다.

관우신앙은 우리나라에도 유입이 되었다. 임진왜란 때 명나라 장수 진인(陳寅)이 1598년 남대문 밖 남산기슭에 관우묘를 최초로 세운 이래로 조선시대에 대략 27곳 이상에서 관우묘가 건립되었으며 약 14곳 정도가 현존하는 것으로 확인된다. 현재 대표적인 곳은 동대문 근처 동묘(東廟)이다.

조선의 왕들 중에는 비록 타의에 의하여 세워진 관우묘지만 "충(忠)과 의(義)"의 상징인 관우를 수호신으로 수용하여 왕권을 공고히 하는 정치적 의도로도 이용하였다. 관우신앙은 점차 민간으로 확대되어 조선후기에는 관우신이 민간신앙 및 무속신앙으로 이어졌고 급기야 종교화하는 양상을 보이게 된다. 즉 선음즐교(善陰騭敎)·증산교(甑山敎)·관성교(關聖敎)가 출현하는 계기가 되기도 하였다.

第7講

출사표(出師表)편

* 일은 사람이 도모하지만 성패는 하늘에 달려있다.

▌소설 배경(제85회 - 제104회)

유비가 죽은 후 어수선한 틈을 타 위나라 조비는 5로(다섯 갈래 길)로 공격해 오나 제갈량은 서재에 앉아서 기상천외한 심리전술로 오로공격을 물리치는 개가를 올린다. 또 제갈량은 북벌을 구상하던 중, 남만의 공격을 받게 된다. 공명은 우선 통일대업에 장애가 되는 남만의 맹획을 치러 출정한다. 결국 칠종칠금 끝에 맹획을 설복시켜 남방을 안정시키고 본격적으로 북벌에 나선다.

이때 위나라에서는 조비가 죽고 그의 아들 조예가 황위를 계승한다. 이때 사마의가 서량도독으로 취임하자 이를 우려한 제갈량은 조예와 사마의 간에 이간책을 펼쳐 결국 사마의를 관직에서 물러나게 만든다.

장애물을 제거한 제갈량은 드디어 출사표를 내고 북방으로 출병하여 하우침과 조진을 격파하고 또 지략과 지모를 갖춘 맹장 강유를 투항시키는 등 많은 개가를 올린다. 그러나 경솔한 마속의 실수로 결정적 기회를 놓치고 부득이 철군한다. 철군한 제갈량은 울면서 마속을 참수하고 스스로 관직을 강등시킨다. 그리고 절치부심하며 다시 병사들의 조련에 전력투구한다.

다시 전력을 가다듬고 북벌을 시도하나 이번에는 제갈량이 과로로 쓰러져 철군한다. 얼마 후 제갈량은 다시 출병하였으나 이번에는 사마의의 유언비어로 촉나라 조정에서 제갈량을 호출하는 바람에 차질을 빚게 된다. 제갈량은 사마의의 유언비어에 놀아난 촉한의 간신배들을 척결하고 다시 출병하여 승리를 거두나 이번에는 이엄의 거짓보고로 대업에 차질이 생긴다.

그 후 상방곡에서 사마의를 화공으로 몰살시킬 결정적 기회를 잡았으나 갑자기 내린 소나기로 사마의는 기적적으로 살아 도망친다. 이렇게 마지막 기회를 놓친 제갈량은 점점 건강이 악화되어 결국 죽고 만다. 여섯 번에 걸친 기산(육출기산)진출 시도는 끝내 성공하지 못하고 제갈량의 죽음으로 종말을 고한다.

※ 후사를 부탁받은 제갈량은 죽기 전까지 3번에 거친 큰 전투를 벌인다. 첫 번째가 조비와 사마의가 주도한 "5로 공격"의 침략을 받았고, 선제공격으로는 남방정벌과 북방정벌이다. 일명 "칠종칠금"과 "육출기산"으로 잘 알려져 있다.

이러한 전투들의 특징은 심리전이었다. 전쟁에서 심리전은 전쟁의 절반을 차지한다고 해도 과언이 아니다. 그만큼 심리전은 전쟁의 기본이며 또 전쟁에서 중요한 변수로 작용한다. 작은 전투에서 승리하고도 큰 전쟁에서는 진 싸움이 바로 육출기산이다. 과연 3번에 걸친 전쟁의 득실은 누구에게 있었을까? 또 그 원인은 무엇이었을까?

---

* 사마의가 주도한 5로 공격

5로 공격이란? 유비가 죽자 유선이 대를 이어 황위를 계승한다. 이때 정권교체의 어수선한 틈을 이용하여 위나라 조비가 사마의의 계책을 받아들여 다섯 방향에서 촉나라를 공격한 사건을 말한다. 이 사건은 사마의가 매우 치밀하게 계획한 전략전술로 이제 막 촉나라 황제로 취임한 유선을 안절부절 못하게 만들었던 사건이었다.

제1로 공격 : 선비족의 10만 군대를 동원시켜 서북쪽에서 촉나라를 공격.
제2로 공격 : 남만의 맹주 맹획을 부추겨서 남쪽에서 촉나라 공격.
제3로 공격 : 오나라 손권과 동맹을 맺고 오나라 군대가 동쪽에서 공격.
제4로 공격 : 촉나라에서 투항한 장수 맹달에게 한중지역을 공격하도록 명령.
제5로 공격 : 위나라 조진이 병력을 이끌고 북쪽에서 양평관을 공격.

이렇게 대규모 연합군대가 동서남북 다섯 방향으로 나누어 촉나라를 공격하게 된다.

이때 제갈량은 병을 핑계로 황제조차 만나질 않자 초조한 유선은 직접 제갈량의 집으로 찾아가 대책을 상의한다. 황제 유선은 제갈량의 대책을 듣고 안도의 한숨을 쉬게 된다. 5로 공격은 제갈량의 기막힌 심리전술로 서재에 앉아서 적을 물리친 심리전이었다.

제1로 대책 : 선비족의 공격은 이 지역연고를 가진 맹장 마대로 배치한다. 마초와 마대는 이 지역을 중심으로 맹위를 떨치던 맹장으로 선비족도 경외의 인물이기에 그와는 싸우지도 못하고 돌아갔다.

제2로 대책 : 맹획의 공격은 연고가 있는 맹장 위연을 배치하여 의병으로 대치한다. 위연은 본래 남방사람으로 이 지역의 남만인들은 그 위세에 눌려 감히 상대할 생각을 못하고 후퇴하였다.

제3로 대책 : 오나라의 공격은 외교가 등지를 파견하여 오나라와 동맹을 다시 체결한다. 외교에 능통한 달변가 등지를 파견하여 다시 오나라와의 동맹관계를 회복시켰다.

제4로 대책 : 맹달의 공격은 생사지교를 맺은 친구 이엄을 파견하여 대치한다. 맹달은 본래 촉나라 장수인데 관우가 형주에서 곤경에 빠질 때 무책임한 대응으로 죄를 추궁받자 위나라에 투항한 장수로 촉나라 장수 이엄과는 생사지교를 맺은 친구이기에 이엄을 파견하니 감히 출정하지 못하였다.

제5로 대책 : 조진의 공격은 천하의 맹장 조자룡부대를 파병하여 대적시킨다.

결국 이 전쟁은 제대로 싸우지도 않고 간단하게 끝나버렸다. 전쟁에서 싸우지 않고 이기는 방법이 가장 으뜸가는 상책이라고 한다. 이처럼 제갈량은 심리전에 기반을 둔 고도의 전략전술과 외교로 결국에는 싸우지도 않고 승리하는 큰 성과를 올렸다.

* 칠종칠금 – 마음에서 우러나오는 복종이 진짜 항복이다.

남방의 정벌에서 제갈량은 최고의 심리전을 펼친다. 그것이 바로 "칠종칠금(七縱七擒)"이다. "칠종칠금"은 일곱 번 풀어주고 일곱 번 잡는다는 뜻으로 상대를 내 뜻대로 마음대로 움직인다는 의미이다.

燒藤甲七擒孟獲

〈그림 21〉 제갈량은 맹획을 칠종칠금하며 감복시키다

　　본래 북벌을 준비하던 제갈량은 남방의 맹획이 반란을 일으키자 북벌에 앞서 남방을
정벌하여 배후를 평안하게 하고자 일으킨 정벌이다. 제갈량의 계략으로 맹획을 손쉽게
생포하였다. 이때 마속은 "용병술 가운데 최상의 방책이 민심을 공략하는 것이고 군사를
동원한 무력은 하책이라며 심리전으로 맹획의 마음을 정복하자."는 책략을 올린다. 제갈
량 또한 오랑캐로부터 절대적 신임을 받고 있는 맹획을 죽이는 것만이 능사가 아니라고
생각하여 마속의 계책에 따르기로 했다.

　　제갈량이 맹획을 진심으로 복종시켜야만 했던 또 다른 고민은 이러하다. 만일 맹획을
죽이고 촉나라 관리와 병사를 남만에 남기게 되면 반드시 충분한 수의 군대와 식량을
남겨야 하고, 싸움에서 전사한 이들의 가족이 원한을 품고 반드시 원수를 갚고자 할 것
이며, 오랑캐와는 상호간에 불신이 깊어 신뢰하기 어려웠다. 그러기에 병력과 식량을 아

끼려면 적군의 진심어린 복종이 필요했던 것이다.

결국 제갈량은 맹획을 달래어 풀어주었다. 그러나 고향으로 돌아온 맹획은 다시 전열을 정비하여 반란을 일으켰다. 이때마다 제갈량은 지략을 이용하여 맹획을 잡아들였다가 달래어 다시 풀어주기를 일곱 차례나 하였다. 마침내 맹획은 눈물을 흘리며 "일곱 번 사로잡고 일곱 번 놓아주었다는 이야기는 자고이래로 들어 본 적이 없습니다."라고 하며 마음으로 부터의 진정한 항복을 하였다.

그러기에 칠종칠금은 제갈량의 뛰어난 업적이며 전략과 전술의 승리이자 심리전의 백미라고 할 수 있다. 진정한 복종은 몸을 숙이는 것이 아니라 마음을 숙이는 것이라는 명언이 여기에 해당된다.

첫 번째 : 제갈량은 맹획에게 반간계 유인작전을 펴서 거짓으로 패한 척 하다가 조자룡과 위연을 매복시켜 퇴로를 차단한 다음 위연이 맹획을 사로잡았다.

두 번째 : 풀려난 맹획이 노수를 방패삼아 저항하자 제갈량의 군대는 기습적으로 노수를 건너 맹획을 사로잡았다.

세 번째 : 다시 풀려난 맹획은 동생 맹우에게 거짓항복을 하게 한 후 안팎에서 화공으로 공격하려 하나 이를 간파한 제갈량은 마대를 시켜 사로잡았다.

네 번째 : 맹획은 다시 총공격을 하자 퇴각하는 척 하다가 조자룡이 후미를 공격하여 결국 제갈량이 놓은 함정에 걸려 사로잡힌다.

다섯 번째 : 맹획은 독룡동에서 대항하나 제갈량은 산속노인에게서 해독법을 알아내고 다시 맹획을 사로잡았다.

여섯 번째 : 맹획은 처남인 대래동주가 맹획 자신을 붙잡아 제갈량에게 넘기는 척 위장하게 한 후에 제갈량을 죽이는 작전을 시도하나 이를 간파한 제갈량이 역이용하여 사로잡았다.

일곱 번째 : 맹획은 오과국과 연합하여 공격하였으나 제갈량은 오과국의 등갑군을 화공으로 무찌르고 마대가 맹획을 사로잡았다.

이처럼 제갈량은 적군의 심리를 꿰뚫어 보며 맹획을 손바닥아래에서 자유자재로 조종하였던 것이 칠종칠금이다. 이는 심리전의 절정이라고 해도 과언이 아니다.

* 출사표와 육출기산

출사표(出師表)란?

군대를 일으켜 출병하면서 임금에게 올리는 글이란 뜻이다.

촉나라의 유비는 위나라를 수복하지 못한 채 이릉전투에서 죽을 때, "반드시 북방을 수복하라"는 유언을 제갈량에게 남긴다. 제갈량은 유비의 유언을 받들어, 위나라를 토벌하러 떠나는 날 아침 촉한의 제2대 황제 유선 앞에 나아가 바친 글이 바로 출사표이다. 출사표의 내용은 국가의 장래를 걱정하고, 각 분야의 현명한 신하들을 추천하며, 유선에게 올리는 간곡한 당부의 말이 담겨 있다. 출사표는 전출사표와 후출사표가 전한다.

〈그림 22〉 제갈량은 위나라를 치기 위해 출사표를 올리다

육출기산(六出祁山)

제갈량이 유비의 유지를 받들어 6차례에 걸쳐서 위나라 토벌(227년-234년)을 추진한 북벌 군사 정책이다. 실제 촉나라의 북벌은 5회이며 1회는 위나라의 침략으로 이루어진 전투이다. 또 5회의 북벌 가운데 첫 번째와 마지막에만 기산에 진출하였고 나머지는 그 인근이거나 한중에서 벌린 전투였다. 대략 6번에 걸쳐 위나라와 전투가 벌어졌기에 육출기산이라고 통칭되었다.

위나라의 황제 조비가 사망하고 아들 조예가 즉위한다. 이때 사마의가 서량 자사로 임명되자 제갈량은 사마의가 역모를 꾸민다는 유언비어 계책을 펼쳐 사마의를 물러나게 만든다. 그리고 출사표내고 원정에 나선다.

〈그림 23〉 제갈량은 초반에 위나라를 크게 대파하며 기세를 올리다

제1차 : 위나라는 부마 하후무를 대도독으로 삼아 출진하나 하후무가 대패를 하고 삼
　　　개 군을 잃게 된다. 위나라 조정에서는 왕랑과 조진 및 곽회를 출진시키나 이
　　　마저도 대패하자 사마의를 다시 복권시켜 출정시킨다. 한편 제갈량은 초반의
　　　승리와 강유를 투항시키는 등 개가를 올리나 가정에서 마속의 실수로 대패를
　　　하고 만다. 또 제갈량은 사마의의 기습을 받으나 공성계로 위기를 모면한다.
　　　결국 군대를 철수한 제갈량은 마속을 참수하고 자신도 우장군으로 격하하며
　　　재기를 준비한다.

제2차 : 위나라는 조진과 왕쌍이 출진하나 제갈량은 위연에게 왕쌍을 막게하고, 자신은
　　　우회하여 위나라 조진을 대파하는 전공을 올린다. 그러나 군량미 부족으로 후
　　　퇴를 한다. 이 전투에서 마지막 오호대장군 조자룡이 전사한다.

제3차 : 강유와 왕평이 무도와 음평을 탈취하며 개가를 올린다. 특히 도독 사마의를 심
　　　리전으로 완파하자 사마의는 방어위주로 작전을 바꾼다. 이때 제갈량이 병에
　　　걸려 결국 한중으로 철군한다.

제4차 : 제4차는 제갈량의 출진이 아니라 위나라에서 먼저 침입해 왔던 전투이다. 위나
　　　라의 조진과 사마의가 한중을 공격하였으나 큰 비로 인하여 결국 철수를 한다.
　　　조진은 분노와 원한으로 죽고, 사마의의 유언비어 전략으로 촉나라 조정에서
　　　제갈량을 소환하는 바람에 철군한다.

제5차 : 제갈량은 사마의를 급습하여 개가를 올리며 전황을 유리하게 만드나 아군장수
　　　이엄이 오나라가 침략한다는 거짓보고를 하는 바람에 제갈량은 황급히 철군한
　　　다. 결국 군량미를 준비 못하자 핑계로 거짓 보고한 이엄은 참수하였으나 제갈
　　　량의 군대는 막대한 차질과 손실을 보게 된다.

제6차 : 몇 년에 걸쳐 전쟁준비를 마친 제갈량은 기산으로 진출하자 위나라는 사마의
　　　가 나와 대응한다. 몇 차례 전투에서 패한 사마의는 방어만 하며 기회를 기다

린다. 제갈량은 어렵게 사마의의 계책을 역이용하여 사마의를 상방곡으로 끌어들인다. 제갈량이 이곳에서 화공으로 공격을 감행하자 사마의는 절망에 빠진다. 이때 갑자기 소나기가 내려 불이 거지는 바람에 사마의는 극적으로 탈출에 성공한다. 사마의를 제거할 결정적 기회를 놓친 제갈량은 망연자실하며 한탄한다.

〈그림 24〉 제갈량의 육출기산에도 끄떡없이 지켜낸 사마의 육출기산(六出祁山)

이러한 충격으로 제갈량은 지병이 와전되어 결국 병사하고 만다. 사마의의 철통같은 방어와 오장원에서 제갈공명의 죽음으로 6차에 걸친 북벌은 결국 실패로 끝나고 만다.

육출기산에서는 많은 고사성어와 명언명구 및 재미있는 일화 그리고 기묘한 병법이 나온다.

첫 번째 출정에서 초반에 파죽지세로 위나라 군대를 물리치나 사마의의 출현으로 차질이 생기기 시작한다. 사마의가 맹달의 반란을 기선제압하자 제갈량은 가정지역을 지키기 위해 마속과 왕평을 급파하게 되었고 또 마속의 그릇된 군사 행동으로 대패하여 결국 제갈량은 마속을 눈물을 머금고 죽여야만 했다. 이것이 읍참마속(泣斬馬謖)이다. 타인에게 본보기를 보이기 위해 부득이 하게 제갈량이 택한 최후의 방법이었다. 마속의 집안에는 다섯 형제가 있었는데 그들 형제를 가리켜 마씨오상(馬氏五常)라 불렀다. 오형제가 모두 재주가 있었으나 그중에서 마량이 가장 뛰어났다. 마량은 어릴 적부터 눈썹이 흰색이었기 때문에 그를 백미(白眉)라고 불렀다. 마속은 바로 마량의 아우이다. 백미란 여럿 가운데 가장 뛰어난 것을 의미한다.

또 다른 이야기는 가정방어에 실패한 제갈량이 주력부대를 다른 곳으로 보내어 서성현에는 늙고 병약한 병사들만 남게 되었는데 갑자기 사마의가 대군을 이끌고 성으로 쳐들어 왔다. 이 때 제갈량은 군사들로 하여금 청소를 시키고 성문을 활짝 열어 놓았다. 그리고 자신은 성 누각에 올라가 거문고를 뜯고 있었다. 이를 본 사마의는 제갈량의 매복을 경계하여 군사를 물렸다는 재미있는 일화가 있는데 이것이 바로 유명한 공성계(空城計)이다. 공성계는 일종의 허허실실(虛虛實實) 전법이다. 즉 세력이 없을 때 심리를 이용하여 허세를 부리는 허장성세(虛張聲勢)와도 일치한다.

그 외 감병첨조법(減兵添竈法)이라는 병법이 있다. 이는 병력을 늘릴 때마다 화덕수를 줄이고 병력이 줄때 마다 화덕 수를 늘리는 전법이다. 즉 강할 때는 식사를 조리했던 화덕 수를 줄여 병력이 적은 척 위장하고, 약할 때는 화덕 수를 늘려 병력이 많은 것처럼 위장하는 전술이다. 이는 제갈량이 부득이 철군을 할 때 적의 추격을 따돌리기 위하여 쓴 전법이다.

제갈량의 병법 가운데 가장 하이라이트는 아군도 속이고 적군도 속이는 신기의 전략전술이다. 이는 제갈량이 자주 쓰는 병법으로 적군 장수는 물론 아군장수도 모르게 하는 고도의 전략전술이 제98회에 나온다. 위연과 강유에게는 사흘 안에 준비를 끝내어 진창을 공격하라고 명하고 자신은 비밀리에 관흥과 장포를 데리고 출정하여 하루 만에 진창에 도착한다. 그리고는 성안에 미리 투입시킨 첩자와 내통하며 진창을 점령한다. 위연과 강유가 진창에 왔을 때는 이미 제갈량이 진창을 점령하고 있었다. 위연과 강유는 그의 신기묘산한 계책에 크게 탄복한다. 이처럼 적군은 물론 아군 장수조차도 모르게 기묘한 병법을 구사하였다.

그 외에도 제갈량은 주위 환경을 이용하여 착시현상으로 여러 명의 제갈량이 나타나게 꾸몄던 귀신놀이(神出鬼沒)와 목우와 유마를 이용하여 사마의의 군량탈취 등은 제갈량의 지혜와 지략 등이 총 동원된 독무대였다. 그러나 그럼에도 불구하고 이 6차례의 전투는 제갈량의 죽음과 함께 실패로 막을 내린다.

* 일은 사람이 도모하지만 성패는 하늘에 달려있다.

옛말에 "뛰는 놈 위에 나는 놈이 있다."라는 말이 있다. 이는 필히 사마의 같은 사람을 두고 한 말일 것이다. 이 전투에서 사마의는 제갈량의 지략에 눌려 시종일관 수비위주의 대응을 하다가 빈틈이 생길 때 기습을 하는 전략을 구사하였다. 강한 적과는 싸움을 하지 않는다는 병법의 기본 요건에 충실하며 한 순간의 빈틈을 기다리는 전술이다. 즉 인내하며 예리하게 적의 동향을 살폈던 것이다.

제갈량은 사마의에게 끝없이 싸움을 걸었지만 전세의 불리함을 알고 있는 사마의는 성문을 굳게 닫고 대응을 하지 않았다. 한번은 제갈량이 여인 옷과 장신구 등 여성용품을 보내어 사마의를 희롱한 적이 있었다. 그러나 그는 화를 내기는커녕 오히려 껄껄 웃으며 인내하였다.

어느 날 촉나라의 사신이 왔을 때 사마의는 제갈량의 근황을 넌지시 물어보았다. 그 사신은 제갈량이 식사도 적게 하며 열심히 일만 한다는 이야기를 한다. 이때 사마의는 "제갈공명이 먹는 것은 적으면서 과중한 일을 하니 어떻게 오래 살 수 있겠는가.(食少事煩, 安能久乎!)"라는 말을 한다. 과연 그 말이 적중하여 제갈량은 얼마 후 병으로 세상을 떠난다. 이처럼 사마의의 통찰력은 예리했고 인내력 또한 대단하여 끝까지 인내하며 최적의 순간을 기다렸다.

　그러나 사마의도 위기를 맞이한다. 자신의 계책을 제갈량이 교묘히 역이용하여 상방곡에 갇히는 신세가 된다. 급기야 사방에서 제갈량이 화공으로 공격하자 사마의는 최후를 맞는 듯 했다. 그러나 갑자기 내린 소나기가 그를 기사회생하게 만들었다. 이를 본 제갈량은 "일을 꾸미는 것은 사람이 하지만 일을 이루는 것은 하늘에 달렸구나.(謀事在人, 成事在天.)"라며 한탄한다. 결국 이러한 원인으로 제갈량은 병을 얻고 죽게 된다.

　제갈량의 죽음을 확인하지 못한 사마의는 반신반의하며 후퇴하는 촉군을 추격하지만 제갈량은 최후까지 마치 자신이 살아있는 듯 수레에 인형을 태우고 사마의를 농락한다. 이것이 바로 "죽은 공명이 산 중달(사마의)을 달아나게 하다.(死孔明, 走生仲達.)"이라는 명언의 유래이다.

　대부분의 전투에서는 제갈량이 승리를 하였다. 그러나 최후의 승자는 사마의였다. 이것을 일컬어 "전투에서는 승리하고 전쟁에서는 졌다."는 표현을 한다. 그러기에 최후에 웃는 자가 진정한 승자인 것이다. 결론적으로 "강한 자가 살아남는 것이 아니라, 살아남은 자가 강한 자이다."라는 명언이 가장 어울리는 부분이다.

상식 한 마당 8

* 출사표(出師表)

　제갈량의 출사표는 진(晉)나라 이밀(李密)이 무제에게 올린 진정표(陳情表)와 당(唐)나라 사상가 한유(韓愈)가 쓴 제십이랑문(祭十二郞文)과 함께 중국 3대 명문 중 하나로 손꼽힌다. 예로부터 "출사표를 읽고 눈물을 흘리지 않는 자는 충신이 아니다."라고 할 정도로 명문으로 알려져 있다. 제갈량의 출사표는 "전출사표"와 "후출사표"가 있는데 비교적 "전출사표"가 더 알려져 있다.

출사표의 내용

중국 3대 명문이라고 하는 출사표에는 무슨 내용이 있을까? 출사표의 내용은 크게 3부분으로 나눌 수 있다.

전반부는 제갈량이 나라의 장래를 걱정하는 내용과, 또 임금을 향한 제갈량 자신의 한결같은 충성심을 기술하고 있다. 그리고 중반부는 나라를 다스리는 바른 길을 구구절절 호소하며 유선이 황제로서의 처신에 대하여 간곡한 당부의 말과 또 적재적소에 필요한 인물들을 발탁하여 선정을 하라는 말로 구성되어 있다. 후반부에는 제갈량과 선제 유비와의 인연 및 유비의 유지를 받들어 북벌해야하는 당위성과 필요성을 호소하고 있다.

여기에서 제갈량이 당부하는 황제의 길이란 첫째 신하와의 소통을 강조한다. "폐하께서는 신하들의 간언을 폭넓게 들으시고, 뜻 있는 선비들의 의기를 더욱 널리 배양시켜야 합니다. 충성스런 간언이 들어오는 언로를 막아서는 안 됩니다." 둘째는 공평성이다. "폐하가 거처하는 궁궐과 신하들이 정사를 보는 조정은 하나가 되어야 합니다. 벼슬을 높여주는 일과 벌을 내리는 일에 있어서 궁궐의 기준이 다르고 조정의 기준이 달라서는 안 됩니다." 제갈량이 언급한 "소통"과 "공평성"은 1800여 년이 지난 지금에도 여전히 가슴으로 느껴지는 절실한 단어이다.

제갈량의 후출사표(後出師表)는 선제 유비의 유지에 따른 북벌의 당위성과 이유 및 결과의 불확실성에 대하여 6가지 예를 들며 호소하고 있다. 그중 최후에 "무릇 일이란 미리 헤아려 예측하기란 실로 어렵습니다. 신은 다만 엎드려 몸을 돌보지 않고 죽을 때까지 최선을 다할 뿐, 성공과 패배, 이로움과 해로움에 대해서는, 신이 미리 결과를 예측할 정도로 총명하지는 못합니다.(凡事如是, 難可逆見. 臣鞠躬盡瘁, 死而後已, 至於成敗利鈍, 非臣之明所能逆覩也.)"라고 한 부분이 인상적이다.

후출사표의 마지막 부분에 유명한 "국궁진췌(鞠躬盡瘁)"라는 성어가 있다. 마음과 몸을 다해 나라에 이바지한다는 의미로 결국 죽을 때까지 최선을 다해 노력한다는 뜻이다. 즉 세상에는 절대적 강자도 없고 또 절대적 약자도 없는 것이다. 또 세상사는 쉽게 예측하고 단언하기 어려운 것인바, 그래도 대의명분이 있으면 성공할 수 있으므로 자신은 최선을 다해 한실 부흥을 위해 노력하겠다는 의지를 볼 수 있는 문장이다.

악비의 출사표

제갈량의 출사표(出師表)는 후대에 많은 문인들로부터 칭송을 받아왔다. 또 역대 수많은 충신들이 이 출사표를 읽고 쓰면서 결의를 다졌다. 그중 하나가 송나라의 충신 악비(岳飛)이다.

금나라의 침입으로 나라의 존망이 풍전등화일 때, 악비는 남양의 무후사에서 하루 밤을 지내게 된다. 비 내리는 가을밤에 출사표를 읽으니 문득 기로에선 조국과 황실의 걱정으로 감정이 이입되어 눈물로 밤을 지새웠다고 한다. 그리고 제갈량의 출사표를 단숨에 써 내려갔다고 전해진다.

악비의 출사표는 비분강개한 필체로 인하여 유명세를 타게 된다. 사천성 성도의 무후사뿐만 아니라 여러 곳에서 그 비문을 볼 수 있다.

第8講

인생무상(人生無常)편

* 빈손으로 왔다가 빈손으로 가는 것이 인생이다.

▌소설 배경(제105회 - 제120회)

　제갈량이 죽자 촉나라는 점점 균열과 붕괴의 조짐이 나타나기 시작한다. 위연의 배반으로 촉나라는 상당한 혼란에 처하게 되나 마대가 위연을 제거하며 겨우 안정을 되찾게 된다. 그 후 강유가 제갈량을 대신하여 고군분투하나 점점 국제정세는 위태로워진다.

　위나라도 조예가 죽자 병권을 쥔 조상이 사마의를 견제하나, 조상이 사냥나간 틈을 이용하여 사마의가 정권을 틀어쥔다. 이때부터 권력의 중심이 급격히 사마의(사마의-사마소-사마염) 집안으로 이동된다. 사마의가 죽자 그의 아들 사마사와 사마소 형제는 급기야 황제 조방을 폐위시키고 조모를 새 황제로 세우며 권력을 농락한다. 얼마 후 조모마저 죽자 사마소는 조환을 황제로 세우고 자신의 아들 사마염을 내세워 제위를 찬탈할 계획을 은밀히 세우기 시작한다.

　오나라도 손권이 죽자 손량이 대를 이었으나 급격히 몰락하여 붕괴의 조짐이 보이기 시작한다. 정봉 등 원로장군들이 힘겨운 전투를 벌이며 겨우겨우 지탱하나 나라는 점점 등전풍화처럼 위태롭다.

　촉나라의 유선은 간신 황호에 빠져 나라는 점점 도탄에 빠지고, 강유만이 홀로 구벌중원하며 분투하지만 위나라 종회와 등애의 양면공격으로 촉나라는 불가항력에 처해진다. 결국 무능한 유선은 나라를 지키지 못하고 위나라 등애장군에게 항복을 한다. 위나라의 허수아비 황제 조환도 결국 진(晉)나라 사마염에게 제위를 넘기며 망국의 길을 가게 된다. 이리하여 사마염의 진나라로 들어선다.

한편 오나라는 손휴에 이어 손호가 등극하며 부흥을 꾀하지만 호족세력들의 지지를 잃고 혼미한 정국에 빠지게 된다. 혼란한 국면을 이용하여 진나라의 두예가 파죽지세로 공격하자 끝내 저항하지 못하고 항복을 한다. 그리하여 천하는 빠르게 사마염의 진나라로 다시 통일된다. 이렇게 삼국시대는 종말을 고하며 소설 ≪삼국지≫는 끝을 맺는다.

> ※ 인생은 돌고 도는 것이라고 한다. 통일에서 분열로, 분열에서 다시 통일로... 역사 또한 이렇게 순환하고 있다. 마치 장강의 강물처럼... 빈손으로 왔다가 빈손으로 가는 것이 인생이라고 한다. 그렇듯 수많은 영웅들이 혜성처럼 나타났다가 물거품처럼 사라져갔다. 그러면서도 그들이 남기고간 흔적이 있다. 우리는 그 과거의 흔적을 통해서 미래의 지혜를 배우는 것이다. 그러기에 우리는 가끔씩 "어떻게 살 것인가?"라는 문제를 생각해 볼 필요가 있다.

* 지는 해와 뜨는 해

혼란의 시대는 영웅의 출현을 갈망한다. 그러기에 영웅은 항상 평화시보다 혼란의 시대에 출현하였다. 다시 말해 인생의 기회는 안정된 시기보다 혼란한 시대에 찾아오는 경우가 더 많았다. 그래서 우리는 이것을 일컬어 "시대가 영웅을 만든다."라고도 한다. 하루에도 해가 뜨고 지듯이 세월이 가면 지는 스타가 있고 떠오르는 스타가 만들어지기 마련이다. 아무리 일찍 그리고 강하게 떠오른 태양일지라도 저녁이 되면 서산너머에 석양으로 지기 마련이다.

적벽대전을 통하여 화려하게 정치무대에 등장하여 삼국정립과 칠종칠금 및 육출기산의 전투를 이끌었던 촉나라의 대들보 제갈량도 그 빛을 잃고 서산으로 넘어갔다. 오나라를 반석위에 올려놓고 그리고 적벽대전과 이릉대전을 승리로 이끌었으며 또 유수전투와 합비전투를 막아낸 강동의 기린아 손권도 세월의 무게를 이겨내지 못하고 떠나야만 했다. 그 외 조조와 제갈량조차도 그를 경계하였던 시대의 인동초 사마의마저도 역사의 뒤편으로 물러나며 세상은 새로운 영웅시대로 빠르게 넘어가게 된다.

지는 석양을 딛고 새롭게 떠오르는 태양이 있었다. 그들이 바로 촉나라의 강유, 위나라의 등애와 종회이다. 그러나 그들은 찬란한 조명을 받았지만 비련의 숙명을 업고 시대를 살아간 인물들이다. 오히려 진나라를 건국한 사마염과 두예가 진정한 시대의 영웅으로 자리매김을 한다.

〈그림 25〉 강유는 구벌중원하며 고군분투하나 촉나라는 결국 멸망하고 만다

강유(姜維)

촉나라의 강유는 제갈량의 후계자로 지략과 지모가 뛰어난 무장이다. 그러기에 제갈량도 자신이 쓴 ≪제갈공명 병법≫을 그에게 전수하였다. 강유는 제갈량이 죽은 후에도 제갈량의 유업을 지속하기 위해 아홉 번이나 중원에 진출하여 북벌을 진행하였다. 이것

이 바로 구벌중원(九伐中原)이다. 사마소가 위나라 정권을 찬탈한 이후에도 그와 맞서 촉나라를 지키려 고분군투하였으나 결국 실패하여 자결하였던 비운의 인물이다. 그는 비록 촉나라를 지키지는 못했지만 역사가 인정하는 충신이다.

등애(鄧艾)

젊은 시절 큰 대망을 품었던 등애는 비록 말더듬이였으나 전략전술에 능통하였다. 사마의에게 발탁되어 상서랑을 지내는 등 매우 촉망받는 인재였다. 벼슬은 남안태수와 관내후 및 등후에 봉해졌다. 그는 촉나라를 정벌할 때에 강유와 대치되자 부대를 이끌고 음평을 거쳐 산길과 강물을 타고 성도(成都)로 입성하여 촉나라 유선의 항복을 받아낸 걸출한 인물이다. 그러나 그는 종회와의 지나친 충성경쟁으로 서로 반목하다가 결국 모반죄의 누명을 쓰고 살해되었다.

종회(鍾會)

종회는 박학다식하여 20살에 조정에 출사하였고, 그 후 고속으로 승진하여 관내후의 직위에 올랐던 인물이다. 사마소의 장자방이란 소리를 들을 정도로 지략이 높았다. 그는 등애와 함께 촉나라를 점령하기 위해 출정을 하였으나 전공에 있어서 등애에게 밀리고 말았다. 이를 시기한 종회는 등애가 반란을 도모한다는 표문을 올려 모함하였다. 뒤에 종회는 사마소가 자신을 견제하려는 의도를 알아차리고 강유와 함께 반란을 일으켰으나 내부의 불화로 살해되었다.

이처럼 뛰어난 지략과 지모로 시대의 총망을 받았던 등애와 종회 두 장수는 결국 서로의 시기와 견제로 공멸하게 된 케이스이다. 결국 자기관리 및 대인관계 미숙이 떠오르는 태양에서 지는 태양으로 운명을 바꿔버렸던 것이다.

다음은 문무를 겸비하여 성공적인 삶을 살은 두예와 아래로 부터의 인심과 민심을 얻으며 진(晉)나라의 황제가 된 사마염의 삶을 살펴보자.

두예(杜預)

두예는 대장군으로 오나라를 평정한 뛰어난 군사 전략가이며 훌륭한 학자이다. 그는 사마염의 두터운 신임을 얻으며 성공적인 삶을 산 대표적 인물이다. 그는 형주를 평정한 후에 한 참모가 "봄이 오면 강물이 불어나 오래 머물기 어려우니 겨울까지 기다렸다가 오나라를 다시 공격하자"고 하자, 두예는 지금 상황은 "대나무를 쪼개는 것과 같아 한번 쪼개지기 시작하면 전부 쪼개지는 것과 같다"라고 하면서 오나라의 수도 건업을 단숨에 진격하여 승리를 얻어냈다. 여기서 파죽지세(破竹之勢)라는 고사성어가 생겨났다.

그는 여러 전투에서 무공을 세워 벼슬이 당양현후와 사예교위까지 올랐으며 학문으로는 경학연구에 박학하여 ≪춘추좌씨경전집해≫와 ≪춘추석례≫ 및 ≪춘추장력≫등을 저술하였다. 후대에 두예는 빼어난 전략전술가라기 보다는 오히려 출중한 학자로 이름을 날렸다.

사마염(司馬炎)

사마염은 사마소의 아들이며 사마의 손자로 진(晉)나라를 세운 인물이다. 율령(律令)을 완성시키고 각종 세법을 정비하여 초기에는 안정을 이루었다. 그러나 그의 아들 혜제(惠帝) 때에 "팔왕(八王)의 난"이 일어나며 나라의 기반이 급격히 흔들렸다.

사마염은 어려서부터 총명하고 통솔력이 비범했던 인물로 알려져 있다. 특히 오나라와의 전투에서 무구검과 왕창의 도주사건과 또 부하 진태의 실수로 어려움에 처하는 상황에서도 사마염은 부하의 잘못을 자신의 과오로 인정하고 책임지려는 태도를 보였다. 이러한 리더십은 아랫사람으로 부터의 충성과 백성으로 부터의 민심을 얻게 되어 결국 삼국통일의 주인공으로 등장할 수 있었다. 남의 잘못에 관대하고 나의 잘못에 엄격한 리더의 필수 덕목을 잘 지킨 인물로 평가된다.

* 마지막 황제들

사마염에 의하여 천하는 다시 진(晉)나라라는 이름으로 통일되었다. 나라의 흥망성쇠는 수많은 사람들의 몰락과도 연관된다. 가장 먼저 촉나라가 망하고 이어서 위나라와 오나라가 차례로 사마염의 진나라에게 통합되었다. 그러면 과연 마지막 황제들의 말로는 어떠하였을까?

촉나라의 황제 유선은 263년에 나라를 위나라에 내어주고 낙양으로 강제 이주되어 안락공(安樂公)으로 봉해진다. 낙양에서 평생을 편안하게 살다가 271년에 사망을 하였다. 그는 낙양에서 살면서 한 번도 반기를 들거나 불만을 표시한 적도 없었다. 한번은 사마소가 유선의 마음을 떠보기 위하여 주연이 베풀어진 자리에서 촉나라 음악을 연주하자 촉나라 관료들은 모두 눈시울을 붉혔다. 오직 유선만 태연자약하게 여흥을 즐기고 있었다. 이때 사마소가 "고향 촉나라가 그리우십니까?"라고 묻자 유선은 "여기가 좋아서 촉나라 생각이 나지 않습니다."라고 답변을 하였다고 한다. 이 말에 사마소는 그에 대한 경계를 풀었다고 한다.

두 번째로 망한 나라가 위나라이다. 264년에 사마소가 촉나라를 정벌한 공으로 진왕(晉王)에 올라 제위찬탈 작업을 하다가 265년에 죽는다. 이때 사마소의 아들 사마염이 위나라 황제 조환을 협박하여 265년에 제위를 선양받는다. 사마염은 이에 반대하던 신하들을 처단하고 조환을 진류왕(陳留王)으로 봉하였다. 사마염은 조환에게 황족의 품위를 유지할 수 있게 해 주었으며 위나라 황실의 제사도 허가하였다고 전해진다.

마지막으로 망한 나라가 오나라이다. 황제 손호는 280년에 진나라 대군에게 항복하였고 항복한 후에 귀명후(歸命侯)라는 작위를 받았다. 후에 진나라 수도였던 낙양에서 284년에 죽었다. 그래도 손호는 오나라의 재건을 위하여 노력한 인물이며 기백이 있었던 인물로 보인다. 한번은 사마염이 인질로 잡혀온 손호에게 "여기 낙양에 그대의 자리를 마련하고 오랫동안 기다리고 있었소."라고 말하자 손호도 "신도 남쪽에 자리를 마련하고 폐하를 기다리고 있었습니다."라고 받아 넘겼다고 한다. 촉나라 유선의 처신과는 매우 다른 일면을 보여준다.

〈그림 26〉 간신 황호에 놀아난 촉한의 유선은 나라를 진나라에 내어준다

옛말에 "생거지 진천이요, 사거지 용인이라.(生居地 鎭川, 死去地 龍仁)"라는 말이 있다. 이 말은 "살아서는 진천에 살고, 죽어서는 용인에 묻힌다."라는 뜻이다. 중국에도 이와 유사한 말이 있다. "살아서는 소주와 항주요, 죽어서는 북망이라.(活在蘇杭, 死在北邙)"라는 말이 있다. 북망은 바로 낙양근처에 있는 산 이름이다. 북망은 황제의 무덤 터라 할 정도로 많은 무덤이 있다. 유선과 손호도 이곳에 묻혔으며 손호의 무덤 옆에는 진(晉)나라 최후의 황제인 진숙보의 무덤도 있다. 또 백제 최후의 왕이었던 의자왕(義慈王)도 낙양에 인질로 끌려와 사후에 이곳에 묻혔다고 하니 참으로 묘한 인연들이다. 그러나 의자왕의 무덤은 아직 찾지 못했다고 한다.

* 역사란 순환한다. 마치 장강의 물결처럼...

영웅호걸이란 장강에 잠시 일어났다가 사라지는 파도나 물거품에 불과하다. 이런 측면에서 보면 부귀영화와 영웅호걸의 욕망은 부질없는 것으로 보인다. 그러기에 소설 ≪삼국지≫도입부분에 나오는 서시 임강선(臨江仙)은 인생무상을 그대로 반영해 준다. 이 서시는 처음 책을 읽을 때의 느낌과 이 책을 다 읽고 난 후, 다시 감상하는 느낌이 다르다. 인고로 성숙된 인생의 멋과 맛이 가슴으로 저미어 온다.

임강선(臨江仙)

장강은 넘실넘실 동해로 흘러들고,	滾滾長江東逝水,
물거품 거품마다 영웅의 자취로다.	浪花淘盡英雄.
돌아보니 시비성패가 허사일 뿐이었네.	是非成敗轉頭空:
청산은 옛 그대로 변함이 없건만,	靑山依舊在,
석양은 그 얼마나 붉게붉게 물들었던가?	幾度夕陽紅.
백발의 어부와 나무꾼만이 강가에 서성이며,	白髮漁樵江渚上,
가을 달과 봄바람만 바라볼 뿐이로다.	慣看秋月春風.
탁주 한 병으로 서로 만나 희희낙락하며.	一壺濁酒喜相逢:
수많은 古今의 이야기들을,	古今多少事,
환담 속으로 모두 날려 보낸다.	都付笑談中.

소설 ≪삼국지≫의 시작과 끝은 매우 의미심장한 문구로 연결되어 있다.

제1회 - (天下大勢, 分久必合, 合久必分)

천하대세란 분열이 오래되면 반드시 통합되고 통합이 오래되면 반드시 분열된다.

- 이처럼 도입부분에는 향후 전개될 이야기가 분열의 이야기임을 암시하고 있다.

즉 分久必合(초·한에서 한나라로 통일), 合久必分(한나라에서 삼국시대)의 분열시대로 들어감을 암시하는 부분이다.

제120회 - (天下大勢, 合久必分, 分久必合)

천하대세란 통합이 오래되면 반드시 분열되고 분열이 오래되면 반드시 통합된다.

- 이처럼 말미부분에는 통일을 암시하며 끝을 맺는다.

즉 合久必分(한나라에서 삼국시대로의 분열), 分久必合(삼국시대에서 진나라로의 통일)을 암시하는 말이다.

이처럼 소설 ≪삼국지≫는 처음과 끝이 서로 관련이 있는 문학적 구성인 수미상관법(首尾相關法) 혹은 수미상응법(首尾相應法)으로 구성하여 흥미를 더 자아내고 있다. 이는 인생에 있어서도 마치 처음과 끝이 서로 상응하는 연결고리처럼 느껴진다. 마치 순환의 고리를 갖고 흐르는 장강의 물처럼...

이 순환의 고리는 역사에서도 볼 수 있다. 어쩌면 이 순환의 고리가 학습효과에서 나오는지도 모를 일이다. 한나라 말기에 조조와 조비는 감히 황실을 압박하여 강압적으로 황제를 폐위시키고 더 나아가 황제의 제위까지 선양받는다. 심지어는 황제를 죽이는 일도 서슴지 않고 자행하였다. 세월이 흘러 위나라가 쇠퇴하자 사마의와 사마사·사마소 형제는 조조와 조비가 한나라에 자행했던 그대로 황제를 폐위하고 또 강압적으로 황위를 선양받는다. 또 사마소는 폐위한 황제를 죽이기까지 하였다. 돌고 도는 것이 인생이라고 하지만 이러한 사실을 보면 "인과응보"라고 말이 괜히 있는 것은 아닌 것 같다. 또 이래서 "역사란 순환한다."라는 말이 나왔는지도 모를 일이다.

* 어떻게 살 것인가?

인간의 삶에 있어서 종착역은 죽음이다. 이 문제에 대해서는 동서고금(東西古今)을 막론하고 수많은 사람들이 수많은 이론을 전개하며 고민하고 또 토론하여 왔다. 그러나 아직도 삶과 죽음에 대하여 일목요연하게 정의되어진 것은 아무것도 없다. 이 문제는 아마도 영원히 풀지 못할 우리들의 숙제인지도 모른다. 그러기에 우리는 삶과 죽음의 문제를 더욱더 경외하는 마음으로 접근해야만 한다.

불교용어에 공수래공수거(空手來空手去)라는 말이 있다. 이는 빈손으로 왔다가 빈손으로 가는 것이 인생이라는 뜻이다. 태어날 때 아무것도 가지고 온 것이 없기에 죽을 때도 아무것도 가지고 갈 수 없는 것이 당연한 이치이다.

빈손으로 왔다가 빈손으로 가는 인생이라.	空手來空手去是人生.
낳을 때는 어느 곳에서 왔으며,	生從何處來,
죽을 때는 어느 곳으로 가는가.	死向何處去.
사는 것 역시 뜬 구름이 이는 것이요,	生也一片浮雲起,
죽는 것 역시 뜬 구름이 사라지는 것이라.	死也一片浮雲滅.
뜬 구름 자체는 본래 실체가 없나니,	浮雲自體本無實,
죽고 살고, 오고 가는 것 역시 이와 같도다.	生死去來亦如然.

　이 선시(禪詩)는 나옹화상(懶翁和尙)의 누님이 동생 나옹에게 지어 보내 읊었다는 "부운(浮雲)"이라는 유명한 시이다. 여기에서 인생을 뜬 구름에 비유하며 사람의 일생(一生)이 이렇게 허무(虛無)한 것이라는 것을 드러내고 있다. 허무한 인생! 인생무상! 그러기에 우리는 어떻게 살 것인가? 하는 문제에 더 매달릴 수밖에 없다. 그렇다면 어떤 인생이 값진 인생인가?

　삼국시대에 극명한 대조를 이루며 각자 다른 인생을 살아간 두 집안이 있다. 바로 제갈량의 집안과 사마의의 집안이다. 이 두 집안은 서로 다른 인생의 방향을 향하여 또 독특한 가풍을 만들며 자신의 목표를 향하여 갔다. 그 승패득실의 평가를 후대에 맡긴 채...

　먼저 제갈량 집안을 살펴보기로 하자.

　제갈량은 중국에서 충성의 화신으로 추앙받고 있는 인물이다. 그는 또 한나라 개국공신 장자방(장량)과 함께 최고의 참모로 후세에 이름을 날렸다. 삼고초려 후 세상에 나와 적벽대전으로 천하를 삼분하였고, 남방을 정벌하여 칠종칠금으로 위세를 떨쳤으며, 북방에 육출기산하여 위나라를 위협하였다. 그는 살아서는 승상으로 죽어서는 충무후(忠武侯)라는 시호와 함께 신이 되었다. 지금도 중국 각지에서는 무후사(武侯祠)라는 이름으로 사당을 만들어 추앙하고 있다.

　그의 집안은 대를 이은 충성으로 잘 알려져 있다. 촉나라 황실의 부마인 제갈량 아들 제갈첨은 촉나라가 위험에 빠지자 전쟁에 나가 장렬히 싸우다 전사하였으며 손자 제갈상도 촉나라의 대장이 되어 전투 중에 전사하였다.

　또 제갈량의 형 제갈근은 오나라에서 대장군으로 오나라를 위해 충성을 다했으며 제갈근의 아들 제갈각도 오나라의 충신으로 대장군이 되어 오나라의 재건을 위해 헌신하였던 인물이다.

그 외 제갈량의 동생 제갈균도 촉나라의 신하가 되어 촉나라와 운명을 함께한 충신이며, 제갈량 집안의 친척인 제갈탄도 비록 위나라에서 벼슬을 한 인물이지만 위나라의 충신으로 전해진다.

이처럼 제갈량 집안은 비록 촉나라와 오나라 혹은 위나라에서 벼슬을 하였지만 각자 자기가 모시는 주군을 위하여 충성을 다하였다. 특히 제갈량 집안은 3대에 거쳐 충성을 다하다가 장렬하게 목숨을 던지는 기풍이 있는 집안이었다.

한편 사마의 집안은 어떠한가?

사마의는 제갈량과 대적할 수 있는 지략과 지모를 갖춘 인물로 위나라 초기에는 둘도 없는 충신이었다. 그는 제갈량이 주도한 육출기산을 효율적으로 방어하며 위나라를 위기에서 구해냈던 인물이다. 그러나 그의 야욕을 본 조조와 조비는 그를 견제하기 시작한다. 이러한 견제는 그가 역신으로 돌변하는 결정적인 계기가 되었다. 위나라 후기에는 완전한 역신이 되어 쿠데타를 주도하며 역성혁명을 준비한다.

사마의가 죽자 그의 아들 사마사와 사마소는 더욱 더 잔인하게 위나라 황실을 압박하기 시작했다. 특히 큰아들 사마사는 마음대로 황제 조방에서 조모로 교체를 하는 만행을 저지른다. 사마의의 둘째 아들 사마소는 사마사보다도 더 사악한 인물로 황제를 시해하고 본인이 진왕이 된 인물이다. 또 사마소 아들 사마염은 위나라 황제 조환을 밀어내고 제위를 선양받는다. 이처럼 사마의 집안은 3대에 걸친 배신으로 천자에 오르게 된 집안이다.

이상 두 집안의 비교를 통해서 충성심과 역심을 확인할 수 있다. 제갈량 집안은 3대에 거쳐 충성을 다한 반면 사마의 집안은 3대에 거쳐 황제가 되기 위한 치밀한 계획과 준비를 하였다. 제갈량 집안은 소기의 목표를 이루지는 못했지만 역사에선 긍정적 이미지로 남아 그들을 추앙하고 있다. 그러나 사마의 집안이 최후의 승자이지만 역사에선 부정적 이미지로 그려지고 있다. 이것이 바로 역사가 주는 교훈이다. 그러기에 "어떻게 살 것인가?"하는 문제는 수천 년이 지난 지금에도 영원한 숙제로 남아있는 것이다.

〈그림 27〉 사마의 사마소에 이어 사마염이 천하를 재통일 시키다

"어떻게 살 것인가?"하는 명제를 풀기위해서 하나의 실례를 들어보고자 한다. 이 이야기는 불교의 ≪잡아함경(雜阿含經)≫에 나오는 이야기이다.

옛날 네 명의 아내를 둔 사람이 있었다고 한다. 첫 번째 부인은 주야로 사랑을 해주었고, 두 번째 부인은 눈을 뜬 낮에만 사랑한 부인이며, 세 번째 부인은 가끔씩 생각날 때만 사랑해주었던 부인이고, 네 번째 부인은 평소 거의 무관심했던 부인이었다.

그런데 어느 날 남편은 다시는 돌아올 수 없는 나그네의 길을 떠나야만 했다. 그래서 그는 첫 번째 부인에게 동행을 요구하였다. 그러나 그녀는 냉정하게 거절하였다.

할 수 없이 그는 두 번째 부인에게 갔다. 그녀는 눈치를 보더니 "첫 번째 부인도 안 가는데 내가 왜 가야 하느냐"며 이내 거절해 버렸다.

다시 세 번째 부인에게로 갔다. 그녀는 곰곰이 생각하더니 "당신이 나를 가끔씩 돌보아 주었으니 그동안의 정을 생각해 저는 동네어귀까지만 동행하겠습니다."라고 하였다.

결국 네 번째 부인에게로 갔다. 그녀는 "당신이 가는 그 어디라도 따라가겠습니다."라고 말하였다.

여기에서 다시는 돌아올 수 없는 나그네의 길이란 죽음을 의미한다. 또 끔찍하게 사랑해줬던 첫 번째 부인은 우리의 "육체와 영혼"을 의미한다. 육체와 영혼은 살아있는 동안 늘 함께 하지만 죽는 순간 분리되게 마련이다. 눈을 뜬 낮에만 사랑해 줬던 두 번째 부인은 "부귀와 권력"이다. 부귀와 권력이란 눈을 뜨고 있을 때만 내 것이지 눈을 감는 순간에는 내 것이 아닌 것이다. 또 가끔 생각날 때만 사랑해 주었던 세 번째 부인은 "일가친척과 친지들"이다. 평소 우리는 생활에 쫓기어 일가친척과 친지들과 무관심하게 지내기 일쑤이다. 그러다 가끔 생각나면 한두 번씩 관심을 표하는 것이 전부이다. 평소 무관심했던 네 번째 부인은 "자신의 이름과 명예"이다. 명예로운 이름이야말로 죽어서도 다른 사람들에 의하여 영원히 기억되는 것이기 때문이다.

그러기에 우리는 이 이야기를 통해서 어떻게 사는 것이 바람직한 삶인지 가끔씩은 뒤돌아 볼 필요가 있다.

상식 한 마당 9

* 촉나라 마지막 황제 유선의 삶과 죽음

유비의 아들 유선은 감부인의 소생이며 아명이 아두(阿斗)이다. 조자룡이 당양 장판파에서 구해온 아들이 바로 유선이다. 유비의 뒤를 이어 황제가 된 유선은 제갈량에게 전권을 주어 총괄하게 하였고 제갈량 사후에는 장완·비의·강유 등에 국정을 맡기어 그런대로 유지되었으나 말년에 환관 황호를 총애하면서 나라가 급격히 기울어졌다. 결국 264년에 등애의 기습공격을 받으며 위나라에 항복하고 만다. 이후 강유가 촉나라 부흥운동을 꾀하다가 실패하자, 유선은 낙양에 압송되어 안락공(安樂公)에 봉해진다.

사마소는 낙양에 압송된 유선을 떠보기 위하여 주연을 베풀고 촉나라 음악을 연주하게 하자 촉나라 관료들은 눈시울을 붉혔지만 오직 유선만 태연자약하였다. 이때 사마소가 "촉나라가 그리우십니까?"라고 묻자 "여기가 좋아서 촉나라 생각이 나지 않습니다."라고 답변을 하였다. 잠시 후 유선이 화장실을 가자 비서랑이었던 극정이 뒤를 따라가 "폐하께서는 왜 촉나라 생각이 안 난다고 하셨습니까? 만일 또 묻거든 울면서 '선왕의 분묘가 촉 땅에 있어 늘 마음이 아프고 그립습니다.'라고 하십시오. 그러면 혹 촉으로 돌아갈 희망이 있을지도 모릅니다."라고 하였다.

술이 몇 순 돌아가고 취기가 오르자 사마소가 다시 유선에게 촉나라가 그리우냐고 물었다. 유선은 눈을 감고 극정이 한말을 그대로 읊었다. 그러자 사마소는 시치미를 뚝 떼고 "어째 극정이 한말과 똑같소?"라고 하자 유선은 깜짝 놀라 눈을 번쩍 뜨고 "대왕의 말이 맞습니다. 방금 극정이 가르쳐 준 말입니다."라고 하여 장내는 박장대소가 터졌다는 이야기가 소설 ≪삼국지≫제119회에 나온다.

사람에 따라서는 유선의 이런 어리석고 우스꽝스런 행동이 사마소를 안심시키는 계기가 되었다고 평가를 한다. 그렇다면 와신상담(臥薪嘗膽)하며 촉나라를 재건하려는 모습과 의지를 보여야만 했다. 그러나 그는 차라리 기울어진 나라를 포기하고 일신의 평안한 삶에 만족하였던 것이다.

촉나라를 망하게 한 유선은 아명이 아두인데 "아두(阿斗)"라는 말은 지금도 중국에서는 "나약하고 무능한 자"를 가리키는 말로 흔히 쓰인다. 일설에는 조자룡이 위험을 무릅쓰고 장판파에서 유선을 구해와 유비에게 바칠 때 유비가 "이놈 때문에 용맹한 장수 하나를 잃을 뻔하였다."며 유선을 땅바닥에 던져버리는 장면이 나오는데, 이 때문에 머리를 다쳐 좀 모자라는 아이가 되었다는 설도 있다.

이처럼 나라를 망하게 죄로 "아두"라는 말은 후대에 바보라는 대명사로 쓰이게 되었다. 또 후대에 유비를 모셔놓은 사당에서도 유선을 찾아보기 어렵다. 오히려 죽음으로 나라를 지킨 유선의 아들 유심의 동상은 있어도 그는 늘 빠져있다. 또 검각산 취운랑에 있는 웅장한 측백나무 가운데 제일 볼품없고 찌질한 나무가 있는데 이를 아두백(阿斗柏)이라 부른다.

이처럼 살아서 불과 수십 년의 편안함을 추구했던 유선은 죽어서는 수천 년의 불명예로 지금까지 곤욕을 치루고 있다.

제 2부

삼국지 인간학
三國志 人間學

창업론(創業論)과 수성론(守成論)
* 창업이 어려운가? 수성이 어려운가?

> ※ 창업이란 어떤 일을 처음 시작하는 것으로 회사에 비유하면 창업이요, 나라에 비유하면 개국이
> 라 할 수 있다. 그리고 수성이란 이루어 놓은 일 또는 개국해 놓은 나라를 지켜 나가는 것을
> 의미한다. 그러면 과연 창업이 어려울까? 아니면 수성이 어려울까?

* 창업(創業)이냐? 수성(守成)이냐?

고사성어에 창업수성(創業守成)이란 말이 있다. 혹은 창업이수성난(創業易守成難)이라
고도 한다. 이 말의 의미는 "어떤 일을 시작하기는 쉬우나, 이룬 것을 지키기는 어렵다"
는 뜻이다. 즉 창업보다는 수성이 더 어렵다는 말이다.

여기에서 창업의 본뜻은 나라를 세워 건국하는 것을 의미하며, 또 수성은 건국자의
뜻을 잘 계승시켜 발전해 나아가는 것이라 정의할 수 있다. 이 말의 출전은 ≪맹자≫(孟
子 梁惠王下篇)에 처음 나오는데 ≪맹자≫는 이것을 이루기 위해서는 모두가 덕을 쌓아
야만 가능하다고 하였다. 즉 나라를 세움과 이를 지켜 나가는 일에 있어서, 창업은 패도
(覇道)로도 가능하지만 수성(守成)은 반드시 왕도(王道)로만이 가능하다고 하였다. 다시
말해 개국은 무력으로도 가능하지만 수성은 덕이 있어야 가능하다는 말이다. 그러기에
창업보다는 수성이 더 어려운 것이다.

중국역사에서 창업과 수성에 가장 모범적인 행보를 보인 인물이 바로 당 태종(唐太宗)

이다. 그에 대한 이야기는 ≪정관정요(貞觀政要)≫에서 찾아볼 수 있다. 이 책은 당 태종의 정치 철학을 담은 제왕학(帝王學)의 명저로 꼽히는 책이기도 하다.

당 고조에 이어 제위에 오른 태종은 천하를 통일시키고, 문물 및 제도를 정비하여 민생을 안정시켰으며, 널리 인재를 등용하여 학문을 크게 발전시켰던 성군이다. 그래서 이를 "정관의 치(貞觀之治)"라고 부른다. 물론 이러한 업적은 주변에 훌륭한 참모가 있었기에 가능했다.

어느 날 당 태종은 많은 신하들이 모인자리에서 "창업과 수성 가운데 어느 것이 더 어려운가?"라고 물었다. 이때 방현령은 "우후죽순(雨後竹筍)처럼 일어나는 군웅 가운데 오직 최후의 승자만이 창업을 할 수 있는 것이니 당연히 창업이 어렵습니다."라고 하였다. 그러자 옆에 있던 위징이 "예로부터 임금의 자리는 온갖 고난 속에서 어렵게 얻어 안일함 속에서 쉽게 잃는 법입니다. 그러기에 수성이 더 어렵습니다."라고 말하였다. 이 말을 들은 태종은 "창업은 이제 과거지사가 되었으니 앞으로 수성의 어려움을 그대들이 지켜주시오."라고 당부하였다.

사실 창업도 어렵지만 수성 또한 더 어려운 것이다. 그러한 예는 진(秦)나라나 수(隋)나라의 경우만 보더라도 쉽게 이해가 된다. 진시황이 창업한 진나라는 다음 대에 바로 망국의 길로 접어들었고, 수 문제가 창업한 수나라도 3대를 가지 못하고 역사의 뒤안길로 사라졌다. 이러한 예는 가까이 우리나라에서도 찾을 수 있다. 후백제의 견훤도 그러했고 후고구려의 궁예도 그러했다. 그러기에 창업보다도 수성이 더 어렵게 느껴지는 것이다.

수성이 가능하려면 우선 후계자를 잘 뽑아야 한다. 즉 제2대·3대·4대 후계자 가운데 특출한 인물이 나와야 한다는 뜻이다. 이때에 성군이 나오거나 아니면 강력한 카리스마를 지닌 군주가 출현해야 수성이 가능해진다. 이는 우리의 고려 초기나 조선 초기에 나온 제왕들을 살펴보면 쉽게 이해가 된다.

또 수성의 어려움에 대한 실례는 우리나라나 세계의 대기업에서도 찾아볼 수 있다. 우리나라 대기업 가운데 3대까지 가업을 이어간 회사를 살아보면 의외로 몇 개 가 안 된다는 사실에 깜짝 놀란다. 그만큼 수성이 쉽지 않다는 것을 의미한다. 1970년대의 30대 기업 가운데 지금까지 살아남은 기업이 절반밖에 안 된다는 모 일간지의 기사를 보더라도 수성이 얼마나 어려운가를 재삼 확인하게 된다.

소설 《삼국지》에서도 수많은 영웅호걸들이 창업을 위해 전력투구하며 심혈을 기울였다. 그러나 결국 살아남은 나라는 겨우 삼국으로 정립된 위나라 · 촉나라 · 오나라뿐이다. 그들은 창업을 위해서 무엇을 준비하였을까? 또 그들은 수성을 위하여 어떠한 준비를 하였을까? 그럼에도 불구하고 위 · 촉 · 오나라는 진나라에게 망하였다. 그러면 그 원인은 어디에 있었을까?

* 창업의 삼요소

일반적으로 창업에는 3가지 요소가 필요하다. 첫째가 천시(天時)요, 둘째가 지리(地利)이고, 셋째가 인화(人和)이다. 여기에서 천시라고 하는 것은 시운(時運)을 말하며, 지리라는 것은 주변환경(周邊環境)을, 인화라고 하는 것은 인화단결(人和團結)을 의미한다. 즉 어떤 일을 도모할 때는 먼저 때를 잘 만나야 하고, 주변여건이 맞아야 하며, 또 구성원간의 화합이 맞아야 한다는 뜻이다.

이러한 원칙은 나라를 건국하거나 기업을 창업하는 데에는 물론이고 하다못해 골목길 자그마한 구멍가게를 개업하는 데에도 적용되는 불문율의 원칙이다.

그러면 천시 · 지리 · 인화 가운데 가장 중요한 것은 무엇일까?

그것은 바로 인화이다. 그래서 《맹자》에서도 "천시불여지리요, 지리불여인화"(天時不如地利, 地利不如人和.)라는 명언이 있다. 이는 "하늘이 주는 시운도 지리적 이로움만 못하고, 지리적 이로움도 사람의 화합만 못하다."라는 의미이다. 즉 "때가 좋은 것보단 환경이 더 중요하고, 환경이 좋은 것보단 인화가 가장 중요하다."는 뜻으로 인간관계의 인화가 이중에서 가장 중요하다는 것을 강조하는 말이다.

그러기에 일찍이 제갈량이 융중에서 유비에게 펼친 "천하대세론"도 이와 일맥상통한다. 제갈량의 "천하삼분계책"이란? 천시를 타고난 사람은 조조요, 지리를 타고난 사람은 손권이기에 유비는 오직 인화로 천하를 얻어야 한다는 이론이다.

다시 말해 조조는 당시 튼튼한 재력에 황제를 등에 업고 제후를 호령하는 정치적 기반과 한나라 황실에 남아있는 수많은 문무백관의 인재들을 활용할 수 있는 최고의 여건을 가지고 있었으며, 여기에 관도대전에서 원소를 격파함으로 북방일대를 장악하고 있었다. 그러기에 천시를 타고난 조조를 당장 대적하기는 어려운 일이었다. 또 손권은 삼대에 걸친 동오지방의 정치적 기반과 물자가 풍부한 장강주변의 지리적 환경을 가지고 있었기에 이 또한 대적하기는 어려운 일이다. 그러기에 아무것도 가진 것 없는 유비입장에서는 오직 인화를 가지고 승부수를 띄워야만 했던 것이다. 삼고초려를 통해서 유비의 인품을 점검해 본 제갈량은 그나마 유비의 강점이라 할 수 있는 인의를 내세운 인화를 가지고 서남일대를 근거로 하여 삼분천하를 할 수 있다고 판단한 것이다.

이러한 제갈량의 판단은 정확히 맞아떨어져 당시 수많은 영웅호걸들의 도전을 물리치고 최후에는 조조의 위나라·손권은 오나라·유비의 촉나라로 정립될 수 있었으며 그렇게 어렵다는 창업에 성공할 수 있었다. 그렇다면 그들이 이룬 창업의 성공요인은 무엇일까?

* 창업론(創業論)

1) 조조의 창업과 성공요인

천시를 타고난 조조는 태어날 때부터 행운이 따랐다. 비록 환관집안의 손자로 태어나 환관의 후손이라는 콤플렉스가 있었지만 정치적 기반과 재력은 상당하였다. 조조는 환관으로 중상시를 지낸 조등의 양자인 조숭의 아들이다. 조조의 할아버지 조등은 한나라 건국공신인 조참의 후손이라는 설도 있다. 또 양자로 들어온 조숭은 본래 하후씨로 하후돈의 숙부라는 설도 있다. 이러한 배경에서 조조는 빠르게 정계에 진출할 수 있었다.

그가 세상에 이름을 알린 것은 동탁암살 사건의 실패로 고향으로 도망친 후 황제의 거짓조서를 만들어 전국 각지의 제후들을 끌어 모으면서 두각을 드러냈다. 이때 조조는 비록 명문가 출신 원소를 맹주로 삼고 자신은 한걸음 뒤로 빠졌지만 예비 창업자로의 기개를 유감없이 보여준 계기가 되었다.

그 후 조조가 정치적 기반을 마련한 곳은 연주지방이었다. 제2차 황건적의 난이 일어

나자 조조는 이들을 소탕하며 큰 전공을 세우게 되었고 그 전공의 댓가로 연주를 얻게
된다. 여기에서 조조는 순욱·정욱·우금·전위 등 인재를 널리 구하며 창업의 발판을
마련하였다.

또 책사 순욱의 탁월한 계책에 따라 황제를 옹립하고 수도를 허창으로 옮기며 조조의
정치적 기반은 탄탄대로를 걷게 된다. 또 둔전제와 병호제 등 여러 개혁 정책을 펼치기
시작한다. 위로는 황제를 끼고 권력을 장악하여 기득권을 확보하고, 아래로는 농업을 장
려하여 곡물을 비축하며 천하를 도모할 수 있는 부국강병의 기반을 마련하였다.

〈그림 28〉 조조가 오소를 화공으로 기습하여 원소를 물리치다

결정적인 기회는 관도대전의 승리가 그를 북방의 패자로 만들어 주었다. 정치의 중심 무대인 황하일대를 장악한 조조는 본격적으로 인재 확보에 나선다. 정치적 균형이 조조에게로 기울자 본래 자신이 데리고 있던 인재는 물론 후한의 문무백관까지 급속히 조조의 진영으로 합류하였다. 이렇게 조조는 명실상부한 일인자로 등극하며 창업의 토대가 마련되었다.

비록 적벽대전에서는 큰 낭패를 보았지만 관중지역에서 마초와 한수의 반란과 한중의 장로를 토벌하며 기반을 단단히 하였다. 결국 그는 216년 위나라 왕으로 봉해지며 위나라 창업의 기초를 마련하였다. 그러나 조조는 끝내 황제의 제위는 넘보지 않았다. 황제의 제위는 아들 조비의 몫으로 남겨 놓았던 것이다. 왜냐하면 정치적 판단이 빠르고 세상을 정확히 꿰뚫어 볼 줄 아는 조조는 당시의 민심을 고려하여 때가 아니라고 판단하였기 때문이다.

그렇다고 조조의 창업이 그렇게 간단하게 이루어진 것만은 아니다. 여기에는 창업자 조조의 부단한 자기 수양과 노력이 있었기에 가능했다. 조조가 비록 간사하고 교활한 리더로 알려졌지만 그에게는 인재를 끌어 모으는 강한 욕심이 있었고, 자신 또한 항상 근검절약하며 절제된 리더의 본보기를 보여 왔다. 또한 냉정한 정치적 판단력과 강력한 카리스마 그리고 조조만이 가지고 있는 호탕한 인간적 매력 등의 요인들이 그가 창업에 성공할 수 있었던 배경이 되었던 것이다.

특히 213년 위공(魏公)으로 책봉되었을 때에는 자신의 많은 재산을 가난한 백성들을 위해 기부하였고 또 조조를 따르던 고위층 신하들도 이 대열에 동참하였다고 한다. 이러한 행위가 순수한 선행인지 혹은 의도된 정치적 계산인지 알 수 없지만 어찌되었든 민심을 얻고 훌륭한 군주로 이미지를 변신하는 데는 상당한 시너지 효과가 있었음은 부인할 수 없는 사실이다.

많은 사람들이 조조를 이르러 "난세의 간웅"이라 평을 하지만 사실 그는 창업자로서 뛰어난 능력을 가진 리더였다. 당 태종조차도 그를 "조조는 난세가 만들어낸 영웅으로써 뛰어난 군주"라고 칭찬을 할 정도였다.

2) 손권의 창업과 성공요인

손권은 절반의 승계와 절반의 창업이 어우러진 제2세대 창업자라고 할 수 있다. 그는 손견의 차남이며 손책의 동생이다. 26세에 요절한 손책은 19세의 동생 손권에게 대권을 넘기며 "비록 군사를 가지고 천하의 영웅호걸들과 겨루는 일은 나보다 못하지만 용인술과 수성에 있어서는 네가 나보다 앞선다. 나라의 내부 일은 장소와 상의하고 외부 일은 주유에게 상의하라."고 유언하였다. 결국 손권은 형의 유지를 잘 받들어 창업에 성공하였다. 손권은 창업뿐만 아니라 특히 수성의 명수로 평가된다.

이처럼 손권은 손견과 손책에게서 많은 기반을 물려받아 대업을 이루어 나가는 데는 비교적 유리한 조건에 있었다. 거기에 장강을 끼고 있어 외부로 부터의 방어에 유리한 지리적 환경과 비옥한 농토라는 지리적 특혜를 누릴 수 있었다.

그럼에도 불구하고 늘 외부의 침략에 시달려야만 했다. 그러한 이유에서 오나라는 늘 외부로부터의 침략에 대한 방어 위주의 전략으로 나와야만 했다. 첫 번째 시련이 바로 적벽대전이다. 적벽대전에서의 승리는 손권에게 상당한 자신감을 심어주었다. 특히 유비와의 연합전선은 조조의 공격에 효율적으로 대처하는 계책으로 활용하였다.

두 번째 위기는 조조가 유수를 침공하자 손권은 사력을 다해 이를 저지시켰으나 연이은 조조의 합비 공격은 손권을 위기로 몰아넣기도 하였다. 결국 위나라에 조공을 바치는 조건으로 휴전을 성사시킨다. 어떻게 보면 이것은 조조에 대한 항복으로도 볼 수 있다.

220년 조조가 죽자 이를 계승한 조비는 한나라 헌제를 폐위시키고 자신이 황제로 즉위한다. 다음해에는 유비도 제위에 올랐다. 그러나 손권은 겨우 위나라 문제로부터 오왕으로 봉해진다. 이처럼 손권은 스스로 왕위에 오른 것도 아니고 위나라 황제 조비로 부터의 책봉으로 겨우 왕이 되었다.

세 번째 위기는 여몽을 시켜 관우를 제거한 사건에서 시작된다. 결국 이 사건은 이릉대전으로 확대되며 손권을 또 위기로 몰아넣었다. 그러나 육손의 놀라운 지략으로 위기에서 탈출한다. 위기 다음에 기회가 있다고 하듯이 이릉대전의 승리는 손권에게 홀로서기에 의한 완전한 창업의 토대를 마련해 주었다. 결국 229년이 되어서야 손권도 황제에 즉위하며 창업에 성공하였다. 손권은 눈치를 보느라 왕도 가장 늦게 되었고 황제도 가장 늦게 되었던 것이다.

손권이 창업에 성공할 수 있었던 요인은 단지 운이 좋아서만은 아니다. 그는 넓은 도량에 깊은 사고력 및 과감한 결단력도 겸비한 인물이었다. 또 그는 수많은 시련과 극복을 통하여 시대의 흐름을 읽는 예리한 눈과 판단력을 가지게 되었다. 그러기에 그는 줄

타기 외교의 달인이라 할 만큼 유연하게 실리를 추구하는 실용주의로 창업에 성공할 수 있었다.

손권의 또 다른 장점은 인재등용과 유연한 통솔력을 꼽을 수 있다. 그는 인재관리와 양성에 지극한 정성을 다한 리더였다. 손권은 대업을 이루기 위해 장소를 스승으로 예우하며 주유·정보·여범·노숙·제갈근·여몽·육손 등 우수한 인재를 끊임없이 양성하였다. 신하들 가운데는 손견의 인재그룹과 손책의 인재그룹 및 자신의 인재그룹이 뒤섞기여 통솔하기는 쉽지 않았다. 그러나 손권은 끝없이 인내하고 설득하며 화합을 시켰다. 그야말로 국력의 총화가 손권이 창업을 하는데 으뜸공신이라 할 수 있다.

〈그림 29〉 이릉전투에서 육손이 지구전과 화공으로 유비군을 물리치다

3) 유비의 창업과 성공요인

유비를 일컬어 제왕학의 달인이라고 한다. 그는 인의를 내세운 왕도정치를 구현하고자 하였던 인물이다. 유비가 그 길로 갈 수 밖에 없었던 이유는 그가 내세울 만한 것이 아무것도 없었기 때문이다. 유비는 정치와 경제적 기반이 전혀 없었고 그나마 내세울 수 있는 것은 황제의 숙부라는 한실 정통론이다. 그것도 친숙부가 아닌 먼 친척에 불과한 황숙이라는 명분을 적절히 이용하며 창업의 토대를 만들었다.

유비는 전한 경제의 아들 중산정왕의 후손이다. 청년기의 인맥은 스승 노식에게 학문을 배운 일과 동문 공손찬과의 교분이 전부이다. 그에게 첫 번째 기회는 관우와 장비와 인연으로 맺어진 도원결의이다. 그러나 벼슬살이는 순탄하지 못하였다. 공손찬·도겸·여포·조조·원소·유표 등에 의탁하며 창업을 위해 전전긍긍하였다.

두 번째 기회는 삼고초려를 통하여 제갈량을 책사로 맞이하며 천하삼분의 비전을 보게 된다. 손권과 연합하여 조조에 대항하였던 적벽대전에서의 승리는 유비가 창업할 수 있는 토대를 마련해 주었다. 형주의 확보야 말로 창업의 전초기지와 같은 역할을 하였다.

세 번째 기회는 익주의 진출이다. 비록 방통의 희생은 있었지만 익주의 획득은 유비가 꿈꾸었던 천하삼분의 대업을 완성시켜주었다. 급기야 219년에는 한중을 공략하여 한중왕이 되었다. 한중왕 등극도 조조가 위왕으로 책봉되자 유비도 명분을 얻어 스스로 한중왕에 취임한 것이다. 또 220년에 조조의 아들 조비는 한나라 헌제를 압박하여 강제로 양위를 받고 위나라 황제가 된다. 그러자 유비도 221년에 한나라의 정통성을 계승한다는 명분아래 촉한의 황제로 등극한다. 이처럼 유비는 대의명분을 중시하며 무리하지 않고 창업의 길을 걸어갔다. 이렇게 하여 돗자리와 짚신 장사 유비는 마침내 창업에 성공하게 되었고 또 황제의 꿈을 이룰 수 있었던 것이다.

유비의 성공요인은 인의에서 출발한다. 즉 그는 대의명분을 중시하고 때를 기다리며 순리대로 대업을 풀어가고자 하였다. 그래서 도겸에게서 서주를 얻을 때도, 유표에게서 형주를 얻을 때도, 유장에게서 익주를 얻을 때도 기다림의 연속이었다. 그러다가 때가 되면 명분과 실리까지 모두 취하였다. 유비를 대기만성형 창업자라고 하고 또 제왕학의 달인이라고 하는 이유도 여기에 있다.

유비의 또 다른 성공요인은 인화이다. 인화는 제갈량이 융중에서 천하대세를 강변할 때 유비에게 제시한 비전이기도 하다. 그는 충실히 그 방향으로 매진하였다. 또 유비에게는 이 계책 외에는 달리 다른 방법도 없었다. 그러한 결과 관우와 장비 및 조자룡 외에도 제갈량·방통·법정 등 수많은 인재가 그를 위해 충성을 다하며 죽어갔다. 한마디로 인복이 많은 인물이다. 그러기에 유비의 통솔력은 의리의 리더십이라 할 수 있다. 그렇다고 권력을 독점하지도 않는다. 전문분야에 있어서는 적절히 권력을 분배한 위임형 군주였다.

〈그림 30〉 유비가 익주로 진출하며 천하삼분의 교두보를 만들다

* 수성론(守成論)

어떻게 지켜낼 것인가?

수성이야 말로 나라의 존망을 결정하는 중요한 관건이다. 그러기에 이는 역대 600여 명이 넘는 중국 황제들의 공통된 고민이었다. 그들의 유언은 대개가 후계자 문제로 집중된다.

수성에 성공한 케이스는 대개가 제2대나 제3대에 카리스마가 있는 걸출한 후계자나 성군이 나와 나라의 기반을 튼튼히 한 경우이다. 그러나 성공한 케이스보다는 실패한 케이스가 대부분이다.

그중에서 가장 많이 나타나는 경우가 후계자를 적장자로 넘기지 않고 다른 자식에게 넘기는 경우이다. 가까운 실례가 사세삼공(四世三公)의 명문가 원소의 집안이다. 결단력이 부족했던 원소는 후계자 문제에 봉착하여 우왕좌왕하다가 결국 장남인 원담을 제외시키고 막내인 원상으로 후계자를 삼는다. 결국 원소 사후에 형제들 간의 권력다툼으로 집안은 풍지박살 났다. 또 유사한 예는 손권이 말년에 후계자를 잘못 선정한 예도 그러하다.

후계자를 적장자로 삼았을 경우에도 후계자가 무능하거나 혹은 어린 경우 수성에 실패하는 케이스가 자못 많다. 이는 촉나라가 그러했고 수나라가 그러했다. 또 자국에 역성혁명을 준비하는 강력한 야심가가 있을 경우로 수성에 장애가 되었다. 이는 전한과 후한 사이에 있었던 왕망의 신나라가 그러했고 사마의 부자가 그러한 경우이다.

마지막으로 외국의 침략으로 수성에 실패하는 경우이다. 이는 금나라로 인해 북송이 멸망했고 원나라로 인해 남송이 멸망했던 케이스로 이러한 경우에는 정말 유능한 군주가 아니면 지켜내기 어려운 경우에 해당된다.

그러면 삼국의 수성은 어떠했을까? 먼저 삼국의 군주와 멸망시기를 살펴보자.

*. 촉나라 2대(유비 · 유선) : 서기263년 멸망
*. 위나라 6대(조조 · 조비 · 조예 · 조방 · 조모 · 조환) : 서기265년 멸망
*. 오나라 6대(손견 · 손책 · 손권 · 손량 · 손휴 · 손호) : 서기280년 멸망

위나라와 오나라는 6대까지 내려왔고 촉나라는 2대까지 내려왔으나 건국시기와 멸망시기는 3국이 거의 비슷했다. 그러면 삼국의 창업이후 수성에 대한 대책을 어떠했을까?

1) 유비의 대책

유비는 관우와 장비의 복수를 위해 오나라를 공격하다 이릉대전에서 대패하고 백제성에서 객사하였다. 당시 유비는 후사를 제갈량에게 위탁하고 223년에 63세의 나이로 병사하였다. 물론 후계 구도는 황태자 유선으로 그려져 있었지만 황제 유비의 돌발적인 죽음은 촉나라의 수성에 일대 위기가 찾아온다.

후계자 선정과정과 유비의 유언은 비장함이 엿보인다. 유비가 제갈량에게 말하길 "만약 유선이 황제로서 보좌할만하다고 판단되면 황제로 옹립하고 그렇지 못하다고 판단되면 그대가 황제가 되어 주시오."라고 하였다. 사실 현대적 관점에서 보면 유비가 공명에게 내건 유언은 매우 파격적인 것이었다. 즉 유선이 무능하면 후계자를 바꿔 대권을 계승하라는 것이다.

이러한 유언은 동서고금을 통하여 그 유래가 없는 기상천외한 후계자 선정방식이었다. 그러나 여기에는 유비의 전략적 비책이 숨어있었던 것이다. "무능하면 대권을 제갈량으로 바꿔 이어라."라는 유언을 많은 신하에게 공포함으로 제갈량에게 무한신뢰와 최고의 체면을 세워주는 반면, 인의를 목숨처럼 중시하는 충신 제갈량의 입장에선 이런 상황에서 자신이 후계자가 되겠다고 나설 수도 없는 노릇이었다. 그러기에 유선에게 충성을 다할 수밖에 없는 상황이 만들어진 것이다. 이러한 최고의 비책은 제왕학의 달인 유비다운 수성의 대책이었다.

또 유선에게는 "너는 승상과 함께 일을 도모하고, 항상 승상을 아버지처럼 섬겨라."라고 유언을 하고 또 "크든 작든 악한 짓은 하지 말고, 선행은 작더라도 꼭 실행해라. 오직 어질고 덕이 있어야만 사람을 복종시킬 수 있다.(勿以惡小而爲之, 勿以善小而不爲之. 惟賢惟德, 可以服人.)"라는 유언을 남기고 죽었다. 이 유언은 후세에 ≪명심보감≫(明心寶鑑 繼善篇)에 전해져 널리 알려지게 된 명언명구이다.

제갈량은 유비를 대신해서 한나라 왕조 수복이라는 대망은 끝내 이루지는 못하였지만 유비의 유언을 충실하게 이행한 충신으로 역사에 길이 남게 되었다.

이러한 수성의 대책은 제갈량이 살아있을 당시에는 큰 어려움 없이 이어지는 듯 하였

다. 그러나 제갈량이 죽은 이후에는 곧바로 위기에 직면하게 되었다. 지혜로운 군주가
온갖 리더십을 발휘해서 나라를 이끌어도 어려운 시국에 무능하고 안일함을 추구하는
군주가 이 위기를 타개해 나간다는 자체가 무리였다.

위나라의 등애와 종회가 촉나라로 진격해 오자 촉나라는 급격히 무너져버렸다. 그나
마 강유와 같은 충신은 사생결단으로 나라를 지키려 하였으나 황제인 유선자신부터 동
요되어 항복을 준비하고 있었다. 이렇게 무능한 군주를 위해 그 누구도 피를 흘리며 목
숨을 내놓을 신하는 없었던 것이다. 결국 촉나라는 창업한지 2대만에 수성하지 못하고
패망의 길을 걸을 수밖에 없었다.

〈그림 31〉 유비가 제갈량에게 후계자로 유선을 부탁하다

2) 조조의 대책

조조는 임종에 이르러 "둘째 조창은 용맹하나 꾀가 없고, 셋째 조식은 평생 애지중지한 자식이나 위인이 허황해서 성실함이 없고, 또 술을 좋아해 언행마저 방종한 까닭에 세자로 세우지 않았으며, 넷째 조웅은 병이 많아서 보전하기 어렵다고 판단하였도다. 오직 큰아들 조비가 독실후덕하고 착실해서 가히 대업을 이을 만하니 경들은 부디 잘 보좌해 주시오."라고 유언하였다.

사실 조조는 셋째아들 조식의 총명함에 한때는 마음이 흔들린 적도 있었다. 그러나 책사들의 만류와 친구 원소집안의 말로를 보며 마음을 바꾸었다. 당시 맏아들 조비의 입장에서는 위기의 나날들이었다. 조조 사후에 조비는 이러한 감정으로 조식을 미워했다. 이것이 조식이 칠보시를 쓰게 된 계기라고 앞서 언급하였다.

유비의 유언은 엄숙함과 비장함이 보이지만 조조의 유언은 낭만적이고 풍류가 있다. 그는 천하가 안정되지 않았으니 내가 죽으면 장례를 검소하고 간략하게 치루라고 하였다. 시첩들에게는 일일이 선물을 주며 향후 바느질과 비단신을 부지런히 만들어 호구지책으로 삼으라고 하였으며, 또 그동안 고생이 많았으니 동작대에 모여 살게 하고 후대하라고 하였다. 또 여러 첩들에게 명하여 동작대 안에 기거하며 매일 제를 지내되 반드시 예기(藝妓)들을 시켜 풍류를 치게 하고 상식(上食)을 올리라고 하였다. 그 외 가묘 72개를 만들어 후세 사람이 내가 묻힌 곳을 알지 못하게 하라고 하였다.

물론 마지막 부분에 72개의 가묘를 만들라는 부분은 소설에서만 나오는 이야기로 사실과는 다르다. 그렇지만 나머지 부분은 평소 주도면밀하고 검소했던 조조다운 발상을 엿볼 수 있다.

조조는 자신의 행보에 장애가 되었던 신하는 냉정하게 제거를 하였으며 후계구도에 장애가 될 만한 인물도 과감하게 제거를 하였다. 양수와 같은 케이스가 그러하다. 양수는 친 조식계열의 사람이기에 계륵사건이 났을 때 더 엄하게 처리하였던 것이다. 조조는 수성에 가장 위험한 신하를 사마의로 보았다. 왜냐하면 조조는 일찍이 사마의가 야심이 많다는 것을 알고 있었기에 늘 경계를 하였고 조비에게도 당부해 두었다.

이렇게 하여 조조의 수성에 대한 대책은 성공적이었고 조비 및 조예까지도 수성에 성공하는 듯 보였다. 그러나 조예의 요절은 위나라를 위기로 몰아넣었다. 비록 황실의 측근 조상이 병권을 쥐고 사마의를 견제하였지만 조상이 잠시 방심한 사이 사마의와 아들 사마사 · 사마소가 쿠데타를 일으켜버렸다. 쿠데타의 성공으로 권력의 중심이 갑자기 사마의 집안으로 옮겨지게 되었다.

조예 다음의 황제 조방 · 조모 · 조환은 그야말로 허수아비 황제들이었다. 결국 위나라는 265년에 사마염에게 강제로 선양을 하면서 수성은 6대에서 패망의 길로 접어들었다.

3) 손권의 대책

강동의 기린아 손견과 손책 및 손권으로 이어지는 후계구도는 매우 성공적으로 이루어지며 창업의 확고한 틀을 다져 놓았다. 수성의 명수로 평가되던 손권이 말년에 후계구도를 그리는 대책에서는 수성과는 전혀 다른 행보를 보인다.

손권의 말년에 황태자 손등이 갑자기 요절을 하게 되자 후계자 선정으로 내분이 생긴다. 손권은 손화를 황태자로 삼았지만 오히려 다른 아들 손패를 더 총애하였다. 그러니 신하들 사이에는 자연히 손화파와 손패파로 분열이 되었다. 승상 육손이 문제의 심각성을 직시하고 상소를 하였으나 오히려 손패파의 모함으로 문책을 받아 화병으로 죽게 된다.

그 후 후계 싸움은 더욱 격렬해지자 이때서야 손권은 현실을 직시하고 황태자 손화를 폐하고 손패에게는 자결을 명하였다. 그리고 10살의 막내아들 손량을 후계자로 삼았다. 이 사건으로 조정은 분열되었고 또 이 사건에 연루된 수많은 신하들이 숙청되었다. 그리고 손권은 후사를 제갈각에게 맡기고 71세의 나이로 죽었다.(252년)

살아서는 수성의 명수라는 소리를 듣던 손권이 말년에는 이처럼 황당한 사건의 중심에 있었다. 도를 넘치는 행동은 결국 정권안정에 치명타가 되었으며 후계구도에 엄청난 부담으로 작용하였다.

한번 무너진 나라의 기강은 이때부터 몰락이 가속화되며 안개정국으로 빠져들었다. 특히 황실의 권력다툼은 골육상쟁으로 이어져 처절한 피를 불렀다. 즉 아비가 아들을 죽이고(손권이 손패), 형이 동생을 죽이고(손휴가 손량), 조카가 숙부를 죽이고(손호가 손분), 종친이 황족을 죽이는(손준이 손화) 처참한 일이 자행되었다. 이러한 상황에서 수성을 기대하기란 허황된 꿈에 불과하였다. 결국 마지막 황제 손호는 사마염에게 나라를 바치며 6대만에 수성은 물거품이 되었다. 이처럼 창업도 어려운 것이지만 수성은 더 어려운 것이다.

조선시대 약 12대 300여 년에 거쳐 만석꾼을 유지했던 경주 최부자집 가문의 가훈 중에는 "만석 이상의 재산을 모으지 말라. 만석이 넘으면 사회에 환원하라.", "흉년에는 남의 땅을 사지 마라." "사방 100리 안에 굶어 죽는 사람이 없게 하라." 등의 내용이 담겨 있다고 한다. 이러한 마음가짐이야 말로 이 시대를 살아가는 가장 훌륭한 처세술이며 수성에 있어서 최고의 방책이라고 할 수 있다.

상식 한 마당 10

* 조조의 일화

후세에 전해지는 조조의 일화는 매우 많다. 조조의 일화는 소설 ≪삼국지≫에 전해지는 이야기 외에 ≪세설신어≫등 기타서적에 전해지는 일화만 해도 수십 가지에 달한다.

흥미로운 일화만 간추려 보면; 원소와 장난으로 이웃색시 빼돌리기, 여백사와 그의 가족의 살인 사건, 조조의 두통을 사라지게 한 진림의 격문, 매실이야기(望梅止渴), 조조삼소(曹操三笑)와 관우와의 인연, 조조가 수염을 자르고 또 전포를 벗어던지며 도망친 이야기, 계륵이야기(鷄肋事件), 조조와 화타이야기 등 흥미로운 일화가 다양하게 전해진다. 그 중 몇 가지만 소개해 보기로 한다.

조조의 젊은 시절, 그는 원소와 친구가 되어 못된 장난을 많이 하였다. 하루는 원소와 이웃의 결혼식에서 신부를 몰래 빼돌리기로 작당을 하고 잠입하였다. 그러나 그들은 들켜 도망을 치는데, 원소는 가시덤불의 웅덩이에 빠져 조조에게 도움을 청하였다. 그러자 조조는 도와주지 않고 오히려 "여기에 신부를 훔치려던 도둑이 있다."라고 외쳤다. 깜짝 놀란 원소는 기겁을 하여 있는 힘을 다해 달아났다. 그 후 원소가 조조를 만나 원망을 하자 조조는 "내가 그렇게 하지 않으면 자네가 어떻게 도망을 갔겠나!"하고 껄껄 웃었다.

한번은 한 신하가 조조에게 쌀로 만든 강정을 한 상자 선물하였다. 마침 식욕도 없고 해서 다음에 먹으려고 옆으로 치워두었다. 그리고 상자위에다 일합과(一合稞)라고 적어두고 나갔다. 얼마 후 아들 조식과 양수 등 친구들이 놀러왔다가 이것을 보고는 자연스럽게 하나씩 먹었다. 나중에 조조가 들어와 이것이 비어있는 것을 발견하고는 대노하여

범인을 잡아들이라고 하였다.

조조는 잡혀온 아들과 그 친구들에게 "감히 내 물건에 손을 댔느냐"고 추궁하자 이들은 이구동성으로 "폐하가 먹으라고 해서 먹었습니다."라고 하였다. 조조는 펄쩍뛰며 그런 사실이 없다고 말하자 그들 중 한명이 나와 일합과(一合稞)라고 쓴 것을 가리키며 "여기를 보십시오. 여기에 분명 한 사람이 하나씩 먹으라고 쓰여 있지 않습니까!"라고 말을 하자 조조는 말문이 막히고 말았다. 결국 조조는 이 놈들의 영특함에 놀라서 그냥 풀어주었다.

여기에서 일합(一合)이라는 한자를 풀어쓰면 一人一口가 된다. 그러기에 이들은 한사람이 하나씩 먹어도 된다는 의미로 해석을 하였던 것이다. 이러한 글재주에 조조는 한때 아들 조식을 후계자로도 생각한 적이 있었고 또 그 친구들을 매우 기특하게 여겼다. 그중의 하나가 계륵사건으로 죽은 양수이다.

어느 날 조조는 정원을 하나 만들라고 부하에게 지시하였다. 얼마 후 정원공사를 점검하러 갔다. 그는 정원을 둘러본 후 아무 말 없이 대문에 活(활)자만 쓰고 돌아가 버렸다. 아무도 그 의미를 몰라 우왕좌왕 하는데 이를 본 양수는 "門(문)에다 活(활)자를 써 놓았으니 이것은 곧 闊(넓을 활)자입니다. 승상께선 대문이 너무 넓다는 뜻입니다."라고 말하여 부하들은 대문의 크기를 줄여놓았다고 한다.

第2講

군주론(君主論)

* 준비된 자가 천하를 경영한다.

> ※ 한 나라의 군주는 어떤 자질을 갖추어야 하는가? 현대적 관점에서는 오너의 자질 혹은 리더의
> 자질하고도 일맥상통한다고 할 수 있다. 어느 날 제나라 환공이 관중에게 군주의 자질에 대하
> 여 물었다. 관중은 "모든 일에는 일곱 가지 원리가 있습니다. 그것은 바로 원리원칙(則)·현실
> 직시능력(象)·법치능력(法)·교화능력(化)·판단결정능력(決塞)·심리활용능력(心術)·예지능
> 력(計數)입니다. 군주가 법을 시행할 때는 물 흐르듯이 해야 하고, 국가를 경영함에 있어서는
> 가축을 기르듯 자연의 이치에 맞게 해야 합니다"라고 하였다. 그러면 군주는 과연 어떤 통치철
> 학과 리더십을 가지고 있어야 할까?

* 군주론

마키아벨리는 ≪군주론≫에서 군주의 자질에 대하여 이렇게 강변하고 있다.

"군주는 특히 새롭게 군주가 된 자는 나라를 지키는 일이 곧이곧대로 미덕을 지키기는 어렵
다는 것을 명심해야 한다. 나라를 지키려면 때로는 배신도 해야 하고 또 때로는 잔인해져야
한다. 경우에 따라서는 인간성을 포기해야 할 때도 있고, 신앙심조차 잠시 잊어버려야 할
때도 있다. 그러므로 군주에게는 운명과 상황이 달라지면 그 상황에 맞게 적절히 달라지는
임기응변이 필요하다. 할 수 있다면 착해져라. 하지만 필요할 때는 주저 없이 사악해져라.
군주에게 가장 중요한 일이 무엇인가? 이것은 바로 나라를 지키고 번영시키는 일이다. 일단
그렇게만 되면, 그렇게 하기 위해 하였던 무슨 짓이라도 칭송받게 될 것이며 또 위대한 군주
로 추앙 받게 되는 것이다." –마키아벨리의 ≪군주론≫

이처럼 마키아벨리는 "군주는 수단과 방법을 가리지 않고 교활하게 나라를 번영시키라."는 메시지를 전하고 있다. 이러한 마키아벨리의 군주론에 가장 충실한 실천가가 바로 조조였다. 물론 마키아벨리가 조조보다는 후대의 인물이지만 그가 주장하는 군주론에 가장 적합한 인물이 조조였다.

훌륭한 군주에게는 자신의 독특한 통치이념이 있다. 이것을 우리는 리더의 통치철학이라 한다. 또 통치이념을 실행하는 통치방식이 있는데 이것을 통솔력 혹은 리더십이라고 한다. 그러면 삼국 군주들의 통치철학은 어떻게 만들어졌으며 리더십은 어떠했을까?

"조조는 껄껄껄껄 웃으며 천하를 얻었고, 유비는 훌쩍훌쩍 울면서 천하를 얻었으며, 손권은 요리조리 살피며 천하를 얻었다."라고 평가를 한다. 그러기에 조조는 이성과 호방의 정치철학이요, 유비는 인의와 감성의 통치철학이며, 손권은 줄타기 외교와 실리주의의 통치철학을 가졌다고 할 수 있다.

그들의 리더십 또한 이러한 통치철학을 근거로 나왔다. 즉 조조의 리더십은 냉정하고 예리한 이성과 강력한 카리스마의 리더십에서 나왔다. 다시 말해 그 원동력은 힘(力)의 원리에 기반을 둔 일명 "만기총람형(萬機總攬型) 리더"이다. "만기총람"이란 군주가 모든 권력을 한 손에 쥐고 친히 다스리는 형태로 일종의 지시형 리더를 말한다. 반면 유비의 리더십은 인의를 바탕으로 한 끈끈한 인간미에서 출발을 한다. 그는 대의명분을 중시하기에 인의에 기반을 둔 리더로 일명 "위임형 리더"라고 할 수 있다. 또 손권의 리더십은 구성원의 조화와 판단 그리고 절제의 실리주의에서 출발하였기에 인화(人和)를 중시하는 리더로 일명 "참여화합형 리더"라고 할 수 있다.

이 세 명의 리더에게 공통적으로 발견되는 공통점이 있다. 이는 단순히 조조와 유비 및 손권에게만 나타나는 공통점이 아니라 출중한 리더나 혹은 성공한 CEO에게도 공통적으로 나타나는 현상이기도하다.

첫째가 이들은 "쇼맨십의 대가"라는 점이다. 즉 그들은 사람을 울고 웃기는 인간미를 가지고 있었다.

둘째는 "처세술의 달인"이었다. 대인관계에서 항시 치밀한 계산과 계획으로 큰 실수가 없었으며 설사 작은 실수가 있으면 바로 분석하여 반복되는 우를 범하지 않았다.

셋째는 "기회포착의 선수"였다. 찬스다 싶으면 결코 놓치지 않고 승부수를 띠웠다. 그리고는 신기에 가까운 기회포착의 능력을 발휘하였다.

넷째는 "임기응변의 천재"였다. 이들은 임기응변에 강하였으며 특히 위기관리 능력이 뛰어났다.

다섯째는 "인재양성의 고수"라는 것이다. 우선 인재에 대한 욕심이 많았으며 인재를 알아보는 독특한 재주와 인재배양 능력을 가지고 있었다.

여섯째는 "용인술의 대가"였다. 특히 이들은 사람 쓰는 방법이 남달랐다. 적절하게 인재를 이용하기도 하고 활용하기도 하였다. 그러나 이용방법과 활용방식은 서로 달랐다.

* 삼국 군주의 통치철학

군주에게는 각자 특유의 통치방식이 있다. 큰 관점에서 보면 통치철학이기도 하고 작은 관점에서 보면 리더십 혹은 통솔력이라 할 수 있다. 그러나 이것을 활용하는 방법은 군주마다 각기 다른 스타일을 보인다. 그러면 조조·유비·손권의 통치철학은 무엇인가?

1) 조조의 통치철학

"힘은 권력에서 나오고 권력은 곧 힘이다."라는 권력의 속성에 통달했던 조조는 패도주의의 신봉자이다. 이러한 점은 왕도주의를 신봉한 유비와는 사뭇 다른 점이다. 이는 조조가 일찍이 황제를 끼고 중앙정치의 중심에 서서 "강한 자 만이 살아남는다."는 권력을 속성을 꿰뚫고 있었기 때문이다. 그러기에 조조의 통치철학은 힘(力 : Power)에 근거를 두고 있다.

조조는 만기총람형 지도자라고 앞서 언급하였다. 그는 넘치는 카리스마와 기회에 강한 판단력 및 강력한 추진력으로 항상 선두주자로 튀어 나올 수 있었다. 이러한 동력은 근면하고 성실한 자기관리에 있었다. 다시 말해 부단한 자기 노력과 수양이 결국 "수신제가치국평천하(修身齊家治國平天下)"를 이룰 수 있었던 것이다. 다만 그에게는 결정적 흠이 있다면 이것이 바로 남을 믿지 못하는 의심 병이었다. 환관의 손자라는 콤플렉스를 딛고 비교적 젊은 나이에 권력의 중앙에 우뚝 서다보니 늘 암살의 위험에 시달릴 수밖에 없었다. 이러한 의심 병은 심지어 자기가 취침할 때 그 누구도 근처에 접근하는 것을 금지시켰다. 급기야 이를 어긴 환관이 참수되는 비극을 불러오기도 하였다.

조조의 장점 중 하나는 인재에 대한 욕심이 매우 강하다는 점이다. 그러기에 많은 인재들이 그에게로 몰려들었다. 조조 주변에는 늘 인재로 넘쳤다. 그 원인은 인재의 채용에 있어서 출신성분을 가리지 않고 인재를 등용하였기 때문이다. 또 인재가 흠이 있든 없든지 간에 능력만 되면 청탁불문(淸濁不問)하고 기용을 하였다. 그렇다고 모든 인재가 능력을 발휘할 수 있었던 것은 아니다. 권력유지에 장애가 될 경우에는 냉정하고 과감하게 토사구팽을 시켜버렸다. 물론 여기에는 평소 남을 믿지 못하는 의심 병도 한몫을 하였다. 공융·허유·순욱 및 양수가 이러한 케이스에 해당된다.

〈그림 32〉 카리스마의 조조와 그 측근들

조조의 리더십 가운데 특징이 있다면 이것은 바로 구성원 전체에게 충성경쟁을 시킨다는 점이다. 그는 늘 부하들에게 경쟁의식을 부추겨 자신에게 충성을 다하도록 하였다. 이것이 바로 그가 가지고 있었던 강력한 카리스마이며 또 호탕한 성격의 인간적 매력이었다. 그는 비록 자기 뜻에 거슬리면 무서울 정도로 냉정하게 처단을 하였지만 자기를 위해 충성을 다한 부하들에게는 후한 상을 내리고 그 가족까지도 돌봐주었다.

조조의 통치철학 가운데 빼놓을 수 없는 것이 그의 문학성이다. 그는 군주로서는 매우 보기 드문 문학성을 가진 낭만주의자였다. 비록 그는 매사를 자기 위주로 판단하고 행동한 이기주의자이기는 하지만 또 한편으로는 인생을 매우 긍정적이고 낭만적으로 살아간 군주였다. 그러기에 그의 문학성과 낭만성은 정치에도 그대로 반영된 흔적이 여기저기에 묻어난다. 이러한 문학성과 낭만성은 후대에 수많은 일화를 남기며 그의 풍성했던 삶을 이야기해주고 있다.

2) 유비의 통치철학

유비의 통치철학은 인의(仁義)에서 출발을 한다. 그는 항상 인의에 근거를 둔 대의명분을 중시하였다. 유비는 경제적 기반은 물론 정치적 배경도 전혀 없었다. 내세울 것이라고는 달랑 유황숙이라는 명함 한 장이 최대의 무기였다. 그러기에 그는 인의를 내세우며 무너진 황실을 회복한다는 대의명분을 들고 나올 수밖에 없었다.

유비는 사람을 다루는 독특한 재주를 가지고 있었다. 제왕학의 천재인 그는 인의를 내세우며 끝없이 자신을 낮추고 또 한편으로는 자신의 능력을 각인시키며 인재들을 끌어 모았다. 이러한 점은 의리를 최고의 덕목으로 내세우는 강호세력과도 일맥상통하는 부분도 있다. 의리를 중시하는 유협기질과 타고난 친화력이 시너지 효과를 내며 단단한 조직을 만들 수 있었다.

유비의 통치철학은 왕도정치에 바탕을 두었다. 그는 늘 대의명분으로 때를 기다린다. 즉 대의명분이 만들어질 때까지 기다리거나 심지어는 적당히 대의명분을 만들어 버리기도 한다. 그렇지만 결코 민심과 동떨어진 일을 하지 않는다. 그렇다고 그가 욕심이 없는 것은 아니다. 이러한 이중성은 간혹 겉과 속이 다른 위선으로 비추어지기도 한다. 그러기에 그를 위군자라고도 한다. 엄밀히 따지면 배신을 가장 많이 한 인물이 유비일 수도 있다. 그는 조조 · 여포 · 원소 · 유표 · 손권 · 유장 등에게 신의를 저버리고 배신을 하기

도 하였다. 그럼에도 불구하고 그에게는 대의명분이라는 든든한 변명거리가 있었다. 그
것이 바로 왕도정치로 위장한 유비의 강점이기도하다. 그러한 면에서 유비는 조조나 손
권보다도 정치적 단수가 한 단계 높다고 할 수 있다.

〈그림 33〉 인의와 대의명분을 중시한 유비

유비의 통치철학으로 내세울 수 있는 또 하나가 바로 감성의 통치철학이다. 이는 인정
에 호소하거나 감성을 흔들어 버리는 고도의 심리술이다. 사나이 가슴을 울리는 뜨거운
눈물... 그래서 그를 일컬어 훌쩍훌쩍 울면서 천하를 얻었다고 평가하기도 한다. 사실 사나

이의 눈물은 여인의 눈물보다도 더 강한 인상을 심어준다. 그러기에 더 큰 효과를 이끌어 낼 수도 있었던 것이다. 그는 사나이의 뜨거운 눈물을 통치에 적절하게 이용한 훌륭한 군주이면서 이중인격을 가진 위선적 군주였다. 더 긍정적으로 말하면 쇼맨십을 갖춘 군주였다고도 할 수 있다.

3) 손권의 통치철학

손권의 통치철학은 인화(人和)에서 출발한다. 이는 손견과 손책으로부터 물려받은 대업을 지키기 위해서는 무엇보다도 화합이 급선무였기 때문이다. 당시에는 지방의 호족 세력과 손견의 측근 및 손책의 측근들까지 모두 보듬고 함께 이끌어가야 하는 것이 당면 과제였기 때문이다.

제2세대 창업자인 손권은 내부적으로 솔선수범을 해야 했고 또 항상 절제와 인내를 가지고 인화단결로 통치이념을 삼아야 했다. 외부적으로는 급변하는 국제정세에 살아남기 위해서 실리주의와 실용주의를 중시하지 않을 수가 없었다.

19세의 어린나이에 군주가 된 손권은 치밀하고 빈틈없는 성격으로 동오를 반석위에 올려놓았던 인물이다. 한번은 조조가 유수를 침공하여 손권과 서로 대치한 일이 있었다. 당시 손권은 친히 배에 올라 조조진영을 시찰하였는데 시찰선단의 무기나 대오 등이 일사불란한 모습을 본 조조는 "아들을 낳는다면 손권과 같은 아들을 낳아야 한다.(生子當如孫仲謀.)"라고 칭찬하며 군사를 퇴각시켰다는 일화가 있을 정도로 손권은 지도자의 자질을 갖추고 있었다.

손권의 장점은 넓은 도량과 통 큰 정치에 있었다. "당근과 채찍"을 적절히 이용하여, 넓은 도량으로 말 많은 원로대신들을 감싸기도 하고 때로는 엄하게 질책하기도 군주의 권위를 세우기도 하였다. 어떤 이견에 합의를 도출하기 위해서는 끝없는 인내력을 가지고 설득하며 화합에 주력하였고, 자신의 진실된 마음을 중신들에게 자주 보여주며 믿음의 통치철학을 시행하였다.

또 손권은 줄타기외교의 달인이었다. 실리주의 외교노선이 그의 통치이념으로 만들어진 데에는 그만한 이유가 있었다. 손권은 취임한 이래 외부로부터의 수많은 침략에 시달렸다. 여기에 단련되다보니 살아남기 위해서는 부득이한 선택이 눈치외교일 수밖에 없었다. 결론적으로 손권의 통치철학은 인화와 실용주의에 근거한 인화단결과 실리외교가 그 근간이라 할 수 있다.

〈그림 34〉 인화와 실리주의 외교노선을 중시한 손권

* 삼국 군주들의 리더십(통솔력)

통솔력이란? 어떤 무리를 거느리고 다스리는 능력을 말하며 영어로는 리더십(Leadership)이라고도 한다. 리더십을 실행하는 방법은 매우 다양하다. 전통적인 것으로는 힘의 원리에 근거한 절대적 권위의 카리스마적 리더십, 정치적인 역량이나 수완으로 문제를 해결하는 능력인 정치적 리더십, 지혜와 혜안을 근거로 다스리는 지혜의 리더십, 인간적 매력으로 이끄는 인간미적 리더십 등이 있다.

리더에게 가장 중요한 덕목 중에 하나가 인간미(人間味)이다. 인간미란? 인간다운 따뜻한 맛을 말한다. 인간미가 리더에게 중요한 덕목이라고 한 이유는 사람을 내편으로 끌어들이는 힘이 거기에서 나오기 때문이다. "물이 너무 맑으면 고기가 없다.(水淸無大魚.)"라는 말이 있듯이, 리더에게는 사람을 끌어들이는 독특한 인간적 매력이 필요한데 인간미가 바로 그러한 역할을 한다. 그러면 삼국 군주들의 리더십은 어떠할까?

1) 조조의 리더십

조조의 리더십은 비록 냉정함과 교활함이 엿보이지만 화통하고 인간적인 매력에서 그 리더십을 찾을 수 있다. 일반적으로 조조의 상징적 이미지는 바로 교활함과 냉정함이다.

조조의 냉정하고 비정함은 아버지의 옛 친구 여백사를 죽인 것이나, 공융과 양수의 참수 및 순욱의 토사구팽에서 잘 나타난다. 그는 자신의 대권행보에 장애가 되거나, 문제의 소지가 있는 인물에 대해서는 냉혹하게 제거를 하였다. 그는 정말 "차라리 내가 세상을 버릴지언정 세상이 나를 버리게 하진 않겠다."라는 자세로 자신의 장애물을 제거하였다.

그러나 그는 늘 차가운 것은 아니었다. 관도대전에서 조조는 10대 1의 어려운 싸움을 승리로 이끌었다. 승리 후 원소진영의 문서를 정리하면서 충격적인 사실이 밝혀졌다. 즉 원소와 대치하는 과정에서 수많은 참모와 장수들이 원소진영과 은밀히 내통을 하고 있었던 문서들이 발견된 것이다. 원소의 세력이 워낙 강대하다보니 조조의 부하조차도 패전을 대비하여 일종의 양다리 보험을 들었던 것이다. 이러한 사실이 밝혀지자 수많은 신하들이 불안에 떨었다. 그러나 조조는 그 문건을 조사하여 반역자를 축출하지 않았다. 오히려 문무백관들을 모두 모이게 한 뒤에 신하들이 보는 가운데 그 문서를 파기하였다. 여기에 연루된 신하들은 한숨을 돌리며 향후에 충성을 다하지 않을 수 없었다. 여기에서 우리는 조조의 화통함과 통 큰 정치의 일면을 볼 수 있다.

또 관도대전에서 원소의 참모였던 진림은 격문을 써서 조조는 물론 조조의 집안까지 모욕을 주었던 인물이다. 그 문장을 읽던 조조는 너무나 격분하여 평소 지병이었던 두통까지 사라지게 하였다고 한다. 그런데 관도대전에서 진림이 생포되었던 것이다. 죽음을 기다리던 진림에게 행운이 찾아왔다. 조조는 진림의 재능을 아끼어 "이제부터는 나를 위해 충성을 다하라"며 용서를 해 주었던 것이다. 이러한 부분은 인재를 아끼는 조조의 인간적 매력을 엿볼 수 있는 부분이다.

그 외에도 장수(張繡)는 조조군을 야습하여 조조의 장남 조앙과 조카 및 조조의 친위대장 전위 등을 죽인 인물이다. 그는 후에 궁지에 몰리자 가후의 조언에 따라 조조에게 귀순을 하였다. 귀순한 그를 조조는 과감하게 용서해 주었다. 사실 자식과 조카를 죽인 원수임에도 조조는 필요에 따라 용서를 하였던 것이다. 감정으로 처리하지 않고 이성으로 세상을 경영했던 조조의 위대함이라 할 수 있다.

조조의 리더십은 교활한 일면이 있다. 오랜 전쟁으로 군량이 부족하다고 담당관 왕후가 보고한다. 굶주림에 지친 군사들이 동요의 조짐이 보이자 조조는 군량관 왕후에게 희생양이 되어달라고 강요한다. 다음날 왕후가 군량미를 빼돌렸다는 죄명으로 효수된다. 즉 군량관을 희생양으로 삼아 군사들의 분노를 다른 데로 돌려 위기를 모면하였던 것이다. 그리고 군사들에게 밥을 배불리 먹여 사기를 끌어 올린다음 전투를 승리하여 위기에서 벗어났다. 물론 죄 없는 군량관 왕후의 가족에게는 후하게 보상을 하였다. 이것이 조조의 위기탈출 리더십이다. 역시 조조다운 교활함과 기발함이 번득인다.

한번은 오랜 가뭄으로 병사들은 심한 갈증에 시달리고 있었다. 목이 말라 행군이 거의 불가능할 정도였다. 그때 조조는 "저 앞에는 매실나무가 있다."라고 외쳤다. 이 말을 들은 병사들은 매실의 신맛에 입 안에 침이 돌아 갈증을 잊고 무사히 행군을 할 수 있었다. 이것이 고사성어 망매지갈(望梅止渴)의 유래이다. 이러한 이야기는 나폴레옹이 알프스를 넘으며 써먹었던 일화와 매우 유사하다. 상호간 모종의 영향관계가 느껴진다.

이처럼 조조는 다소 교활한 방법으로 리더십을 발휘하였지만 임기응변과 위기대처 능력에 있어서는 천재성이 보일정도로 번득이는 재치와 위트 혹은 낭만적 인간미를 보이며 그만의 리더십을 발휘하였다.

2) 유비의 리더십

인의와 정의의 사도 유비의 리더십은 표면적으로는 인의에 바탕을 둔 의리의 리더십이다. 그러면서도 내면적으로는 상대의 감성을 자극하는 인간미를 보여준다. 다시 말해 이중적 인간미가 두드러진다는 점이다. 유비가 주로 구사했던 리더십에도 인정과 감성을 자극하여 상대의 마음을 움직이는 고도의 전략이 숨어있다. 또 한편으로는 대의명분을 내세우며 끝없이 기다리고 노력하면서 절대적 신의와 믿음을 보여준다. 이러한 방법으로 그는 위기탈출과 목표달성의 정치력을 발휘하며 유비 특유의 감성 리더십을 만들어 냈다.

세상에는 "주는 것 없이 미운 사람이 있고, 받은 것 없이 예쁜 사람이 있다." 아마도 유비는 받은 것 없이 호감이 가는 스타일인 듯하다. 이것이 바로 타고난 유비의 인간적 매력이다. 공손찬·도겸·조조·원소·유표·유장도 그에게는 호감을 가지며 인간적 매력에 빠져들었다. 심지어 도겸과 유표를 서주와 형주를 그에게 넘겨주었고 또 넘겨주려고까지 하였다. 이것은 표면적으로 보이는 유비의 온화함과 부드러움에 신의와 믿음이 더해지면서 나오는 인간미이다. 이는 오직 유비만이 가지고 있는 독특한 리더십이기도 하다. 이것이 곧 감성의 리더십이라고 정의할 수 있다.

감성의 리더십에 한 몫을 하였던 것이 바로 유비의 뜨거운 눈물이었다. "웃다 망한 조조, 울다 흥한 유비"라는 말이 있다. 유비하면 떠오르는 상징적 이미지가 울보이미지이다. 유비의 눈물은 "형주에서 자신의 허벅지 살을 보며"(髀肉之嘆), "서서와 헤어질 때", "제갈량을 책사로 모실 때", "번성에서 조조를 피해 도망칠 때 따르는 백성을 보며", "조자룡이 장판교 근처에서 유선을 구해 올 때", "오나라에서 탈출하기 위해 손부인 앞에서", "형주를 돌려달라고 찾아온 노숙 앞에서", "장송과 이별을 할 때", "방통이 죽었을 때", "유장이 투항을 할 때", "법정이 죽었을 때", "관우가 죽었을 때", "장비가 죽었을 때" 등 수없이 울음보를 터트렸다.

그러면 과연 유비의 눈물은 진실의 눈물인가? 아니면 악어의 눈물인가? 필경 형주를 반환해 달라고 찾아 온 노숙이 앞에서 흘린 눈물과 의형제 관우와 장비가 죽었을 때 흘린 눈물의 질은 다를 것이다. 모두가 진정성을 가진 눈물이라고 보기는 어렵다. 이러한 이중적 인격구조가 유비로 하여금 위군자로 몰리는 약점이기도 하다.

물론 천성이 여려서 쉽게 눈물샘이 넘치는 사람도 있다. 또 인위적인 쇼맨십의 눈물일 수도 있다. 어찌되었던 유비는 사나이의 가슴을 울리는 뜨거운 눈물을 무기삼아 상대를 내편으로 만들며 무리를 이끌어 왔고 상당한 실효를 거두었다. 그러기에 유비의 감성 리더십은 유비가 리더십을 실행하는데 한 축을 이루었음은 부인할 수 없는 사실이다.

유비는 신야의 도주에서 자신을 따르는 백성들을 돌보느라 피난이 지체가 된다. 조조군이 근거리까지 추격해 오자 참모들은 백성들을 포기하고 먼저 도주하자고 건의한다. 유비는 뜨거운 눈물을 흘리면서 외쳤다. "백성에게 버림을 받을지언정 내가 백성을 버릴 수는 없다." 이 한마디가 유비가 군주로서의 이미지 메이킹에 성공을 하는 계기가 되었다.

3) 손권의 리더십

실리에 바탕을 둔 유연성에 인화를 중시하는 믿음과 소통의 리더십 그리고 상대에게 끊임없이 베푸는 인간미에서 손권의 리더십을 찾을 수 있다.

어린 시절부터 총명함과 미래를 보는 혜안을 가졌던 손권은 부친 손견과 형 손책에게서 배운 정치력과 리더십에 자신의 리더십까지 합치며 최대의 시너지 효과를 만들어 냈다. 그것이 바로 믿음과 소통의 리더십과 당근과 채찍의 리더십이다.

19살의 어린나이에 군주가 된데다 손견의 측근과 손책의 측근까지 포용해야 했기에 유연한 처신이 필요했다. 특히 장소와 우번같은 원로대신을 상대하려면 끝없는 인내가 필요했다. 그러기에 인화와 화합을 중시하며 중신들에게 변치 않는 믿음과 신임을 보여주었다. 장소·우번·주유·노숙·제갈근 등에게 보여준 절대적 신임은 오나라를 반석 위에 올리게 된 계기가 되었다.

또 손권의 리더십 가운데 당근과 채찍의 리더십을 빼놓을 수 없다. 그는 중신들의 죽음에 친히 찾아가 진실어린 눈물을 보이는 인간미를 가지고 있었다. 그리고 그 가솔들의 미래까지 꼼꼼하게 챙겨주었다. 매사가 이렇게 주도면밀하니 신하들은 그를 따르지 않을 수가 없었다.

또 손권의 리더십은 인재의 양성에서도 빛난다. 조조와 유비는 이미 만들어진 인재에 욕심을 부렸지만 손권은 인재를 직접 만들어 쓰는데도 일가견이 있었다. 이러한 경우가 장수 주태와 육손에 해당된다.

주태는 출신이 미천한 장수였다. 그럼에도 주태는 손권에게 매우 두터운 신임을 받았다. 미천한 출신에 빠른 출세로 인하여 주변의 견제가 매우 심했다. 특히 주태가 유수에 주둔하고 있을 때의 일이다. 부하 장수인 주연과 서성 등은 노골적으로 그를 무시하고 명령에도 잘 따르지 않았다고 한다. 이 사실을 안 손권은 어느 날 순시를 마치고 연회를 베풀었다. 그리고 주태에게 술을 권하며 상의를 벗어보라고 하였다. 손권은 온 몸에 난 수많은 상처를 가리키며 하나하나 그 상처의 연유를 캐물었다. 이 상처는 어느 전투에서 주군 손책을 위해 싸우다가 난 것이고, 저 상처는 어느 전투에서 주군 손권을 구출하기 위해 난 것이라고 하나하나 설명하였다. 손권이 상처를 어루만지며 눈물을 흘리자 갑자기 장내가 숙연해 졌다. 다음날에는 손권은 주태에게 자신이 쓰는 의복을 보내주었다. 그 후 주연과 서성은 주태에게 깎듯이 복종하고 따랐다고 한다.

이처럼 손권의 리더십은 드러나게 주태장군에게 힘을 실어주고 또 드러나지 않게 주연과 서성을 감화시켜 인화를 만드는 리더십을 발휘하였다. 일반 리더였다면 위계질서를 잡는다며 주연과 서성을 파직시키거나 좌천을 시켜 전투력을 손상시켰을 것이다. 그러나 손권은 인화로써 오히려 전투력을 상승시키는 리더십을 구사하였던 것이다.

손권의 인재양성은 그의 혜안에서 나오는 것이라 할 수 있다. 주유·노숙·여몽·육손 등 수많은 인재들이 그의 리더십에 목숨을 다해 충성을 다하였고, 그는 그들의 충성을 딛고 오나라의 군주로 우뚝 솟을 수가 있었다.

결론적으로 성공한 군주는 자기만의 독특한 통솔력이 있어야 한다. 군주는 절대적 권위의 카리스마적 리더십도 필요하고 그리고 정치적인 역량이나 수완으로 어려움을 해결하는 정치적 리더십도 필요하다. 또 총명함과 선도적 혜안에 입각해 미래의 비전을 제시하는 지혜의 리더십도 필요하다. 그러나 더 중요한 것은 인간미이다. 이러한 인간미는 리더가 갖춰야할 필수적인 덕목이다. 왜냐하면 인간이 인간을 통솔해야 하기 때문에 인간미가 더 중요한 것이다. 그러기에 이러한 덕목까지 준비된 자가 비로소 천하를 경영할 수 있는 것이다.

상식 한 마당 11

* 삼국 군주들의 출신성분

☆ 유비의 출신성분
중국의 역사에서 최초로 평민출신이 나라를 세워 황제에 오른 사람이 곧 한나라를 세운 유방이다. 그 후손인 유비는 한나라 경제의 아들 중산정왕 유승의 후손이다. 탁현 누상촌 사람으로 일찍이 몰락한 권문세족인데 일찍이 아버지까지 여의고 짚신과 돗자리를 파는 등 어려운 환경에서 자랐다. 젊어서는 노식에게 학문을 배웠고 공손찬과 교의를 맺기도 하였다. 그러나 유비는 천성이 학문을 즐기는 스타일이기보다는 유협들과 교유하는 것을 좋아했다고 한다. 관우와 장비를 만나 도원결의 하면서 본격적으로 정계에 진출하였다.

☆ 조조의 출신성분

조조는 중상시를 지낸 환관 조등의 손자이다. 조등은 4대의 황제를 섬겨 환제 때에 비정후로 봉해진 명문가의 환관이다. 조등은 환관이기에 자식이 없어 하후씨 집안에서 양자를 들였는데 그가 곧 조숭이다. 양아들 조숭은 환관이 아니기에 자식을 낳을 수 있었다. 그가 곧 조조이다. 조조는 가신인 하후돈과 함께 패국 초현 사람이며 명장 하후돈과는 종형제 관계라고 알려져 있다. 또 할아버지 조등은 한나라 건국공신인 조참의 후손이라는 설도 있다.

조조는 어려서부터 책을 좋아하고 총명하였으며 여러 분야에서 재능을 보였다. 특히 시부(詩賦)에 뛰어나 아들 조비·조식과 함께 "조씨 삼부자"로 불리기도 하였다. 20세 때부터 낭관·현령·의랑을 지냈으나 본격적인 정계진출은 황건적을 진압하면서부터 두각을 나타내었다.

☆ 손권의 출신성분

손권(자 : 중모)은 양주 오군사람이다. 초대 군주 손견의 차남이며 2대 군주 손책의 동생이다. 형 손책이 요절하자 19살의 나이에 대권을 이어받아 강동을 다스리기 시작하였다. 어린나이에도 사려가 깊고 도량이 넓었으며 주도면밀함과 결단력을 가지고 있었다고 한다. 손권의 이러한 점을 손책은 높이 평가하였고 또 적군인 조조 조차도 그를 비범한 인물이라 칭찬하였다고 전한다. 손권은 15살 나이에 벌써 양선현의 수장이 되어 정계에 진출하였다. 20세 전에 후계자로 대권을 이어받으며 군주를 향한 후계자수업을 착실히 하였다. 3국 군주가운데 출신성분이 가장 좋은 사람이 손권이라 할 수 있다.

第3講

참모론(參謀論)

* 유능한 참모는 육체경호는 물론 심리까지 경호한다.

> ※ 참모(staff)란 조직 내에서 상관을 도와 관리적 기능과 정책 및 자문의 기능을 수행하며 조직의
> 목적달성에 직간접적으로 기여하는 사람을 말한다. 참모라 함은 지모와 지략이 뛰어남을 우선
> 으로 삼으며 일명 막료라고도 하고 스텝이라고도 한다.
> 현대의 기업에서는 CEO가 아닌 대부분의 중역직원들은 참모라고 할 수 있을 것이다. 다만 핵
> 심그룹에 속해있는지의 여부와 또 중요한 업무와 역할을 담당하는지의 여부에 따라 참모의 지
> 위와 위상은 달라지는 것이다. 그러면 유능한 참모의 조건은 무엇이며 우리는 어떤 참모가 될
> 것인가?

* 참모론 ─ 어떻게 유능한 참모가 될 것인가?

일반적으로 성공한 군주 옆에는 항상 유능한 참모가 있었다. 한나라를 건국한 유방
밑에는 장량·한신·소하와 같은 유능한 참모가 있었고, 당 태종 밑에는 방현령과 위징
같은 명 참모가 있었기에 건국과 수성이 가능했다. 또 세종대왕 밑에 황희·맹사성·성
삼문 같은 지혜로운 참모가 있었기에 세종대왕이 성군이 될 수 있었고 또 태평성대를
이룰 수가 있었던 것이다.

현대에 있어서도 별반 다르지 않다. 선진국으로 도약한 나라를 살펴보면 지혜로운 리
더와 유능한 참모가 있었기에 가능하였고, 근래 잘나가는 대기업을 보아도 참모의 지모
와 지략이 얼마나 중요한지를 짐작 할 수 있다.

그러면 유능한 참모란 무엇이며 유능한 참모의 조건은 무엇일까?

참모란? 단순히 상관을 도와 어떤 일을 꾀하고 꾸미는 정도를 가지고 참모의 역할을 다했다고 할 수 는 없다. 또 군대에서 지휘관을 도와 인사·정보·작전·군수 따위의 업무를 맡아보는 장교를 참모라고 하나 이는 업무상의 조직에 불과한 것이지 유능한 참모를 의미하지는 않는다. 유능한 참모의 기본 조건은 지모(智謀)에서 출발한다. 유능한 참모는 남들보다 한발 앞선 혜안을 가지고 비전을 제시해야 하고 출중한 지모와 지략으로 위기관리 능력이 뛰어나야 한다. 이러한 기본적 자질위에 상관을 향한 무한한 충성심이 있어야만 유능한 참모로 성공할 수 있다. 그러기에 유능한 참모는 육체경호(肉體警護)에서 심리경호(心理警護)까지 할 줄 알아야 한다. 즉 유능한 참모는 주군의 심리를 꿰뚫고 있어야 함은 물론 미묘한 육체의 변화까지도 감지하고 대응할 줄 알아야 한다는 것이다. 그만큼 참모는 주도면밀하고 치밀함을 요구한다. 참모의 가장 큰 적은 치밀하지 못하고 덤벙대는 성격이다. 덤벙대고 대충대충 하는 성격으로는 절대 훌륭한 참모가 될 수 없다.

유능한 참모가 되기 위한 필수조건에는 대략 5가지 조건이 있다. 이는 현대사회를 살아가는 비즈니스맨에게도 꼭 명심해야 할 필수요건이기도 하다.

첫째 : 너 자신을 알라.
둘째 : 주군의 심리를 명확히 파악하라.
셋째 : 주군과의 충돌을 피하라.
넷째 : 마음과 욕심을 비우고 군주에게 모든 것을 주어라.
다섯째 : 물러날 때를 알라.

이상 5가지 필수조건을 근거로 소설 ≪삼국지≫에서 유능한 참모의 전형을 찾아보고자 한다.

* ≪삼국지≫에서 유능한 참모의 전형

첫째 : 너 자신을 알라.

유능한 참모가 되기 위해서는 먼저 자신을 알아야 한다. 자신을 알게 되면 분수를 알게 되고 겸손해 질 수 있다. 겸손해지면 적이 없어지기에 천수를 누릴 수 있는 것이다.

위나라 책사 가운데 가후라는 인물이 있었다. 그는 처음에는 동탁의 휘하에 있었는데 동탁이 죽자 이각의 밑으로 들어갔다. 이각이 무도한 행위를 자행하자 낙향하였다가 다시 단외 밑으로 들어갔다. 단외가 그를 두려워 꺼려하자 이번에는 장수 밑으로 들어갔다. 또 장수가 원소에 투항하려 하자, 가후는 원소보다는 조조가 그릇이 크다며 조조에게의 투항을 권유하여 조조의 참모가 되었다. 외면의 경력을 보면 그야말로 철새 정치인이다.

그 후 조조를 주군으로 모신 가후는 수많은 책략을 내놓으며 주목을 받기 시작한다. 관도전투에서의 승리, 한수와 마초간의 이간책 등 수많은 계책으로 조조의 절대적 신임을 받았다. 그럼에도 불구하고 가후는 남들이 자신을 시기하거나 견제를 할까 늘 조신하고 겸손하게 행동하였다. 특히 공사를 구별하여 사사로이 이득을 취하지 않았고 자녀들의 혼인 상대조차도 명문가 출신이 아닌 평범한 집안에서 고를 정도로 몸을 낮추며 살았다. 그리하여 그는 고관대작으로 77살까지의 천수를 누렸다. 그를 일컬어 "책략에 빈틈이 없고 사태 변화를 꿰뚫고 있었다."라는 평가를 받는 유능한 참모였다.

둘째 : 주군의 심리를 명확히 파악하라.

훌륭한 참모가 되려면 주군의 마음을 읽을 줄 알아야 한다. 주군의 심리를 정확히 알아야만 최고의 콤비를 이룰 수 있기 때문이다. 환상의 파트너십은 서로의 마음이 통했을 때 나오는 것이다.

조조의 참모 중에 곽가라는 인물이 있다. 한번은 조조군이 행군을 하며 보리밭을 지나가고 있었다. 조조는 농가 피해를 줄까 보리를 밟는 자는 참수하겠다고 엄명을 내렸다. 그런데 조조가 타고 있던 말이 갑자기 무엇에 놀라 날뛰는 바람에 보리밭을 엉망으로 만들어 버렸다. 난처해진 조조는 곽가를 쳐다보며 군령에 의해 자신의 목을 치겠다고 칼을 뽑자 눈치 빠른 곽가는 황급히 나서서 만류하였다. 조조는 결국 머리카락을 자르는 것으로 군령을 대치하며 스스로의 위기를 모면할 수 있었다. 그러나 곽가는 38세로 단명하였다. 조조는 크게 슬퍼하였고 두고두고 회고하며 아쉬워하였다고 한다. 곽가는 늘 조조의 의도를 꿰뚫고 알아서 챙겼기에 조조의 절대적 신임을 받았던 특급 참모였다.

그러나 군주의 심리를 안다고 훌륭한 참모가 되는 것은 아니다. 양수의 경우는 지나치게 앞서가다가 오히려 주군의 노여움을 사 목숨을 재촉하는 경우도 있음을 명심해야 한다.

셋째 : 주군과의 충돌을 피하라.

　주군과의 충돌은 몰락을 부르기 쉽다. 그러기에 정면충돌은 피해가며 업무를 수행해야 한다. 그리고 인정해 줄때까지 최선을 다하며 묵묵히 기다려야 한다. 이것에 해당하는 인물이 인내의 달인 사마의였다. 사마의는 제갈량조차도 제일 두려워한 지모와 지략이 뛰어난 인물이다.

　사마의의 야심을 눈치 챈 조조는 사마의의 계책을 수용하면서도 한편으로는 견제를 하였다. 의심 많은 조조는 그의 아들 조비에게도 유언을 남길 정도였다. 이를 눈치 챈 사마의는 늘 주군과의 충돌을 피하며 좋은 책략만을 제시하고 나서지는 않았다. 조정에서 부르면 최선을 다해 업무를 수행하며 입지를 확대하여 나갔다. 결국 위나라에서 없어서는 안 될 중요한 참모로 자리를 잡게 된 사마의는 조비를 황제로 올리고 자신도 이에 편승하여 부귀영화를 누린다.

넷째 : 마음과 욕심을 비워라.

　훌륭한 참모가 되려면 마음을 비우고 욕심을 버려야 한다. 주군에게 모든 것을 주어야 한다. 항상 지나친 욕심과 지분을 요구하다 신세를 망치는 경우가 다반사이다. 이를 가장 충실히 실행한 인물이 바로 제갈량이다. 그는 항상 무욕과 충성으로 주군을 모셨다. 그러기에 더 많은 것을 얻을 수가 있었다. 일인자가 될 수 없으면 영원한 제2인자로 남아야 한다. 그는 자신이 황제가 될 기회도 있었으나 욕심을 버리고 무리수를 피하였다. 그의 절제와 무욕은 그가 중국에서 최고로 인정하는 훌륭한 참모이자 재상으로 우뚝 설 수 있는 계기가 되었다.

다섯째 : 물러날 때를 알라.

　인간에게 가장 어려운 것 중의 하나가 물러날 때를 아는 것이다. 그만큼 권력의 맛이나 기득권을 포기하기란 쉽지가 않다. 항상 때를 놓친 다음에 후회를 하며 물러나게 되는 것이 다반사이다.

〈그림 35〉 중국 최고의 참모 제갈량

유방을 도와 한나라를 건국했던 장량(장자방)이 대표적인 인물이다. 소설 ≪삼국지≫
에서는 순욱을 꼽을 수 있다. 그는 관도대전을 승리로 이끌고 조조가 천하에 기반을 확
고히 다지는데 절대적 기여를 했던 충신이었다. 그러나 조조와 대권승계문제로 틈이 생
기게 되자 깨끗하게 자살해 버린 인물이다. 구차하게 목숨을 구걸하거나 배신하여 자신
의 명예를 더럽히고 싶지 않았기 때문이다.

이상 유능한 참모가 되기 위한 5가지 필수조건을 살펴보았다. 세상에는 수많은 참모
들이 있다. 여기에는 "성공한 참모"가 있고 "실패한 참모"가 있으며 또 "비운의 참모"도

있다. 그러면 무엇이 그들을 "성공한 참모"로 만들었으며, 또 무엇이 그들을 "실패한 참모"로 만들었을까?

* 성공한 참모

위에서 언급한 상징적 참모로는 가후·곽가·사마의·제갈량·순욱 등이 있고, 성공한 참모로는 주유·노숙·장소·두예 등을 꼽을 수 있다.

주유(周瑜)

주유는 뛰어난 전략전술가로 손책과 손권이 매우 아꼈던 참모였다. 주유는 동년배인 손책과 친교를 맺기 시작하여 동오의 건국에 초석을 마련한 인물이다. 또 주유는 손책과 함께 환현을 공격하다가 만난 교공의 두 딸 가운데 언니 대교는 손책이, 여동생 소교는 주유가 아내로 취하여 동서지간의 사이였다.

손책이 급사하자 동생 손권이 그 뒤를 이었다. 주유는 적벽대전 등 수많은 전투에서 혁혁한 공을 세웠고 또 장소와 함께 내정을 단단히 하여 동오를 반석위에 올려놓았다. 손권이 황제로 취임하면서 "주유가 없었다면 나는 황제가 될 수 없었을 것이다."라고 할 정도로 손책과 손권의 신임을 받았다. 또 그는 어렸을 때부터 음악에 정통하여 음악의 연주에서 음이 틀리면 그것을 알아채고 뒤를 돌아보았다고 한다. 그래서 후대에 "고곡주랑(顧曲周郎)"이라는 말이 생겼다.

〈그림 36〉 오나라의 명참모 주유와 노숙

노숙(魯肅)

노숙은 손권의 2번째 책사로 외교 전략에 유능하여 주유가 죽은 후에 대도독에 임명되었다. 주유가 노숙에게 군량을 요청한 일이 있었는데 그는 자신의 곡식창고 둘 중 하나를 주유에게 준 일이 계기가 되어 주유와 친교를 쌓았다. 주유가 노숙을 손권에게 추천하여 오나라의 핵심관료가 되었다. 적벽대전에서는 천하삼분지계를 지지하며 조조를 견제하는 정책을 주도하였다. 결국 유비와 동맹을 맺고 적벽대전을 승리로 이끄는데 많은 공을 세웠다. 주유가 죽자 노숙은 강동의 군권을 이어받았고, 나중에는 여몽을 후임으로 삼고 병사하였다.

장소(張昭)

장소는 손책의 사람이었으나 손책의 유언을 받들어 손권을 보좌하게 된 인물이다. 손책이 임종을 앞두고 장소에게 동생 손권을 부탁하였다. 그리고 만일 손권이 대업을 이룰 인물이 아니면 장소 자신이 권력을 취하라고 했다고 한다. 이는 마치 유비가 제갈량에게 한 유언과 비슷하다. 그러나 장소는 손권이 대통을 잇도록 보좌하였고 손권도 장소를 언제나 스승처럼 예우하였다.

손권이 황제에 오르며 그는 삼사(三司)에 버금가는 지위와 권력을 쥐었다. 장소는 성격이 강직하고 근엄하였으며 손권 앞에서도 직언을 서슴지 않았다고 한다. 한번은 손권이 요동의 공손연을 연왕으로 봉하려 하자, 장소는 강렬하게 반대하였다. 하지만 손권이 이를 거부하자 그는 병을 핑계로 조정에 나가지 않았다. 화가 난 손권은 장소의 집 대문을 흙으로 막아 버렸다. 그러자 장소도 안에서 대문을 흙으로 막아 버렸다. 얼마 후 공손연의 사기극이 천하에 드러나자 손권은 장소에게 사과를 하였다. 그래도 장소는 조정에 나가지 않았다. 결국 손권은 장소의 집에 가서 수레로 모셔 궁궐로 데리고 왔다고 한다. 그는 81세에 세상을 떠나면서 소박한 평상복으로 장례를 치르라는 유언을 남기고 죽었다. 이때 손권이 직접 조문을 하고 그에게 문후(文侯)라는 시호를 내렸다. 그는 시종일관 주군에게 휘둘리지 않은 강직한 참모의 전형을 보여준 인물로 꼽힌다.

두예(杜預)

두예의 부친과 조부는 위나라의 관직을 지낸 사람으로 사마의가 위왕조를 찬탈하자 이에 맞서다가 유배되기도 하였다. 그러나 두예는 이런 환경에서 사마사의 누이동생과 결혼하며 요직에 등용되어 진남대장군까지 오르게 되었다.

두예는 오나라를 파죽지세로 공격하여 평정하는 등 군사전략가로도 뛰어난 능력을 발휘하며 사마염의 절대적인 신임을 얻었다. 또 두예는 박학다식하고 지혜로워 백성들의 어려운 민원을 많이 해결하였다고 한다. 그의 지혜로 처리한 공무가 무궁무진하기에 그의 지혜를 무기창고에 비유하여 "두무고(杜武庫)"라 불렸다고 한다. 이처럼 두예는 군사전략가이면서 유능한 행정가이기도 하다. 또 그는 학문에도 뛰어난 재능을 보여 만년에는 학문과 저술에 많은 기여를 하였다.

이상 여러 명의 성공한 참모들을 살펴보았다. 이들의 공통적인 특징은 뛰어난 재능을 가지고 위기관리 능력과 미래의 비전을 제시한다는 점이다. 아울러 끊임없이 노력하며 자기관리를 한다는 점이다. 결코 운이 좋아서 혹은 환심이나 아부를 가지고 성공한 것은 아니다. 즉 자기의 소신을 가지고 일관되게 살아가며 항상 욕심을 버리고 충성을 다 함으로 성공한 참모로 자리매김을 할 수 있었다.

* 실패한 참모

실패한 참모로는 허유 · 진궁 · 양수 · 우번을 들 수 있다. 이들은 지모와 지략에 있어서는 누구에 견주어도 빠지질 않았다. 그럼에도 그들은 철저히 몰락하였다. 그들을 몰락하게 만든 것은 무엇인가?

허유(許攸)

허유는 본래 원소의 책사였으나 조조에게 귀순한 후 관도대전을 승리로 이끈 장본인이다. 조조의 친구이기도 한 허유는 지나친 욕심과 공치사를 하다가 결국 허저에 의해 죽임을 당했다.

허유는 젊은 시절 조조 · 원소 · 장막과 함께 막역한 사이였다.(분주우교[奔走友交] : 서로 마음을 허락해 위기를 만나면 달려와 돕는 막역한 친구사이). 허유는 원소와의 개인적 친분으로 높은 자리에 있었으나 교만하고 탐욕스러운 성격으로 원소진영에서 잘 적응하지 못하였다. 더군다나 원소에게 홀대를 받자 바로 배신하고 조조에게 투항을 하였다. 투항 후 허유는 조조에게 원소군의 급소인 오소를 기습하라고 진언하였다. 조조는 이 책략을 이용하여 관도대전을 승리로 이끌었다.

허유는 관도대전의 승리이후 더욱 교만방자해졌다. 심지어 조조에게도 옛 친구임을 들먹이며 건방진 태도를 보여 조조조차도 내심 불쾌하게 생각하였다고 한다. 이러한 오만무도함과 공치사로 주변의 신하들도 그를 경멸하게 되었다. 결국 조조의 심복 허저가 참지 못하고 허유를 죽여 버렸다. 후에 허유를 죽인 허저는 별다른 처벌도 받지 않았다. 조조의 입장에서는 앓던 이가 빠진 기분이었을 것이다.

〈그림 37〉 욕심과 공치사로 목숨을 잃은 허유

진궁(陳宮)

진궁은 강직하고 기품이 있는 인물로 장래가 촉망되는 책사였다. 조조가 동탁을 암살하려다가 실패하고 도망칠 때 조조와 의기투합하였으나 조조가 여백사를 죽이는 비정함을 목격하고는 조조를 버리게 된다.

그리고 후에 여포를 주군으로 모시며 활약을 하였다. 여포와 조조는 연주와 서주지역을 놓고 오랫동안 사투를 벌이며 대치하였으나 조조의 승리로 끝난다. 주군 여포와의 불화로 패전한 진궁은 결국 조조군에게 포위당하고 체포된다. 붙잡힌 진궁에게 조조는 자신의 휘하에서 충성할 것을 권했지만 진궁은 거절하고 처형을 요구한다. 진궁을 죽인 조조는 안타까움에 눈물을 흘리고 진궁의 가족을 잘 보살펴 주었다고 한다.

양수(楊脩)

양수는 원술의 조카로 명문세가 출신에 박학다식하였다. 또 언변도 출중한 천재형 책사였다. 특히 조조는 인재를 아끼는 사람이었기에 처음엔 양수를 매우 신임하였다.

조조는 한중에서 유비와 치열한 공방전을 펼치게 되는데 식량부족으로 진퇴양난에 빠진 적이 있었다. 어느 날 저녁에 닭갈비를 먹는데 하후돈이 들어와 암호를 물었다. 이때 조조는 다른 생각을 하다가 "계륵(鷄肋)"이라고 중얼거렸다. 그러자 하후돈은 암호를 계륵으로 하라는 줄 알고 그대로 정해 버렸다. 양수는 그때 암호가 계륵임을 듣고 "닭갈비는 본래 버리기는 아까우나 그렇다고 먹을 것도 없는 것"이라고 판단하고 철수 준비를 하였다. 이를 본 장수 및 군졸들도 철수준비를 따라하였다. 다음 날 조조가 철수명령을 내리려고 하는데 이미 철수준비가 다 되어 있는 것을 보고는 깜짝 놀라 확인해 보니 양수에게서 발단된 일임을 알게 되었다. 속마음을 들킨 조조는 몹시 불쾌해 하며 양수를 군기 누설죄로 참수하였다.

조조는 양수가 아군이기에 망정이지 적군이었다면 더 큰일이라며 양수를 죽였다고 한다. 그러나 이것 외에도 또 다른 이유가 있었다. 조조는 후계자문제로 조비와 조식을 두고 고민할 때 신하들 또한 조비파와 조식파로 갈라져 있었다. 이때 양수는 조식을 적극적으로 지지하고 있었다. 그러나 조조는 이미 조비로 마음을 굳힌 상태였다. 후에 혹시 있을지 모르는 양수의 농간을 대비하여 미리 제거하려고 마음을 먹고 있었던 것이다. 때마침 계륵 사건이 일어나자 그것을 이유로 양수를 참수하였다고 한다.

결국 지나친 총명과 분수를 넘는 언행이 오히려 재앙을 부르는 케이스이다. 참모는 항상 신중해야 하며 경거망동해서는 안 된다. 이는 참모의 일거수일투족(一擧手一投足)이 타인의 본보기가 되기 때문이다. 또 지나친 언행은 주군의 심기를 건드릴 수 있기에 항상 겸손하고 근신하는 모습을 보여야 하는 이유이다.

우번(虞翻)

우번은 오나라의 유능한 책사이다. 그러나 그의 돌출적인 언행은 여러 차례 손권의 속을 뒤집어 놓았다. 결국 미움을 받고 유배되었다.

그는 처음에 왕랑을 섬겼으나 손책에 패배하자 다시 손책의 밑에서 많은 공을 세웠다. 또 손책이 죽자 그는 손권을 주군으로 섬기며 당시 최대 군주인 조조의 부름에도 응하지 않았던 강단이 있는 참모였다.

그러나 우번은 자기주장이 강하고 직설적인 성격이어서 주군 손권 앞에서도 잘못을 지적하며 따지기도 하였다. 한번은 손권과 장소가 신선에 대하여 이야기하는 것을 어깨 너머로 듣고는 "죽은 자들이 신선에 대하여 논하고 있네. 신선은 있을 리가 없는데"라고 조롱을 하였다. 이렇게 주군 앞에서 방자함이 거듭되자 손권은 우번을 교주로 유배시켰다. 다시는 중앙으로 돌아가지 못하고 그곳에서 생을 마쳤다.

실패한 참모의 전형적인 특징은 자기감정을 잘 다스리지 못하고 오만무도하거나 경솔함에 있다. 대부분 지나친 행위나 교만함 그리고 돌출적인 행동 등이 주군의 심기를 어지럽히거나 거슬리게 만든다. 이러한 참모는 아무리 재능이 특출하다 하더라도 언젠가는 제거되기 마련이다. 항상 "권력은 남에 의해 얻지만 자신의 언행에 의해 잃게 된다."라는 말이 좋은 귀감이다. 그러기에 "비울 줄 알아야 채울 수 있고, 버릴 줄 알아야 얻을 수 있는 것"이 바로 세상을 사는 이치이다.

* 비운의 참모

세상을 살다보면 운이 좋은 사람이 있는가 하면 운이 없는 사람이 있기 마련이다. 그런데 운 좋은 사람보다는 운 없는 사람이 항상 많았다. 그것이 세상의 이치이다. 그러기에 수많은 인재들은 재능의 꽃을 피우지도 못하고 시들어 갔던 것이다. 비운의 참모가 되는 경우는 크게 세 가지로 분류된다. 첫째가 요절이요, 둘째가 주인을 잘못만난 경우이고, 셋째가 자신의 실수이다.

의외로 가장 많은 케이스가 요절이다. 곽가는 38살에 죽었고 주유와 방통도 36살에 요절하였다. 곽가나 주유는 참모로 혁혁한 공이라도 세우고 죽었지만 방통같은 경우는 제대로 이루어놓은 것도 없이 죽었다.

방통(龐統)

방통(일명 봉추)은 제갈량과 쌍벽을 이루는 전략전술가였으나 꿈을 펼치지도 못하고 낙봉파에서 36세에 전사한 인물이다. 일찍이 사마휘(司馬徽)를 수경(水鏡), 제갈공명(諸葛孔明)을 와룡(臥龍), 방사원(龐士元)을 봉추(鳳雛)라 하였는데 이들이 바로 당시 최고의 인재들이다.

방통은 주유의 휘하에 있으면서 좀처럼 남들의 주목을 받지 못하였다. 못생긴 얼굴과 나쁜 인상이 한 몫 하였다. 노숙이 그의 재능을 알고 오나라에 추천하였으나 손권은 중용하지 않았다. 노숙은 혹 그가 조조에게로 갈까 우려하여 차라리 유비에게 가라고 추천하였다. 방통은 유비에게로 와서도 기회를 잡지 못하다가 장비와 제갈량의 추천으로 겨우 책사의 반열에 오른다. 그는 서천을 취하기 위해 성급하게 활동하다가 장임의 매복에 걸려 낙봉파(落鳳坡)에서 전사하였다. 허무하고 아쉬운 삶을 살다간 비운의 참모이다.

순욱(荀彧)

순욱은 주인을 잘못만난 경우에 해당된다. "약은 새는 나무를 가려서 깃들고 현명한 신하는 주인을 가려서 섬긴다."라는 명언이 있다. 순욱 같은 경우가 그러하다. 그는 조조의 유능한 책사로 이름을 떨쳤으나 조조의 야망과 그의 가치관에 균열이 생기면서 결국 자의반 타의반으로 50살의 나이에 자살의 길을 선택한다.

전풍(田豊)

전풍은 어려서부터 박학다식하고 뛰어난 계략으로 세인을 주목시켰던 인물이다. 처음에는 한복을 섬기다가 나중에 원소의 책사로 들어갔다.

전풍이 조조에 앞서 헌제를 모셔오자고 원소에게 진언했으나 받아들여지지 않았다. 또 원소를 설득하여 조조의 후방을 급습하자고 간언했지만 원소는 아들 병을 핑계로 받아들이지 않았다. 그는 애석해 하며 원소의 무능함을 한탄하고 또 원소와 자신의 이상이 다름을 개탄하였다.

원소가 관도대전에서 대패하고 돌아오자 그는 스스로 "원소가 이겼다면 나를 살려두었겠지만 졌으니 죽일 것"이라고 예언하였다. 과연 그의 말대로 전풍 자신은 비극적인 최후를 맞이한다. 전풍의 말대로 황제를 모셔왔다면 원소의 위상은 크게 달라졌을 것이다. 또 전풍의 진언대로 조조를 급습하였다면 천하는 다른 방향으로 전개될 가능성도 있었다. 결국 주군을 잘못만난 전풍은 아무것도 이루지 못하고 저승길로 떠났다.

〈그림 38〉 비운의 참모 방통

장송(張松)

장송은 촉군 사람으로 용모가 추하여 출세에 많은 장애가 되었던 사람이다. 주군 유장이 소심해서 익주를 유지하지 못할 것이라 생각하고 영민한 군주를 찾고자 조조에게로 갔다. 양수가 그의 비범함을 알고 조조에게 추천하였으나 조조는 그를 홀대하고 무시하

였다. 조조에게 모욕을 당하고 돌아오는 도중, 유비의 환대에 감격하여 서천의 지도를
유비에게 바치고 신하가 되기로 약속한다. 그는 유비를 익주의 새 군주로 모시기 위해
법정·맹달과 함께 결의하고 구체적 계획안을 준비하였다. 대사를 꾸미는 도중 친형 광
한태수 장숙이 이 사실을 알게 되었다. 그는 이 거사가 혹 자신에게 화가 미칠까 두려워
유장에게 밀고하였다. 결국 장송은 대사를 이루기도 전에 유장에게 자신은 물론 처자식
까지 모두 참수를 당하는 수모를 당했다.

공융(孔融)

공융은 건안칠자중의 한사람으로 어린 시절부터 명성이 천하에 떨쳤던 인재였다. 공
융은 당시 황제를 옹립하고 세도를 부렸던 야심가 조조와 자주 대립하였다. 그는 타고난
학문적 재능에 강하고 직설적인 성격으로 여러 차례 상소를 올려 조조를 비판하였고 심
지어 조조의 면전에서 모욕적인 언사를 구사하여 조조의 원한을 사기도 하였다. 조조
역시 공융을 매우 싫어하고 기피하였으나 당시 명망이 높았던 공융을 함부로 하지는 못
하였다.

그러던 중 조조가 형주를 점령하자 공융은 강도 높게 조조를 비판하였다. 결국 조조는
참지 못하고 공융은 물론 가족까지 몰살시켰다. 공융에게는 7살과 9살의 자녀가 있었다
고 한다. 공융이 잡혀가던 날 그들은 태연히 바둑을 두고 있었다. 이웃 사람들이 걱정되
어 아이들에게 빨리 도망치라고 일러주었으나 "새집이 부서졌는데 어찌 알이 온전하겠습
니까?(安有巢毁而卵不破乎?)"라며 의연히 죽음을 받아들였다고 한다.

이처럼 비운의 참모들에게는 극복할 수 없는 한계가 있는 듯하다. 요절하여 일찍 세상
을 하직하는 경우는 인위적으로 어찌 할 수도 없는 일이다. 그러나 주군을 잘못만나 능
력을 펼치지도 못하거나, 또 주군과 강하게 대립되어 출세는커녕 목숨을 부지하기도 어
려운 참모들이 부지기수였다. 설사 훌륭한 주군을 만나더라도 자신이 치밀하지 못하거
나 또는 경거망동으로 자신의 앞길을 망치는 경우도 허다하다.

이상 "성공한 참모"와 "실패한 참모" 및 "비운의 참모"에 대하여 살펴보았다. 결론적으
로 유능한 참모가 되기 위해서는 나 자신을 정확히 파악하고, 주군의 심리를 꿰뚫어야

하며, 주군과의 충돌을 피하고, 마음과 욕심을 비우고, 또 물러날 때를 알면 그런대로 참모의 기본조건은 채워지는 것이다. 그러나 더 중요한 요건은 출중한 지모와 지략을 가지고 비전을 제시해야 하며 또 뛰어난 위기관리 능력이 있어야만 성공한 참모가 될 수 있다. 그리고 항상 명심해야 할 것은 절제된 언행과 겸손한 자만이 살아남을 수 있다는 사실을 가슴깊이 새기고 있어야만 한다.

상식 한 마당 12

* 중국 최고의 참모는 누구인가?

참모는 크게 군사형 참모와 행정형 참모로 분류된다. 일반적으로 군사형 참모에는 창업형 참모가 많고, 행정형 참모에는 수성형 참모가 많이 배출된다.

◎ 상나라 탕왕을 도와 걸왕을 멸망시킨 이윤.
◎ 주나라 성왕을 보필하며 태평성대를 이끈 주공.
◎ 춘추시대 제나라 환공을 보필하여 중원의 패자로 만든 관중.
◎ 춘추시대 오 부차를 멸망시키고 월 구천을 패자로 만든 범려.
◎ 한나라 유방을 보필하여 항우를 멸망시킨 지략가 장량·소하.
◎ 천하삼분지계로 유비와 촉나라를 세운 제갈량.
◎ 당나라 건국과 "정관의 치"를 이끈 방현령·두여희·위징.
  그 외에도 많은 참모가 있었다.

그러면 중국 최고의 참모는 누구인가?
중국 최고의 참모로 장량과 제갈량을 꼽을 수 있다.
장자방으로 알려진 장량은 초한대전에서 한나라 유방을 보필하여 항우를 멸망시키는 데 공헌한 최고의 지략가이며 개국공신이다. 한신·소하와 더불어 한초삼걸(漢初三傑)이라 불린다. 유방은 자신이 천하를 통일시킬 수 있었던 원인을 "나는 계책을 마련하여 천리 밖 싸움을 승리로 이끄는 것은 내가 장량만 못하고, 나라와 백성을 안정시키고, 군량의 공급이 끊어지지 않게 하는 것은 내가 소하만 못하고, 백만대군을 이끌고 싸우면 항상 이기는 것은 내가 한신만 못하다. 그럼에도 내가 천하를 얻을 수 있었던 것은 내가 세 사람을 능히 부릴 줄 알았기 때문이다."라고 분석하였다.

그중 장자방을 으뜸으로 치는 것은 "그는 자신을 정확히 파악하였고, 주군의 심리를 꿰뚫고 있었으며, 주군과의 충돌을 피하였고, 마음과 욕심을 비웠으며, 물러날 때를 정확히 알았기" 때문이다.

그는 도학(道學)에 심취하여 권력에 연연하지 않고 적송자를 따라 은거하며 유유자적하게 천수를 누렸다고 한다. 사후에는 문성후(文成侯)로 봉해졌다.

장량과 쌍벽을 이루는 사람으로 제갈량을 꼽을 수 있다. 물론 소설 ≪삼국지≫로 다소 과장된 부분이 있지만 그의 행정능력과 지모지략 및 충성심은 최고로 인정하는 부분이다. 와룡선생으로 명성이 높은 제갈량은 유비의 삼고초려를 통하여 정계에 진출하였고, 적벽대전을 통하여 천하삼분의 기초를 마련하였다. 그 후 서천을 접수하며 천하삼분의 대업을 이룰 수 있었다.

갑작스런 죽음 앞에 유비는 유선을 보좌하되 만일 자질이 부족하면 제갈량이 황제의 자리를 취하라고 유언하였지만 제갈량은 끝내 유선을 황제로 올리고 자신은 최선을 다해 보필하였다. 제갈량은 유비의 마지막 유업을 성취시키기 위하여 남정과 북벌을 감행하며 싸우다가 오장원에서 병사하였다. 제갈량이 기산에 출진하며 올린 눈물겨운 ≪출사표≫는 충정으로 가득한 천하의 명문으로 손꼽는다.

제갈량이 최고의 참모로 칭송받는 원인은 장량과도 유사한 부분이 바로 "자신을 정확히 파악하였고, 주군의 심리를 꿰뚫고 있었으며, 주군과의 충돌을 피하였고, 마음과 욕심을 비웠다"는 점이다. 그 외 제갈량과 장량의 공통점은 무욕과 충성으로 주군을 모셨다는 점이다. 그러기에 그들은 중국 최고의 참모로 우뚝 설 수 있었고 청사에 명예로운 이름을 남길 수가 있었다.

第4講

장수론(將帥論)

* 여인은 사랑해주는 남자를 위해 마음을 바치고,
  장수는 인정해주는 사람을 위해 목숨을 바친다.

> ※ 장수란 군사를 거느리는 우두머리로 일반적으로 용장(勇將)·지장(智將)·덕장(德將)으로 분류
> 한다. 또 손자병법에서는 장수의 조건으로 지혜(智慧)·신의(信義)·용기(勇氣)·위엄(威嚴)을
> 제시하였다. 장수는 무엇이고 또 어떠한 장수가 되어야 할까?

* 장수(將帥)의 조건

"문인(文人)은 학문에 바탕을 둔 지혜를 으뜸으로 삼고, 무인(武人)은 힘에 바탕을 둔 용맹을 으뜸으로 삼는다."라는 말이 있다. 장수란 군사를 이끄는 우두머리로 "무인의 꽃"이라 할 수 있다. 그러기에 "장수는 지혜와 용기가 있어야 하고, 신의와 위엄을 갖춰야 한다."고 손자병법에서는 말하고 있다. 또 절대적으로 장수가 가져서는 안 될 5가지 마음가짐과 성격이 있다. 이것에 대하여 ≪손자병법≫제8편(구변(九變)편)에서는 위기를 부르는 장수들의 다섯 가지 성격이라고 하여 이를 "장유오위(將有五危)"라고 한다.

첫째 : "필살가살야(必死可殺也)" - "장수가 앞뒤를 가리지 않고 헛되이 저돌적이면 죽이기 쉽다."라는 뜻으로 무모한 용감이 오히려 스스로 무덤을 파는 경우를 의미한다. 소설 ≪삼국지≫에서 여포는 비록 천하의 용장이었지만 너무 무모하고 저돌적인 성격으로 죽음을 자초하였다.

둘째 : "필생가로야(必生可虜也)" - "반드시 살고자 하는 장수는 오히려 적의 포로가 되

기 쉽다."라는 의미이다. 이는 장수가 너무 몸을 사려 살기에만 급급하다보면 결국에는 적의 포로가 되기 쉽다는 이야기이다. 이런 경우는 위나라 우금이 그러하였고 촉나라 위연이 그러하였다.

셋째 : "분속가모야(忿速可侮也)" – "화를 자주 내고 성격이 급한 장수는 모욕을 당하기 쉽다."는 뜻이다. 매사에 조급하고 불같은 성격의 장수는 항시 분노의 감정을 실어서 행동하기에 그 성격 때문에 화를 당한다는 말이다. 이러한 대표적인 케이스가 부하에게 희생된 장비의 경우를 들 수 있으며, 이와 반대로 감정보다는 이성으로 절제한 인물은 사마의를 꼽을 수 있다.

넷째 : "염결가욕야(廉潔可辱也)" – "장수가 지나치게 청렴결백하거나 고고한 절개를 너무 고집하다보면 오히려 작은 욕보임에도 의지가 흔들릴 수 있고 또 음해해서 흔들기 쉽다."는 뜻이다. 이러한 경우는 주유와 관우가 이에 해당 된다고 할 수 있다.

다섯째 : "애민가번야(愛民可煩也)" – "장수가 백성의 사정을 지나치게 생각해주다보면 오히려 번민에 사로잡히기 쉽다."는 뜻이다. 즉 전시에는 이성적으로 냉정하게 행동해야 한다는 의미이다. 화용도에서 관우가 조조를 풀어준 것처럼 인정에 너무 치우쳐 우유부단하다보면 전쟁에서 큰 손실을 입는다는 뜻이다.

≪손자병법≫에 언급된 "장유오위(將有五危)"는 장수가 꼭 명심해야 할 사항이다. 또 일반적으로 장수를 용장·지장·덕장으로 분류한다. 용장(勇將)이란? 용맹을 갖춘 용감한 장수를 의미하고, 지장(智將)은? 용맹함에 지혜를 겸비한 지혜로운 장수를 말한다. 또 덕장(德將)이란? 용맹과 지혜는 물론이고 덕성까지 겸비한 장수를 의미한다.

일본의 전국시대를 배경으로 꾸민 역사소설 ≪대망(大望)≫에 세 명의 영웅이 등장한다. 오다 노부나가(織田信長)와 도요토미 히데요시(豊臣秀吉) 그리고 도쿠가와 이에야스(德川家康)이다. 이들은 전국시대를 끝내고 통일일본을 만들었던 장본인들이다. 일반적으로 후대 사람들은 오다 노부나가를 용장이라고 하고 도요토미 히데요시를 지장이라 하며 그리고 도쿠가와 이에야스를 덕장으로 분류한다. 이들에 얽힌 재미있는 이야기가 바로 "울지 않는 두견새"의 대처법이다.

오다 노부나가는 "울지 않는 두견새는 죽여야 한다."고 하였고, 토요토미 히데요시는

"울지 않는 두견새는 울게 해야 한다."고 하였으며, 도쿠가와 이에야스는 "울지 않는 두견새는 울 때 까지 기다린다."라고 하였다. 다시 말해 강력한 카리스마를 발휘했던 오다 노부나가는 울지 않는 두견새는 새가 아니므로 아예 죽여 버린다는 뜻이다. 매사에 적극적이고 유연하며 잔재주가 많았던 토요토미 히데요시는 수단과 방법을 가리지 않고 자극을 시켜 두견새를 울게 만든다는 뜻이다. 또 끝없는 인내심으로 자신이 이루고자 하는 것을 이룰 때까지 참고 기다리는 대기만성형의 도쿠가와 이에야스는 인내력을 가지고 두견새가 울 때까지 기다린다는 의미이다. 이 세 장수는 용장·지장·덕장의 이미지를 그대로 보여주는 매우 좋은 케이스이다.

* 삼국의 장수들

삼국시대에는 기라성 같은 장수들이 즐비하였다. 그들은 전투의 공로와 능력에 따라 지위와 서열 그리고 명예가 갈렸다. 또 그들은 자신의 처신에 따라 충신이 되기도 하고 역신이 되기도 하였다.

위나라의 장수 : 조인·조진·하후돈·하후연·허저·방덕·서황·악진·우금·이전·장합·장료·전위·조창·조홍·조휴·손례·전예·가규·등애 등.

촉나라의 장수 : 관우·장비·조운·마초·황충·강유·유봉·관평·관흥·장포·뇌동·마대·주창·엄안·왕평·요화·위연·이엄·황권·장익·하후패·오란 등.

오나라의 장수 : 태사자·여몽·감녕·능통·반장·서성·육항·정보·정봉·주태·한당·황개·마충·미방·장흠·전종·제갈정·주치·주연·주환·진무 등.

한나라의 장수 : 노식·주준·하진·황보숭·동탁·동승 등.

진(晉)나라의 장수 : 두예 · 양호 · 왕준 · 문앙 등.

기타 : 곽사 · 이각 · 화웅 · 문추 · 안량 · 기령 · 양봉 · 여포 · 장임 · 제갈탄 · 고순 등.

* 용장론(勇將論) : 용맹한 장수

용장(勇將)의 기본 조건은 용기와 기개에 있다. 항상 진두지휘하며 어떠한 강적을 만나도 기세가 꺾이지 않고 또 상대가 강한 적일수록 투지가 더 불타오르는 장수를 말한다. 즉 강직함과 용감함을 겸비한 용맹한 장수를 의미한다. 그렇다고 용감하기만 하고 무식한 장수를 의미하지는 않는다. 다만 상징적으로 용맹한 이미지가 특히 강조된 장수를 의미한다.

이런 부류의 장수는 장비 · 황충 · 마초 · 여포 · 하후돈 · 하후연 · 조인 · 방덕 · 태사자 · 서황 · 장합 · 장료 · 우금 · 악진 등 무수히 많다. 그중에서 대표적인 장수로 장비 · 여포 · 하후돈 · 조인 · 장료를 중심으로 살펴본다.

장비(張飛)

용맹성하면 장비가 떠오른다. 그는 도원결의 이후 황건적 토벌부터 명성을 떨치기 시작하였다. 그의 이름이 만방에 떨친 것은 바로 장판교 싸움에서의 맹활약이다. 조조의 추격을 받은 장비는 필마단기(匹馬單騎)로 장판교에서 한마디 호령만으로 적장이 말에서 떨어져 죽고 조조의 백만대군을 도망가게 만들었다. 다소 과장이 들어갔지만 이것으로 장비는 용맹의 대명사가 되었다.

그 외 적벽대전에서의 활약, 서천공략 길에 엄안을 사로잡아 투항시킨 일, 마초와의 세기적 승부 등 많은 전투에서 장비를 더욱 유명하게 만들었다. 또 한중전투에서는 위나라 명장 장합을 누르고 승리를 거두며 용장의 상징적 이미지가 되었다. 그러나 관우의 복수를 위해 출정준비를 하던 중 부하 범강과 장달에게 암살당하며 허무하게 생을 마감한다.

〈그림 39〉 삼국 대표적 용장 장비가 장판교에서 명성을 떨치다

여포(呂布)

여포하면 무용이 천하제일이라고 하였다. 오죽하면 "인중여포 마중적토(人中呂布, 馬中赤兔 : 사람(무장) 중에 여포가 최고요, 말 중에는 적토가 최고이다.)"라고 하였겠는가! 여포는 일찍이 관우·장비·유비 세 사람의 공격에도 쉽게 밀리지 않는 무예와 용맹을 지닌 장수였다. 그는 신기에 가까운 무예로 일찌감치 천하의 명성을 얻었던 장수였다. 그는 원문에서 150보 거리에 놓아둔 화극의 곁가지를 화살로 쏘아 맞춘 원문사극(轅門射戟)의 장본인이다.

그러나 여포는 지모와 지략이 부족하고 시기심이 많아 무리들을 제대로 다스리지 못하는 결함을 보였다. 장수로서 가장 큰 문제는 신의가 부족하다는 점이다. 그의 여러 차례에 걸친 배신행위는 용감무쌍하고 출중한 무예를 지닌 그를 파탄으로 몰고 갔다. 결국 조조에 붙잡혀 파란만장한 삶을 마감하였다.

〈그림 40〉 원문사극으로 유명한 명장 여포

조인(曹仁)

조인은 조조의 핵심부하로 원술·도겸·여포·주유·마초 등을 무찌르며 대 활약을 한 용장이다. 젊은 시절에는 성격이 거칠고 난폭하였으나 조조의 부하가 되면서 과거를 반성하고 개과천선한 장수라고 전한다. 조조의 휘하에서 많은 전공을 세웠고 또 솔선수범하여 많은 사람들의 존경과 신임을 받았으며 위나라의 장군의 표본이 되었다.

조조 사후에도 조비의 두터운 신임으로 대장군과 대사마가 되었다가 죽어서는 충후(忠侯)라는 시호가 내려졌다. ≪위서(魏書)≫편찬에 참여했던 부현(傅玄)은 위나라에서 가장 용감했던 장수로 조인이 으뜸이고 그 다음으로 장료를 꼽았다. 그는 제 수명대로 천수를 다하고 죽은 명예로운 장수라는 와석종신(臥席終身 : 이부자리 위에서 죽음을 뜻함)의 한 사람으로 전해진다.

하후돈(夏侯惇)

하후돈은 어려서부터 의협심과 용기로 유명하였다. 조조의 휘하에 들어와 많은 전공을 세웠으며 특히 여포를 토벌하다가 여포의 부하 조성이 쏜 화살이 왼쪽 눈에 꽂히자 하후돈은 "내 몸은 아버지의 정기와 어머니의 피로 만들어졌으므로 아무것도 버릴 수가 없다.(父精母血, 不可棄也.)"라고하며 눈알을 집어삼켰다. 그리고는 적장 조성을 추격해 죽였다고 하는 장본인이 바로 하후돈이다.

조조의 하북 평정 때에 공을 세워 복파장군으로 승진하였고 그 후에도 조조에게 깊은 신임을 받았다. 조비가 위나라 왕이 된 뒤 후에는 대장군으로 임명되었다. 평생 청렴하고 검소하게 살았다고 전해진다.

장료(張遼)

장료는 조조에게 귀순하면서 맹장으로의 맹위를 떨치기 시작한다. 관도대전에서 상당한 전공을 세우고 또 백랑산 전투에서도 장합과 공조를 취하며 대승을 거두었다. 진란과 매성이 반기를 들자 장료는 험난한 산세를 무릅쓰고 깊숙이 돌진하여 무리들을 소탕하는 용맹을 보여주어 조조의 신임을 얻었다. 합비 전투에서는 7천 군사로 손권의 10만 대군을 맞이하여 기습공격으로 손권군의 예봉을 꺾으며 승리를 이끌었다. 또 손권의 지휘 막사까지 유린하여 손권의 간담을 서늘하게 하였다고 한다. 오나라에서는 "울던 아이도 장료가 온다는 소리에 울음을 그친다."라는 말까지 생겨날 정도였다. 이러한 혁혁한 공로로 조비 때에는 진양후(晉陽侯)에 봉해졌다.

〈그림 41〉 자신의 눈알을 삼키는 용장 하후돈

　또 조조가 헌제에게 표를 올릴 때 말하길 : "악진은 선봉대장으로 적진에 나아가 적장의 목을 베는 장수, 우금은 지모지략을 겸비해 군을 잘 통솔하는 장수, 장료는 문무를 겸비한 장수로 전투에서 패배를 모르는 용감한 장수들입니다."라고 언급하였다. 정사 ≪삼국지≫의 저자 진수도 장료・악진・우금・장합・서황을 조조 휘하의 훌륭한 장수이자 으뜸가는 명장들이라고 기술하고 있다.

〈그림 42〉 위나라 용장 조인과 그 외 명장 장료 허저 서황

* 지장론(智將論) : 지혜를 겸비한 장수

지장(智將)이란? 기묘한 전략과 전술을 마음대로 응용할 줄 알고 공평무사와 신상필벌을 잘하며 또 위험한 고비에서도 지혜를 발휘하여 승리를 이끌어 내는 장수를 말한다. 지장의 기본적 자질은 지략에 있다. 그렇다고 용기 없는 장수를 의미하지는 않는다. 용기와 용맹함이 전제되어야만 전략과 전술을 마음대로 펼칠 수 있기 때문이다. 지장으로는 조자룡·장합·여몽·강유·등애 등을 꼽을 수 있다.

조자룡(趙子龍)

조자룡하면 깨끗한 장수의 이미지로 다가온다. 그것은 그가 항상 단정하고 모범적이었으며 신의와 충성의 상징성이 강하기 때문이다. 그는 용맹한 장수이면서 지략이 출중한 장수였다. 그는 주로 유비의 경호를 담당하여 여러 차례 유비를 위기에서 구출하였다. 장판교에서는 유비의 아들 유선을 구출하기 위해 혼자 적진에 뛰어들어 용감무쌍한 괴력을 발휘하기도 하였다. 우리 속담에 "조자룡 헌 칼 쓰듯 한다."라는 말이 있듯이 그의 영웅적 자질은 이때부터 드러나기 시작하였다.

〈그림 43〉 지장 조자룡이 후주 유선을 구하다

조자룡은 적벽대전과 서천 및 기산전투 등에서 수많은 전공을 세우며 오호대장군이 되었다. 일찍이 그의 인품에 대하여 유비도 "장수 중에 장수요 군자 중에 군자"라고 극찬을 하였으며 제갈량 역시 늘 그를 믿고 중용하였다.

한중 전투에서 강력한 조조군이 공격해오자 조자룡은 문을 활짝 열고 의연히 대기하였다. 조조군은 복병이 있을까 두려워 머뭇거리는 사이 조자룡은 북을 치며 전면적으로 공격을 가하였다. 돌연의 기습에 조조군은 북새통이 되어 달아났다. 다음 날 조조는 "조자룡의 몸은 모두 간(肝)덩어리다."라고 칭찬을 할 정도로 용맹과 지략을 갖춘 장수였다.

조자룡을 최고의 장수반열에 올려놓은 것은 역참오장(力斬五將)이다. 일차 북벌 때에 서량대장 한덕이 네 아들과 군사를 이끌고 나와 촉군과 대치하였다. 이때 조자룡은 한덕의 네 아들을 차례로 죽이고 한덕까지 잡아 죽이는 괴력을 발휘하며 용맹과 지모를 겸비한 명장으로 각인되었다.

한번은 촉한의 군대가 패전하여 퇴각을 하는데, 군사들의 대열이 전혀 흐트러짐 없이 퇴각을 하는 것을 보고 제갈량이 감탄하여 어찌된 일인지 확인해 보니 조자룡이 친히 후방부대를 맡아 군수 물자를 챙겨가며 일사불란하게 퇴각하였던 것이었다. 이에 제갈량은 조자룡에게 상을 내리자 그는 "전쟁에서 패전하고 철수하면서 어찌 하사품을 받을 수 있습니까!"라며 패전의 책임을 분명히 하기도 하였던 장수였다.

조자룡은 사후에 대장군 순평후라는 시호를 받았다. 그는 항시 대의명분에 맞는 행동만 하였고 또 항시 예의를 갖춰 행동하였기에 유비는 물론 제갈량에게도 두터운 신임을 받은 지혜로운 명장이었다.

〈그림 44〉 조자룡의 역참오장으로 천하에 명성을 얻다

장합(張郃)

장합은 젊은 시절에 한복의 휘하에 있다가 한복의 몰락 후에는 원소를 섬겼다. 관도대전 이후에는 조조에 귀순하였다. 그 후 오환과의 전투에서는 선봉을 맡아 두각을 나타내기 시작하며 수많은 전공을 세웠다.

하후연이 촉나라 황충에게 죽자 위군은 혼란에 빠진다. 그때 곽회가 "장합은 명장으로 적장인 유비도 두려워하고 있다. 장합 장군 없이는 타개하기 어렵다."고 상주하여 장합이 총대장이 되었다. 그는 대군을 효율적으로 통솔하여 위기를 모면할 수 있었다.

또 가정 전투에서 촉나라의 선봉대장 마속이 산 정상에 포진하자 장합은 재빨리 산을 포위해 식수로를 끊어 버린다. 이 전투로 촉나라는 치명타를 입고 철수하였고 장합은 큰 전공을 세우게 된다.

제갈량이 기산에서 철수한다는 정보를 들은 사마의는 장합에게 무리한 추격 명령을 내린다. 장합은 이를 반대하였으나 상관의 명령을 거절하지 못하고 추격하다 복병의 기습공격을 받고 사망하였다. 황제 조예는 장합의 죽음을 매우 슬퍼하며 장후(壯侯)란 시호를 내렸다.

이처럼 장합은 용맹한 장수이면서 통솔력도 출중하였고 또 지형지물을 이용한 계략의 운용에도 일가견을 가지고 있었다. 자연의 변화나 상황 및 법칙을 잘 운용하는 지략을 겸비한 장수이기에 제갈량도 늘 경계를 하였던 명장이었다.

여몽(呂蒙)

여몽은 처음에 손책의 수하였으나 손책이 죽은 후 손권을 섬겼다. 여몽은 용맹한 장수로 수많은 전공을 세웠으며, 특히 황조와의 전투와 적벽대전 및 강릉전투에서 두각을 나타내기 시작하였다.

여몽은 출중한 무예와는 달리 학식이 부족하였는데 어느 날 손권에게 훈계를 받고 학문에 입문을 하였다고 한다. 학문의 발전속도가 얼마나 빨랐던지 노숙마저 혀를 내두를 정도였다. 이래서 나온 고사성어가 "오하아몽(吳下阿蒙)"과 "괄목상대(刮目相對)"이다. 이것이 바로 여몽이 처음엔 무식한 장수였으나 나중에 지혜로운 장수가 되어가는 과정을 상징하는 고사성어이기도 하다.

노숙이 죽은 뒤에 후계자로 병권을 맡은 여몽은 위나라를 공격하기 위해서는 촉나라가 점거하고 있는 형주일대를 발판으로 삼아야 한다고 주장하며 은밀히 관우를 치기위한 계략에 들어간다. 형주를 지키고 있는 촉의 명장 관우를 치기위해 후임으로 서생 스타일 육손을 임명하여 관우로 하여금 방심하게 만들고 은밀히 촉의 남군태수와 내통하여 관우의 허를 찌른다. 잠시 자만에 빠져있던 관우가 황급히 사태를 수습하려 하나 퇴로가 끊긴 관우는 속수무책으로 여몽의 덫에 걸려들었다. 이로써 천하의 명장 관우를 치고 형주를 되찾은 여몽의 명성이 만방에 떨치게 된다. 얼마 후 여몽은 병사하는데 그때 나이 향년 42세였다.

여몽하면 "오하아몽"과 "괄목상대"라는 고사성어 때문에 무식한 이미지의 여몽이 연상되지만 사실 여몽은 용맹하면서도 지략에 능통하였던 무장이다. 관우를 방심하게 만들고 기습하여 형주를 장악할 수 있었던 전략은 여몽의 탁월한 지략에서 나온 것이다. 이렇게 출중한 장수임에도 불구하고 여몽에 대해서는 일반적으로 찬양보다는 폄하하는 평가가 많다. 이는 감히 중국 최고의 무장 관우를 죽였기에 받는 불경죄도 한 몫을 한다고 볼 수 있다.

강유(姜維)

강유는 제갈량도 인정하는 지모와 지략이 뛰어난 장수이다. 또 제갈량 사후에 후계자로 지목되어 촉나라를 죽음으로 지키고자 하였던 촉나라 최고의 무장이자 최후의 충신이다.

강유는 학문과 무예 및 인품까지 두루 겸비한 장수로 일찍이 제갈량은 그를 "마량(馬良)보다 뛰어난 인재"라고 하였을 정도였다. 제갈량이 세상을 떠난 후 강유는 다시금 대장군에 임명되어 위나라의 남하를 견제하는 중책을 맡게 된다. 이것이 바로 유명한 강유의 구벌중원(九伐中原)이다. 강유는 제갈량의 유지를 받들어 아홉 차례 북벌을 감행하였지만 번번히 위나라 장수들의 전술에 막히거나 촉나라 환관 황호의 농간으로 실패를 하게 된다.

훗날 위나라 종회와 등애 장군이 두 갈래로 촉나라를 침공해 오자 강유는 검각에서 종회 장군과 맞서 싸웠으나 등애의 기상천외한 계략으로 촉나라는 결국 항복을 하고 만다. 그러나 강유는 정치적 위기에 몰린 종회에게 거짓으로 항복하는 척 접근하여 촉나라 부흥운동을 시도하였으나 이마저 발각되어 결국에는 피살되었다.

등애(鄧艾)

등애는 말더듬이였지만 어려서부터 항상 지도를 놓고 지형지물을 살피며 군사작전에 대한 연구를 즐겨하였다고 한다. 후에 사마의의 수하로 들어가서도 그의 연구력과 지혜는 정책에 반영되어 다방면으로 응용되었다.

또 반 사마씨 봉기를 진압한 공로를 인정받아 장군이 되었고 그 후 지략을 이용하여 북벌을 주도한 강유를 여러 차례 곤경에 빠트리기도 하였다. 촉나라 정벌에도 참여하여 10만을 이끄는 종회와 충성경쟁을 벌이기도 하였다.

종회의 군대는 강유가 지키는 검각에서 막히어 주춤거리고 있을 때, 등애는 정예부대를 이끌고 음평의 소로를 이용해 촉나라군의 후방으로 진격하였다. 결국 등애는 5천 정예병으로 험준한 산과 강을 건너 마침내 촉나라 땅에 입성하였다. 불시에 들이닥친 등애의 결사대에 촉나라 군대는 당해낼 수가 없었다. 다급해진 유선은 대신들과 대책을 논의했지만 항복하는 수밖에 없었다.

성도에 도착한 등애는 약탈을 금지시키고 민심을 얻고자 최선을 다하였다. 이때 종회는 등애를 탄핵하여 누명을 씌워 제거한다. 당시 등애와 종회는 위나라의 최고가는 명장으로 지모와 지략이 출중한 장수들이었다. 그러나 그들은 지나친 불신과 견제로 함께 몰락하고 만다.

* 덕장론(德將論) : 덕을 겸비한 장수

덕장(德將)이란? 일반적으로 인의예지(仁義禮智)를 두루 갖춘 덕망 높은 장수를 말한다. 덕장은 왕성한 책임감과 의리 및 명예를 중시하는 장수로 용맹과 지혜는 물론 덕망까지 겸비한 장수를 의미한다.

전투에서 힘을 이용하여 승리하는 장수를 용장이라 하면, 머리를 이용하는 장수는 지장이라 할 수 있고, 가슴을 이용하는 장수를 덕장이라 할 수 있다. 다시 말해 전투에서 무력으로 승리하는 장수를 용장이라 하고, 지략으로 승리하는 장수를 지장이라 하며, 덕망으로 승리하는 장수를 덕장이라 할 수 있다는 의미이다. 덕장의 상징적인 인물로는 관우를 꼽을 수 있다.

관우(關羽)

관우는 도원결의 후에 화웅과 안량 및 문추를 단칼에 베면서 일약 영웅의 반열에 오른 장수이다. 그는 문무를 겸비한 장수이며 용맹과 지략에 덕망까지 겸비한 명장으로 지금까지 추대되고 있다.

관우는 안량과 문추를 죽이고 한수정후(漢壽亭侯)가 되었고, 잠시 조조의 밑에서 있다가 유비에게로 떠나면서 나온 오관참육장(五關斬六將) 이야기와 화용도에서 조조를 풀어준 이야기는 충성과 의리의 화신으로 만들어 주었다.

〈그림 45〉 관우가 화용도에서 조조에게 인의를 베풀다

　유비가 서천을 공략할 때 관우가 형주를 지키며 세운 무공은 조조와 손권 조차도 두렵게 만들었다. 심지어 조조는 번성이 함락되자 도읍을 옮기는 문제까지 고려하였을 정도로 그의 위력은 대단하였다.

　그러나 순간의 방심으로 여몽의 계략에 말려들어 포로가 되었다. 손권의 회유에 관우는 "옥은 깰 수 있으나 그 옥채를 바꿀 수 없고, 대나무는 태울 수 있으나 그 곧음을 꺾을 수 없다."라며 장렬하게 죽음을 택하였다.

　관우는 죽어서 의리와 충신의 전형이 되었고, 도교의 주요 신이 되어 지금까지도 무신·

문신 · 재물신 · 수호신 등 만능신으로 다양한 활약을 하며 인간들에게 덕을 베풀고 있다.

덕장(德將)의 기본적 자질은 덕에서 나온다. 어찌 보면 덕장은 하늘이 낸 사람이라고 할 수 있다. 함부로 범접할 수 없는 권위와 위엄은 무력에서 나오는 것이 아니라 덕에서 나오는 것이다. 그러기에 말이 없어도 주변을 압도하는 힘이 있고 카리스마가 느껴지는 것이다.

오늘날 우리사회의 수많은 CEO들은 대부분 덕이 출중한 사람들이라기보다 지략이 뛰어난 CEO들이 대부분이다. 이 시대가 요구하는 진정한 CEO는 가슴으로 덕망이 느껴지는 CEO일 것이다.

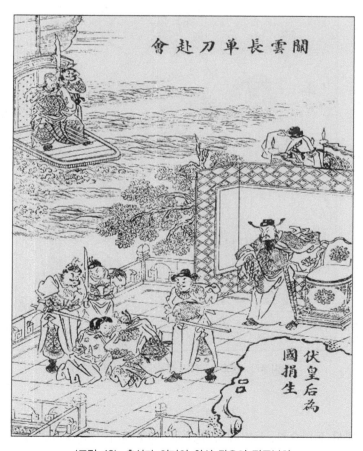

〈그림 46〉 충성과 의리의 화신 관우의 단도부회

* 실패한 장수와 불행한 장수

◆ 실패한 장수 : 여포

실패한 장수하면 가장 먼저 여포가 떠오른다. 용기와 용맹에 있어서는 누구도 비유할 수 없을 정도로 출중하나 인성의 결함이 그의 성공을 가로 막았다. 즉 신의와 지혜가 부족하여 결국에는 실패한 장수로 기억된다.

〈그림 47〉 신의와 지혜의 부족으로 실패한 장수 여포

그는 정원에서 동탁으로, 동탁에서 원소로, 원소에서 장양에게로 장양에서 장막으로, 장막에서 유비 등으로 전전하다가 결국에는 조조에게 사로잡혀 처형되었다. 그는 지략

이 부족하고 시기심이 많았으며, 또 통솔력이 부족한 것도 그의 실패에 한몫을 하였지만 더 중요한 원인은 신의부족에 있었다.

조조에게 사로잡혀 처형되는 과정의 대화가 흥미롭다.

> 여포 : "묶은 것이 너무 조이니 조금만 느슨하게 해 주시오."
> 조조 : "범을 묶는데 어찌 꽉 조이지 않을 수 있겠소."
> 여포 : "내가 제장들을 후대했는데도 제장들은 위급해지자 나를 배반하였소."
> 조조 : "그대는 자기 처를 저버리고 제장들의 부인을 사랑했으면서 어찌 후대했다고 하시오?"
> 여포 : "공께서 보병을 거느리고 나 여포에게 기병을 거느리게 하면 천하를 평정 할 수 있습니다."
> 유비 : "공께서는 여포가 정원과 동탁을 섬겼던 일을 보지 못하셨습니까?"
> 여포 : "저 귀 큰 놈이 가장 믿지 못할 놈이다!"

조조는 곧바로 여포의 목을 베어 효수하였다.

이것이 양 아버지 정원과 동탁을 죽인 당대 최고의 무장 여포의 말로였다.

◆ 불행한 장수 : 우금

우금은 조조의 휘하에서 용맹하고 영민하여 조조에게 두터운 신임을 받던 장수이다. 그는 또 각종 전투에서 수많은 전공을 세웠던 명장이었다.

장수(張繡)의 반란 때에 장수군이 쳐들어오자 반격을 가해 조조군이 승리하는 데 결정적인 기여를 하였다. 또 관도대전 등 여러 전투에서 무장으로서 기백을 크게 떨쳤던 인물이다.

관우가 양양을 점령하고 번성을 포위하자 조인은 위기에 빠지게 된다. 이때 조조는 급히 총대장에 우금으로 하고 선봉에 방덕을 구원군으로 보낸다. 그러나 한수가 범람하여 우금과 방덕은 공격도 제대로 하지도 못하고 붙잡힌다. 이때 방덕은 당당한 죽음을 택하였고 우금은 관우에게 투항하였다. 우금의 투항소식을 들은 조조는 탄식을 하며 "내가 우금을 안지가 30년이 지났지만 위기에서 방덕보다도 못한 인간인줄 어찌 짐작이나 했겠는가!"라며 한탄을 하였다고 한다.

관우가 죽고 손권이 형주를 점령하자 우금은 다시 손권에게 인계되었다. 그리고 위나라에서도 조조가 죽고 조비가 즉위한 다음해에 손권은 위나라에 신하의 예를 취하는 차원에서 우금을 다시 위나라로 돌려보냈다. 조비는 우금을 다시 장군에 임명하며 조조의 능묘에 참배하도록 시킨다. 묘지 담벽에는 우금이 관우에게 목숨을 구걸하는 장면과 방덕이 분노하는 벽화가 그려져 있었다. 이를 본 우금은 수치심과 분노로 마음에 병을 얻어 죽게 된다. 이렇게 한번 투항이 평생의 불명예로 남게 되었다.

"여인은 사랑해주는 남자를 위해 마음을 바치고, 장수는 인정해주는 주군을 위해 목숨을 바친다."는 말이 있다. 과연 성공한 장수 관우, 실패한 장수 여포, 불행한 장수 우금의 판단기준은 무엇일까? 그들의 운명은 자신의 의지로 봐야 할까? 아니면 그냥 팔자로 봐야 할까?

또 천재적 재능을 가진 훌륭한 운동선수가 꽃을 피우지도 못하고 시드는 경우를 우리는 종종 본다. 이는 좋은 코치나 감독을 만나지 못한 경우보다는 오히려 자기의 노력부족과 잘못된 인성으로 재능을 망치는 경우가 많다. 천부적으로 타고난 장수라도 인성이 부족하거나 수양이 부족하면 순식간에 파멸로 치닫게 된다. 그러기에 인격수양과 훌륭한 인성은 뛰어난 인재를 더 뛰어난 인재로 만들어 주는 디딤돌이 된다. 문득 당 태종의 어록 가운데 "사람이 거울을 보면 의관을 바로 할 수 있고, 역사를 거울로 삼으면 흥망성쇠의 도를 알 수 있고, 사람을 거울로 삼으면 자신의 잘잘못을 알 수 있다."라고 한 명언이 떠오른다.

상식 한 마당 13

* 오호대장군(五虎大將軍)

오호대장군은 소설 ≪삼국지≫가 만든 가상의 칭호로 촉한의 대표적 장수 5명을 일컫는다. 유비가 한중왕에 오르자 오호대장군이란 명칭을 수여하였는데, 그 근거는 정사 ≪삼국지≫촉서의 〈관장마황조전〉(관우·장비·마초·황충·조운)에서 유래된 것으로 보인다.

청룡언월도(靑龍偃月刀)하면 관우가 연상되고, 장팔사모(丈八蛇矛)하면 장비가 연상되듯이 오호대장군 하면 제일 먼저 관우와 장비가 연상된다. 또 위나라의 곽가나 정욱도 "관우와 장비는 모두 만명의 적을 대적할 수 있다.(張飛關羽者, 皆萬人之敵也.)"라고 하였고 정사 ≪삼국지≫의 저자 진수도 "관우와 장비는 모두 만인지적(萬人之敵)이며 당대 호랑이 같은 장수였다."고 기술하고 있다. 그리고 일반적으로 도원결의부터 생사고락을 같이하며 많은 무공을 세운 관우와 장비가 앞에 나오는 데는 이의가 없어 보인다. 아울러 유비와 의형제라는 기득권도 감안하면 무리가 없어 보인다.

문제는 그 다음부터의 순서이다. ≪삼국지평화≫에서는 관우·장비·마초·황충·조운 순으로 나온다. 그러나 나관중의 ≪삼국지통속연의≫에서는 관우·장비·조운·마초·황충 순으로 바꾸어 놓았다. 정사 ≪삼국지≫촉서의 〈관장마황조전〉이나 ≪삼국지평화≫에서의 순서를 무시하고 나관중은 용맹과 지혜를 갖춘 유비의 영원한 경호실장 조운을 세 번째에 당겨놓았다.

오호대장군의 자격여부에 대한 이야기는 소설 ≪삼국지≫에도 언급되어 있다. 장비를 상대로 용호상박의 혈전을 펼쳤던 마초가 유비에게 항복을 한 후 오호대장군의 반열에 들어오자 관우는 제갈량에게 서신을 보내어 마초의 재능을 물어본 일이 있었다. 이때 제갈량은 관우의 성품을 잘 알기에 "마초는 문무를 겸비한 당대의 걸물이나 미염공(美髥公 : 관우의 별칭)에는 미치지 못합니다."라고 관우를 위로하며 안심을 시켰다.

또 유비가 한중왕이 되어 황충을 후장군으로 임명하려 할 때 제갈량은 유비에 이의를 제기하였다. "황충의 명망은 본래 관우·마초와 동등하지 않은데 어찌 곧바로 동렬에 두려고 하십니까? 마초는 장비와의 혈전을 통하여 그의 공을 직접 보았으므로 그 뜻을 이해할 수 있으나, 멀리 있는 관우가 이 소식을 들으면 필히 달가워하지 않을 것입니다."라고 이의를 제기하자 유비는 관우를 자신이 직접 타이르겠다고 하며 관우 등과 동등한 작위를 내렸다는 일화도 있다.

그러면 관우·장비·조운 외에 마초와 황충은 어떤 인물인가?

마초(馬超)는 조조에 대한 반란을 기도하다 처형된 마등의 아들로 아버지의 원수를 갚기 위해 조조와 일전을 벌였던 맹장이다. 가후의 이간계로 마초는 패전하였다가 강족과 융족 등의 지지를 얻고 거병하나 실패하여 한중의 장로에게 몸을 의탁하게 된다. 후에 장비와 둘이서 호각지세로 한판 승부를 벌려 무공이 천하에 알려지는 계기가 되었으며 이회의 설득으로 유비에게 투항하였다. 유비가 성도를 함락시킬 때와 한중의 전투에 참여하여 공을 세우는 등 많은 공을 세웠다. 유비가 촉한의 황제가 되었을 때에는 표기장군이 되고 태향후에 봉해진 맹장이다.

황충(黃忠)은 관우가 장사를 공략할 때 대적했던 장수이다. 전투중 황충의 말이 부상으로 낙마하자 관우는 정정당당하게 승부하고자 황충이 말에 다시 올라타도록 기다렸다. 다음 대결에서 주군 한현이 황충에게 백발백중의 활 솜씨를 써서 관우를 죽이라고 명령하자 그는 일부러 관우의 투구를 쏘아 빚을 갚았다는 일화가 있다. 황충은 명령위반죄로 한현에게 죽을 위기에 있었으나 동료 위연이 한현을 죽이는 바람에 살아났다. 이때 위연은 바로 유비에 투항하였다. 그러나 황충은 주군 한현에 대한 충성으로 투항하지 않다가 유비가 직접 찾아가 예의를 차리자 그의 신망과 인덕에 감복하여 충성을 맹세하였다.

황충은 서천의 공략과 한중 쟁탈전에서도 노익장 엄안과 콤비를 이루며 많은 전공을 세웠다. 그러나 이릉 전투에서 장렬히 목숨을 거두었다. 그는 후장군까지 올랐고 관내후에 추증되었다. 사후에는 강후(剛侯)에 봉해졌다.

第5講

병법론(兵法論)

* 싸우지 않고 이기는 것이 최상의 병법이다.

> ※ 병법이란 싸움의 기술이며 싸움의 방법을 말한다. 병법에서 가장 중요한 것은 위기관리이다. 단판으로 승부하는 것이기에 한 번의 실수가 되돌릴 수 없는 결과를 가져오기 때문이다. 그러기에 싸움에서는 위기관리를 최우선으로 삼는다. 또 병법에서는 백전백승을 최고의 선(善)으로 치지 않는다. 싸우지 않고 이기는 것이야 말로 최고의 선이기 때문이다.

---

* 중국의 병법서

중국을 대표하는 병법서에는 ≪손자병법≫·≪오자병법≫·≪손빈병법≫·≪육도삼략≫·≪울요자≫·≪삼십육계≫등이 있다. 그중에서 ≪손자병법≫과 ≪오자병법≫이 병법서의 양대 산맥을 이루고 있다.

≪손자병법(孫子兵法)≫

손자병법은 중국 병법의 원전이라고 할 수 있다. 춘추시대 오나라 명장 손무(손자)가 지은 것으로 현재는 13편(계(計)·작전(作戰)·모공(謀攻)·군형(軍形)·병세(兵勢)·허실(虛實)·군쟁(軍爭)·구변(九變)·행군(行軍)·지형(地形)·구지(九地)·화공(火攻)·용간(用間) 등 13편)만 전한다.

이 책은 "남을 알고 나를 알면 백번 싸워도 위태롭지 않다.(知彼知己, 百戰不殆.)"와 "전쟁하여 이기는 것보다 전쟁하지 않고 이기는 것을 최선이다."라는 명언으로 널리 알려져 있다. 또 전쟁의 규범을 道(명분)·天(시기)·地(지리)·將(지휘관)·法(규율)으로 분류하였다. 이 책은 이는 인생문제 전반에 적용되는 지혜의 글이 많이 수록되어 있어 근래에는 국가경영의 책임자나 기업의 CEO들이 꼭 읽어야 하는 필독서로 인기가 높다.

≪오자병법(吳子兵法)≫

오자병법은 춘추전국시대 오기(吳起)가 저술했다고 추정되는 병법서이다. 이 책은 유교적 관점에 기초한 병법서로 주로 군주와 장수가 갖추어야 할 도리를 기술한 책이다. ≪오자병법≫은 주로 전략이나 정략을 중시하여 도국(圖國)·요적(料敵)·치병(治兵)·논장(論將)·응변(應變)·여사(勵士)로 나누어 기술하였다. 근래 점차적으로 인기를 얻어가고 있다.

≪손빈병법(孫臏兵法)≫

손빈병법은 1972년 산동성에서 ≪손빈병법≫의 죽간이 발견되어 손자가 아닌 손빈이 지은 별개의 책이라는 것이 확인되었다. 손빈(孫臏)은 귀곡 선생의 문하에서 가장 재능이 뛰어났던 수제자이며 동문수학했던 방연(龐涓)과의 원한관계로 많이 알려진 인물이다. 마릉 전투에서 위나라 군사를 대파하고 라이벌 방연을 함정에 빠뜨려 원수를 갚는다.

≪육도삼략(六韜三略)≫

≪육도≫는 태공망이 쓴 책이라고 하나 확실치 않다. 육도란 문도(文韜)·무도(武韜)·용도(龍韜)·호도(虎韜)·표도(豹韜)·견도(犬韜)로 구성된 책이다. 이 책은 치세의 도·인간·조직·정전(政戰)·인륜 등을 논하는 것이 특색이다.

≪삼략≫은 상략(上略)·중략(中略)·하략(下略)으로 구성하였으며 황석공이 한나라 건국공신 장량(張良)에게 전수했다는 설이 있으나 확실하지 않다.

≪울요자(蔚繚子)≫

≪울요자≫는 전국시대에 울요의 작품으로 전해지는 병법서로 주로 전쟁의 기본원칙을 기술하고 있다. 울요가 집필했다고 밝히고 있지만, 울요가 어떤 사람인지에 대하여는 여러 가지 설이 있다. 이 책은 전체 24권으로 구성되어 있다.

≪제갈공명 병법≫

이 책은 제갈공명이 삼국시대에 사용했던 병법을 엮어 강유에게 전수하였다고 하나 현재는 전해지지 않는다.

≪삼십육계(三十六計)≫

≪삼십육계≫는 36가지의 계책을 기술한 책으로 위진육조에 만들었다는 설과 명말청초에 여러 가지 병법을 수집하여 만들었다는 설도 있다. 제1계에서 제35계까지는 각종 병법을 소개하였지만 마지막 제36계에서는 "도망가야 할 때에는 무조건 도망치는 것이 최고의 방책(三十六計走爲上策)"이라는 계책으로 더 유명세를 탔다.

* ≪삼국지≫의 삼대대전과 전략전술

소설 ≪삼국지≫에서 삼대대전은 관도대전·적벽대전·이릉대전을 말한다. 관도대전에서는 원소와 조조의 싸움에서 조조가 승리하였고, 적벽대전에서는 조조와 손권·유비 연합군의 싸움으로 손권·유비 연합군의 승리로 끝났으며, 이릉대전에서는 유비와 손권의 싸움으로 손권이 대승을 하였던 싸움이다. 그런데 이 세 싸움의 공통점은 모두가 일으킨 자가 자만심으로 패전하였고 또 화공으로 무너졌다. 여기에서 주목할 점은 소규모 군대가 대군을 무찔렀다는 점이다. 일반적으로 강자가 승리하는 것은 당연한 이치이나 오히려 약자가 대승을 하였기에 병법의 가치를 논하게 되는 것이다.

"강하니깐 이긴 것이 아니라 이기니깐 강한 것이다."라는 명언이 있듯이 약자가 강자를 잡기위해서는 고도의 전략과 전술이 필요하다. 삼대대전도 바로 최고의 전략과 전술의 승리인 것이다.

전략이란? 전쟁을 전반적으로 이끌어 가는 방법이나 책략으로 전술보다는 상위 개념이며, 전술은 일정한 목적을 달성하기 위한 수단이나 방법으로 전쟁 또는 전투상황에 대처하기 위한 기술과 방법을 의미한다. 이러한 전략전술의 바탕은 심리에서 나온다. 손자병법에서 "지피지기면 백전불태(知彼知己 百戰不殆)"라고 했듯이 적을 알고 나를 알면 백번을 싸워도 위험에 빠지지 않는다는 것이다. 여기에서 "적을 알고 나를 알면"의 의미는 바로 적의 심리를 이용해서 전략전술을 펼칠 수가 있다는 의미이다. 그러기에 병법에서 가장 기본은 심리전인 것이다.

그러면 심리전이란 무엇인가? 심리전은 군사적으로 명백한 적대 행위 없이 적군이나 상대에게 심리적인 자극과 압력을 주어 아군에게 유리하도록 이끄는 총성 없는 전쟁을 말한다. 이 심리전을 가장 효율적으로 활용한 전투가 바로 사면초가(四面楚歌)로 유명한 유방과 항우의 초한대전이다. 유방이 항우의 초나라 군대를 사방에서 포위하고 달 밝은 야밤에 초나라 민가를 불러 초나라 군대의 사기와 전투력을 떨어트린 전략이야말로 심리전의 진수를 보여주는 것이다.

소설 ≪삼국지≫에서 심리전 명수는 제갈량이다. 그는 남만과의 전투에서 맹획을 일곱 번 풀어주고 일곱 번 잡아들이는 칠종칠금(七縱七擒)을 통해서 맹획을 복종시킨다. 결국 맹획은 눈물을 흘리며 "일곱 번 사로잡고 일곱 번 놓아주었다는 이야기는 자고이래로 들어 본 일이 없다."며 마음으로 부터의 항복을 하게 된다. 또 제갈량이 아군의 주력 부대를 다른 곳으로 보냈을 때 갑자기 사마의 대군이 들이닥친다. 제갈량은 성문을 활짝 열고 누각에 올라가 거문고를 뜯으며 공성계(空城計)를 펼친다. 이 공성계야말로 심리전의 백미라고 할 수 있다.

병법에서는 "힘과 힘을 겨루어 이기는 것이 하책이며, 전술을 이용하여 이기는 것은 중책이고, 심리를 이용하여 이기는 것을 상책"이라 하였다. 또 최상책은 바로 심리를 이용하여 싸우지 않고 이기는 것이다. 싸우지도 않고 이기는 것이야말로 최고의 지략이며 최고의 병법이다. 그러기에 손자병법에서도 싸우지 않고 이기는 것이 최상의 병법이라고 강조하고 있다.

삼국대전에서 싸우지 않고 이긴 심리전이 바로 조비의 5로(다섯 갈래 길 – 사마의의 책략)공격이다. 이는 유비의 죽음으로 어수선한 촉나라를 조비가 다섯 갈래 방향에서 공격했던 싸움이다. 이 싸움에서 제갈량은 심리전에 기반을 둔 고도의 외교 정책과 지략으로 결국 싸우지 않고 승리하는 성과를 올렸다. 즉 서재에서 앉아서 적을 물리친 기막힌 심리전의 승리였다.

〈그림 48〉 서재에 앉아 조비의 오로공격을 심리전으로 물리치다

5로공격	상대	공격	대응
제1로	선비족	선비족 10만의 공격	지역연고를 가진 맹장 마초와 마대로 배치
제2로	맹획	남만의 맹획	연고가 있는 맹장 위연을 배치하여 의병으로 대치
제3로	오나라	오나라 손권의 침략	외교가 등지의 활약으로 오나라와의 동맹 체결
제4로	위나라	촉에서 항복한 맹달에게 한중을 공격시킴	맹달과 생사지교를 맺은 이엄으로 대응
제5로	위나라	조진이 양평관 공격	맹장 조자룡이 방어

이처럼 제1-2로의 공격은 지역 연고를 가진 맹장 마초와 위연을 파견하여 선비족과 남만을 방어하였고, 제3로는 등지를 파견해 다시 오나라와 동맹을 맺음으로 해결하였으며, 제4로 공격은 맹달의 생사지교 친구 이엄을 보내 싸움을 무마하였고, 제5로 공격은 당시 최고의 무장 조자룡을 파견해 전투를 차단시켰다. 이처럼 제갈량은 상대의 심리를 이용한 고도의 전략전술 그리고 치밀한 외교전으로 싸우지도 않고 승리하는 최고의 전과를 올렸다.

그렇다고 제갈량이 전투에서 늘 승리만 한 것은 아니다. 가장 실패한 전투가 바로 육출기산의 전투이다.

육출기산	상대	득(得)	실(失)	기타
제1차	조예 · 조진 · 사마의	하후무 대파후 삼군탈취, 조진격파, 강유투항	마속의 실수로 철군	읍참마속, 공성계, 우장군격하
제2차	조진 · 왕쌍	위연에게 왕쌍을 맡기고 공명은 조진대파	군량미 부족으로 철군	
제3차	사마의	무도와 음평 탈취(강유 · 왕평), 사마의와 심리전승리	공명의 득병으로 철군	
제4차	사마의 · 조진	위나라가 한중을 선제공격 큰비로 철군	사마의의 유언비어로 조정에서 호출	감병첨조법, 간신배 척결
제5차	사마의	사마의를 공격하여 개가	아군 이엄의 거짓보고로 (오 침략) 철군	막대한 차질과 손실
제6차	사마의	상방곡에서 사마의 포위	화공을 펼치나 소나기로 사마의 회생	제갈공명의 죽음

이상의 도표가 말해주듯이 육출기산의 전투는 제갈량의 원맨쇼라 할 정도로 수많은 전공과 승리를 거둔 전투였다. 그러나 결정적인 순간에 부하의 실수나 혹은 예기치 못한 변수가 발생하여 대사를 망쳐버리고 만다. 예를 들어 부하 마속의 실수 · 군량부족 · 와병 · 유언비어 · 이엄의 거짓보고 등으로 먼저 기선을 제압하고도 철군을 해야 했다. 마지막 상방곡 전투는 하늘마저 소나기로 사마의를 도와주는 바람에 실패를 하고 말았다. 결국 전술에서는 이기고 전략에서는 진 전투였다. 다시 말해 작은 전투에서는 승리하였지만 큰 전쟁에서는 패한 싸움이었다.

육출기산 전투는 읍참마속·공성계 등 수많은 에피소드를 만들어 내며 제갈량의 지혜와 지략을 펼친 독무대였지만 결과적으로 보면 인명피해와 군량손실 등 수많은 국가 재산을 낭비한 비효율적인 전쟁이었다.

* ≪삼국지≫의 병법

소설 ≪삼국지≫는 병법서라 할 만큼 수많은 병법이 나온다. 우리에게 익숙한 병법 20여 개를 간추려 소개한다.

(1) 미인계(美人計)

"미인계"는 미인을 이용하여 사람을 꾀는 계책.

- 왕윤이 양녀 초선을 이용하여 동탁과 여포 사이를 이간질 하는데 사용한 계책이다. 왕윤은 이때에 "미인계"와 "이간계"를 함께 사용하였다. 이처럼 두 가지 계책을 연이어 사용하는 것을 "연환계"라고 한다. 그 외에 손권은 정략결혼으로 자기 누이동생을 이용하여 유비와 결혼을 시키는 바람에 유비도 잠시 "미인계"에 빠져 무기력한 모습을 보이기도 하였다.

(2) 만천과해(瞞天過海)

"만천과해"는 눈을 속여 상대의 판단을 흐리게 하고 그 허점을 이용하는 계책으로 본 뜻은 "하늘을 속이고 바다를 건너다."라는 뜻이다.

- 훗날 손권의 수하였던 태사자가 황건적에 포위되었을 때의 일이다. 그는 날마다 사격연습을 하는 척하다가 다시 돌아오고는 하였다. 처음에는 황건적도 경계를 하였으나 이러한 일이 반복되자 황건적은 타성에 젖게 된다. 무방비 상태에서 그는 유유히 탈출하여 원군을 불러온다.

(3) 이호경식지계(二虎競食之計)

"이호경식지계"는 호랑이 두 마리를 풀어놓고 서로 싸우게 하여 결국은 저희끼리 잡아

먹게 만드는 계략.

- 여포가 유비의 영역인 서주를 빼앗아버리자 조조는 유비를 서주자사에 임명하고 여포를 죽이라고 한 계책이다. 이는 조조가 유비와 여포가 서로 이전투구하며 싸우도록 꾸민 계책이었으나 결국에는 실패하였다.

(4) 구호탄랑지계(驅虎吞狼之計)

"구호탄랑지계"는 호랑이를 내몰아 이리를 잡아먹게 하는 계책.

- 조조는 유비와 원술을 서로 싸우게 만들고, 동시에 허술한 틈을 이용하여 여포로 하여금 나쁜 마음을 품도록 조장하는 계책으로 결국 여포가 유비의 서주를 빼앗았다. 이 계책은 조조가 성공한 계책이었다.

(5) 수상개화(樹上開花)

"수상개화"는 병력수가 적은 것을 많은 것처럼 위장을 하여 적을 압도하는 계책.

- 장비는 장판교에서 조조의 대군과 대응하게 되었는데, 이때 장비는 장판교의 뒷산에 매복병이 있는 것처럼 말의 꼬리에 나무를 달아 먼지를 일으키게 하고 본인은 혼자 장판교 앞에 서서 호령을 친다. 그의 기개에 놀란 장수가 말에서 떨어져 죽자 결국 조조는 병력을 물리고 철수를 하였다. 이일로 장비를 일약 천하 용장으로 이름을 떨치게 되었다.

(6) 화공계(火攻計)

"화공계"는 전쟁에서 가장 많이 쓰는 전술로 주요진지나 식량창고를 불로 태워버리는 계책.

- 관도대전에서 조조가 원소진영의 식량창고 오소를 기습하여 승리를 이끌었고, 그 외 박망파전투·적벽대전·이릉전투 등에서도 모두 화공을 사용하여 상대를 제압하였다. 화공은 상대를 초토화하는 가장 쉬운 전법으로 사용되었다.

(7) 이이제이(以夷制夷)

"이이제이"는 적을 이용하여 또 다른 적을 무찌르는 책략.

- 오랑캐를 오랑캐로 견제시키는 중국의 전통적인 외교 책략이다. 위기에 몰린 제갈량

이 오나라를 이용하여 조조의 위나라를 친 적벽대전이 가장 대표적인 케이스이다. 주로 조조가 많이 이용하였던 책략으로 "이호경식지계"나 "구호탄랑지계"가 이러한 범주에 들어간다.

(8) 사항지계(詐降之計)

"사항지계"는 아군의 장수를 거짓으로 적에게 항복하여 적을 치거나 정보를 얻어내는 계략.

- 적벽대전에서 조조는 채중과 채화를 거짓으로 손권의 동오에 투항하도록 시킨다. 그리고 주유군대의 군사기밀을 은밀히 수집하여 조조에게 제공하나 주유는 이를 알고 역이용한다. 그 외 강유는 촉나라 유선이 항복하자 종회에게 거짓으로 항복하는 척하며 사항지계로 촉나라를 다시 부흥시키려고 시도하였으나 발각되어 실패하였다.

(9) 역사항지계(逆詐降之計)

"역사항지계"는 사항지계를 역으로 이용하는 계책으로 거짓으로 항복한 적군의 장수를 역이용하여 무찌르는 계책.

- 적벽대전에서 조조가 채중과 채화를 이용하여 거짓으로 투항해오자 주유는 이를 알아차리고 역정보를 준다. 거기에 황개를 "고육지책"으로 이용하여 조조의 군대에 거짓으로 투항하는 계책을 쓴다. 주유가 준 채중과 채화의 역정보에 조조도 속아 화공으로 대패를 한다.

(10) 고육지계(苦肉之計)

"고육지계"은 적을 속이기 위해 자신(혹은 아군)에게 고통을 가하는 계략.

- 적벽대전에서 주유는 충신 황개와 모의하여 황개를 모욕시키고 "역사항지계"로 조조에게 거짓투항하게 한 계책이다. 이 계책이 성공하며 화공을 펼칠 수 있는 계기를 마련하였다. "고육지계"는 매우 궁한 상황에서 다소간의 희생까지도 감수해야 성공할 가능성이 높다. 그래야만 상대방도 속일 수 있기 때문에 "고육지계"는 고도의 심리전이라 할 수 있다.

(11) **연환계**(連環計)

"연환계"는 쇠고리의 연환처럼 여러 개의 병법을 연속으로 사용하는 계책.

－왕윤이 초선을 이용한 "미인계"와 이로써 동탁과 여포를 갈라놓는 "이간계" 등 여러 개의 계략이 연결고리처럼 이어지는 계책을 말한다. 적벽대전에서는 주유와 친분이 있던 장간이 염탐하러 왔을 때 위조 편지를 이용하여 채모와 장윤을 제거한 "이간계"와 채중과 채화의 "사항지계"에 "역사항계" 및 "반간계" 등 여러 계략이 순환 고리처럼 이어지는 계책을 통칭하여 "연환계"라고 한다.

〈그림 49〉 방통이 제시한 연환계에 조조가 속아 넘어가다

(12) 이간계(離間計)

"이간계"는 상대편 장수들을 서로 의심하여 갈등을 만드는 계책.

– 초선을 이용하여 동탁과 여포 사이를 이간시킨 경우가 있고 또 주유가 장간에게 보여준 편지를 이용하여 조조와 채모의 사이를 이간한 케이스도 있다. 그 외에도 조조의 책사 가후가 마초와 한수사이를 서로 의심하게 만든 이간책 등 "이간계"는 여러 곳에서 많이 보인다. 주로 조조가 "이이제이" 계책을 쓰면서 "이간계"를 많이 이용하였다.

(13) 반간계(反間計)

"반간계"는 적의 첩자를 포섭하여 이용하거나 혹은 적의 첩자인 줄 알면서도 이를 역이용하여 적을 속이는 계책.

– 주유는 염탐하러 찾아 온 장간에게 채모와 장윤이 보낸 것처럼 꾸민 편지를 잃도록 방치한다. 결국 장간이 편지를 훔쳐 조조에게 고하는 바람에 조조는 채모와 장윤을 의심하여 참수한다. 이로써 조조군은 수전의 전문가를 잃게 되고 적벽대전에서 대패한다.

(14) 장계취계(將計就計)

"장계취계"는 적의 계략을 역이용하여 상대를 공략하는 계책.

– 조조가 "사항지계"로 채화와 채중을 동오에 거짓 투항한 계략을 주유가 황개를 이용한 "고육지계"와 "역사항지계"로 대응하였던 계책이 대표적이다. "장계취계"는 일종의 "반간계"(적의 첩자를 이용하여 적을 제압하는 계책)이기도 하며 방법에서는 유사하다.

(15) 허허실실(虛虛實實)

"허허실실"은 허(虛)를 찌르고 실(實)을 꾀하는 계책으로 약한듯 하면서 실하고 실한듯 하면서 약함을 이용한 일종의 기만법(欺瞞法).

– 제갈량이 주로 구사하는 병법으로 고도의 심리전에서 나온다. 적벽대전에 대패한 조조는 만신창이의 몸으로 화용도 근처에 도착한다. 쌍갈래 길에서 조조는 연기가 피어오르는 방향이 제갈량이 자신을 기만하려 한다고 생각하고 오히려 연기가 있는 방향을 선택한다. 그러나 제갈량은 조조의 이런 심리를 역이용하여 그곳에 관우를 매복시켜 놓고 있었다.

(16) 가도멸괵(假道滅虢)

"가도멸괵"은 야심 많은 진나라가 괵나라와 우나라를 정복하려고 우나라에게 길을 빌려달라는 핑계로 괵나라를 치고 나중에는 우나라까지 멸망시킨 고사에서 유래된 계책.

- 주유가 형주반환을 요구하자 유비는 서천을 얻은 다음 형주를 반환하겠다고 한다. 이에 주유는 유비를 대신하여 서천을 공격할 테니 길을 빌려 달라고 역으로 제안을 한다. 그러나 제갈량은 이 계책이 "가도멸괵지계"임을 바로 간파하여 대응하는 바람에 주유는 충격으로 지병이 도져 생명을 잃게 된다. 이때 주유는 한탄하며 "하늘은 왜 나 주유를 낳고 공명을 낳았단 말인가!"라는 명언을 남겼다.

(17) 이일대로지계(以逸待勞之計)

"이일대로지계"는 상대를 피로하게 만들거나 피로하기를 기다렸다가 치는 계책.

- 위나라 군대가 진지를 구축하고 주둔하자 제갈량은 밤마다 소수병력을 보내 소리를 지르며 공격하는 듯 소란을 떨었다. 이일이 거듭되자 피로에 지친 위나라 군대는 철수를 하였다. 이릉전투에서도 육손은 유비의 군대가 무더위에 지치길 기다렸다가 화공으로 공격하여 승리를 거두었다.

(18) 욕금고종(欲擒故縱)

"욕금고종"은 상대를 잡고자 한다면 잠시 살아갈 길을 터주는 계책.

- 남만의 맹획이 난동을 부리자 제갈량은 맹획을 잡아 마음부터의 복종을 받기 위하여 달래어 풀어주었다. 그러나 맹획은 다시 전열을 정비하여 반란을 일으켰다. 제갈량은 그때마다 지략을 이용하여 맹획을 잡아들였다. 이렇게 잡았다가 풀어주기를 일곱 차례나 하였다. 결국 맹획은 마음으로 부터의 진정한 항복을 하게 된다. 이것이 바로 "칠종칠금"의 유래이다.

(19) 객반위주계(客反爲主計)

"객반위주계"는 손님이 도리어 주인행세를 한다는 뜻으로 주객이 전도됨을 의미하며 병법에서는 손님이 주인의 자리를 차지하는 계책.

- 촉나라 장수 황충이 정군산에서 위나라와 대치하고 있을 때, 황충은 적진을 향하여

조금씩 전진하며 병영 진지를 구축하였다. 위나라 장수들은 이를 대수롭지 않게 생각하다가 어느 날 황충은 위나라 장수 하후연을 밖으로 유인하여 성을 빼앗아 버렸다. 그야말로 주객이 전도되는 계책이다.

(20) 격장지계(激將之計)

"격장지계"는 상대 장수의 감정을 자극시켜 의도하는 방향으로 이끄는 계책. 이 계책은 적장뿐만 아니라 아군의 장수를 상대로 하기도 한다.

- 적벽대전에 오나라를 끌어 들이기 위해 제갈량이 손권을 방문하여 조조에게 항복하라고 권하자 손권은 "유비도 항복하느냐"고 묻는다. 이때 제갈량은 "우리주군은 백성들에게 추앙받는 분인데 어찌 항복을 하느냐."고 손권의 심기를 건드리는 말을 하여 손권이 참전의 마음을 굳히는 계기가 된다. 또 제갈량은 주유에게도 동작대교의 이교를 이용하여 분노하게 만든다. 결국 주유도 참전으로 마음을 굳힌다.

제갈량은 위나라와 대전을 앞두고 황충 · 엄안 · 조자룡 등 노장수들에게 늙어서 전투가 어려우니 그만 쉬라고 자극한다. 격분한 노장수들은 노익장을 과시하며 더 분전하여 승리를 이끌었다. 이렇게 이 계책은 아군을 상대로 활용하기도 한다.

(21) 교병지계(驕兵之計)

"교병지계"는 상대에게 져주어 교만하게 만들어 놓고 느슨해진 틈을 이용하여 역전시키는 계책.

- 가맹관에서 명장 장합을 물리친 황충은 오히려 하후상에게는 삼일 연속 연패하여 80여리나 후퇴를 하였다. 그리고 다음 날 밤 교만해진 하후상을 상대로 공격하여 적의 병마와 군량을 모두 탈취하고 대승을 거둔다.

(22) 완병지계(緩兵之計)

"완병지계"는 적을 지치고 느슨해지도록 만들어 격파하는 계책.

- 제갈량은 장합의 군대를 유인하여 추격하게 만든다. 추격해 오느라 지치고 허술해진 부대를 기습하여 대승을 거둔다. 보통 "완병지계"는 상황이 불리할 때 사용하는 병법으로 강한 상대의 공격을 잠시 늦춘 다음 반격하는 전략이다. "교병지계"는 적을 교만해

만들어 격파하는 계책이지만 "완병지계"는 적을 느슨해지도록 만들어 격파하는 계책으로 약간의 차이가 있다.

(23) 공성계(空城計)

"공성계"는 성문을 열고 태연하게 적과 대항하는 고도의 심리전.
- 제갈량이 사마의의 기습을 받고 임기응변으로 쓴 계책이다. 제갈량이 주력군을 다른 지역에 배치시켰을 때 위나라 사마의 군대가 갑자기 쳐들어 왔다. 제갈량은 먼저 성문주변을 깨끗이 청소하게 하고 성문을 활짝 열어 놓았다. 그리고 나머지 병사들은 모두 성안에 숨어 있으라하고 자신은 성벽위의 누각에 올라 한가로이 거문고를 뜯고 있는 모습을 연출하였다. 이 모습을 본 의심 많은 사마의는 분명 매복병 등 다른 계책이 있다고 판단하여 공격도 못하고 잠시 머뭇거리다가 퇴각하였다. 이 병법은 아군의 전력이 약할 때 쓰는 병법으로 "허허실실" 혹은 "수상개화" 전술과도 유사한 부분이 있다.

〈그림 50〉 사마의 갑작스런 공격에 제갈량이 공성계로 물리치다

(24) 감병첨조(減兵添竈)

"감병첨조"는 병력을 줄이면서 화덕자리 수를 늘리는 계책.

– 제갈량은 후주 유선이 사마의가 기만한 유언비어에 속아 제갈량에게 철수명령을 내린다. 어명을 어길 수 없었던 제갈량은 결국 철군을 하게 되는데 위나라 군대의 추격이 걱정되었다. 제갈량은 병력을 철수시키면서 밥을 해먹었던 화덕자리 수를 늘려 병력이 점점 늘어나는 것처럼 위장하여 사마의의 추격을 물리쳤던 계책이다.

손빈(孫臏)이 방연(龐涓)을 잡기 위해 펼친 병법은 이와 반대인 감조유적(減竈誘敵)이다. 손빈은 방연을 유인하기 위해 병사를 조금씩 늘리면서 한편으로는 화덕자리 수를 줄여가는 계책을 사용하였다. 화덕자리가 줄어드는 것을 보고 군사가 점점 줄어든다고 생각한 방연은 급히 추격해 오다가 손빈의 매복에 걸려 목숨까지 잃게 되었다.

(25) 성동격서(聲東擊西)

"성동격서"는 "동쪽에서 소리를 지르고 서쪽을 친다."라는 뜻으로, 동쪽을 쳐들어갈 듯 교란시키다가 실제는 서쪽을 공격하는 계책.

– 조조와 원소가 대치하고 있을 때, 조조는 원소의 후방을 칠 듯 준비하자 이에 놀란 원소는 군사를 이곳에 치중하였다. 그러나 조조는 기병으로 백마를 기습하여 승리를 거두었다.

그 외에 종회는 동쪽에서 오나라와 전투할 듯 선박을 만들며 준비를 하다가 갑자기 방향을 바꿔 촉나라를 기습한다. 이렇게 먼저 오나라의 손발을 묶은 연후에 촉나라를 멸망시키고 나중에는 결국 오나라를 공략하여 멸망시킨다.

이렇게 수많은 병법들이 ≪삼국지≫에서 사용되었다. 그러나 수많은 병법이 있음에도 불구하고 병법에서는 예전이나 지금이나 싸우지 않고 이기는 것을 최상으로 여긴다. 시대가 변한 현대사회에서도 또 경쟁이 더욱 치열해져가는 현대사회에서도 싸우지 않고 이기는 것이야말로 최고의 병법이며, 이 시대를 살아가는 최고의 지혜일 것이다.

상식 한 마당 14

* 병법 36계(三十六計)

이 책은 총6편 36계로 이루어진 책이다.

제1편 승전계(勝戰計)

제1계 만천과해(瞞天過海) : 하늘을 속이고 바다를 건너라.(기만전술)

제2계 위위구조(圍魏救趙) : 위나라를 포위하여 조나라를 구하다. 일종의 우회전술로
　　　　　　　　　　　　　 적을 끌어내라.

제3계 차도살인(借刀殺人) : 남의 칼을 빌려 상대를 제거하라.

제4계 이일대로(以逸待勞) : 적을 지치게 하고 공격하라.

제5계 진화타겁(趁火打劫) : 적이 위기일 때 공격하라.

제6계 성동격서(聲東擊西) : 동쪽에서 소리치고 서쪽을 공격하라.

제2편 적전계(敵戰計)

제7계 무중생유(無中生有) : 허와 실을 이용하여 적을 현혹하라.

제8계 암도진창(暗渡陳倉) : 은밀하게 기습하여 주도권을 장악하라.

제9계 격안관화(隔岸觀火) : 적의 내분은 강 건너 불구경하듯 기다려라.

제10계 소리장도(笑裏藏刀) : 웃음 속에 칼을 숨기고 기회를 엿봐라.

제11계 이대도강(李代桃僵) : 살(작은 것)을 주고 뼈(큰 것)를 취하다.

제12계 순수견양(順手牽羊) : 기회를 틈타 양(작은 이익)을 끌고 가라.

제3편 공전계(攻戰計)

제13계 타초경사(打草驚蛇) : "풀을 쳐서 뱀을 놀라게 한다."라는 뜻으로 변죽을 울려
　　　　　　　　　　　　　 적의 정체를 드러나게 하라.

제14계 차시환혼(借屍還魂) : "시신을 빌려 영혼을 찾아온다."라는 뜻으로 주어진 여건
　　　　　　　　　　　　　 을 최대한 활용하여 국면을 전환시켜라.

제15계 조호이산(調虎離山) : 호랑이는 산을 떠나게 만들어 놓고 처치해라.

제16계 욕금고종(欲擒故縱) : 큰 것을 얻으려면 작은 것을 풀어줘라.

제17계 포전인옥(抛磚引玉) : "벽돌을 던져 옥을 취하라."라는 뜻으로 미끼로 적을 유인하여 미혹시킨 다음 공격하라.

제18계 금적금왕(擒賊擒王) : 적을 칠 때는 우두머리부터 잡아라.

제4편 혼전계(混戰計)

제19계 부저추신(釜底抽薪) : 강적의 정면을 치지 말고 약한 곳을 쳐라.

제20계 혼수모어(混水摸魚) : 적의 혼란을 틈타 내편으로 끌어들여라.

제21계 금선탈각(金蟬脫殼) : 매미가 허물 벗듯 감쪽같이 몸을 빼고 도망쳐라.

제22계 관문착적(關門捉賊) : 문을 닫아걸고(포위하여) 도적을 잡아라.

제23계 원교근공(遠交近攻) : 먼 나라는 교류하고 가까운 나라를 쳐라.

제24계 가도벌괵(假道伐虢) : 우나라의 길을 빌려 괵나라를 쳐라.

제5편 병전계(竝戰計)

제25계 투량환주(偸樑換柱) : 대들보를 기둥으로 바꿔 사용하라. 겉은 그대로 두고 내용이나 본질을 바꾸어 승리를 취하라.

제26계 지상매괴(指桑罵槐) : 뽕나무를 가리키며 홰나무를 혼내라. 상대를 비난하기 곤란하면 삼자를 비난하여 간접효과를 얻으라.

제27계 가치부전(假痴不癲) : 어리석은 척하되 미친 척은 하지마라. 어리석은 척 가장하여 상대를 안심시킨 후 공격하라.

제28계 상옥추제(上屋抽梯) : 지붕 위로 유인하여 사다리를 치워라. 적을 유인하여 적을 사지로 몰아넣어라.(유인법)

제29계 수상개화(樹上開花) : 가짜 꽃으로 나무를 크게 위장해 장식하라.(위장법)

제30계 반객위주(反客爲主) : 기회를 엿보아 발을 담그고 차츰차츰 영향력을 확대하여 주도권을 장악하라.(주객전도)

제6편 패전계(敗戰計)

제31계 미인계(美人計) : 미인을 이용하여 상대를 유혹시켜라.

제32계 공성계(空城計) : 성문을 열어 상대를 혼란에 빠뜨려라.

제33계 반간계(反間計) : 적의 첩자를 회유하거나 다시 역이용하라.

제34계 고육계(苦肉計) : 일부 자신의 희생을 감수하며 상대를 기만해라.

제35계 연환계(連環計) : 여러 계책을 고리처럼 연계하여 지속적으로 공략하라.

제36계 주위상(走爲上) : 위험하면 일단 도망쳤다가 후일을 도모하라.

第6講

운명론(運命論)

* 세상에는 함께할 수 있는 자와 함께할 수 없는 자가 있다.

※ "운명"이란 인간을 지배하는 초인간적인 힘을 말하며, 또 일반적으로 그것에 의해 이미 정해져 있는 명운을 "운명론(運命論)"이라 말한다. 다시 말해 "운명론"이란 세상만사가 미리 정해진 필연적 법칙에 따라 일어난다고 하는 사상으로 혹은 "숙명론(宿命論)"이라고도 한다.

그러나 인간은 정해진 운명에 안주하지 않고 끊임없이 운명을 바꾸려고 노력해 왔고 또 새로운 돌파구를 찾아 나섰다. 그 대표적인 사람이 나폴레옹이다. 그는 손금의 운명선을 칼로 새겨가며 운명을 바꿨다는 유명한 일화가 있다. 그런가 하면 나약한 인간들은 불확실한 미래를 신에게 의지하거나 점복술을 통해 운명을 예측해가며 재앙에 대비하였다.

점복술·수상·관상·예언 등은 모두가 운명으로 정해진 일들을 사전에 미리 알고 이에 맞게 대처하는 방법을 제시한다. 어찌 보면 천기누설에 해당된다. 이처럼 정해진 운명을 움직이거나 바꾸고자 하는 시도는 소설 ≪삼국지≫에도 적지 않게 나온다. 즉 점을 보거나 관상을 통하여 미래를 예측하고 대비하고자 하였다. 그러면 예언이란 무엇이며 또 그들은 무엇을 근거로 예언을 할 수 있었던 것일까?

---

* 예언인가 혜안인가?

"예언"(豫言)이란 앞으로 다가올 일을 미리 알거나 짐작하는 행위를 말한다. 예언은 무속에서 나오기도 하고 또 지혜의 능력에서 미래를 추측하는 일종의 초자연적 예지능력에서 나오기도 한다. 과학적 근거가 부족한 가운데 초자연적인 능력위주로 흐르는 것을 무속이라고 한다. 무속은 무당을 중심으로 하여 전승되는 종교적 현상으로 무당의 능력 따라 예언의 진위와 적중도가 결정된다.

소설 《삼국지》에는 수많은 예언이 나온다.

"창천이사(蒼天已死), 황천당립(黃天當立). 세재갑자(歲在甲子), 천하대길(天下大吉)"

이 말의 뜻은 "창천(한 황실)이 죽고 황천(황건적)이 선다. 갑자년에 천하의 경사가 일어난다."라는 뜻으로 머리에 황색 두건을 두르고 일어선 황건적 장각 3형제의 예언이다. 그들은 한나라가 망하고 황건적의 세상이 도래한다는 예언을 가지고 "황건적의 난"을 일으키게 된다. 그러나 "황적적의 난"이 정부군에 진압되면서 예언은 허사가 되고 말았다.

또 여남 지방에 관상을 잘 보기로 유명한 점쟁이 허소라는 자가 있었다. 어느 날 조조는 그에게 내가 어떤 사람이 되겠냐고 물어보았다. 허소는 "치세에는 유능한 영웅이지만 난세에는 간웅이 될 것입니다."라고 하였다. 이 말을 듣자 조조는 매우 기뻐하였다.

그리고 삼국시대에 유명한 점쟁이 관로라는 자가 있었다. 어느 날 조조가 관로에게 오나라와 촉나라 두 곳에 대하여 점을 치라고 하였다. 관로는 "오나라는 대장이 죽고 촉나라는 국경을 넘을 것"이라고 하였다. 과연 관로의 말대로 실제 오나라에서는 대장군 노숙이 죽었고 촉나라는 유비가 대군을 이끌고 한중을 공격하였다. 그 외 정군산에서 장수가 죽고 허도에 큰 화재가 난다고 예언하기도 하였다. 조조는 허도에 큰 화재가 난다는 예언에 주목하여 미리 방비하는 바람에 큰 재앙을 막을 수도 있었다.

관로의 예언은 또 한 가지가 있다. 그 당시 이부상서 하안이 언제 삼공에 오를지 관로에게 점을 보러왔다. "지금 상서님의 권세는 높지만 덕행이 부족하니 앞으로 문왕을 섬기고 공자의 가르침을 생각하라."고 이야기하자 옆에서 이 말을 듣던 등양이 "그런 말은 노생이 늘 하는 얘기지요."(노생상담 : 老生常談)라며 귀담아 듣지 않고 불쾌해 하였다. 관로가 집으로 돌아오자 외삼촌 내외는 경솔하게 그런 이야기를 했다며 앞으로 일어날 일을 걱정하였다. 그러나 관로는 "곧 죽을 사람들이니 걱정하지 않아도 됩니다."라고 말하였다. 과연 얼마 후 그들은 승진은커녕 참수를 당한다.

그 외에도 손견의 아들 손책과 손권을 보고 어느 점쟁이가 말하길 "모두가 귀한 관상이나 수명이 짧고 오직 손권만이 지극히 귀하여 천수를 누릴 것이다."라고 예언하였다.

역술인의 말대로 손책은 객사하였고 손권은 71세의 장수를 누렸다.

이처럼 예언은 무속에 의하여 이루어지는 것이 대부분이다. 그러나 비록 무당이 아니어도 초직감이 발달한 사람이라면 기본적 예언이 가능하다. 이는 즉 초자연적 "예지능력"으로 이루어지는 형태로 어느 정도의 과학적 근거가 담보되어 있다. 예지능력이란 장래에 일어날 제반 사건들을 미리 내다보는 선견지명으로 주로 예리한 선험적 통찰력에서 나온다. 무속이 아닌 사물을 밝게 보는 슬기로운 눈, 이것이 바로 "혜안(慧眼)"이다. 혜안은 예지몽(초감각)이나 인간의 직감과 통찰력 그리고 직·간적 경험에 의한 학습효과에 의하여 나타난다. 즉 미래를 보는 혜안은 대개가 과거의 선험적 통찰력에서 나오는 경우가 많다.

예를 들어, 유비의 고향 누상촌에는 커다란 뽕나무가 마치 황제가 타는 수레의 지붕모습 같아 점쟁이도 여기에서 큰 인물이 나올 것이라고 예언을 하기도 하였다. 그런데 유비는 어린 시절 "내가 천자가 되어 이런 수레를 탈 것이다."라는 말을 종종하였는데, 유비의 야망과 포부를 알아본 숙부 유원은 그의 그릇을 알아보고 특히 애지중지 하였다고 한다. 이것이 바로 유비의 범상치 않은 행동을 본 유원의 통찰력과 혜안이라고 할 수 있다.

또 관도대전에서 조조에게 크게 패한 원소는 이것이 계기가 되어 사망하였다. 이때 조조는 그의 아들 원씨 형제를 어떻게 할 것 인가를 두고 대책을 강구할 때, 책사 곽가는 잠시 방치해 두면 스스로 자중지란이 일어나 손쉽게 평정된다고 예언을 한다. 과연 얼마 후 곽가의 예언대로 동북방을 평정할 수 있었던 것은 바로 곽가의 예리한 통찰력에서 나온 혜안인 것이다.

이러한 혜안은 조조에게도 있었다. 조조는 장로를 토벌하느라 합비대전에서 참전할 수가 없었다. 손권에 의해 위나라 군대가 포위되자 조조는 장료에게 대책을 적은 목갑을 보낸다. 목갑계책에는 매우 효과적인 책략이 적혀있었다. 이러한 것은 바로 조조의 예지능력에서 나온 혜안이라 할 수 있다.

그 외에도 제갈량이 유비에게 제시했던 천하삼분 계책과 적벽대전에서 제갈량이 불러왔다는 동남풍 또한 주술적 무속행위에서 온 것이 아니라 혜안에서 나온 것이다. 천문지리에 밝은 사람이면 누구나 예리한 통찰력으로 언제쯤 동남풍이 불어올 것이란 것을 예측 할 수 있기 때문이다.

또 제54회와 제105회에 나오는 제갈량의 금낭묘계(錦囊妙計)는 제갈량의 혜안을 절정에 올려놓는다. 유비가 정략결혼으로 동오로 갈 때 제갈량은 조자룡을 호위대장으로 동행시키며 세 개의 비단주머니를 주었다. 세 개의 비단주머니는 조자룡이 난관에 부딪힐 때마다 하나씩을 열어 난관을 해결하고 마침내 형주로 돌아올 수 있게 되었다. 제105회에는 죽음에 임박한 제갈량이 사후에 위연의 모반을 걱정하여 양의에게 금낭 주머니를 남긴다. 마침내 제갈량이 남긴 금낭묘계에 따라 일이 진행된다.

이러한 것들은 바로 제갈량의 예지능력에서 나온 혜안이라 할 수 있다. 그러나 별자리를 보고 방통의 죽음과 혹은 자신의 죽음을 예지하는 부분에서는 다소 과학적 근거가 부족하여 혜안이라고 보기는 어렵다.

이러한 예언과 예지능력은 특히 소설 ≪삼국지≫에서 미리 내용을 암시하는 이중복선의 묘사기법으로 구성되어 소설내용에 대한 흥미와 관심을 고조시키는 상승작용을 하고 있다.

간혹 문학이 "미신(迷信)"에 빠져 또 다른 금기와 전설을 만들어 내기도 한다. 관우를 죽인 자가 여몽이기에 관씨(關氏)와 여씨(呂氏)는 악연이 생기게 되었다. 옛날 부산 동래와 평양의 관우사당에서 인부가 지붕에서 일을 하다 낙상하여 죽거나, 벼락을 맞아 죽었다는 전설이 있다. 알고 보니 모두 여씨로 그 후부터 여씨는 관우사당에 들어가지 말라는 미신과 민간설화가 만들어지기도 하였다.

* 혜안(慧眼) - 과거·현재·미래를 보는 눈

"과거는 미래의 거울이다."라는 말이 있다. 그러기에 우리는 종종 역사를 통하여 귀감을 얻는 것이다. 또 온고지신(溫故知新)이라는 말이 있듯이 고전을 통해서 밝은 지혜와 안목을 넓힐 수 있는 것이다. 과거를 통하여 현재·미래를 보는 눈 이것이 바로 "혜안"이다.

현재를 보는 눈은 바로 현실을 직시하는 눈을 의미한다. 이는 현재의 자신과 사회를 정확히 직시하는 눈으로 현재 상황에 대한 냉철한 비판과 판단에서 출발한다. 현재 상황을 직시하고 판단할 수 있는 혜안은 바로 과거부터 축적되어온 선험적 지혜가 있기에 가능해진다.

　이 분야의 일인자로 제갈량을 꼽을 수 있다. 제갈량이 제갈량 다울 수 있었던 원동력은 시대를 꿰뚫어 보는 안목이 있었기에 가능했다. 이러한 안목이 바로 천하삼분지계로 삼국정립의 비전을 제시할 수 있었던 것이다. 그러나 이러한 혜안의 이면에는 이전부터 누적된 해박한 지식이 있었기에 가능했던 것이다.

〈그림 51〉 미래를 보는 혜안을 가진 제갈량

〈그림 52〉 지략과 지모의 상징 제갈량의 초전차전

　현재를 직시할 수 있는 혜안은 미래를 보는 혜안을 만들어 준다. 즉 미래를 위해 준비하는 안목을 키워주기 때문이다. 이 부분의 대표적인 인물이 바로 사마의 집안이다.
　사마의 집안은 비록 제위를 찬탈하였다는 역사의 준엄한 심판을 받지만 사마의ㆍ사마소ㆍ사마염 3대에 거쳐 치밀하게 준비된 야망은 진(晉)나라의 건국으로 실현될 수 있었다. 사마의는 대단한 야심가였다. 그래서 조조도 조비도 그를 늘 경계하였다. 그러나 시대는 그를 늘 필요로 하였다. 제갈량의 북벌정책을 견제할 수 있었던 유일한 사람이 사마의 외에는 따로 없었다.

엄밀히 따지면 제갈량의 북진정책으로 위기에 빠진 위나라를 구해낸 자가 사마의이다. 사마의가 없었다면 제갈량에 의하여 촉나라로 천하통일이 되었을 수도 있었기 때문이다. 그러나 그는 위나라를 구하고 그 위나라를 먹어버렸다. 그래서 제위 찬탈자라는 비난을 면하기 어렵게 되었지만 사마의는 미래를 보는 혜안을 가지고 있었다. 그러기에 철저히 인내를 가지고 천하를 장악해 나갔다. 결국에는 수많은 영웅호걸들이 꿈꾸던 천하를 통일하고 진나라를 세울 수 있었던 것이다. 마치 "강한 자가 살아남는 것이 아니라 살아남은 자가 강한 자"라는 것을 증명하듯이...

그러기에 ≪삼국지≫에서 최후의 승자는 사마의인 것이다. 사마의가 최종 승자가 될 수 있었던 원동력은 바로 운명에 안주하지 않고 운명을 적극적으로 개척하였다는 점과 현재를 직시하는 능력과 미래를 보는 혜안을 가지고 있었기 때문에 가능했던 것이다.

* 인상과 관상

사회생활을 하다보면 수많은 사람들과 접하게 된다. 주는 것 없이 미운 사람이 있고 받은 것 없이 호감이 가는 사람이 있다. 이러한 것들은 대개 첫인상에서 결정되는 경우가 많다.

인간은 첫인상에 많은 것을 판단하고 결정한다. 특히 빠르게 진행되는 현대사회일수록 더 심하다. 몇 분의 면접으로 직장의 당락이 결정되는 경우가 비일비재하다. 그만큼 인상이 중요하다. 근래에는 좋은 인상을 주기위해 심지어 성형수술까지 하며 취업을 준비하는 학생들을 주변에서 종종 본다. 이처럼 인상은 인간의 운명을 결정지을 만큼 중요한 변수로 자리 잡았다.

인상이란? 사람의 얼굴(人相)을 의미하며, 어떤 대상에 대하여 자신의 마음속에 새겨지는 느낌이 곧 인상(印象)이다. 그런데 인상은 꼭 얼굴에서만 오는 것이 아니라 느낌에서도 온다. 예를 들어 동탁이 환관의 자식 조조를 보자 조조의 얼굴에 대한 인상보다는 환관의 자식이라는 인상이 더 강하게 작용하여 부정적 이미지를 가지게 되는 경우도 있기 때문이다.

그러나 대부분의 인상은 추하게 생긴데서 오는 경우가 많다. 이러한 경우가 방통과 장송의 경우에 해당된다. 인상이 나쁜 방통은 처음에 동오에서 출사를 하려하나 손권과 주유는 외면해 버린다. 노숙은 방통이 조조에게로 갈까 우려하여 동맹관계에 있는 유비에게 추천을 한다. 그러나 유비도 처음에는 미관말직으로 하대하다가 장비와 제갈량의 적극적인 추천으로 겨우 책사대열에 합류할 수 있었다. 삼고초려를 통해 후한 대접으로 출사한 제갈량과 비교하면 극명한 대조를 이룬다. 실로 첫인상의 중요성이 새삼 실감나는 부분이기도 하다.

또 장송의 경우에도 별로 다를 바 없다. 장송은 비전이 없는 유장을 포기하고 새로운 강자 조조를 주군으로 모시고자 찾아 나섰으나 첫인상을 본 조조에게 모욕까지 당하며 버림을 받는다. 그러나 장송의 이용가치를 알아차린 유비가 그를 극진히 대접함으로 장송은 마음을 풀고 익주의 정밀 지도를 유비에게 바치면서 겨우 비벼댈 언덕을 마련한다. 당시 나름의 기반을 가지고 있었던 책사 장송의 슬픈 자화상이 아닐 수 없다.

이처럼 첫인상은 예전이나 지금이나 중요한 의미를 지니고 있다. "첫인상은 단 5초만에 결정된다."고 한다. 또 "첫인상이 바로 소통의 시작이다."라는 말이 있다. 이처럼 첫인상은 사회생활에 중요한 함수로 작용하기에 싫든 좋든 항상 마음속에 염두해 두지 않을 수 없다.

관상이란? 사람의 얼굴을 보고 그의 운명과 성격 및 수명 따위를 판단하는 행위로 점복술의 일종이다. 대개 인상이 좋은 사람이 관상도 좋은 편이라고 한다. 관상이 좋기로는 유비를 따라갈 사람이 없는 듯하다.

유비가 정략결혼으로 동오에 들어가 오국태부인과 대면할 때 배석하였던 교국공이 유비의 관상을 보고 "현덕은 용과 봉의 풍채이며 하늘의 해와 같은 기상이다.(용봉지자 천일지표[龍鳳之姿 天日之表])"라고 극찬하는 장면이 나온다. 이처럼 유비는 관상학으로 볼 때 제왕의 용모와 자태를 가지고 있었던 것으로 보인다. 용모가 고귀하고 비범한 인상은 사람을 끌어 모으는 묘한 매력이 있다. 그러기에 이러한 관상은 유비가 천하를 도모하는 데 시너지 효과를 창출하는 원동력이 된 것은 당연한 일이다.

또 "치세에는 유능한 영웅이지만 난세에는 간웅이 될 것"이라고 관상이 나온 조조도 평범한 관상은 아닌 듯하다. 한번은 흉노 사신이 왔을 때 조조는 군주자리에 있지 않고 최염장군 옆에 서 있었다. 나중에 흉노사신이 그 옆에 있는 진짜 조조를 가리켜 "그 기개와 풍채가 남달랐다."고 말했다는 일화를 볼 때 조조는 비록 155cm 정도의 단신에 잘생긴 얼굴은 아니지만 인상에서 풍기는 강력한 카리스마가 있었던 것이 확실해 보인다. 이처럼 좋은 관상으로 욱일승천하는 케이스도 있지만 나쁜 관상으로 추락하는 케이스도 있다.

그 첫 번째 인물이 "반골(反骨)"이라는 고사성어를 만들어낸 위연이다. 위연이 처음 유비에게 투항해 왔을 때, 제갈량은 위연의 뒷머리에 반골이 있음을 보고 유비에게 죽이자고 하였다. 그러나 유비는 장수를 아끼는 마음에서 살려두었다. 그러나 제갈량은 위연의 반골기질에 긴장의 끈을 풀지 않았다. 위연은 비록 용맹한 장수로 수많은 전투에서 많은 공을 세웠지만 문제는 결국 제갈량 사후에 터졌다. 제갈량은 임종에 이르러 강유·양의·비의·마대 등을 불러 대책을 강구하였다. 양의가 총사령관이 되자 제갈량의 예언대로 위연은 반란을 일으켰다. 이때 양의는 제갈량의 비책대로 위연을 죽일 수밖에 없었다.

마속의 케이스는 위연과 정반대였다. 유비는 여러 차례 마속에게 중요한 업무를 맡기지 말라고 당부하였다. 그러나 제갈량은 그의 지략을 높이 평가하여 중용하고 말았다. 제1차 북벌의 가정전투 책임자로 마속을 중용하는 바람에 막대한 차질을 빚게 되었다. 제갈량은 결국 눈물을 머금고 마속의 목을 벨 수밖에 없었다.(泣斬馬謖) 마속을 죽이면서 제갈량은 유비가 마속을 중대사에는 기용하지 말라는 말에 귀를 기울이지 않은 것을 후회하였다.

이처럼 관상은 사람의 운명에 막대한 영향을 끼치기도 하며 운명을 좌지우지하기도 한다. 그런데 관상은 꼭 사람에게만 해당되는 것은 아닌 듯하다. 즉 말에게도 관상이 있다. 그것이 바로 흉마(凶馬)이다.

유비가 형주 유표의 휘하에 몸을 의탁하고 있을 때, 조자룡은 전투에서 적로마를 이빼앗아 온다. 유비는 유표에게 이 적로마를 선물로 주었으나 유표의 참모 괴월은 적로마의 관상을 보고 "주인을 해칠 상"이라고 하자 유표는 이 말을 다시 유비에게 돌려준다. 후에 적로마는 채모의 계략에 빠져 도망치던 유비를 단계에서 살렸으며 또 도망치던 중 사마휘를 만나 제갈량과 방통을 구하는 계기가 되기도 하였다. 그러나 나중에 익주를 접수하러 가던 방통이 유비와 말을 바꿔 타는 바람에 그 말에 타고 있던 방통이 유비로

오인을 받아 집중적인 화살을 맞고 낙봉파에서 죽게 된다. 결국 적로마가 주인을 해치는
결과를 초래하게 되었다.

〈그림 53〉 제갈량이 눈물을 흘리며 마속의 죄를 묻다(읍참마속)

이처럼 인상이나 관상은 사회생활 혹은 출세에도 많은 변수로 작용을 한다. 삼성의 창
업주 이병철 회장은 사원을 뽑을 때 관상가를 대동하고 면접을 했다는 유명한 일화는 인상
과 관상이 우리생활에 아직도 얼마나 중요한 작용을 하는지 알려주는 척도가 되고 있다.

* 함께 할 수 있는 자와 함께 할 수 없는 자

세상에는 운명을 함께 할 수 있는 자와 함께 할 수 없는 자가 있다. 또 세상에는 고생은 함께 할 수 있으나 영화는 같이 할 수 없는 사람이 있고, 반대로 영화는 같이 할 수 있으나 고생은 함께 할 수 없는 사람이 있다.

또 우리는 인생을 살다보면 어떤 사람하고는 단짝이 되어 환상의 콤비를 이룰 수 있는 사람이 있고 어떤 사람하고는 늘 부딪쳐서 함께 할 수 없는 사람이 있다. 이는 사회생활에서도 그렇고 심지어 부부지간에도 그렇다. 이는 대부분 인상이나 성격에서 오는 경우가 많다. 또 혹자는 궁합이 안 맞는다는 표현을 한다. 궁합은 혼인할 남녀가 사주를 오행에 맞추어 길흉을 알아보는 무속이지만 요즘은 연인이 아닌 일반 사이에서도 서로 맞추어 보기도 한다. 결국은 "콤비네이션이 잘 되느냐? 안 되느냐?"를 알아보는 행위이다.

콤비네이션 즉 화합은 어디에서 나올까? 이것의 시발점은 바로 성격에서 나오는 것이다. 연인이든 부부지간이든 혹은 직장의 동료 및 상사지간에도 화합에 가장 큰 단초는 성격에서 시작된다. 성격이 잘 맞는가? 잘 맞지 않는가? 결국 이것이 "함께 할 수 있는 자"와 "함께 할 수 없는 자"를 결정하는 키포인트가 되는 것이다.

큰일을 도모할 때 우리는 그 돌파구를 자신에게서 찾는 사람이 있고 남에게서 찾는 사람이 있다. 그러나 그 큰일은 항상 혼자만의 힘으로 이루기에는 항상 한계에 부딪히게 된다. 결국 남에게 그 힘을 빌려 나의 돌파구를 찾는 것, 이것이 바로 환상의 콤비이다. 환상의 콤비가 곧 "세상을 함께 할 수 있는 자"이다.

1) 함께 할 수 있는 자(환상의 콤비)

남자끼리도 궁합이 있다. 일반적으로 환상의 호흡 또는 환상의 콤비라고 하며 이는 보통 성격이나 취향 및 개성에서 나온다. 인생을 살면서 최고의 단짝을 만난다는 것은 신의 축복이다.

춘추시대 제나라의 관중과 포숙아처럼 그들은 막역한 단짝 친구이면서 정치적 파트너였다. 또 그들은 환공을 도와 제나라를 반석에 올려놓은 인물이다. 이들의 우정을 일컬어 관포지교(管鮑之交)라 한다. 이처럼 큰일을 이루기 위해서는 단짝의 파트너가 필요하다. 마치 유방이 한나라를 세우기 위해서 장량·한신·소하가 필요했듯이 큰일을 이루기 위해서는 환상의 콤비가 필요하다. 대사를 혼자서 이룬 사람은 아무도 없으며 또 이룰 수도 없기 때문이다.

환상의 콤비로는 유비와 제갈량의 관계를 최고로 꼽을 수 있다. 이들은 한나라 황실의 재건이라는 서로의 이상이 같았고, 위임형 유비와 책임형 제갈량의 통치스타일마저 상호 보완관계를 유지하며 환상의 콤비를 이룰 수 있었다. 그들의 관계를 일명 수어지교(水魚之交)라고도 한다. 또한 유비의 단짝으로는 관우와 장비를 빼 놓을 수가 없다. 그들은 도원결의로 의기투합되어 죽을 때까지 의리와 인의로 환상의 콤비를 이루었다. 결국 이들은 죽음조차도 함께할 정도로 뜨거운 의리와 우정을 나누며 비슷한 시기에 세상을 하직했다.

〈그림 54〉 조조에게 환상의 참모였던 곽가와 가후

또 조조에 있어서 환상의 콤비로는 곽가와 가후를 들 수 있다. 곽가가 조조와 최고의 호흡을 이룰 수 있었던 것은 물론 책사로서 노련하고 치밀한 책략을 제시한 것도 있지만 곽가는 항상 조조의 심리를 꿰뚫고 행동을 하였기에 매사가 이심전심으로 소통할 수 있었다. 또한 곽가는 순종적이었기에 카리스마가 강한 조조와 성격상 부딪칠 일이 별로 없었다. 그 외의 인물로 가후를 들 수 있다. 가후 또한 많은 계책을 내어 수많은 전공을 세운 인물이다. 그럼에도 불구하고 가후는 항상 겸손하고 신중하였으며 특히 사리사욕을 버리고 절제하며 주군을 모셨기에 최고의 콤비를 이룰 수 있었던 것이다.

그리고 손권에 있어서는 최고의 콤비로 주유를 꼽을 수 있다. 유비에게 제갈량이 있다면 손권에게는 주유가 있다고 할 정도로 주유는 손권에게 최고의 파트너였다. 이들의 가장 큰 장점은 상호간의 믿음에서 출발한다. 또 손권이 위임형 통치스타일이기에 성실한 주유와는 최고의 파트너십을 이룰 수가 있었다.

그 외 군신지간이 아닌 신하신분의 관계에서는 제갈량과 조자룡의 관계를 주목할 수 있다. 조자룡은 유비가 생존하였을 때는 늘 경호대장을 맡았고 유비 사후에는 늘 제갈량 주변에서 그를 보좌하였다. 제갈량이 가장 믿고 신임하였던 장수가 조자룡이었다. 이들은 비록 승상과 장수의 관계이지만 성격과 화합에 있어서는 환상의 콤비를 이루었던 것이다. 이는 제갈량의 통치 스타일과 조자룡의 청렴결백한 기질이 상호 시너지 효과를 일으키며 만들어낸 최고의 조화이기도 하다.

2) 함께 할 수 없는 자(최악의 콤비)

세상 사람들 중에는 인생의 돌파구를 나에게서도 또 남에게서도 찾지 못하는 케이스가 종종 있다. 간혹 인생을 함께 할 수 없는 최악의 파트너를 만나 인생의 오점을 찍는 불행한 만남도 있다.

첫 번째 인물로 동탁과 여포를 들 수 있다. 이들은 각자의 욕망과 야욕이 너무 컸으며 상호간의 성격도 맞지 않았다. 또 더 큰 불행은 상호불신에 있었다. 믿음이 없는 콤비는 지속적인 관계유지가 불가능하다. 바로 불신으로 붕괴되기 때문이다. 미녀 초선의 등장은 믿음이 약한 둘 사이를 최악의 콤비로 만들어 놓았다.

그 다음 인물로는 여포와 진궁을 꼽을 수 있다. 이들은 비록 주군과의 관계를 이루고 있지만 상호간의 불신과 이상의 차이가 너무 컸다. 또 성격상의 차이로 함께 큰일을 도모하기에는 무리가 있었다. 도모하는 일마다 양자 간에 의견이 충돌되었다. 너무나 강한 개성 차이로 조화를 이룰 수가 없었다.

그 외에 조조와 양수의 관계를 들 수 있다. 양수는 조조의 유능한 책사였지만 정도를 넘는 경거망동이 스스로 자신의 발목을 잡고 말았다. 즉 주군의 심리를 너무 꿰뚫고 경솔하게 행동하였기에 스스로의 몰락을 자초한 셈이다. 그 결정적인 사건이 바로 한중전투에서 발생한 계륵사건이다. 결국 양수는 자신의 포부를 펼쳐보지도 못하고 조조의 심기를 건드리는 바람에 참수를 당하는 비운을 맞게 된다.

마지막으로 함께 할 수 없었던 최악의 콤비는 조조와 사마의의 조합이다. 이 조합은 유비와 제갈량의 조합과 극명하게 다른 길을 걷게 된다. 가장 큰 걸림돌은 바로 사마의의 야심에 있었다. 이는 마치 유방에게 한신의 존재와도 같았다. 즉 이인자의 길에서 일인자가 길을 가고자 끊임없이 갈구하는 사마의를 조조와 조비는 견제하지 않을 수 없었다. 결국 사마의 견제에 실패한 위나라는 사마씨의 진나라에게 나라를 물려줄 수밖에 없었다.

이처럼 환상의 콤비란 각자가 추구하는 이상과 성격 등이 어우러져 만들어지는 것이다. 새로운 운명을 개척했던 영웅들은 항상 최고의 콤비와 호흡을 맞추며 최상의 성과를 이루어냈다. 세상을 살면서 "함께 할 수 있는 자"를 만나 환상의 콤비를 이루며 대사를 도모한다는 것은 그야말로 신의 축복이라 할 수 있다. 그러나 이러한 신의 축복은 단순히 운이 좋아서 이루어지는 것이 아니다. 끊임없는 자기개발과 부단한 노력에 의해서만이 가능한 것이라는 점을 명심해야 한다.

결국 운명이란 하늘에 의해 정해지는 것도 있지만 자기 자신이 어떠한 길을 선택하였는가에 따라 또 어떻게 행동하였는가에 따라 결정되는 경우가 비일비재하다. 그리고 그에 따른 책임 또한 운명에게 돌리려 하지 말고 자신에게서 찾아야 할 것이다.

상식 한 마당 15

* 명의(名醫) 화타(華佗)이야기

한나라 말기에 살았던 화타는 주나라 편작(扁鵲)과 더불어 중국의 명의(名醫)를 대표하는 인물이다. 화타는 특히 침과 뜸에 모두 정통하였으며 이것으로 치료할 수 없을 경우에는 마취법을 이용하여 마취를 시키고 환부를 절개하는 외과 수술에도 정통하였다고 한다. 즉 최초의 외과 전문의로 명성이 높은 인물이다.

이처럼 화타가 명의로 이름을 날리자 만성두통에 시달리던 조조는 그를 불러 치료를 하기도 하였다. 특히 화타는 독화살을 맞은 관우를 치료해준 이야기로 유명하다. 독화살을 맞은 관우를 치료할 때에는 마취도 하지 않은 상태에서 수술을 하였다고 하는데 수술을 받는 동안 관우는 태연하게 마량과 바둑을 두어 화타를 놀라게 하였다고 한다. 또 화타는 생명이 위독한 상황에 빠진 오나라의 주태장군을 수술하여 완치시키기도 하였다.

심지어 화타는 조조의 만성두통을 치료하고자 뇌수술을 하려고 하였다. 그러나 의심 많은 조조는 위험한 뇌수술을 거부하였다. 또 조조는 화타가 관우를 치료해준 사실이 있다는 점과 평소 관우를 존경하고 있다는 사실을 알고 혹 화타가 자신을 살해할지도 모른다는 의심을 품게 된다. 결국 조조는 순욱의 만류에도 불구하고 화타를 처형시킨다. 화타는 죽기 전에 자신이 적어놓은 의서를 옥졸에게 주었으나 그 옥졸은 처벌이 두려워 그 책을 태워버렸다고 한다.

화타는 명의로 널리 알려진 인물이기하나 그에게는 큰 약점이 하나 있었다. 그는 원래 사대부 출신이었기에 의술을 업으로 삼고 사는 것을 늘 부끄럽게 여겼다고 한다. 그래서 그는 황궁의 어의로 추천되기도 하였지만 관직에는 나가지 않았다. 즉 그에게는 의술에 대한 자긍심과 경업(敬業)정신이 부족했다는 점이다.

다시 말해 그에게는 "의업에 종사하매 나의 생애를 인류봉사에 바칠 것을 엄숙히 서약하노라"라고 외친 "히포크라테스(Hippocratic)" 정신이 없었다는 점이다. 이러한 점이 그를 신의로 숭배하는데 걸림돌이 되고 있다. 이것이 바로 화타의 운명이다.

〈그림 55〉 독화살을 맞은 관우를 치료한 명의 화타

第7講

용병술(用兵術)

* 인사(人事)가 만사(萬事)다.

※ 나라의 흥망이나 기업의 흥망은 어떤 인사를 기용했느냐? 에 따라 성패가 결정되는 경우가 많
다. 그러기에 "인사가 만사다."라는 말까지 나왔다. 그만큼 사람을 쓰는 것은 간단한 일이 아니
다. 그러기에 용인술은 예전이나 지금이나 매우 중요한 의미를 가지고 있는 것이다. 어떻게 사
람을 쓸 것인가?

옛날 초나라 장왕은 전공을 세운 신하들을 위해 성대한 연회를 베풀었다. 그리고 아리따운 총
희들로 하여금 시중을 들도록 하였다. 술이 몇 순 돌아가 취기가 오를 즈음 갑자기 큰바람이
불어 촛불이 모두 꺼져버렸다. 이때 한 총희가 비명을 지르며 말하길 "폐하! 누군가 제 가슴을
희롱하여 제가 그자의 갓끈을 잡아 뜯었으니 촛불을 켜 갓끈이 없는 자를 잡아주십시오."라고
읍소하였다. 그러나 장왕은 오히려 촛불을 켜지 말고 신하들에게 갓끈을 모두 끊어버리라고 명
하고 술을 마시게 하였다.

얼마 후 초나라는 진(晉)나라와 전쟁을 벌이게 되었다. 그때 한 장수가 선봉에 나서 죽음을 무
릅쓰고 싸운 덕분에 승리를 거둘 수 있었다. 장왕은 그 장수를 불러 치하하며 그토록 용감하게
싸운 연유를 물었다. 그 장수는 "저는 이전에 죽은 목숨이었습니다. 사실은 당시 총희를 희롱
한 사람이 바로 저입니다. 그러나 주군의 은혜로 살아날 수 있었기에 이렇게 목숨을 바쳐 주군
의 은혜에 보답하고자 했던 것입니다."라고 말하였다. 이것이 바로 고사성어 절영지회(絕纓之
會)의 유래이다.

이 고사성어는 우리에게 많은 교훈을 시사하고 있다. 또 리더는 어떻게 사람을 관리해야 하며 어
떤 자질이 필요한가를 생각하게 하는 대목이다. 이것이 바로 용병술(用兵術)이며 리더십이다.

* 용병술(用兵術/用人術)

용병술이란? 군사를 부리는 기술과 방법을 말한다. 그 대상이 군사가 아닌 보통사람일

경우에는 용인술이라는 표현을 쓰기도 한다. 용병술의 목적은 장점을 극대화하고 단점을 최소화하는데 있다. 그런데 사람을 쓰는 방법에는 통솔자마다 각기 다른 방법과 스타일이 있다.

역중천(易中天)의 저서 ≪品三國≫에서는 조이지(操以智), 비이의(備以義), 권이정(權以情), 량이법(亮以法)이라고 하였다. 즉 조조는 지혜로 사람을 썼고, 유비는 의로, 손권은 정으로, 제갈량은 법으로 인재를 썼다는 뜻이다. 이것을 근거로 조조·유비·손권·제갈량의 용병술에 대하여 살펴보기로 한다.

1) 조조의 용병술(용인술)

용병술의 달인하면 조조를 꼽을 수 있다. 조조는 사람을 쓰는데 있어서는 탁월한 재주가 있었던 사람이다. 그는 항시 "어진 사람에게서 어진 것을 취하고 지혜로운 사람에게서 지혜를 취한다."는 고도의 지략과 전략적 차원에서 인재를 등용하였다.

앞서 언급한대로 조조에게는 여러 가신그룹들이 있었다고 하였다. 조조가 처음 군사를 모을 때 모인 가신그룹과 한나라의 구 신하그룹(헌제의 가신그룹) 그리고 포로였다가 조조에게로 전향한 가신그룹 등 풍부한 인재그룹을 형성하고 있었다. 여기에 인재 욕심이 많은 조조는 관용과 포용으로 인재를 수용하여 풍부한 인력풀을 형성하였다. 결국 이러한 인재들은 위나라 건국의 기반이 되었다.

조조의 인사관리 특징은 전략적 인사관리로 청탁불문(淸濁不問)·빈천불문(貧賤不問)·적재적소 인재등용에서 출발한다.

조조는 명분보다 능력을 위주로 인재를 등용하였다. 청렴하든 혼탁한 인물이든 구별하지 않고 능력을 중시하여 기용하였다가 이용가치가 떨어지면 과감하게 도태시켰다. 그리고 조조는 신분의 빈천을 따지지 않았다. 물론 자신이 환관의 후예라는 콤플렉스도 작용하였겠지만 능력을 우선순위로 인재를 활용하였다. 또 조조의 가장 큰 강점은 인재를 적재적소에 기용하였다는 점이다. 인재의 심리와 성격 및 능력에 맞추어 최대의 활용가치를 뽑아내었던 것이다.

조조의 인사관리는 항상 관용과 냉정을 병행하였다. 관용의 대표적 예는 관도대전 후 문서의 파기이다. 관도대전은 원소의 10만 정예병과 조조의 1만여 군대가 관도에서 벌인 전투로 누구도 조조의 대승을 예견하지 못했다. 싸움이 끝나고 전리품을 수습하는 과정에서 조조군의 상당수 장수들이 비밀리에 원소와 내통했던 문건이 발견되었다. 참모들은 내통자들을 철저히 찾아내어 처형하자고 조조에 보고하였다. 그러나 조조는 의연하게 그 문건들을 부하들이 보는 가운데 불태워 버렸다. 노심초사하고 있던 내통자들은 조조의 대범한 행동에 크게 감동을 받아 각종 전투에서 죽음으로써 그 은혜를 갚았다. 이처럼 조조는 비록 전략적이기는 하나 정치가로서의 통 큰 정치와 넓은 도량을 지닌 인물이었다.

또 원소 밑에서 조조를 비방하는 격문을 써서 그 충격으로 조조의 두통을 잊게 하였다는 진림을 생포하게 된다. 그러나 조조는 진림의 재능을 높이 사 과감하게 용서를 하게 된다. 이러한 일면이 카리스마 조조의 인간적 매력이기도 하다.

그러나 계륵사건으로 양수를 즉석에서 사형시킨 일면이나, 자신이 왕위에 오르는 것을 반대하는 순욱에게는 빈 찬합 통을 보내 신임을 거두어 버리는 냉정함을 보여 결국 순욱으로 하여금 자의반 타의반 자결을 유도하는 냉혹함도 또 다른 조조의 일면이다. 이처럼 조조의 인재에 대한 열정과 냉정은 철저히 전략적 차원에서 출발하였다고 할 수 있다.

2) 유비의 용병술

유비의 용병술은 인의와 감성의 인간관계를 기초로 한다. 유비가 내건 인의는 많은 인재를 끌어 모으는 명분을 만들어 주었다. 이는 황권이 언급한 말에서 잘 드러난다. 황권은 유장의 휘하에 있었던 인재로 장송·법정·맹달이 유비를 영입해서 조조와 장로를 막자는 계책을 내세웠을 때 반대하였던 인물이다. 그는 "유비는 관용으로 사람을 대하는 사람으로 이는 마치 부드러움으로 강함을 이기는 영웅인지라 그를 막을 자는 없습니다. 그러기에 멀리서는 인심을 얻었고 가까이는 백성의 명망을 얻었습니다. 거기에 제갈량과 방통같은 책사가 있으며, 관우·장비·조운·황충·위연같은 장수를 날개로 두고 있습니다."라고 평하였다. 그는 유비가 내세운 인의의 용병술을 정확히 파악하고 있었던 것이다. 황권 역시 유비가 촉을 접수한 후 진심으로 예의를 갖춰 설득하자 이내 감복하여 유비를 섬기게 되었다.

유비의 또다른 용병술은 감성의 용인술이다. 유비는 상대를 내편으로 끌어들이는 특유의 감성을 가진 리더였다. 그러기에 관우와 장비는 물론 삼고초려의 제갈공명·방통·

법정·조자룡 등 한번 인연을 맺으면 죽을 때까지 충성을 다하도록 만드는 인간적 매력이 있었다.

조자룡이 장판교 근처에서 유선을 구해 왔을 때 유비는 아들 유선은 거들떠도 안보고 조자룡의 손을 잡으며 "자식은 또 낳을 수 있지만 유능한 장수는 한번 잃으면 또 얻기가 쉽지 않다."며 두 손을 잡고 눈물까지 흘리는데 조자룡의 입장에서는 감동하지 않을 수 없었다. 또 유비가 임종에 즈음하여 제갈량에게 유선을 탁고하면서 유선이 부족하면 제갈량 자신이 제위를 계승해도 좋다고 전폭적인 믿음을 보이는데 어찌 이를 배신할 수 있겠는가!

이처럼 유비는 이성이 아닌 감성으로 상대의 마음을 파고드는 감동의 용병술을 주무기로 사용하였다. 진심이 담긴 눈물이든 가식이 담긴 눈물이든 유비의 눈물은 상대의 감성을 자극하였고, 이러한 감성의 용병술은 진한 감동으로 작용하며 유비의 용병술에 탄력적인 시너지 효과를 주게 되었다.

유비의 인사관리는 "이유극강(以柔克强)"이라는 성어로 귀결된다. "이유극강"이란 부드러움으로 강함을 제압하는 것을 말한다.

모 사립대학에 S교수가 있었다. 그는 연구실에서 여러 교수와 늘 학교정책에 대하여 강한 비판과 불만을 토로하였다. 이 사실을 전해들은 학원장은 그를 은밀히 불렀다. "S교수는 학교에 그렇게 불만이 많다지... 불만만 하지 말고 자네가 앞장서서 문제점을 개선해 보게"라고 하였다. S교수는 학원장의 불의의 일격에 깜짝 놀라 구차한 변명만 하고 나왔다고 한다. S교수는 학원장에게 미운털이 박혔다고 생각해 낙담하고 있었다. 얼마 후 학원장은 S교수를 학생처장으로 임명하여 주변을 깜짝 놀라게 하였다. 그 후 S교수는 약 4년간 최선을 다해 학생처장직을 수행하면서 학원장의 든든한 신임을 얻었다고 한다. 이처럼 강한 것을 강하게 대처하는 것이 아니라 부드러움으로 강한 것을 제압하는 것이 "이유극강"의 용병술이다.

부드러운 용병술로 부하를 믿고 힘을 실어주는 위임형 리더, 거기에 모든 능력을 발휘할 수 있도록 최적의 환경을 만들어 주는 리더가 진정 이 시대의 리더가 아닌가 생각된다.

〈그림 56〉 백성과 함께 피난하는 유비는 결국 백성의 명망을 얻다

3) 손권의 용병술

손권의 용병술은 "인화(人和)"와 "인정(人情)"에 근거를 두었다. 이는 아버지 손견과 형 손책의 뒤를 이어 대통을 계승하였기에 인화에 의한 화합이 급선무였다. 그러기에 자상하게 인재들을 보듬어야만 했다. 설사 마음에 들지 않아도 실리가 있으면 장소와 우번처럼 인내를 가지고 포용을 해야 했으며 늘 당근과 채찍요법으로 인재를 통솔하였다. 또 충신의 죽음에 대해서는 인정으로 감싸 안으며 진정으로 애도하였고 심지어는 그들의 후사까지도 챙겨주었다. 손권의 장점은 공사가 분명한 인사를 하였다는 점이다. 손권이 득세하기 이전 손책이 권력을 장악하고 있을 때, 손권은 지방 책임자로 후계자 수업을 받게 되었다. 당시 여범과 주곡이 손권을 보좌하였는데 어떤 문제가 생길 때마다 여범은 모든 일을 융통성 없이 원리원칙에 근거하여 처리하였다. 이러다 보니 손권입장에서는

번거로움이 끊이지 않았다. 그러나 주곡은 지나치게 융통성을 부렸다. 특히 손권에게는 누가되지 않고 또 번거롭지 않도록 자신이 알아서 그 모든 번거로움을 감수하였다. 심지어는 공문서까지 위조해주며 손권을 보좌하고 감쌌다.

얼마 후 손책이 죽고 손권이 주군이 되었다. 손권에 충성을 받친 주곡은 큰 기대를 가지고 있었으나 끝내 주곡은 중용하지 않았다. 오히려 원리원칙에 충실했던 여범을 더 중용하였다. 오녀의 사고방식은 바로 이런 것이다. 오녀는 그가 있는 위치에 따라 생각이 바뀌는 것이다. 결코 눈앞의 아부가 출세를 보장하지는 않는다는 점을 우리는 명심해야 한다.

〈그림 57〉 인화의 용병술을 펼쳤던 손권

손권의 용병술 가운데 또 하나의 강점은 인재를 잘 키운다는 점이다. 조조가 이미 만들어진 인재를 잘 활용하는 재주가 있다면 손권에게는 인재를 키워 쓰는 재주가 있었다. 그 대표적인 인재가 바로 "강동사걸(江東四傑)"이다. "강동사걸"은 주유(周瑜)·노숙(魯肅)·여몽(呂蒙)·육손(陸遜)을 말한다. 오나라가 개국하여 반석에 오른 것은 손권의 능력도 있었지만 여기에는 "강동사걸"의 힘이 절대적이었다. 물론 이는 손권의 용병술이 있었기에 가능했던 것이기도 하다.

4) 제갈량의 용병술

제갈량의 용병술은 원리원칙에 의한 법과 심리학에 있었다. 제갈량은 군주가 아닌 참모였기에 일반 군주와의 용병술이 다를 수밖에 없었다. 절대적인 권력이 없었던 제갈량은 원칙을 중시해야만 효과적으로 사람을 통솔할 수 있었다. 그래서 그는 원리원칙을 중시하였고 공정한 법에 의거하여 사람을 부렸다.

그에 있어서 가장 큰 아픔은 가정전투에서 실패한 마속을 참수하는 일이었다. 제갈량이 가장 아끼는 참모였기에 아픔은 더했다. 또 가장 가까운 사이였기에 참수를 하지 않을 수가 없었다. 군주의 입장이었다면 살려둘 수도 있었을 것이다. 그러나 제갈량은 신하입장이었기에 본보기를 위해서라도 또 기강을 세우기 위해서라도 눈물을 머금고 마속을 참수해야만 했다(泣斬馬謖). 왜냐하면 기강이 무너지면 유비가 없는 촉나라 통치가 더 어려워지기 때문에 냉정한 인사관리가 필요했던 것이다.

또 제갈량의 용병술은 심리학에서 나온다고 말할 수 있다. 위나라의 5로 공격이나 맹획의 칠종칠금 그리고 사마의와의 기산전투 대부분이 심리전이다. 제갈량의 심리전은 적군과 아군을 가리지 않는다. 그중의 하나가 "격장지계(激將之計)"이다. "격장지계"는 보통 적장의 감정을 자극시켜 의도하는 방향으로 이끄는 계책이지만 제갈량은 오히려 아군에게도 적절히 사용한다.

가장 대표적인 이야기가 가맹관에서 벌어진 장비와 마초의 혈전이다. 제갈량은 유비에게 "마초를 이기려면 관우장군이 있어야 합니다."라고하며 은연중 장비를 무시한다. 기분이 상한 장비는 목숨을 걸고 출전의사를 비춘다. 그때서야 제갈량은 못이기는 척 허락한다. 결국 장비는 능력의 120%를 발휘하여 싸울 수밖에 없었다. 이처럼 제갈량은 상대의 심리를 적절히 이용하는 용병술을 가지고 있었다.

〈그림 58〉 제갈량은 심리를 이용하여 적벽대전을 일으킨다

* 통솔력(리더십)과 쇼맨십

통솔력(리더십)이란? 무리를 거느리며 다스리는 능력을 말한다. 리더에게 통솔력은 필수이다. 그러나 통솔력은 쇼맨십을 활용하였을 때 시너지 효과를 낸다. 많은 사람들은 쇼맨십을 위선이라고 말한다. 그러나 쇼맨십은 위선이 아니라 리더가 갖춰야할 필수덕목이다.

가령 초상집에 바쁘다는 이유로 부조금 봉투만을 인편에 보낸 사람과 직접 초상집에 찾아가 눈물까지 함께 흘려주며 슬픔을 같이한 사람이 있다고 치자, 과연 이후에 상주는 누구에게 더 호감을 표시하겠는가? 또 대중식당에서 우연히 옆 좌석에 부부동반을 한 친구를 만났다고 치자, 나가면서 계산을 함께 해주고 친구부인 앞에서 그 친구의 칭찬을 하며 체면을 세워준다면 이후에 어떠한 결과가 돌아올지는 독자의 상상에 맡기겠다.

이처럼 필요에 따라 적절한 쇼맨십은 많은 시너지 효과를 몰고 온다. 그러기에 훌륭한 리더에게는 적절한 쇼맨십이 필수덕목인 것이다. 과연 조조·유비·손권·제갈량의 쇼맨십은 어떠하였을까?

1) 조조의 쇼맨십

리더들은 과연 어떠한 쇼맨십을 하였을까? 매우 흥미롭고 궁금한 부분이다. 사실 쇼맨십은 연기력이다. 어설픈 연기력은 오히려 효과가 감소됨은 물론 심지어 역효과를 내기도 한다. 그러기에 과도하거나 무리한 연기는 실패하기 십상이다.

조조의 어린 시절 숙부는 불량기 많은 조조를 싫어하여 조조의 부친 조숭에게 모든 것을 일러바쳤다. 어느 날 조조는 숙부 앞에서 미친 것처럼 발작 연기를 하였다. 깜짝 놀란 숙부는 조숭에게 이를 알렸다. 조숭이 나와 보니 조조는 멀쩡하였다. 이후부터 조숭은 숙부의 말을 잘 믿지 않았다. 이는 평소 자기를 싫어하는 숙부를 쇼맨십으로 곤경에 빠트렸던 일화이다. 이렇게 조조는 어린 시절부터 출중한 연기력을 가지고 있었다.

조조의 쇼맨십은 교활한 일면이 있다. 전쟁터에서 군량이 부족하다고 군량관이 보고하자 식량 배급을 줄이라고 명령을 내린다. 굶주림에 지친 군사들의 원성이 일자 조조는 군량관을 희생양으로 삼는다. 다음날 군량관은 군량미를 빼돌렸다는 죄목으로 효수되며 군사들의 분노를 군량관의 책임으로 전가시킨다. 그리고는 군사들을 배불리 먹여 사기를 끌어 올린다음 전투를 승리로 이끌며 위기를 벗어난다. 위기를 벗어난 조조는 죄 없이 죽은 군량관의 가족을 잘 돌봐준다. 이것이 바로 조조방식의 쇼맨십이다.

한번은 행군을 하며 보리밭을 지나가게 되었는데, 조조는 농가에 피해를 줄까 우려하여 보리를 밟는 자는 참수하겠다는 엄명을 내린다. 얼마 후 조조가 탄 말이 무엇에 놀라 갑자기 날뛰는 바람에 보리밭을 엉망이 되었다. 난처해진 조조는 참모 곽가를 쳐다보며 군령에 의해 자신의 목을 치겠다고 칼을 뽑아들었다. 이때 눈치 빠른 곽가는 황급히 조조를 만류하였다. 그러자 조조는 목 대신 머리카락을 자르는 것으로 군령을 대체하겠다며 머리카락을 잘랐다. 조조는 이렇게 난처해진 상황을 교묘한 쇼맨십으로 위기를 모면하였다.

그 외 고사성어 망매지갈(望梅止渴)에서도 조조의 쇼맨십이 드러난다. 오랜 행군으로 병사들은 심한 갈증에 시달리고 있을 때이다. 갈증으로 행군의 속도가 느려지자 조조는 "저 앞에는 매실나무가 있다."라고 외치며 행군을 독려하였다. 신맛 나는 매실이라는 말에 병사들은 입 안에 침이 고여 갈증을 잊고 무사히 행군을 끝낼 수가 있었다.

관도대전에서의 쇼맨십은 조조를 최고의 리더로 만들어 주었다. 그것이 바로 관도대전 후 문서의 파기이다. 승전 후 전리품의 수습과정에서 나타난 조조 측근들의 내통문건은 조조로 하여금 깊은 시름에 빠지게 하였다. 응당 원소와 내통한 자들을 철저히 가려내어 처벌을 해야만 했다. 그러나 조조는 부하들이 모두 불러 모은 다음 그들이 보는 가운데 그 문건을 불태워 버렸다. 내통자들은 안도의 한숨을 내쉬었다. 이러한 조조의 대범한 행동에 부하들은 큰 감동을 받고 충성을 다하는 계기가 되었다. 사실 조조의 입장에서 내통자들을 가려내어 모두를 참수해 봤자 큰 실리는 없었다. 오히려 아까운 인재들만 죽이는 상황이기에 화끈하게 모두가 보는 가운데 문건을 불태우는 쇼맨십을 발휘하였던 것이다.

이처럼 조조의 쇼맨십은 교활성에서 출발하며 다분히 계획적이고 의도적인 부분이 많다. 그러나 조조는 이러한 출중한 연기력으로 더 많은 것을 얻을 수 있었다.

2) 유비의 쇼맨십

유비는 쇼맨십의 달인이라 할만하다. 유비의 쇼맨십은 상대의 감성을 자극하는 눈물에서 시작된다. 소설 ≪삼국지≫에서 유비는 수없이 많은 부분에서 눈물을 흘리는 장면이 나온다. 그중 하나를 살펴보자.

유비가 원술을 정벌하기 위해 출정하면서 장비에게 서주의 수비를 맡겼다. 그러나 술을 좋아하는 장비는 만취되어 조표를 매질하였다. 화가 난 조표는 여포에게 첩자를 보내 서주를 치라고 하고 성문을 활짝 열어주었다. 갑작스런 기습에 장비는 유비가족을 남겨둔 채 자신만 성에서 빠져나왔다. 유비와 관우를 만난 장비는 죄송함에 자결을 하려고 하였다. 이때 유비는 장비를 제지하며 "형제는 손발과 같고 처자식은 의복과 같다. 의복은 헤지면 다시 꿰맬 수 있지만 손발이 잘리면 어찌 대신 할 수 있겠는가!"라고 하였다. 유비는 말을 마치고 눈물을 흘렸고 관우와 장비도 함께 울었다.

물론 유비는 천성적으로 눈물샘이 풍부한 사람일 수도 있다. 아니면 인위적인 쇼맨십의 눈물일 수도 있다. 그러나 이처럼 유비의 눈물이 진실의 눈물이든 가식의 눈물이든 크게 문제가 되지 않는다. 어찌되었든 온화하고 부드러운 유비의 이미지와 탁월한 연기력에 공손찬 · 도겸 · 조조 · 원소 · 유표 · 유장 등등 수많은 인물들이 그에게 호감을 가지게 된 것 만은 확실하다. 이러한 유비의 눈물은 상당한 실효를 거두었다. 그러기에 유비의 감성에 바탕을 둔 쇼맨십은 유비가 리더십을 발휘하는데 중요한 한 축을 이루었던 것이다.

유비의 연기력은 조조와 술을 마시며 논했던 "천하영웅론"에서 절정에 달한다. 유비는 반 인질 상태로 조조의 진영에서 몸을 바짝 낮추고 재기를 준비한다. 이때 조조는 유비를 초청하여 주연을 베풀며 유비의 기개를 시험한다. 조조가 천하의 영웅이 유비와 조조자신이라고 지목하자 유비는 당황스러웠다. 때마침 천둥번개가 치자 유비는 술상 밑으로 몸을 숨기며 소심하고 나약한 척 연기를 하여 조조를 안심시킨다.

그 외 유비는 겸양의 연기력에 매우 출중하였다. 서주와 형주 및 익주를 차지할 때도 유비는 먼저 나서지를 않는다. 한편으로 간절히 원하면서도 늘 양보하는 겸양의 미덕을 보인다. 이는 한중왕으로 등극할 때도 그랬고 황제에 오를 때도 처음에는 사양하는 겸양의 미덕을 보인다. 그러다가 주변에서 이구동성으로 모두가 들고 일어서면 못이기는 척 받아들였다. 이처럼 명분을 얻어가면서 실리까지 취하는 것이 바로 유비 쇼맨십의 특징이다.

3) 손권의 쇼맨십

손권의 쇼맨십은 인정에 바탕을 둔 인화와 실리에서 출발한다. 손권은 당근과 채찍의 리더십을 즐겨 사용하였다. 그는 중신들의 죽음에도 친히 방문하여 진심어린 눈물을 흘리는 인정이 많은 군주였다.

한번은 주태장군이 부하인 주연과 서성 등에게 노골적으로 무시당하고 또 명령에도 잘 따르지 않았다는 사실을 알게 된다. 이는 주태장군이 미천한 출신의 장수였기에 이러한 문제가 발생하였다는 사실을 간파하였다. 손권은 어느 날 순시를 마치고 주연을 베풀었다. 그리고 주태에게는 상석에 배석하게 하고는 친히 술을 권하며 체면을 세워주었다. 또 주태에게 상의를 벗게하고는 온 몸에 난 상처 하나하나를 어루만지며 상처의 연유를 물었다. 모두가 손책과 손권을 지키기 위해 목숨을 걸고 싸우다가 난 영광의 상처였다.

손권이 옛일을 회상하며 주태의 상처를 어루만지다 감격하여 눈물을 주루룩 흘렸다. 갑자기 연회장이 숙연해 졌다. 다음날에는 손권은 주태에게 자신이 쓰는 어의를 보내주었다. 이를 지켜 본 주연과 서성은 주태에게 깎듯이 복종하게 되었다.

이처럼 손권의 쇼맨십은 한편으로 주태장군에게 힘을 실어주고 또 한편으로는 주연과 서성을 감화시켜 화합을 이끌어 내는 최고의 리더십을 발휘하였다. 이러한 일면이 바로 리더에게 쇼맨십이 필수덕목인 이유이다.

또 손권의 쇼맨십은 외교정책에서도 잘 드러난다. 합비전투에서 난관에 처하자 조조에게 굴신의 예를 취하고 휴전을 하였으며 조조가 죽고 조비가 등극하자 손권은 신하의 예를 갖추며 조비에게 황제로 즉위하라고 조장하기도 하는 외교 쇼맨십을 펼친다. 이처럼 손권이 계속하여 위나라에 신하의 예를 갖추자 손권을 오왕으로 봉하기도 한다. 하지만 얼마 후 오나라의 국력이 강해지자 자신도 당당히 황제에 등극한다. 이러한 사실로 보아 손권은 필요시 신하를 자처하는 외교적 쇼맨십에도 일가견이 있었음을 알 수 있다.

4) 제갈량의 쇼맨십

제갈량의 쇼맨십은 치밀한 계획에서 출발한다. 또 상대의 심리를 적절히 이용하며 쇼맨십을 펼쳤다. 대표적인 예가 화용도에서 관우의 아킬레스를 잡은 사건이다. 적벽대전에서 화공에 승리한 후 제갈량은 조자룡과 장비에게는 임무를 주지만 자존심 강한 관우에게는 은연중 무관심하게 대한다. 관우가 발끈하자 목숨을 담보로 화용도에 가서 매복하고 있다가 조조를 잡으라고 한다. 그러나 의리에 약한 관우는 화용도에서 조조를 풀어주고 만다. 제갈량은 관우를 군법에 따라 처형시키려 하자 유비의 간곡한 만류로 살려준다. 결국 제갈량이 펼친 "관우 길들이기"는 성공으로 끝나고 관우는 제갈량에게 제대로 덜미가 잡히는 꼴이 되었다.

이처럼 제갈량의 쇼맨십은 극적 반전을 가져오는 경우가 많다. 앞에서 언급한 가맹관에서 벌린 장비와 마초의 혈전 역시 그러하다. 은연중 장비를 무시하자 기분이 상한 장비는 목숨을 걸고 출전의사를 비춘다. 그때 제갈량은 못이기는 체 허락하여 장비로 하여금 최고의 전투력을 발휘하도록 한다. 간혹 제갈량은 적군은 물론 아군도 속이는 원맨쇼를 펼쳐 주변을 놀라게 하기도 한다. 이것이 바로 제갈량이 즐겨 사용하는 제갈량 방식의 쇼맨십이기도 하다.

또 제갈량은 적벽대전을 성사시키기 위해 동오에 들어가 문무백관들과 설전을 벌이는가 하면, 손권과 주유의 감정을 건드려 적벽대전으로 끌어들이는 쇼맨십을 펼치기도 하였다. 또 주유의 죽음에는 추도객으로 참석하여 애절한 추모사를 낭송하여 주변을 눈물바다로 만드는 뛰어난 연기력을 발휘하기도 하였다.

이상에서 여러 영웅들의 다양한 쇼맨십을 소개하였다. 이처럼 쇼맨십은 부정적인 측면보다는 긍정적인 측면이 더 많다. 또 쇼맨십은 위선이 결코 아니다. 쇼맨십은 또 다른 훌륭한 지략인 것이다. 쇼맨십은 지략 그 자체로 끝나는 것이 아니라 멋지게 연기해 내는 표현예술이기도 하다. 그러기에 훌륭한 리더에게 쇼맨십은 기본덕목이며 리더십의 일부인 것이다.

상식 한 마당 16

* 빌려 쓰기 명수 제갈량과 의탁(依託)의 일인자 유비

빈손으로 왔다가 빈손으로 돌아가는 것이 인생이다. 결국 아무것도 가지고 갈수 없음에도 불구하고 우리는 이승에 와서 수많은 것을 소유하려 전전긍긍하며 살아간다. 그러나 이것은 우리가 소유하는 것이 아니라 잠시 빌려 쓰다가 돌아갈 때는 반납하고 돌아간다는 사실을 명심해야 한다. 그러기에 우리는 빌려 쓰기 인생을 사는 셈이다.

소설 ≪삼국지≫에서 빌려 쓰기 명수가 바로 제갈량이다. 그는 삼국대전을 통하여 철저하게 남의 것을 빌려 쓰다가 인생을 마감한 사람이다. 물론 빌려 쓰고는 어느 것도 상환하지 않았다.

명말청초의 희곡작가 이어(李漁)는 소설 ≪삼국지≫를 평하면서 나관중은 "조조의 일생을 빌려 쓰고 또 제갈량의 일생도 빌려다 썼다."라고 언급하였다. 이처럼 나관중은 소설을 창작하는 과정에서 조조와 제갈량의 부분에 가장 많은 허구를 빌려다 기술하였다. 그러다보니 제갈량은 자연히 빌려 쓰기 명수로 등장하게 되었다.

　제갈량의 빌려 쓰기는 유비의 삼고초려 이후부터 시작된다. 유비가 형주의 유표에 의탁할 때 제갈량은 유표의 형주를 근거로 천하삼분의 전초기지로 활용하자고 제안하였다. 그러나 유비는 명분이 부족하다며 거절한다. 그 후 제갈량은 동오의 군대를 빌려 조조를 제압하고자 적벽대전을 일으킨다. 적벽대전을 준비하던 중 주유의 계략으로 화살 10만개를 준비해 달라는 부탁을 받게 된다. 제갈량은 초선차전(草船借箭)의 방법으로 문제를 해결한다. 결국 풀단으로 가득채운 20여 척의 배를 끌고 야밤에 조조군에 접근하자 놀란 조조군이 화살세례를 퍼붓는 바람에 10만 여개를 간단히 빌릴 수 있었다. 또 적벽대전에서 화공으로 조조군을 치려고 하나 동남풍이 불어오지 않자 제갈량은 배풍대에 올라 하늘에서 동남풍을 빌려오는 기염을 토하기도 한다.

　적벽대전 이후에는 슬그머니 형주를 차지하여 삼국정립의 전초기지로 활용하다가 오나라가 기득권을 주장하며 반환을 요구하자 이번에는 익주를 얻을 때까지 빌려 쓰다 돌려주겠다고 한다. 그리고 연고도 없는 익주를 지켜준다는 명목으로 익주를 빌려 삼국정립의 기반을 세우기까지 하였다.

　삼국정립 이후에는 북방일대로 진출하여 위나라와 전투를 벌이던 중, 식량이 떨어지면 슬그머니 위나라 지역의 보리밭을 빌려다 군량을 보충하는 놀라운 임시변통의 능력을 발휘하기도 하였다. 물론 빌린 것을 상환하였다는 기록은 어디에도 없다. 오죽했으면 중국 속담에 "유비가 형주를 빌리다.(劉備借荊州)"라는 말이 있는데 이는 "빌려간 것을 돌려주지 않는다."는 의미로 지금도 사용되고 있다.

　반면 유비는 남에게 의탁하는데 일인자였다. 물론 애초에 정치적 기반이 없다보니 반평생을 남에게 의탁하여 살 수밖에 없었다.

　처음에는 공손찬에게 의탁하여 무전취식하다가 서주의 도겸에게로 찾아간다. 도겸의 죽음으로 서주를 차지하여 기반을 다지려하나 이내 여포에게 빼앗긴다. 여포가 떼어준 소패땅 마저도 여포와의 불화로 다시 빼앗기고 이번에는 조조에게 의탁한다. 조조 밑에서 반 인질 상태로 있던 유비는 다시 원소에게로 의탁하나 이것도 여의치 않자 형주의 유표에게 몸을 의탁한다. 유표가 죽자 유비는 다시 익주의 유장에게로 의탁하는 척 하다가 익주의 주인으로 눌러앉는다.

　이러한 면에서 유비와 제갈량은 서로 닮은 구석이 있다.

　유유상종(類類相從)이라고나 할까! 그러기에 환상의 콤비가 되었을 수도 있었을 것이다.

第8講

처세술(處世術)

* 약은 새는 나무를 가려서 깃들고,
현명한 신하는 주인을 가려서 섬긴다.

※ 일반적으로 "처세술"이라 하면 긍정적 이미지 보다는 부정적 이미지가 더 강하다. 왜냐하면 처
  세에 능통한 사람이라 하면 선입관으로 아부를 잘하거나 눈치 빠르게 자기의 이득만 취하는
  부류들을 연상시키기 때문이다.
  그러나 "처세술"이란 개념은 긍정적 의미로 재평가 되어야 한다. 사실 처세술이란 사전적 의미
  로는 "사람들과 사귀며 세상을 살아가는 방법이나 수단"으로 세상의 사람들과 더불어 살아가는
  방법을 배우는 것이기에 어찌 보면 인성교육 만큼이나 더 중요한 분야이기도 하다. 처세술은
  대개가 위인의 선험적 경험이나 수많은 사람들의 지혜를 통해서 나온 것이기에 삶의 방향과
  선택에 나침판 역할을 하기도 한다. 그러기에 개인주의와 이기주의가 만연하는 현대사회에서
  더 필요한 것이기도 하다.

---

* 처세술이란 무엇인가?

처세술이란? 인간관계에서 시작된다. 즉 인간의 사회생활 속에서 구성원들과 더불어 살아가는 가장 효율적이고 적합한 방법론을 배우는 것이 바로 처세술이다. 처세술은 인간과의 상호관계에서 시작되기에 상황마다 각기 다른 경우가 만들어 지기도 한다. 그러기에 고도의 기교가 필요한 부분이기도 하다.

또 사회생활을 하면서 누구와 함께 일을 할 것이며 또 어떻게 처신하느냐? 하는 문제는 결코 쉬운 일이 아니다. 왜냐하면 누구와 함께하는가와 어떤 처신을 하였는가? 에 따라 삶의 질과 성패가 결정되기 때문이다.

고전에 "약은 새는 나무를 가려서 깃들고 현명한 신하는 주인을 가려서 섬긴다.(良禽擇木而棲, 賢臣擇主而事)"라는 말이 있다. 이 말은 동탁의 참모 이숙이 여포에게 정원을 버리고 동탁을 주군으로 모시라고 설득하면서 한 말이다. "약은 새는 나무를 가려서 깃들고 현명한 신하는 주인을 가려서 섬긴다고 합니다. 적당한 기회가 왔을 때 잡지 않으면 후회해도 소용이 없습니다."라고 하였다. 이 말을 들은 여포는 의부 정원을 죽이고 다시 동탁을 의부로 삼았다. 이처럼 여포는 가장 훌륭한 명언을 들으며 최악의 선택을 하였던 것이다.

어떤 처세술을 가지고 세상을 살 것인가? 이는 한마디로 단언하기 어려운 문제이다. 그러기에 가끔은 영웅들의 삶을 들춰보며 그들의 처세술을 살펴볼 필요가 있다.

조조와 유비는 과연 어떤 처세술로 세상을 살았을까?

"차라리 내가 세상을 버릴지언정 세상이 나를 버리게 하진 하겠다.(寧敎我負天下人, 休敎天下人負我)" 이 말은 조조가 자신의 실수로 부친 친구인 여백사를 죽이고 진궁에게 한 변명이다. 어찌 보면 대단한 "운명개척론자"처럼 보이기도 한다. 이 말 한마디는 조조가 과거에 어떻게 살아왔으며 향후 어떻게 살 것인지를 추측하게 만든다. 그의 처세관이 이 말 한마디에 응축되었다고 볼 수 있기 때문이다.

"큰 일을 할 사람은 항상 백성을 근본으로 삼아야 한다. 이렇게 백성들이 나를 믿고 따르는데 내 어찌 이들을 버린단 말인가!(擧大事者必以人爲本. 今人歸我, 奈何棄之!)" 이 말은 신야에서 조조에게 쫓겨 도망치던 유비가 함께 따르던 백성을 포기하자는 측근의 권유를 뿌리치며 한 말이다. 유비는 백성에게 버림을 받을지언정 내가 백성을 버리지 않겠다는 의지를 보인 말로 이 말을 들은 백성들은 감격해 하지 않은 자가 없었다. 결국 이 말 한마디는 후에 유비가 삼국을 정립하는데 상당한 시너지 효과를 거두게 된다.

또 유비가 임종을 맞이하여 유선에게 남긴 유언에는 "크든 작든 악한 짓은 하지 말고, 선행은 작더라도 꼭 실행해라. 오직 어질고 덕이 있어야만 사람을 복종시킬 수 있다.(勿以惡小而爲之, 勿以善小而不爲之. 惟賢惟德, 可以服人.)"라는 말이 있다. 이 말은 유비가 좌우명처럼 여기며 실천하려고 했던 것이기에 그의 처세관이 고스란히 담겨져 있다.

이처럼 두 영웅이 남긴 말속에는 그들이 어떠한 처세술로 세상을 어떻게 살았는지 대략 짐작을 할 수 있다. 여기에서 필자는 두 영웅의 처세관에 대하여 옳고 그름을 논하려고 하는 것은 아니다. 왜냐하면 두 영웅은 나름의 처세관과 가치관을 가지고 한 시대를 풍미한 인생이기 때문이다. 그러나 그들의 처세관과 처세술에 대하여 한번쯤은 진지하게 생각해볼 필요가 있다. 왜냐하면 여기에는 분명 우리가 교훈으로 받아들일 부분이 담겨있기 때문이다.

처세술에는 크게 군주의 처세술과 신하의 처세술로 나눌 수 있다. 본장에서는 군주의 처세술에 조조를 중점적으로 다루고, 신하의 처세술에는 여러 부류의 신하유형을 분석하며 소개하기로 한다.

* 군주의 처세술

군주의 처세술과 신하의 처세술은 관점부터가 다르다. 왜냐하면 오너(고용인)와 피고용인의 입장이 다르기 때문에 처세의 방법도 달라질 수밖에 없다.

먼저 군주의 처세술에는 "처세의 달인"으로 꼽히는 조조를 빼놓을 수 없다. 조조는 키가 대략 155cm 정도로 풍채가 크지도 않았으며 더군다나 환관의 손자라는 멍에는 그가 죽을 때까지 꼬리표처럼 따라 다녔다. 그러나 그는 그러한 콤플렉스를 극복하고 당대의 영웅으로 우뚝 설수 있었던 것은 단순히 운이 좋아서 만이 아니다. 그는 끊임없는 노력과 자기개발을 통해서 이루어진 결과이다. 더군다나 그는 항상 검소하고 근면하였으며 내적으로는 자기관리에 충실하였던 사람이다. 또 외적으로는 처세술의 달인답게 끊임없이 인재를 끌어들여 자신의 부족한 면을 보충하였다. 여러 일화에서 나오듯이 조조는 인재를 잘 아끼고 관리하는 특출한 재주를 타고 난 사람이다. 그러한 재주는 화끈한 성격과 호탕한 인간적 매력에서 나오는 것이기도 하다.

조조의 가장 큰 장점은 기회포착의 재주가 있다는 점이다. 한마디로 찬스에 강하다는 의미이다. 인내하며 기회를 기다리다가 결정적인 기회를 포착하면 전력투구하여 그 기회를 꼭 쟁취하였다. 기회포착의 재주는 아무에게나 있는 것은 아니다. 이러한 재주는 바로 치밀하고 냉정한 판단력과 일을 밀어붙이는 추진능력이 있는 사람만이 얻을 수 있는 것이다. 리더에게 정확한 판단력과 추진력은 대업의 성패를 좌우하는 것이기에 매우 중요한 요소이다. 황제를 끼고 정권을 장악했던 일이나 불리했던 관도대전을 뒤집기로 역전을 시켰던 일은 조조만의 가지고 있는 정확한 판단능력과 강력한 추진능력을 십분 발휘하였기에 가능했던 것이다.

조조가 가지고 있는 또 하나의 장점은 강력한 카리스마와 쇼맨십이다. 조조의 카리스마와 쇼맨십은 그가 주군으로 처세를 하는데 매우 효율적으로 활용되었다. 더군다나 교활성이 적당히 가미된 쇼맨십은 그가 처세를 하는데 운신의 폭을 더욱 넓혀주었다. 즉 냉정하고 강력한 카리스마로 인해 경직된 행동반경을 쇼맨십으로 메울 수가 있었기 때문이다.

또 그가 위공(魏公)으로 책봉되었을 때에는 자신이 가지고 있던 수많은 재산들을 가난한 백성들을 위해 기부하였다. 또한 조조를 섬기던 고위 관료들도 함께 이 대열에 동조하여 가난한 백성들을 위해 나누어주었다고 한다. 이렇게 조조는 민심을 얻으며 훌륭한 군주로 거듭나는 계기가 되었다.

이처럼 조조는 때와 시기를 아는 처세를 하며 민심을 얻었다. 또 조조는 끝내 황제에 오르지는 않았다. 황제에 오르는 것은 후대의 몫으로 남겨 두었다. 그는 역사와 민심을 알고 있었기에 무모한 모험을 하지는 않았던 것이다. 이러한 처세가 조조를 "처세술의 달인"으로 인정받게 되는 결정적 요소가 되었다.

군주의 처세술이란 권력을 이용하여 재물을 모으는데 있는 것이 아니라 지위에 오를수록 재물을 어떻게 쓰느냐에 달려있다. "나이가 들수록 입은 다물고, 지갑은 열어라."라는 말이 있다. 다시 말해 말은 적게 하고 주위에 베풀라는 의미일 것이다. 그러기에 군주된 자는 내가 군주가 될 수 있게 도와준 자들에게 아낌없이 베풀어야 한다. 그래야만 그들이 그 군주를 영원이 존경하며 추모할 것이기 때문이다.

* 신하의 처세술 - 7가지 유형의 각기 다른 처세술

노자(老子)는 난세의 처세술에 대하여 이렇게 이야기 하였다. "자기 몸을 위태롭게 하는 자는 남의 잘못을 발설하는 자요, 남의 신하된 자는 자기를 내세우지 않아야 한다." 즉 경솔하게 남의 과오를 공격하여 원수를 만들지 말고, 자기의 공을 지나치게 내세우지 말고 겸손해라는 의미이다. 또 노자는 "최상의 선은 물과 같은 것이다."라는 "상선약수(上善若水)"의 사상을 제시하였는데 이것이야말로 바로 최상의 처세술이기도 하다. 이 말의 뜻은 "최상의 선은 물과 같은 것이다. 물은 만물에게 이로움을 주지만 다투는 일이 없고, 사람들이 싫어하는 낮은 곳에 항상 머무른다. 그러므로 물이야 말로 도에 가장 가깝다.(上善若水. 水善利萬物而不爭, 處衆人之所惡. 故幾於道.)"라는 의미로 불후의 명언이라 할 수 있다.

또 유향은 ≪설원≫에서 "신하의 처세는 순종하면서 전횡을 부리지 말아야 하고, 의(義)를 구차스럽게 합리화시키지 말아야 하며, 자신의 지위를 구차하게 높이지 말아야 한다. 그래야만 나라가 흥성하고 또 군주를 잘 모실 수 있으며 자신 또한 존귀해지고 자손들도 번창할 수 있다."고 하였다. 그러면서 육정(六正)과 육사(六邪)를 제시하였다.

육정에는 성신(聖臣)·양신(良臣)·충신(忠臣)·지신(智臣)·정신(貞臣)·직신(直臣)을 말하고, 육사는 구신(具臣 : 머릿수나 채우는 신하)·유신(諛臣 : 아첨하는 신하)·간신(姦臣 : 간교한 신하)·참신(讒臣 : 혼란을 조성하는 신하)·적신(賊臣 : 도둑과 같은 신하)·망국지신(亡國之臣 : 나라를 망하게 하는 신하)을 말한다. 따라서 현명한 신하는 육정지도(六正之道)로 처신하고 육사지술(六邪之術)을 배격해야 한다. 이것이 바로 신하된 자의 도리와 처세술이라고 언급하였다.

이처럼 신하된 자의 처세술은 사리사욕을 버리고 주군에 대한 충성심을 으뜸으로 삼았다. 삼국시대에도 수많은 인재들이 이 문제를 놓고 고민하였다. 그리하여 여러 유형의 처세술이 등장하며 각기 다른 삶을 살아갔다.

첫째로 "죽림칠현형(竹林七賢型)"을 들 수 있다. 이 유형의 대표주자가 수경선생 사마휘이다. 그는 속세를 떠나 초야에 묻혀 살면서 벼슬을 갈구하지 않는 처세를 하였다. 이런 부류에는 최주평·석광원·맹공위·황승언 등이 있다.

둘째로 "불사이군형(不事二君型)"이다. 이 유형에서는 공융과 순욱을 꼽을 수 있다. 공융은 끝까지 조조를 견제하며 한나라의 부흥을 갈구했던 충성스런 신하였다. 결국 조조에게 죽임을 당했다. 또 순욱은 비록 조조의 유능한 책사였지만 조조가 한실부흥을 포기하고 왕위에 오르려 하자 사이가 벌어진다. 결국 자의반 타의반으로 자결을 하였다.

셋째는 "일편단심형(一片丹心型)"으로 제갈량이 으뜸이다. 그는 주군 유비와 유선에게 충성을 다해 절대적 신임을 받은 영원한 2인자의 처세를 하였던 인물이다. 이 유형에는 관우·장비·조자룡·방통·하후돈·조인·주유 등 많은 인물들이 이 유형에 해당된다.

넷째는 "신의절개형(信義節槪型)"이다. 이 유형은 비록 시대를 잘못만나 주군을 한번 바꾸었지만 이후에는 변절하지 않고 죽을 때까지 충성을 다한 유형으로 방덕·강유·황충 등이 있다.

다섯째는 "정치철새형"으로 대표적인 인물로 가후와 여포를 들 수 있다. 그러나 가후는 비록 여러 차례 주군을 바꾸었으나 겸손하고 지혜로운 처세로 천수를 다하였으나 여포는 야욕과 오만방자한 처세로 결국 조조에게 참수를 당하였다.

여섯째는 "개과천선형(改過遷善型)"으로 서서를 꼽을 수 있다. 서서는 비록 조조의 계략에 빠져 유비를 떠나는 과오를 범했지만 끝까지 조조에게는 단한가지의 책략도 제시하지 않으며 유비에 대한 의리를 지키며 살았던 인물이다. 그렇다고 명분도 없이 유비에게 돌아가지도 않았다. 그는 "몸은 비록 조조의 영지에 있으나 마음은 촉에 있다."라는 마음으로 지조를 지키며 살았던 인물로 매우 독특한 처세를 하였던 인물이다.

〈그림 59〉 사마의는 사마사와 사마소와 함께 역성혁명을 한다

일곱째는 "역성혁명형(易姓革命型)"이다. 이 유형에는 조조와 사마의가 대표적인 인물이다. 조조와 사마의는 처음에는 신하의 처세술을 걷다가 나중에는 군주의 처세술로 바꾸며 살아간 인물이다.

이처럼 신하의 처세형태를 크게 7가지 유형으로 분류하여 살펴보았다. 이들은 각기 다른 처세의 길을 택하여 살아갔다. 그러나 어느 길이 옳고, 어느 길이 잘못된 길이었는가는 단언하기가 매우 어렵다. 왜냐하면 모두가 나름의 처세술을 가지고 살아갔기에 그 삶의 가치는 본인만이 그 가치를 평가할 수 있기 때문이다. 그러나 우리는 제3자의 입장에서 또 객관적인 관점에서 그들의 삶의 질과 처세의 성패는 논할 수는 있다. 필자는 여기에서 성공한 처세술로 가후를 뽑았고 실패한 처세술로는 맹달을 뽑아 그 처세술의 성패를 고찰해 보고자 한다.

1) 성공한 처세술

신하 가운데 가후의 처세술을 빼 놓을 수가 없다 그는 시대를 보는 정확한 판단력과 겸허한 처신으로 77세의 천수를 누렸던 인물이다. 정사 《삼국지》에서도 그는 "책략에 실수가 없고 시대변화를 꿰뚫고 있었다."라고 평가되어 있으며 그는 유능한 책사로 여러 명의 주군을 섬겼으나 가는 곳마다 그 재능을 인정받았던 인물이다. 현대적 관점에서 보면 가후는 전형적 철새형 정치가였다. 그럼에도 불구하고 그가 천수를 다하며 죽을 수 있었던 것은 유능한 처세술에 있었다.

가후는 본래 동탁의 부하이며 사위였던 우보의 참모였다. 그러던 중 동탁이 여포에게 살해되자 그는 이각과 곽사의 참모가 되어 왕윤을 살해하고 여포를 추방시키는데 일익을 담당한다. 가후는 이러한 공로에도 높은 벼슬에 나가지 않고 오히려 한직으로 나와 조정의 정치체질 개선에 힘쓴다. 이각과 곽사의 횡포가 심해지자 가후는 동향 출신인 단외의 참모로 들어간다. 단외는 처음에는 그를 반겼지만 점차 가후를 두려워하며 거리를 두게 된다.

가후는 다시 장수 휘하로 들어간다. 이 무렵 장수는 조조와 여러 차례 전투를 벌이게 되었다. 가후의 계략으로 조조는 목숨까지 위협받을 정도로 고전을 면치 못했다. 조조는 완성전투에서 장남 조앙을 잃고 호위대장 전위장군까지 잃었다. 후에 원소와 조조가 관도대전을 펼칠 때에는 장수와 가후를 서로 자기편으로 끌어들이려고 추파를 보내왔다. 이때 가후는 비록 원소의 세력은 강력하나 그릇이 작아 우리를 중용하지 않을 것이며 조조는 세력이 열세이나 천자를 받들고 인재를 좋아하므로 우리를 중용할 것이라고 판단하여 조조에게 투항하자고 권한다.

조조의 책사가 된 가후는 수많은 책략을 내놓으며 혁혁한 전공을 세운다. 관도 전투에서도 조조에게 결단을 촉구하여 승리로 이끌었고, 서량에서 마초와 한수가 반란을 일으켰을 때에도 그의 이간책으로 토벌에 성공하는 등 수많은 전공을 세워 조조의 두터운 신임을 받았다.

〈그림 60〉 겸손과 무욕으로 처세하여 천수를 다한 가후

가후는 주변 사람들이 자신의 재능과 전공에 시기와 경계심을 품지 않도록 항상 겸손하고 겸허한 생활을 하였다. 절대로 사사로운 교제를 하지 않으며 또 이익을 취하려 하지 않았다. 심지어는 자녀들의 혼인 상대도 명문세가 출신을 고르지 않고 분수에 맞는 상대를 골랐다. 이처럼 가후는 철저히 몸을 낮추고 조신하게 행동을 하였기에 그에 대한 견제와 탄핵은 없었다. 조조가 죽고 조비가 즉위하자 가후는 태위에 임명되고서 77세까지 천수를 누리며 살다가 죽었다. 죽어서는 숙후(肅侯)라는 시호가 내려졌다.

2) 실패한 처세술

처세술에 실패한 사람으로는 여포·우금·맹달 등 많은 사람들이 있다. 그중에서 맹달을 중점적으로 살펴보기로 한다. 한나라 말기에 맹달은 법정과 함께 기근을 피해 익주로 들어가 유장에게 의탁하였다. 장송이 유장에게 유비와 결탁하여 한중을 취하자고 건의할 때 맹달은 법정 등과 함께 주군 유장을 배신하고 유비를 섬기게 된다.

유비가 유장을 제압하고 익주를 차지하자 유비는 맹달을 의성태수에 임명하였다. 후에 맹달은 유봉에 소속되어 상용의 태수 신탐의 항복을 받아내는 등 많은 전공을 세우며 활약을 하였다. 그러나 관우가 양양성을 포위할 때 관우는 맹달과 유봉에게 여러 차례 원군을 요청하였지만 다른 이유를 들어 이를 거절하였다. 또 유봉과 맹달은 서로 사이가 좋지 않아 내분이 생기기도 하였다. 더군다나 관우가 위험에 빠져있을 때도 원군을 보내지 않았다. 결국 관우가 전쟁에서 패배하여 죽게 되자 이 소식을 들은 유비의 분노는 극에 달하였다. 이때 맹달은 불안해 지기 시작하였다.

맹달은 관우를 구원하지 않은 죄를 추궁당할까 두려워하여 위나라로 투항해 버렸다. 유엽과 사마의가 "맹달은 충성심이 없는 위인이라 중용해서는 아니 된다."는 간언을 하였지만 조비는 맹달의 재능을 좋아하여 중용하였다. 맹달은 위나라 장수가 되어서도 많은 전공을 세웠다. 이에 조비는 맹달에게 많은 선물을 주며 맹달을 극진히 총애하였다.

그러나 조비가 죽고 조예가 즉위하자, 조예는 맹달을 그리 아끼지 않았다. 이에 맹달은 다시 불안해 지기 시작하였다. 그때 제갈량이 북벌을 시작하자 맹달은 은밀하게 제갈량과 서신을 교환하며 모반을 준비하였다. 불행하게 그 사실은 평소 맹달과 사이가 좋지 않은 위흥태수 신의가 알게 되었다. 이 사실을 보고받은 사마의는 황제에 보고도 하지 않고 신속하게 맹달을 진압하러 출병시켰다. 진압군의 선봉인 서황이 도착하였을 때는 강력하게 저항하였으나 사마의 대군이 생각보다 빠르게 밀어닥치는 바람에 맹달은 제대로 대응도 못하고 무너졌다. 더군다나 신탐과 신의는 맹달을 죽이고 사마의에게로 투항해버렸다. 이렇게 맹달은 순간의 잘못된 처세술로 어디에서도 환영받지 못하는 역신으로 남게 되었다.

위에서 언급한 가후와 맹달은 모두가 철새형 인물이다. 그럼에도 불구하고 가후는 천수를 누린 대신 맹달은 역적의 길로 들어서게 되었다. 이 모든 것은 바로 처세에서 시작된 것이다.

우리는 군주의 처세술로 유비의 삶을 살 것인가? 아니면 조조의 삶을 살 것인가? 또 참모의 처세술로 제갈량의 삶을 살 것인가? 아니면 사마의의 삶을 살 것인가? 그리고 장수의 처세술로 관우의 삶을 살 것인가? 아니면 여포의 삶을 살 것인가? 하는 문제를 곰곰이 생각해 볼 필요가 있다. 더군다나 현대를 살아가는 사회인이라면 한번쯤은 이들의 삶이 무엇을 의미하며 우리는 어떠한 선택을 해야 하는지 자신에게 물어볼 필요가 있다.

필자는 소설 ≪삼국지≫에서 얻은 처세술을 이렇게 정의하고자 한다.
- 초반에 절대 나서지 말고 차분히 준비하라.
- 기회다 싶으면 전력투구하라.
- 기회를 잡으면 끊임없이 자기관리에 철저해라.
- 항상 대의명분을 생각하고 행동하라.

이중에서 가장 중요한 것은 어떤 처세를 해야 할 때 항상 제일 먼저 생각해야 할 부분이 바로 대의명분이다. 즉 대의명분이 있느냐? 없느냐? 에 따라서 모든 것이 결정되기 때문이다. 세상에는 대의명분도 없는 것에 연연하다 실패하는 경우가 다반사이다. 결론적으로 미래를 보는 혜안을 가지고 지혜로운 처세를 할 수만 있다면 가장 성공적인 삶이 될 것이다.

또 다른 사람의 지혜를 나의 처세술에 활용할 수만 있다면 이보다 더 지혜로운 일은 없을 것이다. 사람을 울고 웃게 하는 재주가 있는 유비에게서 감성의 인간미를 배우고, 카리스마 조조에게서 용병술과 기회포착 및 위기관리능력을, 인화와 화합의 상징 손권에게서 포용력과 인재양성을, 늘 성실하고 계획성 있게 살다간 제갈량에게서 비전과 추진능력을, 의리의 관우에게서 책임감을, 겸허와 절제능력이 뛰어난 가후에게서 판단력과 처세술을 배운다면 성공적인 삶이 될 것이다.

백년을 넘기기 어려운 짧은 인생에서 성공적인 삶을 살다 간다는 것은 그리 쉬운 일 아니다. 사실 하나의 목표를 가지고 일관된 삶을 산다는 것은 더더욱 어려운 일이다. 이는 신의 축복이기도 하다.

철학자 엠마누엘 칸트는 인생을 철저하게 계획성을 가지고 살다간 인물로 알려져 있다. 마을 사람들은 그의 일정한 산책시간을 보고 시계를 맞출 정도로 계획성을 가지고 알차게 인생을 살다간 철학자였다. 칸트는 임종에 이르러서 인생을 회고하고는 마지막으로 "좋다"라는 한마디를 던지고 죽었다고 한다.

또 그를 일컬어 "많은 사람이 웃는 가운데 울면서 태어나, 많은 사람이 우는 가운데 웃으며 세상을 마친 사람"이라고 말한다. 이 얼마나 멋진 인생인가! 그의 묘지명에는 "날이 갈수록 내게 더욱더 새로워지는 것은 밤하늘에 반짝이는 별과 내 마음속의 도덕률이다."라고 적혀있다.

또 다소 희극적인 묘지명도 있다. 극작가 조지 버나드 쇼의 묘지명에는 "우물쭈물 하다가 내 이럴 줄 알았다."라고 적혀있다. 무언가 아쉬움이 가득 배어있는 묘지명이 아닐 수 없다.

영원한 성자 김수환 추기경의 묘지명에는 "주님은 나의 목자 아쉬울 게 없도다."라고 되어 있다. 여기에서 마음에 딱 와 닿는 말은 "아쉬울 게 없도다."라는 문구이다. 한평생을 살면서 아쉬울 게 없이 살았으니 그 얼마나 행복한 일이 아닌가!

"불안정한 인생을 완성시키는 것이 곧 죽음이다."라는 말이 있다. 그러기에 우리는 성숙된 관념을 가지고 죽음 앞에서도 의연함과 초연함을 견지할 수 있어야 한다. 그러나 죽음을 초월한 영원한 삶이란 종교적 차원에서 말하는 일부분 일뿐 시시각각으로 다가오는 죽음 앞에 인간들은 초연함과 의연함을 견지하기란 그리 쉬운 일이 아니다. 또 영원을 담보 받을 수 없는 일회성 죽음 앞에 그 죽음의 의미를 묻는다면 예전에도 그러했고 지금도 그러하듯이 궁색한 변명조차 할 수도 없는 것이 나약한 인간이다. 그러기에 우리는 이처럼 일관된 인생을 살기위하여 수많은 영웅들의 삶과 죽음을 되돌아보고 그들의 삶을 통하여 "어떻게 살 것인가?" 하는 문제를 다시한번 되돌아보아야 한다.

결론적으로 소설 ≪삼국지≫는 단순한 소설이 아니다. 삶의 철학과 인생의 지혜가 녹아있는 동양의 고전 중의 고전이라고 할 수 있다. 세월이 가고 시대가 변해도 명작은 변하지 않기 때문에 이것이 곧 "고전의 향기"인 것이다.

상식 한 마당 17

* 방덕과 우금의 처세술

방덕은 처음에 마초의 부장이었다. 후에 조조와의 동관전투에서 패배하고 장로에게 의탁하였다. 방덕이 잠시 병으로 한중에 남아있을 때에 마초는 유비에게 투항하였다.

조조가 다시 한중을 침략하자 방덕은 장로의 부탁을 받고 전쟁터에 나갔다. 이때 방덕은 가후의 계략에 빠져 붙잡히게 되었고 결국 투항하였다. 조조는 그의 재능을 크게 생각하여 중용하였다. 그 후 조인의 부장이 되어 반란을 토벌하며 많은 전공을 세웠다.

형주 전투에서 선봉장으로 우금과 출전을 하였는데 자신을 의심하자 관을 메어 출전하는 충성을 보인다. 또 관우가 조인을 공격하자 방덕은 관우를 격파하여 백마장군이라며 별칭을 얻기도 하였다. 조인의 명령에 따라 방덕은 번성 북쪽에 주둔하였으나 계속된 비로 한수가 범람하여 번성이 수몰되었다. 관우가 수공으로 공격할 것을 간파하고 우금에게 대피할 것을 권했으나 우금이 그 말을 무시하는 바람에 제방으로 올라가 겨우 물을 피하였다. 이때 과연 방덕의 예상대로 관우가 배를 타고 공격해 왔다. 방덕은 화살로 응전하며 배를 타고 도망쳤다. 그러나 물결에 배가 뒤집히는 바람에 결국 주창에게 붙잡혀 처형을 당했다. 후에 조조는 방덕의 장례를 후하게 치러주며 그의 용맹을 극찬하였다.

〈그림 61〉 죽음으로 충성을 다한 충성의 화신 방덕

한편 우금은 처음에는 포신을 섬겼다. 포신이 죽자 왕랑의 추천으로 조조의 휘하에 들어갔다. 이후 우금은 조조를 수행하며 연주 탈환의 전공과 황건 잔당의 소탕 및 장수의 반란군 평정 등 수많은 전공을 세우며 조조의 두터운 신임을 받았다. 또 관도대전에서 불리한 상황에서도 우금은 용맹을 떨치며 분전하였고 또 반란군 매성과 진란을 진압하는 등의 전공으로 좌장군에 오른다.

관우가 양양을 점령하고 조인의 번성을 포위하자 조조는 우금을 지원군으로 파견한다. 계속되는 비로 한수가 범람하여 진지가 물에 잠기게 되었다. 이때 관우가 배를 타고 우금을 공격하자 우금은 버티지 못하고 이내 투항을 하였다. 우금이 투항했다는 소식에 조조는 "내가 우금과 30여년을 함께 하였지만 위기에 처하자 방덕보다도 못한 처신을 할 줄은 어찌 짐작이나 했겠는가!"라며 탄식을 하였다고 한다.

이 때 손권이 관우를 공격하여 형주를 점령하게 되었는데 우금도 함께 손권에게 인계되었다. 조조가 죽고 조비가 즉위하자 손권은 우호적 차원에서 우금을 본국으로 돌려보냈다. 후에 조비는 우금을 오나라에 사자로 보내면서 조조의 무덤을 참배하도록 하였다. 거기에는 관우가 승전하여 방덕이 분노하는 모습과 우금이 항복하는 그림이 그려져 있었다. 이를 본 우금은 부끄럽고 분한 마음에 화병을 얻고 죽었다고 한다.

이처럼 동시대를 살았던 두 장수의 최후는 극명하게 갈린다. 순간의 처세가 얼마나 중요한지를 보여주는 대목이기도 하다.

제3부

삼국지 교양학
三國志 敎養學

第1講

고사성어(故事成語)로 배우는 인문교양(人文敎養)

　　"고사성어(故事成語)"란 옛날 어떤 사건이나 유래로 인해 만들어진 어휘가 세상에 널리 회자되어 사용되는 있는 말을 의미한다. 다시 말해 "고사"란 "옛날부터 전해 내려오는 유래가 있는 일"을 말하고, "성어"란 "옛 사람이 만들어 지금까지 널리 세상에 사용되고 있는 말"이라 정의할 수 있다. 그러기에 고사성어는 "옛날 어떠한 사건이나 유래에 의하여 만들어진 것이 후세에 널리 사용되고 있는 말"로 반드시 어떠한 유래와 사건이 담보되어야 한다.

　　이러한 관점에서 소설 ≪삼국지≫에 인용된 고사성어는 대략 70여 개 정도가 나온다. 또 이 고사성어를 살펴보면 고사성어가 소설 ≪삼국지≫자체에서 유래된 것이 있는가 하면, 同 時代를 기술한 역사서 ≪삼국지(三國志)≫·≪후한서(後漢書)≫·≪진서(晉書)≫등에서 유래된 것을 후대에 소설 ≪삼국지≫에 재인용한 것도 있고 또 기타 시대에서 유래된 고사성어를 후대에 소설 ≪삼국지≫에서 재인용한 것들도 있다.

1. 소설 ≪삼국지≫자체에서 유래된 고사성어

　　소설 ≪삼국지≫자체에서 유래된 고사성어로는 대략 도원결의(桃園結義)·구오지분(九五之分)·광세일재(曠世逸材)·기대취소(棄大就小)·부정모혈(父精母血)·종호귀산(縱虎歸山)·낭중취물(囊中取物)·오관참육장(五關斬六將)·용쟁호투(龍爭虎鬪)·신기묘산(神機妙算)·조조삼소(曹操三笑)·과목불망(過目不忘)·단도부회(單刀赴會) 등 약 10여 개 정도로 확인된다. 이 고사성어의 유래를 살펴보면 다음과 같다.

1) 도원결의(桃園結義)

도원결의는 "도원에서 유비·관우·장비가 의형제를 맺고 서로 의기투합한다."는 뜻으로 소설 ≪삼국지≫ 제1회에 나온다. 제1회의 회목에 "연도원호걸삼결의(宴桃園豪傑三結義), 참황건영웅수립공(斬黃巾英雄首立功)"이라고 언급되어 있으며, 또 중간에 장비의 집 후원에 있는 도원에서 세 사람이 모여 분향재배하며 다음과 같이 선언하는 장면이 나온다.

"고하건대 유비·관우·장비는 비록 성은 다르나 이렇게 결의형제를 맺어, 한 마음으로 협력하여 어려운 사람들을 도와주며, 위로는 나라에 보답하고 아래로는 백성을 편안하게 하려합니다. 비록 우리가 동년 동월 동일에 태어나지는 않았지만, 바라건대 동년 동월 동일에 죽기를 원합니다. 천지신명께서는 이 마음을 진실로 굽어 살펴 주시고, 만일 의리를 저버린 배은망덕 자가 있다면 하늘과 사람이 함께 나서 죽여주시옵소서!("念劉備·關羽·張飛, 雖然異姓, 旣結爲兄弟, 則同心協力, 救困扶危；上報國家, 下安黎庶；不求同年同月同日生, 但願同年同月同日死. 皇天后土, 實鑒此心. 背義忘恩, 天人共戮.")" 이 이야기와 고사성어는 정사인 ≪삼국지≫에는 나오지 않고 소설 ≪삼국지≫에서만 나오는 것으로 보아 후대에 꾸며진 이야기임이 확인된다.

2) 구오지분(九五之分)

구오지분은 합성어로 본래 구오(九五)는 ≪주역≫에 처음 나온다. 64괘의 첫 번째 괘가 건괘(乾卦)인데 건괘의 다섯 번째 효(爻)의 이름이 구오이다. 구오는 "천자의 자리를 의미"한다(九五 飛龍在天 利見大人).

소설 ≪삼국지≫(제6회)에서는 동탁이 헌제를 위협하여 낙양을 버리고 장안으로 천도할 때 손견이 제일먼저 낙양에 입성하였다가 우연히 옥새(玉璽)를 손에 넣는다. 이때 한 신하가 "지금 하늘이 옥새를 주공에게 준 것은 주공이 황제에 오른다는 것을 계시하는 것입니다.(今天授主公, 必有登九五之分.)"라고 언급한 데서 유래하였다.

3) 광세일재(曠世逸材)

광세일재는 "세상에 보기 드문 빼어난 인재"를 형용하는 말로 소설 ≪삼국지≫제9회에 나온다. 왕윤은 미인계로 동탁을 제거하는데 성공하였다. 그런데 평소 동탁에게 후대를 받았던 채옹이 동탁의 시체를 안고 통곡했다는 소식을 전해들은 왕윤은 채옹을 옥에 가두고 죽이려 하자 태부 마일제가 왕윤에게 은밀히 "채옹(백개)은 세상에 보기 드문 인재인데다 한나라 역사에 정통한 사람입니다. 그로 하여금 역사서를 계속 쓰게 한다면 실로 대단한 경전을 만들어 낼 것입니다.(伯喈曠世逸材, 若使續成漢史, 誠爲盛事.)"라고 하였다. 그러나 왕윤은 채옹을 용서하지 않고 죽여 버렸다. 왕윤 역시 후에 이각과 곽사가 도성을 범할 때 온 가족이 몰살당했다.

4) 기대취소(棄大就小)

기대취소는 "큰 것을 버리고 작은 것을 취한다."는 의미로 소설 ≪삼국지≫제12회에 나온다. 서주자사 도겸이 죽으면서 유비에게 서주를 넘겨주자 이에 격분한 조조는 서주를 공격하려 한다. 그때 책사인 순욱이 말하길 "주공께서 연주를 버리고 서주를 취하려 하시는 것은 곧 큰 것을 버리고 작은 것을 얻고자 하는 격이요, 근본을 버리고 실로 하찮은 것에 연연해하는 격이며, 안전함을 위태로움과 바꾸는 격입니다. 부디 깊이 생각하여 결정하십시오.(明公棄兗州面取徐州, 是棄大而就小, 去本而求末, 以安而易危也 : 願熟思之.)"라는 부분에서 연유되었다.

5) 부정모혈(父精母血)

부정모혈은 "아버지의 정기와 어머니의 피"라는 뜻으로 자식은 부모로부터 육체는 물론 정신까지도 물려받았음을 의미하는 말이다. 이는 소설 ≪삼국지≫(제18회)에서 유래되었다. 조조의 부장 가운데 뛰어난 무예를 지닌 하후돈은 어느 날 여포의 부하 고순과 한판승부를 벌이게 된다. 하후돈에게 쫓긴 고순이 달아나자 여포의 부하 조성은 고순을 구하려고 하후돈에게 화살을 쏘았는데 하필 하후돈의 눈에 정통으로 꽂히게 되었다. 하후돈이 화살을 뽑으니 눈알도 함께 붙어 나오자, "내 몸은 아버지의 정기와 어머니의 피로 만들어졌으므로 아무것도 버릴 수가 없다.(父精母血, 不可棄也.)"라고 말하며 눈알을 입에 넣어 꿀꺽 삼켜버렸다고 한 부분에서 유래되었다.

6) 종호귀산(縱虎歸山)

종호귀산은 "호랑이를 풀어 산으로 돌아가게 한다."는 뜻으로 즉 적을 본거지로 돌려

보냄으로 재앙의 화근을 남기게 되었을 때 쓰는 말이다. 이 성어는 소설 ≪삼국지≫제21회에 나온다. 여포에게 패한 유비는 조조에 잠시 의지하게 되었는데 그곳에 거처하는 것이 적절하지 않음을 감지하고 조조로부터 탈출을 계획한다. 유비는 원술을 사로잡아 오겠다는 구실을 대고 마침내 출정을 허락받았다. 유비가 허창을 떠난지 얼마 되지 않아 조조의 책사 정욱은 "이전에 그를 죽이라 진언하였을 때 승상은 듣지 않았습니다. 지금 그에게 병마를 주는 것은 용을 바다에 풀어주고 호랑이를 풀어 산으로 돌려보내는 것과 같습니다.(某等請殺之, 丞相不聽, 今日又與之兵, 此放龍入海, 縱虎歸山也)"라고 한데서 유래되었다.

7) 낭중취물(囊中取物)

낭중취물은 "주머니 속의 물건을 취하듯 손쉽게 일을 이룰 수 있는 것"에 비유된다. 소설 ≪삼국지≫제25회 관도대전에서 관우가 원소의 부하 안량과 문추의 목을 베어오자 조조를 비롯한 주변 장수들이 관우의 무용을 극찬한다. 그때 관우는 겸손하게 말하길 "저의 재주는 그리 칭찬할 만한 게 못됩니다. 제 아우 장비는 백만의 적진에서도 적장의 목 취하기를 제 주머니 속의 물건 꺼내듯 합니다.(某何足道哉！吾弟張翼德於百萬軍中取上將之首, 如探囊取物耳.)"라고 한데서 유래하며 이곳 외에도 여러 곳에 언급되어있다.

8) 오관참육장(五關斬六將)

오관참육장은 "다섯 관문을 지나고 여섯 장수의 목을 벤다."는 의미로 주군을 향한 충성심으로 거침없이 나가는 것을 비유하는 말이다.

소설 ≪삼국지≫제27회 回目 "美髥公千里走單騎 漢壽侯五關斬六將"에서 유래하였다. 조조는 고립무원에 빠진 관우를 찾아가 항복을 권하자 관우는 유비친족을 보호하기 위해 조건부 항복을 한다. 조조는 유비를 향한 관우의 마음을 돌리기 위해 수많은 회유책을 쓰지만 관우는 주군 유비의 행방을 알게 되자 이내 조조에게서 떠나버린다. 다섯 관문을 지날 때 앞길을 가로막는 위나라 여섯 명의 장수를 목을 베고 무사히 탈출에 성공한다는 이야기에서 유래되었다.

9) 용쟁호투(龍爭虎鬪)

용쟁호투는 "용과 호랑이의 결투"라는 뜻으로 쌍방이 세력이 비슷하여 치열한 승부를 벌일 때를 표현한다. 소설 ≪삼국지≫제34회에 나오는데 삽입시(揷入詩)에 언급되어 있다.

함양에 난 불은 한나라의 덕을 쇠하게 하였고,	暗想咸陽火德衰,
군웅들은 용쟁호투하며 서로 대치하게 되었네.	龍爭虎鬪交相持.
양양의 연회석상에서 왕손이 술을 마셔야 하니,	襄陽會上王孫飮,
좌중에 앉아있던 현덕의 생명이 위험하겠구나.	坐中玄德身將危.

이 삽입시는 유비가 형주의 유표에게 몸을 의탁하고 있을 때 유표의 부인과 오라비 채모는 기회를 이용하여 유비를 죽이려고 계획을 꾸미었다. 연회석상에서 이적이 몰래 이 음모를 유비에게 알려주자 유비는 단계하천을 건너 도망쳤다. 도망치는 도중 수경선생 사마휘를 만나는 행운을 얻게 된다.

10) 신기묘산(神機妙算)

신기묘산은 "헤아릴 수 없는 신묘한 계책"이라는 의미로, 소설 ≪삼국지≫제46회에 주유는 제갈량에게 화살 10만개를 만들어 달라고 하자 제갈량은 어둠과 안개를 이용하여 조조의 군영에서 쉽게 화살을 탈취해 온다. 이때 주유는 "공명의 신기묘산은 내가 따라갈 수가 없다.(孔明神機妙算, 吾不如也.)"라고 한데서 유래한다.

그 외 소설 ≪삼국지≫제47회에는 신산(神算), 제67회에는 신기(神機) 등으로 여러 곳에 언급되었다.

11) 조조삼소(曹操三笑)

조조삼소는 "조조가 자기 분수를 모르고 자만하여 남을 비웃는 것을 비유하는 말"로 적벽대전에서 유래되었다. 조조는 적벽에서 주유와 제갈량의 계책에 대패하고 도망친다. 산림이 빽빽하고 지세가 험준한 곳에 이르자 조조는 자신이라면 그와 같은 지형의 잇점을 살려 군사를 매복시켜 적을 섬멸하였을 것이라며 제갈량의 지략을 비웃었다. 그 말이 끝나자마자 조자룡이 나타나 공격하였고, 또 황급히 달아나던 조조는 호로구에 이르러 지친 몸을 쉬면서 그 곳에 군사를 매복시키지 않은 제갈량을 또 비웃었다. 그 말이 떨어지기 무섭게 장비가 나타나 공격하였다. 혼비백산하여 도망치던 조조는 화용도에 이르자 또 제갈량의 무능을 비웃었다. 그러자 이번에는 관우가 나타나 꼼짝 못하는 신세가 되었다. 결국 조조는 관우에게 의리와 옛정을 호소하여 간신히 도망쳤다. 이 성어는 소설 ≪삼국지≫제50회에서 유래되었다.

12) 과목불망(過目不忘)

과목불망은 "한번 본 것은 결코 잊지 않고 잘 기억한다는 뜻(박문강기 : 博聞强記)"으로 소설 ≪삼국지≫(제60회)에서 유래한 고사성어이다. 익주의 선비 장송은 조조 휘하의 양수를 만나 자신의 학식을 자랑하자, 양수는 조조의 병법과 학덕을 자랑하며 조조가 지은 ≪맹덕신서≫를 보여주었다. 장송은 이 책을 한번 쭉 흘어보더니 "이 책은 촉나라 아이도 다 알고 있을 뿐만 아니라 본래 전국시대의 책을 조조가 도용하였다."라고 하였다. 이에 양수가 책의 내용을 외울 수 있느냐고 물으니 장송은 한 자도 틀리지 않고 암송하였다. 이를 본 양수는 "공은 눈으로 한번 본 것은 잊어버리지 않으니 정말로 천하의 뛰어난 재주를 지닌 사람이오.(公過目不忘 眞天下之奇才也.)"라고 한데서 유래되었다.

13) 단도부회(單刀赴會)

단도부회는 "군사를 대동하지 않고 칼 한 자루만 가지고 적 진영에 참전한다."는 뜻으로, 손권은 유비가 서촉을 차지하고도 형주를 반환하지 않자 노숙에게 책임을 지라고 독촉한다. 노숙은 연회를 베풀어 관우를 단독으로 불러들인 다음 관우를 죽이고 형주를 차지하려는 계책을 세운다.

소설 ≪삼국지≫제66회에 나오는 장면으로 회목(回目)에 "關雲長單刀赴會"라고 언급된 부분에서 유래되었다.

이렇게 소설 ≪삼국지≫에서 처음으로 유래된 고사성어들이 적지 않게 발견된다. 이러한 고사성어들은 모두가 정사에는 보이지 않는 것으로 후대의 소설가들에 의하여 창작된 것으로 추정되는데, 주로 통속소설에 대한 본격적인 출판이 이루어진 명대에 만들어진 것으로 보여진다.

2. 정사 ≪삼국지≫등에서 유래된 고사성어

고사성어 가운데는 소설 ≪삼국지≫ 자체에서 유래된 것 외에도, 정사 ≪삼국지≫·≪후한서≫·≪진서≫등과 같은 삼국시대를 배경으로 기술한 고전서적에서 유래되어 소설 ≪삼국지≫에 다시 인용된 것이 있는데 이는 진수의 ≪삼국지≫에서 가장 많이 발견된다. 예를 들면 병귀신속(兵貴神速)·비육지탄(髀肉之嘆)·복룡봉추(伏龍鳳雛)·언과기실(言過其實)·삼고초려(三顧草廬)·수어지교(水魚之交)·도리영지(倒履迎之)·육적회귤(陸績懷橘)·하필성문(下筆成文)·백미(白眉)·반골(反骨)·담소자약(談笑自若)·거재두량(車載斗量)·칠종칠금(七縱七擒)·읍참마속(泣斬馬謖)·이신위본(以信爲本)·노생상담(老生常談) 등이 있고, 그 외 ≪후한서≫에는 계륵(鷄肋), ≪진서≫에는 식소사번(食少事煩)·파죽지세(破竹之勢), ≪세설신어≫에는 할석분좌(割席分坐), ≪십팔사략≫에는 돈견(豚犬) 등이 발견된다.

먼저 정사 ≪삼국지≫에서 유래된 고사성어를 살펴보면 다음과 같다.

1) 병귀신속(兵貴神速)

병귀신속은 "용병은 잠시도 머뭇거리지 말고 신속하게 움직이는 것이 중요하다."는 말로 ≪삼국지≫(三國志·魏志·郭嘉傳)에 나온다. 조조는 오환으로 도망친 원소의 아들 원상과 원희를 잡기위해 원정을 떠난다. 지형이 험난하여 책사 곽가에게 계책을 물으니 곽가는 "병귀신속(兵貴神速)입니다. 먼저 기마병만을 보내십시오."라고 대책을 말 한데서 유래하였다.

소설 ≪삼국지≫제32회에서는 동일한 내용으로 "병귀신속이라 합니다. 천리 먼 길로 원정을 떠날 때 짐수레가 많아가지고는 공을 거두기 어렵습니다.(兵貴神速. 今千里襲人, 輜重多而難以趨利.)"라고 곽가가 계책을 내놓는 장면이 나온다.

2) 비육지탄(髀肉之嘆)

비육지탄은 "헛되이 세월만 보내는 것을 한탄함을 비유한 말"로 ≪삼국지≫(三國志·蜀志·先主傳)의 주석(註釋)에서 유래하였다. 유비는 한때 유표에 의탁하여 신야라는 작은 성에서 할 일 없이 지내고 있었는데, 어느 날 유표의 초대를 받게 된다. 연회에 참석 중 잠시 변소에 갔다가 자기 넓적다리가 유난히 살이 찐 것을 보고는 순간 눈물을 주르 륵 흘렸다. 그 눈물 자국을 본 유표가 연유를 묻자 유비는 "나는 언제나 말안장을 떠나지 않아 넓적다리에 살이 붙을 겨를이 없었는데 요즈음은 말을 타는 일이 없어 넓적다리에 다시 살이 붙었습니다. 세월은 속절없이 빨리 흐르고 자꾸만 늙어 가는데 아무런 대업도 이룬 것이 없어 그것을 슬퍼하였던 것입니다.(吾常軍不離鞍, 髀肉皆消;今不復騎, 髀裏肉 生. 日月若馳, 老將至矣, 而功業不建:是以悲耳.)" 비육지탄은 여기에서 비롯된 말이다.

소설 ≪삼국지≫에도 거의 유사한 내용으로 인용하였다. 제34회를 살펴보면:"備往常 身不離鞍, 髀肉皆散;今久不騎, 髀裏肉生. 日月蹉跎, 老將至矣, 而功業不建:是以悲耳."라 고 되어 있다. 후대에 비육지탄으로 바뀌어 사용되고 있다.

3) 복룡봉추(伏龍鳳雛)

복룡봉추는 엎드려 있는 용과 봉황의 새끼, 즉 초야에 숨어 있는 훌륭한 인재를 의미 하는 말로 ≪삼국지≫(三國志·蜀志·諸葛亮傳)의 주석(註釋)에 나온다. 복룡은 초야에 은거하고 있는 제갈량을 말하고, 봉추는 방통을 가리킨다. 어느 날 유비는 양양에 거주 하고 있는 사마휘에게 시국에 대하여 묻자 사마휘는 "유학자나 속인이 어찌 시국의 중요 한 일을 알겠습니까? 시국의 중요한 일을 아는 자는 영걸입니다. 그런 것은 이곳에 계신 복룡과 봉추가 잘 알지요."라고 대답하였다. 여기에서 복룡봉추가 유래하였고, 증선지가 편찬한 ≪십팔사략≫에도 같은 말이 나온다. 보통 제갈량을 가리켜 와룡선생이라 하고 방통을 가리켜 봉추라고 한다.

소설 ≪삼국지≫에서는 제35-36회에서 유사한 내용이 인용되어 있다. "이전에 수경선 생이 나에게 복룡봉추 두 사람 중 한 사람만 얻으면 가히 천하를 편안하게 할 수 있다고 말한 적이 있는데 지금 공이 말한 사람이 바로 복룡봉추 아니오? 봉추는 양양의 방통이 고, 복룡이 바로 제갈공명입니다.(玄德曰:昔水鏡先生曾爲備言, 伏龍鳳雛, 兩人得一, 可安 天下. 今所云莫非卽伏龍鳳雛乎? 庶曰:鳳雛乃襄陽龐統也. 伏龍正是諸葛孔明.)"

4) 삼고초려(三顧草廬)

삼고초려는 "인재를 얻기 위해 극진한 예를 갖춘다는 뜻"으로 ≪삼국지≫(三國志·蜀

志 · 諸葛亮傳)에 나온다. 유비가 제갈량을 얻기 위해 정성을 다하는 내용에서 "先帝不以臣卑鄙, 猥自枉屈, 三顧臣於草廬之中, 帝諮臣以當世之事"라고 언급되어 있다.

소설 ≪삼국지≫제37회 회목에 "司馬徽再薦名士, 劉玄德三顧草廬"라고 이미 고사성어화 되어 사용하고 있다.

5) 수어지교(水魚之交)

수어지교는 "서로 떨어질 수 없는 친밀한 사이"를 말하며 유비와 제갈량의 사이를 비유한 데서 비롯된다.(孤之有孔明, 猶魚之有水也). ≪삼국지≫(三國志 · 蜀志 · 諸葛亮傳)에서 유래되었다.

소설 ≪삼국지≫제39회에서도 동일한 내용이 나온다. 유비가 공명을 너무 감싸고돌자 장비와 관우는 노골적으로 불평을 하게 된다. 이때 유비는 장비와 관우를 타이르며 "내가 공명을 만난 것은 물고기가 물을 만난 것과 같다.(猶魚之得水也)"라는 말이 언급되어 있다. 후대에 수어지교(水魚之交)로 바뀌어 사용되고 있다.

6) 도리영지(倒履迎之)

도리영지는 "신발을 거꾸로 신고 나가 손님을 맞이한다."는 뜻으로 손님을 반갑게 맞이하는 것을 의미한다. 정사 ≪삼국지≫(三國志 · 魏書 · 王粲傳)에 나온다. 또 도리상영(倒履相迎) 혹은 도리영객(倒履迎客)이라고도 한다. 스승인 채옹이 대문 앞에 왕찬이 왔다는 소식을 듣고 신을 거꾸로 신고 나가서 맞이하였다.(蔡邕聞粲在門, 倒履迎之).

소설 ≪삼국지≫제40회에 왕찬은 어린 시절 채옹을 만나러 간적이 있었는데 채옹의 집에는 신분이 높은 고위층인사가 가득했다. 그러나 채옹은 왕찬(문찬)이 방문했다는 소리를 듣고 매우 기뻐하며 신발을 거꾸로 신은 채 달려가 그를 맞이하였다.(時邕高朋滿座, 聞粲至, 倒履迎之)라는 부분에 인용되어 있다.

7) 육적회귤(陸績懷橘)

육적회귤은 "육적(陸績)의 지극한 효성을 이르는 말"로 ≪삼국지≫(三國志 · 吳志 · 陸績傳)에 나온다. "육랑은 손님으로써 어찌 귤을 품에 넣었는가?(陸郎作賓客而懷橘乎)"라는 말이 나온다.

이 고사의 유래는 다음과 같다. 육적은 손권의 참모를 지낸 사람이다. 그는 어린 시절 원술을 만난 적이 있었는데 원술은 육적에게 귤을 주었다고 한다. 그러나 육적은 먹는 시늉만 하다가 원술이 없는 사이에 몰래 귤을 자신의 품 안에 감추었다. 육적이 돌아가며 작별인사를 하다가 그만 품에 있던 귤을 땅에 떨어뜨렸다. 원술이 "육랑은 손님으로써 어찌 귤을 품에 넣었는가?(陸郞作賓客而懷橘乎)"라고 묻자, 육적은 "집에 돌아가 어머님께 드리려고 하였습니다."라고 대답하였다. 이에 원술은 어린 육적의 효심에 크게 감동하였다고 전한다.

소설 ≪삼국지≫제43회에는 "제갈량이 웃으며 대답하길 : 공은 원술 면전에서 귤을 품에 넣던 육랑이 아닌가?(孔明笑曰 : 公非袁術座間懷橘之陸郞乎)"라고 인용하였다.

8) 하필성문(下筆成文)

하필성문은 "붓을 들어 쓰기만 하면 문장이 이루어진다."는 뜻으로 뛰어난 글재주를 비유하는 말이다. 하필성편(下筆成篇)이나 하필성장(下筆成章)이라고도 한다. 출전은 ≪삼국지≫(三國志·魏書·陳思王植傳)에서 유래되었다.

조식은 조조의 셋째 아들로 뛰어난 문장력을 가진 시인이다. 어느 날 조조는 조식의 문장을 보고 깜짝 놀라 혹 누가 써준 것 아니냐고 물었다. 그러자 조식은 "저는 입을 열면 말이 되고, 붓을 들면 문장이 되는데(言出爲論, 下筆成章) 구태여 누구에게 써 달라고 할 필요가 뭐 있겠습니까?"라고 하였다.

소설 ≪삼국지≫제44회에 제갈량은 적벽대전에 동오를 끌어들이기 위해 주유와 나누는 대화 중에 제갈량이 말하길 ; "조조의 어린 아들 조식은 자가 자건인데 붓만 잡으면 훌륭한 문장이 이루어진다고 합니다.(曹操幼子曹植, 字子建, 下筆成文) 한번은 조조가 부(賦)를 한편 지어보라고 하자 지은 것이 〈동작대부(銅雀臺賦)〉였습니다."라고 하는 부분에서 인용되었다.

9) 백미(白眉)

백미란 "흰 눈썹"이란 뜻으로 여럿 가운데 가장 뛰어난 이를 가리키는 말로 ≪삼국지≫(三國志·蜀志·馬良傳)에서 유래하였다. 마량은 오형제가 있었는데 모두 재주가 뛰어났다. 그 중에서도 마량이 가장 뛰어나 사람들은 "마씨오상은 모두 뛰어나지만 그 중에서도 흰 눈썹이 가장 훌륭하다.(馬氏五常, 白眉最良)"라고 하였다. 마량은 어려서부터 흰 눈썹이 섞여 있었기 때문에 이렇게 불리어졌다.

소설 ≪삼국지≫제52회에 신하 이적이 유비에게 인재를 추천하는 대목에서 "그곳 사람들의 말에 의하면 마씨 다섯 형제 중 백미가 가장 뛰어나다 하니(鄕里之諺曰 馬氏五常, 白眉最良) 공께서는 이 사람을 청하여 논의해 보시지요."라고 하는 대목에서 인용되었다.

10) 반골(反骨)

반골이란 "권세나 권위에 타협하지 않고 저항하는 기골"을 이르는 말로, 촉나라 장수 위연의 고사에서 나왔다. ≪삼국지≫(三國志 · 蜀書 · 魏延傳)에 나오는 말이다.

소설 ≪삼국지≫제53회에 위연이 유비에게 항복하자 공명은 위연을 죽이려 하였다. 이에 놀란 유비가 연유를 묻자 공명은 "제가 보기에 위연의 뒤통수에 반골이 있어 후에는 반드시 모반을 할 사람이기에 먼저 참하여 화근을 끊어버리자는 것입니다.(吾觀魏延 腦後有反骨, 久後必反, 故先斬之, 以絶禍根)"이라는 부분에서 나왔고 그 외에도 여러 곳에서 언급되었다.

11) 담소자약(談笑自若)

담소자약은 "위기에도 의연하게 대처하는 모습을 비유하는 말"로, 조조가 오나라를 치려고 40만의 대군을 이끌고 합비로 나왔을 때 감녕은 대군의 침공에도 전혀 동요하지 않고 침착하게 대응한 데서 담소자약(談笑自若)이란 말이 유래되었다. 이는 ≪삼국지≫(三國志 · 吳書 · 甘寧傳)에 나온다.

소설 ≪삼국지≫제66회에는 오나라는 관우가 지키는 형주를 빼앗기 위해 노숙과 관우가 단독으로 만나 단판을 하는 장면에서 "노숙은 감히 얼굴을 들어 보지도 못하건만 운장은 담소자약하였다.(不敢仰, 雲長談笑自若.)"라는 부분에서 인용되었다.

12) 거재두량(車載斗量)

거재두량은 "수량이 이루 헤아릴 수 없을 정도로 많은 것"을 의미하는 말로 ≪삼국지≫(三國志 · 吳志 · 吳主孫權傳)에서 유래되었다. 관우의 죽음으로 유비가 오나라를 치기 위해 군사를 일으키자 오나라는 위나라에 구원을 요청하기로 하고 조자를 파견한다. 조자는 능수능란한 언변으로 조비를 탄복시켰다. 그때 조비가 오나라에는 그대와 같은 인재가 얼마쯤 있냐고 묻자 "나 같은 자는 수레에 싣고 말로 잴 정도입니다.(如臣之比, 車載斗量, 不可勝數.)"라고 대답한데서 유래한다.

소설 ≪삼국지≫제82회에도 동일한 이야기로 "聰明特達者八九十人；如臣之輩, 車載斗量, 不可勝數"라고 인용되어있다.

13) 칠종칠금(七縱七擒)

칠종칠금은 "일곱 번 놓아주고 일곱 번 잡는다는 말"로 상대를 자유자재로 움직인다는 의미이다. 이는 ≪삼국지≫(三國志・蜀志・諸葛亮傳)에 제갈량이 남만의 맹획을 정벌하는 이야기에서 연유한다. 제갈량은 북벌을 계획하고 있었으나 이때 남방의 맹획이 반란을 일으키자 북벌을 하기 전에 먼저 맹획을 정벌하여 배후를 평안하게 하고자 하였다. 제갈량은 이 전투에서 7번을 놓아주고 7번을 잡아들여(七縱七擒) 결국 맹획을 진심으로 승복시켰다.

소설 ≪삼국지≫에서는 제87-90회에 언급되어있는데, 특히 제90회에 "맹획은 그 말을 듣자 눈물을 흘리며 일곱 번 사로잡아 일곱 번 놓아준다는 것은 자고로 들어 본 적이 없는 일이오.(孟獲垂淚言曰：七縱七擒, 自古未嘗有也.)"라고 하는 내용이 나온다.

14) 읍참마속(泣斬馬謖)

읍참마속은 "눈물을 머금고 마속을 벤다."는 뜻이다. 이는 사적인 감정을 배격하고 엄격히 법을 지켜 기강을 세우는 것에 비유되는 말로 ≪삼국지≫(三國誌・蜀志・馬良傳)에서 유래되었다. 위나라의 사마의가 촉나라를 공격하자, 마속은 자청하여 참군의 뜻을 보인다. 제갈량은 마속에게 수비만 하고 절대 공격을 해서는 안 된다는 하였다. 그러나 마속은 군영을 잘못 세우고 군령을 어겨 크게 역습을 당하였다. 결국 제갈량은 마속을 총애하였지만, 군령을 어긴 죄를 물어 참형에 처하였다.

소설 ≪삼국지≫에서는 제96회 회목에 "孔明揮淚斬馬謖, 周魴斷髮賺曹休"라고 되어 있다. 소설 ≪삼국지≫에는 읍참마속(泣斬馬謖)이 아닌 누참마속(淚斬馬謖)이라고 되어 있다. 아마 후에 읍참마속으로 변형된 것으로 추정된다.

15) 언과기실(言過其實)

언과기실은 "말이 과장되고 실행이 부족함을 비유하는 말"로 ≪삼국지≫(三國誌·蜀志·馬良傳)에서 유래되었다. 마속의 형 마량은 백미(白眉)라는 고사성어의 주인공이다. 마속 또한 재주가 남달라서 제갈량의 총애를 받았던 인물이다. 그러나 유비는 평소 마속을 탐탁하지 않게 여겼다. 관우의 원수를 갚으려다 뜻을 이루지 못하고 임종을 앞둔 유비는 제갈량에게 뒷일을 부탁하면서 "마속은 말이 실제보다 지나치니 크게 쓰지 말도록 하고, 그대가 잘 살피시오.(馬謖言過其實, 不可大用, 君其察之.)"라고 당부한데서 유래한다.

소설 ≪삼국지≫에서는 제96회에 제갈량이 읍참마속(泣斬馬謖)하며 유비를 회고하는 장면에서 나온다.

16) 이신위본(以信爲本)

이신위본은 "신의를 근본으로 삼는다."는 말로 ≪삼국지≫(三國志·蜀志·諸葛亮傳)의 배송지 주석(註釋)에도 실려 있으며, 배송지는 곽충이 쓴 ≪조제갈량오사≫를 인용한 것으로 알려지고 있다.(亮曰 : 吾統武行師, 以大信爲本, 得原失信, 古人所惜).

소설 ≪삼국지≫에서는 제101회에 인용되었다. 제갈량이 다섯 번째로 기산에 출정하게 되는데, 출정에 앞서 8개월 간격으로 병력을 교체하기로 발표하였다. 그러나 병력을 교체할 쯤에 20만 적군이 공격하자 촉군의 양의가 급히 공명을 찾아와 적군을 물리친 뒤 군사를 교대시키자고 하였다. 이때 공명은 단호하게 "아니 되오. 나는 군사를 부리고 장수들에게 영을 내리는 데 오로지 신의를 근본으로 삼아온 터에 이미 내린 명령을 어찌 어길 수 있겠는가?"라고 하는 부분에서 인용되고 있다.(孔明曰 : 不可. 吾用兵命將, 以信爲本. 既有令在先, 豈可失信?)

17) 노생상담(老生常談)

노생상담은 "늙은 서생이 늘 하는 상투적인 이야기"로 ≪삼국지≫(三國志·魏志·管輅傳)에 나온다. 위나라 관로는 천문학과 관상에 조예가 깊은 사람이다. 어느 날 하안이 점을 보게 되었는데 내용이 상투적이어 옆에 있던 등양이 "저런 말이야 늙은 서생이 늘 하는 이야기"(此老生常譚也)라고 한데서 유래된다.

소설 ≪삼국지≫제106회에 동일한 내용으로 등양이 노하며 "이는 노생의 상담이로군."

라고 하자 관로는 "노생에게는 (그대가) 오래 살지 못할 것이 보이고, 상담자에게는 말하지 못할 것이 보인다오.(此老生之常談耳. 老生者見不生, 常談者見不談)"라고 인용하고 있다. 이는 하안과 등양의 죽음을 미리 은유한 말이다.

다음은 ≪후한서≫에서 유래된 고사성어이다

1) 계륵(鷄肋)

계륵은 "먹을 것은 없으나 그래도 버리기는 아깝다."는 뜻으로 ≪후한서≫(後漢書 · 楊修傳)에서 유래하였다. 조조는 촉나라와 한중의 땅을 놓고 진퇴양난에 빠져 있었다. 어느 날 밤에 암호를 정하려고 찾아온 부하에게 조조는 그저 계륵이라고만 할 뿐 다른 말은 하지 않아 계륵으로 암호를 삼았다. 이때 양수만이 조조의 속마음을 알아차리고 철군준비를 하였다. 과연 얼마 후 조조는 철군을 명령한다. 이때 조조는 철군준비가 다 되어 있는 것을 보고 깜짝 놀란다. 확인해보니 양수에서 연유된 것이었다. 조조는 자신의 마음을 읽어버린 사실이 불쾌했다. 조조가 한중에서 철수한 지 몇 달 뒤에 양수는 군기를 누설하였다는 이유로 처형되었다. 그 외 노우지독(老牛舐犢)이라는 고사성어가 있는데 어느 날 조조가 양수의 아버지를 만나자 몹시 초췌해진 것을 보고 연유를 물으니 "아들이 큰 죄를 짓고 죽고 나니 아들이 죽고 난 지금 제 마음은 마치 늙은 어미 소가 송아지를 핥듯이 부모로서 자식에 대한 사랑만 남아 슬픔을 가눌 길 없어 초췌해진 것입니다"라고 하였다.

소설 ≪삼국지≫제72회에 "하후돈이 들어와 야간의 군호를 정해달라고 청하였다. 조조는 별 생각 없이 계륵 계륵이라며 중얼거렸다. 하후돈이 여러 장졸들에게 계륵이라고 전하니 이때 행군주부 양수는 이 소리를 듣자마자 즉시 수행병사를 시켜 각기 행장을 수습하여 돌아갈 준비를 하라고 하였다.(夏侯惇入帳, 稟請夜間口號. 曹隨口曰 : 鷄肋鷄肋! 惇傳令衆官, 都稱鷄肋. 行軍主簿楊修, 見傳鷄肋二字, 便敎隨行軍士, 各收拾行裝, 準備歸程.)" 결국 양수의 방자한 재능은 조조의 심기를 여러 차례 건드린 끝에 계륵 사건을 계기로 군기를 어지럽혔다는 죄목으로 그 자리에서 참수되었다.

다음은 ≪진서≫에서 유래된 고사성어이다.

1) 식소사번(食少事煩)

식소사번은 "생기는 것도 없이 헛되이 분주해 고달플 때 쓰이는 말"로 ≪진서≫(晉書 · 宣帝紀)에서 유래되었다. 유비가 죽은 뒤 촉나라의 제갈공명이 후주 유선을 도와 천하통일을 이루려고 10만 대군을 이끌고 위나라와 오장원에서 결전을 치르고 있었다. 이때 사마의는 촉나라 사자에게 제갈공명의 일상생활에 대해 물어보았다. "듣자하니 공명은 하루에 3-4홉만 먹고 일은 매일 20건 이상의 공문서를 처리한다고 합니다." 사마의는 "제갈공명이 먹는 것은 적으면서 과중한 일을 하니 그가 어떻게 오래 살 수 있겠는가.(食少事煩, 安能久乎.)" 과연 그 말이 적중하여 제갈공명은 얼마 후 병으로 세상을 떠났다.

소설 ≪삼국지≫에서는 동일한 내용이 제103회에 나온다. 사마의가 "제갈공명이 먹는 것은 적으면서 과로에 시달리니 어찌 오래 살 수 있겠는가!(孔明食少事煩 其能久乎!)"라고 말했다고 하자 제갈량은 그의 통찰력에 크게 탄복하였다.

2) 파죽지세(破竹之勢)

파죽지세는 "매우 맹렬한 기세라는 뜻"으로 ≪진서≫(晉書 · 杜預傳)에 나온다. 진나라의 두예가 오나라를 쳐 천하통일을 이룰 때의 일로 두예는 지금 우리 군사들의 사기는 하늘을 찌를 듯이 높은데 그것은 마치 "대나무를 쪼갤 때의 맹렬한 기세(破竹之勢)"와 같다고 한데서 유래되었다.

소설 ≪삼국지≫제120회에 동일한 내용으로 두예가 "이제 우리 군사의 위세가 크게 떨쳐서 그야말로 파죽지세라.(今兵威大振, 如破竹之勢.)"라고 하였고, 또 제95회에서는 교만에 빠진 마속이 제갈량의 명을 위반하고 진지를 구축하는 장면에서 "높은 곳에 기대어 아래를 내다볼 수 있다면 파죽지세와 같다.(凭高視下, 勢如破竹)"라고 한 부분도 보인다.

다음은 ≪세설신어≫에서 유래된 고사성어이다.

1) 망매지갈(望梅止渴)

망매지갈은 "매실의 신맛을 생각하며 갈증을 해소한다는 뜻"으로 순발력 있는 기지를 사용하여 문제를 해결하는 것을 말한다. 이 말은 최초 ≪세설신어≫에서 유래되었다. 사마염이 오나라를 공격할 때 길을 잘못 들어 헤매는 바람에 식수가 바닥이 났다. 병사들은 갈증으로 진군이 불가능할 정도였다. 이때 사마염은 "저 언덕 너머에 매화나무가 있다. 매실이 우리 갈증을 없애 줄 것이다."라고 외쳤다. 매실이란 말에 병사들은 입안에 침으로 갈증을 잊고 진격하여 오나라를 멸망시켰다.

소설 ≪삼국지≫제17회에 조조가 장수를 정벌하기 위해 출정을 하였는데 행군 도중 물이 떨어져 병사들은 갈증으로 고통이 심해져 행군이 어려워진다. 이때 조조는 앞을 가리키며 "저 앞에 시고 달은 매실나무가 있다."라고 소리쳤다. 이 말을 들은 병사들은 매실의 신맛이라는 소리에 입안에 침이 돌아 갈증을 잊게 되었다.(前面有梅林, 軍士聞之, 口皆生唾, 由是不渴.)

2) 할석분좌(割席分坐)

할석분좌는 "친구 간에 뜻이 달라 절교하는 것을 비유"하는 말로 ≪세설신어≫(世說新語 · 德行篇)에 나온다. 한나라 말기 관녕과 화흠의 고사이다. 관녕은 화흠의 비열한 행동과 태도에 화가 나서 "두 사람이 함께 앉아 있던 자리를 칼로 잘라 버리고는 너는 이제부터 내 친구가 아니다.(寧割席分坐曰, 子非吾友也.)"라고 한데서 유래한다.

소설 ≪삼국지≫제66회에 동일한 이야기로 "관녕은 화흠의 사람됨을 낮게 평가하고 자리를 갈라 따로 앉고 다시는 벗으로 여기지 않았다.(寧自此鄙歆之爲人, 遂割席分坐, 不復與之爲友.)"라고 인용하였다.

다음은 증선지의 ≪십팔사략≫에서 유래된 것이다.

1) 돈견(豚犬)

돈견은 "돼지와 개라는 말"로, 불초한 자식을 가리키는 말이다. 적벽대전으로 자존심을 크게 상한 조조는 틈만 나면 오나라의 손권을 공략하려 했지만 번번이 뜻을 이루지 못하였다. 한번은 조조가 유수를 침공하여 손권과 서로 대치한 일이다. 손권은 친히 배에 올라 조조진영을 시찰하였는데 시찰선단의 무기나 대오 등이 일사불란한 모습을 본 조조는 탄식하며 아들을 낳으면 응당 손권 같은 아들을 낳아야 한다. 지난 날 항복한 유표의 아들(유종)은 돼지나 개(豚犬)에 불과하다고 한데서 유래하며 송나라 말 원나라 초에 증선지가 편찬한 사서 ≪십팔사략≫(十八史略 · 東漢 · 孝獻帝條)에 나오는 말이다.

소설 ≪삼국지≫제61회에 동일한 내용이 나온다. "操以鞭指曰 : 生子當如孫仲謀! 若劉景升兒子, 豚犬耳."라고 언급되어 있다.

3. 소설 ≪삼국지≫에는 나오지 않는 삼국시대의 고사성어

그 외 정사 ≪삼국지≫나 기타 삼국시대의 전적에서 유래한 고사성어 가운데 오히려 소설 ≪삼국지≫에는 언급이 없는 것도 상당수가 된다. 예를 들면 견벽청야(堅壁淸野)·개문읍도(開門揖盜)·고곡주랑(顧曲周郞)·괄목상대(刮目相對)·수불석권(手不釋卷)·남전생옥(藍田生玉)·내조지공(內助之功)·만전지책(萬全之策)·부중치원(負重致遠)·소향무적(所向無敵)·소훼난파(巢毁卵破)·독서백편의자현(讀書百遍義自見) 등이 있다.

1) 견벽청야(堅壁淸野)

견벽청야는 "성벽을 굳게 하고 주변의 곡식을 모조리 거둬들인다."는 의미로 병법에서 성벽수비를 단단히 하고 들판에 있는 물자를 적들이 활용하지 못하도록 말끔히 치워 적을 궁지에 몰아넣는 전법이다.

이는 도겸이 죽었다는 소식에 조조는 서주를 빼앗기 위해 군사를 돌리려 하였으나 참모 순욱이 만류하면서 한 말로 정사 ≪삼국지≫(三國志·魏志·荀彧傳)에만 나오는 성어이다.

2) 개문읍도(開門揖盜)

개문읍도는 "문을 열어 도둑을 불러들이다."라는 의미이다. 즉 긴박한 주위변화를 감지하지 못하고 슬픔에 빠져 스스로 재앙을 불러들이는 것에 비유된다. 혹 개문납도(開門納盜)라고도 쓰인다.

동오의 손책이 죽자 동생 손권이 크게 낙심하고 있을 때 충신 장소가 들어와 손권에게 충고한 말로 정사 ≪삼국지≫(三國志·吳志·孫權傳)에만 나온다.

3) 고곡주랑(顧曲周郞)

고곡주랑은 "음악에 조예가 깊은 사람을 일컫는 말"이다. 정사 ≪삼국지≫(三國志·吳

志·周瑜傳)에만 나온다. 오나라 도독 주유는 음악에도 출중하여 당시 오나라에서는 "곡조에 잘못이 있으면 주유가 돌아본다.(曲有誤, 周郞顧)"라는 말까지 퍼졌다고 한다.

4) 괄목상대(刮目相對)

괄목상대는 "학식이나 재주가 크게 진보한 것"을 말하며 정사 ≪삼국지≫(三國志·吳志·呂蒙傳注)에 나온다. 어느 날 여몽은 손권에게 공부 좀 하라는 충고를 받고 주야로 "손에서 책을 놓지 않고(手不釋卷)" 학문에 정진했다. 그 후 노숙이 시찰 길에 여몽과 대화를 나누다가 여몽이 너무나 박식해진 데 그만 놀라 "至於今者, 學識莫博, 非復吳下阿夢, 曰: 士別三日, 卽當刮目相對."라고 한데서 유래한다. 그러나 소설 ≪삼국지≫에는 찾아 볼 수 없고 또 현재 중국에서는 괄목상간(刮目相看)으로 주로 쓰인다.

5) 수불석권(手不釋卷)

수불석권은 "손에서 책을 놓지 않고 열심히 공부한다."는 뜻으로 정사 ≪삼국지≫(三國志·呂蒙傳)에 실려 있다. 오나라 장수 여몽은 빈곤하여 제대로 공부를 하지 못해서 무식했다. 그러나 전공을 세우며 장군이 될 수 있었다. 어느 날 손권은 여몽에게 글공부를 하라고 권하였다. 손권은 여몽에게 "후한의 황제 광무제는 국사로 바쁜 가운데서도 손에서 책을 놓지 않았다.(手不釋卷)"는 이야기를 들려주었다.

6) 남전생옥(藍田生玉)

남전생옥은 "남전현에서 옥이 난다."는 말로 명문가에서 뛰어난 인재가 많이 난다는 의미이다. 정사 ≪삼국지≫(三國志·吳志·諸葛恪傳)에 이르길 손권이 제갈각에게 숙부인 제갈량과 아버지 제갈근 중에서 누가 더 비범하냐고 묻자 "명군을 얻은 아버지 쪽이 현명하다고 생각합니다."라고 답하자 손권은 기뻐하며 "남전에서 옥이 난다고 하더니, 정말 헛된 말이 아니군!(藍田生玉, 眞不虛也.)"이라고 한데서 유래되었다.

7) 내조지공(內助之功)

내조지공은 "아내가 집안일을 잘 다스려 남편을 돕는다."는 말로, 조비가 황후 책봉문제를 상소하는 내용에 "옛날 제왕은 천하를 다스림에 있어 밖에서 돕지 않으면 안에서 돕는 것이 있었다.(昔帝王之治天下, 不惟外輔, 亦有內助.)"라고 한데서 유래된 말이다. 정사 ≪삼국지≫(三國志·魏志·文德敦后傳)에서 유래되었다.

8) 만전지책(萬全之策)

만전지책은 "아주 완전한 계책"이라는 뜻으로, 조조와 북방의 원소가 싸울 때 우유부단한 유표를 설득했던 말로 "조조는 반드시 원소군을 격파하고, 그 다음엔 우리를 공격해 올 것입니다. 우리가 아무 일도 하지 않은 채 관망만 하고 있으면 양쪽의 원한을 사게 됩니다. 그러므로 강력한 조조를 따르는 것이 현명한 만전지책이 될 것입니다.(曹操必破袁紹, 後來攻吾等矣. 吾等留觀望, 將受怨於兩便, 故隨强操 賢且爲萬全之策矣.)"라고 ≪후한서≫(後漢書·劉表傳)에 나온다.

9) 부중치원(負重致遠)

부중치원은 "무거운 짐을 지고 먼 곳까지 간다."는 말로 중요한 직책을 맡을 수 있는 인물을 의미한다. 방통이 오나라의 명사인 고소를 일컬어 "고소는 매우 천천히 걷지만 힘든 일을 이겨내며 일하는 소와 같아 무거운 짐을 지고도 멀리 갈 수 있다.(顧子可謂駑牛能負重致遠也.)"라고 한 말이 정사 ≪삼국지≫(三國志·蜀志·龐統傳)에 나온다.

10) 소향무적(所向無敵)

소향무적은 "감히 대적할 상대가 없다는 것"을 이르는 말로, 주유는 손권에게 "나라의 재정이 넉넉하고 군사력이 튼튼하며 민심은 안정되어 이르는 곳마다 싸울 적이 없다.(所向無敵)"라고 한데서 유래되었으며 정사 ≪삼국지≫(三國志·吳志·周瑜傳)에 나온다.

11) 소훼난파(巢毁卵破)

소훼난파는 "보금자리가 훼손되면 알도 깨진다."는 뜻으로 조조의 미움을 받은 공융이 잡혀가자 이웃이 공융의 자식들에게 빨리 도망치라고 권하였다. 그러나 공융의 딸은 "새집이 부서졌는데 어찌 알이 깨지지 않겠습니까.(安有巢毁而卵不破乎.)"라며 도망치지 않고 죽음을 감수하였다. 이 말은 ≪후한서≫(後漢書·列傳·孔融傳)에서 유래되었다.

4. 기타 고전 가운데 소설 ≪삼국지≫에 재인용한 고사성어

삼국시대가 아닌 다른 시대의 고전문헌에서 유래된 것을 소설 ≪삼국지≫에 재인용한 고사성어는 약 30여개가 나오는데 이를 살펴보면 다음과 같다. 강오지말(强弩之末)·경천위지(經天緯地)·간뇌도지(肝腦塗地)·괴주교착(觥籌交錯)·권토중래(捲土重來)·남가일몽(南柯一夢)·노불습유(路不拾遺)·누란지위(累卵之危)·득롱망촉(得隴望蜀)·반문농부(班門弄斧)·병불염사(兵不厭詐)·부중지어(釜中之魚)·붕정만리(鵬程萬里)·삼령오신(三令五申)·상가지구(喪家之狗)·수자부족여모(豎子不足與謀)·순망치한(脣亡齒寒)·심복대환(心腹大患)·양질호피(羊質虎皮)·양탕지비(揚湯止沸)·오합지중(烏合之衆)·옥석구분(玉石俱焚)·운주유악(運籌帷幄)·이란격석(以卵擊石)·이여반장(易如反掌)·정저지와(井底之蛙)·호의부정(狐疑不定)·화사첨족(畵蛇足添)·경국지색(傾國之色)·명불허전(名不虛傳)·불입호혈, 언득호자(不入虎穴 焉得虎子)·양약고구(良藥苦口)·연작안지, 홍곡지지(燕雀安知 鴻鵠之志)·침어낙안(沈魚落雁)·폐월수화(閉月羞花)·패장불어용(敗將不言勇) 등이 있다.

그중 경국지색·명불허전·불입호혈, 언득호자·양약고구·연작안지, 홍곡지지·침어낙안·폐월수화·패장불어용은 고사성어이면서 명언명구에 해당되기 때문에 제2강 명언명구에서 소개하기로 한다.

1) 양탕지비(揚湯止沸)

양탕지비는 "끓는 물을 퍼냈다 부어서 끓는 것을 막으려 하다."라는 뜻으로 근본적인 해결책은 못됨을 비유하는 말로 ≪여씨춘추≫(呂氏春秋) 등에서 유래되었다.(夫以湯止沸, 沸愈不止, 去其火則止矣).

소설 ≪삼국지≫제3회에 동탁은 하진이 위조해 보낸 가짜 조서를 받고 십상시 등의 환관을 제거하겠다며 글을 올리는 부분에 이글이 인용되어 있다. 여기에는 "揚湯止沸, 不如去薪"라고 되어 있으나 후에 이탕지비(以湯止沸)에서 양탕지비(揚湯止沸)로 바뀌었다.

2) 수자부족여모(豎子不足與謀)

수자부족여모는 "풋내기와는 대사를 꾀할 수 없다."라는 말로 ≪사기≫(史記·項羽本

紀)에 나온다. 홍문관 연회에서 유방을 죽이려던 계획이 실패로 돌아가자 범증은 항우의 어리석음을 탓하며 "어린아이와는 더불어 대사를 도모할 수가 없다.(豎子不足與謀.)"라고 한탄 한데서 유래한다.

소설 ≪삼국지≫제6회에 동탁이 헌제를 협박하여 도읍을 장안으로 옮겨갈 때 조조는 강력하게 추격을 주장했지만 원소와 여러 제후들은 경솔하게 움직이면 안 된다며 낙양에 머문다. 이때 조조는 "겁쟁이들과 대사를 함께 할 수 없다.(豎子不足與謀.)"며 자기 군사만으로 동탁을 추격하는 장면에서 인용하였다.

3) 누란지위(累卵之危)

누란지위는 "매우 위급한 상태를 이르는 말"로 ≪사기≫(史記・范雎蔡澤列傳)에 나온다. 전국시대 범저는 장록이란 이름으로 개명하고 진왕을 만나 현재 진나라의 정세는 마치 "알을 쌓아 놓은 것처럼 위태롭지만 나를 쓰면 안전할 것이다.(王之國危如累卵, 得臣則安.)"라고 한데서 유래하였다.

소설 ≪삼국지≫에서는 제8회에 왕이 동탁을 제거하기 위해 미인계를 쓰려고 초선에게 "군신들이 다 같이 누란의 어려운 형편에 있다.(君臣有累卵之急.)"라고 한데서 인용하고 있다.

4) 권토중래(捲土重來)

권토중래는 "실패한 후에 힘을 모아 다시 재기한다."는 의미로, 초패왕 항우는 유방에게 사면초가(四面楚歌)되어 패배를 하고 결국 자결을 하고 만다. 당나라 시인 두목이 이곳에 와서 그때 항우가 오강을 건너 강동으로 내려가지 않은 것을 아쉬워하며 시를 지었는데 여기에 "강을 건넜더라면 권토중래했을지도 몰랐을 것을....(江東子弟多才俊, 捲土重來未可知)"이라고 하는 아쉬움을 담은 문구에서 유래되었다.

소설 ≪삼국지≫에서는 제12회에 조조에게 크게 패한 여포가 다시 조조에게 승부를 거는 장면의 삽입시(揷入詩)에 "승패는 진실로 병가상사이니 과연 권토중래가 성공할 것인가! 그렇지 못할 것인가!(兵家勝敗眞常事, 捲甲重來未可知)"라고 언급되어 있다. 여기에서는 권갑중래(捲甲重來)라고 썼다.

5) 상가지구(喪家之狗)

상가지구는 "상갓집 개라는 뜻"으로 매우 수척하고 초라한 모습을 비유한다. ≪사기≫
(史記・孔子世家)등에서 유래한다. 공자가 정나라에서 자공과 길이 엇갈려 서로 찾게 되
는데 자로는 길가의 노인에게 공자의 인상착의를 말하며 본적이 있느냐고 물었다. 노인
은 잘 모르지만 상갓집 개와 같은 사람이 지나간 적은 있다고 하였다. 자로는 그 말을
듣고 바로 공자의 거처로 찾아왔다. 공자가 어떻게 빨리 찾을 수 있었냐고 묻자 자로는
길가의 노인이야기를 하였다. 공자는 껄껄 웃으면서 "외모는 그런 훌륭한 사람들에게 미
치지 못하지만 상갓집 개와 같다는 말은 맞았을 것이다.(孔子欣然笑曰 ; 形狀未也, 而似喪
家之狗, 然哉然哉.)"라고 말 한데서 유래되었다.

소설 ≪삼국지≫제14회에서는 조조에게 패한 이각과 곽사 무리들이 "급해서 쩔쩔매는
꼴이 초상집 개와 흡사하다.(忙忙似喪家狗.)"라고 인용하였다.

6) 남가일몽(南柯一夢)

남가일몽은 당대 이공좌가 지은 전기소설 ≪남가기≫(南柯記)에 나오는 말로 허황된
꿈, 즉 일장춘몽(一場春夢)과 같은 의미이다.

소설 ≪삼국지≫에서는 제23회에 충신 동승이 황제의 명을 받고 조조를 제거하려고
하나 적당한 방법이 없어 마음의 병을 얻었는데, 이때 꿈속에서 조조를 죽이는 꿈을 꾸
게 된다. "문득 잠을 깨니 남가일몽이라.(霎時覺來, 乃南柯一夢.)"하는 부분에서 인용되었다.

7) 병불염사(兵不厭詐)

병불염사는 "병법에서는 속임수를 꺼려하지 않는다."는 의미로 ≪한비자≫(韓非子・難
一篇)에 나온다. 진 문공의 질문에 구범은 "전쟁에 임해서는 속임수를 꺼리지 않는다고
합니다.(戰陣之間, 不厭詐僞.)"라고 하였다.

소설 ≪삼국지≫제30회에 허유는 조조를 찾아가 진심으로 전쟁문제를 논하는데 조조
가 진실로 대하지 않자 힐책을 한다. 그러나 조조는 웃으며 "병법에서는 속임수를 꺼리
지 않는다는 말도 듣지 못했는가!(豈不聞兵不厭詐!)"라는 대목에서 인용하였다.

8) 양질호피(羊質虎皮)

양질호피는 "겉은 강한듯하나 속은 약하다."는 말로 양웅의 ≪법언≫(法言·吾子篇)에서 유래한다. "양은 그 몸에 호랑이 가죽을 씌어 놓아도 풀을 보면 좋아라고 뜯어 먹고, 표범을 만나면 두려워 떨며 자신이 호랑이 가죽을 뒤집어쓴 사실을 잊는다.(羊質而虎皮, 見草而悅, 見豺而戰, 忘其皮之虎矣.)"라고 되어 있다.

소설 ≪삼국지≫제32회에 원소의 무능함에 대해 평가하는 시 가운데 ; "양의 몸에 호랑이 가죽이라 공명을 이루지 못하고, 봉황 털에 닭의 담력이라 일을 이루기 어렵네.(羊質虎皮功不就, 鳳毛鷄膽事難成.)"라고 인용하였다.

9) 경천위지(經天緯地)

경천위지는 "하늘과 땅을 다스린다."는 뜻으로 온 천하를 경륜하여 다스린다는 의미이다. 출전은 ≪국어≫(國語)에서 유래되었다.

소설 ≪삼국지≫제36회에 유비는 서서를 군사로 임명하였는데, 어느 날 서서는 유비에게 양양성 근처 융중지방에 천하에 보기 드문 인재가 있다며 제갈량을 추천한다. 그는 관중과 악의보다도 더 훌륭한 분이라고 소개하며 말하길 ; "이분은 경천위지의 재능을 갖추고 있습니다. 이런 사람은 천하에 그 사람 하나뿐일 겁니다.(此人有經天緯地之才, 蓋天下一人也.)"라고 인용하였다.

10) 운주유악(運籌帷幄)

운주유악은 "휘장 안에서 계책을 세운다."는 뜻으로 ≪사기≫(史記·高祖本紀)에 나온다. 천하통일을 이룬 유방이 잔치를 베풀면서 한 말로 "계획을 세워 장막 안에서 천 리 밖의 승리를 얻게 하는 데는 장량만 못하고(夫運籌帷幄之中, 決勝於千里之外, 吾不如張良)"라고 언급한 부분에서 유래하였다.

소설 ≪삼국지≫제39회에 유비가 제갈량을 너무 감싸 관우와 장비가 불평불만을 보이자 유비는 이들을 타이르며 "장막 안에서 계획을 운용하여 천리 밖의 승리를 결정한다는 말을 못 들어 보았는가?(豈不聞運籌帷幄之中, 決勝千里之外?)"라고 한데서 인용하였다.

11) 옥석구분(玉石俱焚)

옥석구분은 "옥과 돌이 함께 불탄다."는 뜻으로 함께 망한다는 의미이다. ≪서경≫(書經·夏書·胤征篇)에 나온다. "곤강에 불이 나면 옥과 돌이 함께 탄다. 임금이 덕을 놓치면 사나운 불길보다도 격렬하다.(火炎崑岡, 玉石俱焚, 天使逸德, 烈于猛火.)"고 한데서 유래하였다.

소설 ≪삼국지≫제41회에서는 조조가 유비의 진영에 서서를 사신으로 보내 말하길 귀순하면 죄를 사하고 작위를 내리지만 만약 고집을 부리면 "군사나 백성을 함께 죽여 옥석을 함께 태울 것이다.(軍民共戮, 玉石俱焚.)"라고 한 부분에서 인용하였다.

12) 부중지어(釜中之魚)

부중지어는 "솥 안의 물고기라는 뜻"으로 ≪자치통감≫(資治通鑑·漢紀)에 나온다. 후한시기에 충신 장강은 도둑의 소굴로 장영을 찾아가 투항할 것을 종용하자 이에 감명을 받은 장영은 "저희들은 이처럼 서로 취하여 목숨을 오래 오래 보존할지라도 그것은 물고기가 솥 안에 있는 것과 마찬가지입니다.(汝等若是, 相取久存命, 其如釜中之魚.)"라고 하며 투항하였다는 고사에서 유래하였다.

소설 ≪삼국지≫제42회에서는 조조가 유비를 추격하는 부장들에게 한 말로 "이제 유비는 솥 안에 든 물고기요, 함정에 빠진 호랑이다.(今劉備釜中之魚, 阱中之虎.)"라고 인용하였다.

13) 간뇌도지(肝腦塗地)

간뇌도지는 "참혹한 죽음으로 간과 뇌가 땅에 으깨어진다."는 뜻으로 나라를 위하여 지극한 곤경이나 참혹한 죽음이라도 두려워하지 않는다는 의미로 ≪전국책≫(戰國策)에서 유래되었다.

소설 ≪삼국지≫제42회와 제85회에서 나온다. 장판교 근처에서 조자룡은 천신만고 끝에 유선을 구출하여 유비에게 바쳤다. 유비는 "이 아이 때문에 내 귀중한 장수를 잃을 뻔했다니!"하며 아이보다 조자룡의 생명을 챙기자 조자룡은 "조운은 비록 간과 뇌를 쏟아내어 땅에 버려진다 하여도 주공께서 베풀어주신 은혜를 갚을 수 없습니다.(雲雖肝腦塗地, 不能報也.)"라고 하였다. 제85회에는 유비가 제갈량에게 자식을 탁고하는 장면에서 자식들에게 제갈량을 아버지같이 모시라고 하는 장면이 나온다. 이에 제갈량은 "신은 비록 간과 뇌를 쏟아내어 땅에 버려진다 하여도 어찌 주공의 은혜에 보답하겠습니까!(臣雖肝腦塗地, 安能報知遇之恩也!)"라고 하는 부분에 인용되었다.

14) 이란격석(以卵擊石)

이란격석은 "계란으로 바위치기"란 뜻으로 ≪묵자≫(墨子·貴義篇)과 ≪순자≫(荀子·義兵篇)에 나온다. 묵자가 말하길 "다른 말로 나의 말을 비난하는 것은 마치 계란으로 돌을 치는 것과 같은 짓이다. 천하의 계란을 다 없애더라도 그 돌은 꿈적도 않고 깨어지지 않을 것이다.(是猶以卵投石也. 盡天下之卵, 其石猶是也. 不可毀也)"라고 하였다.

소설 ≪삼국지≫제43회에 적벽대전을 치루기 전 제갈량이 오나라의 모사들과 격론을 벌이던 중 설종이 유비는 아무 기반도 없이 싸우는 것이 "마치 알을 가지고 돌을 치는 것과 같으니 어찌 패하지 않겠는가?(正如以卵擊石, 安得不敗乎?)"라고 하는 부분에 인용하였다.

15) 이여반장(易如反掌)

이여반장은 "손바닥을 뒤집는 것과 같이 쉬운 일"을 의미하며 ≪맹자≫(孟子·公孫丑章句)에 나온다. 맹자는 "제나라의 왕 노릇하는 것은 손바닥을 뒤집는 것과 같다.(以齊王, 猶反手也.)"라고 한데서 유래되었다.

소설 ≪삼국지≫제43회에는 적벽대전을 치루기전 공명이 오나라의 모사들과 격론을 벌일 때 장소가 유비의 무능을 따지자 "내가 볼 때 유비가 한중을 차지하는 것은 손바닥을 뒤집는 것처럼 쉬운 일이오.(吾觀取漢上之地, 易如反掌.)"라고 인용하고 있다.

16) 붕정만리(鵬程萬里)

붕정만리는 "붕새가 만리를 날아간다."는 말로 전도가 양양한 것을 의미하며 출전은 ≪장자≫(莊子·逍遙遊篇)에 나온다. 전설의 새 붕(鵬)은 북쪽 바다의 곤(鯤)이라는 큰 물고기가 변해서 붕이 되었다. 이 새는 한번 날개 짓을 하면 3천리에 달하고 "격랑이 일어나면서 하늘로 구만리를 난다.(搏扶搖而上者九萬里.)"라는 전설에서 유래되었다.

소설 ≪삼국지≫제43회에 제갈량이 적벽대전을 성사시키기 위해 오나라에 가서 문무백관들과 설전을 벌일 때에 오나라 신하 장소의 말을 받아치며 "저 대붕이 한번 날개를 펴고 만리를 날 때에 그의 뜻을 어찌 뭇 새들이 알겠는가.(鵬程萬里, 豈群鳥能識哉.)"라는 하는 부분에서 인용하였다.

17) 강노지말(强弩之末)

강노지말은 ≪한서≫(漢書·韓安國傳)의 "强弩之末, 力不能人魯縞"에서 유래된 것으로 아무리 강한 활에서 튕겨 나온 화살이라도 마지막에는 힘이 떨어져 비단조차 뚫지 못한 다는 뜻으로 "힘이 쇠퇴하여 몰락의 처지에 있는 것"을 의미한다.

소설 ≪삼국지≫제43회에서는 적벽대전이 일어나기 직전 제갈량이 오나라의 참전을 유도하기 위해 손권에게 승전의 자신감을 불어넣어 주었던 말로 조조의 군대가 아무리 백만대군이라 할지라도 주야로 삼 백리나 행군해 왔기 때문에 마치 "강한 화살도 힘이 약해지면 노나라에서 만든 얇은 비단도 뚫지 못한다.(强弩之末, 勢不能穿魯縞者也.)"라는 문구에 인용하고 있다.

18) 오합지중(烏合之衆)

오합지중은 "까마귀 떼처럼 질서가 없는 무리"를 비유하는 말로 쓰인다. 중(衆)자 대신 졸(卒)자로 대치하여 오합지졸(烏合之卒)이라고도 한다. ≪후한서≫(後漢書·耿弇傳)에 서 유래되었다. 경엄장군이 유수(광무제)와 협력하고자 할 때 경엄장군의 부하중 하나가 유수보다는 차라리 왕랑과 협력하자고 하였다. 그때 경엄장군은 그를 꾸짖으며 말하길 "우리 돌격대가 왕랑의 오합지중을 무찌르는 것은 썩은 나무를 꺾는 것과 같다.(發突騎 以轔烏合之衆 如摧枯折腐耳)"라고 하며 광무제를 지원하였다. 결국 경엄장군은 왕랑을 꺾고 후한을 세우는데 성공하였다.

소설 ≪삼국지≫제43회에 제갈량은 적벽대전에 동오를 끌어들이기 위해 직접 동오를 방문한다. 우번이 조조의 백만 대군을 어떻게 대응할 것이냐는 질문에 제갈량은 "조조는 원소의 개미떼 같은 나약한 병사들과 유표의 오합지졸을 빼앗아서 만든 군대라서 그들 이 비록 수백만이라고는 하나 전혀 두려워 할 필요가 없습니다.(曹操雖袁紹蟻聚之兵, 劫 劉表烏合之衆, 雖數百萬不足懼也.)"라고 대답하는 부분에 인용되어 있다.

19) 호의부정(狐疑不定)

호의부정은 "의심이 많아 결정하지 못함"을 뜻하며 굴원의 ≪이소≫(離騷)에 "마음은 망설여지고 여우처럼 의심나지만 스스로 가고자해도 그럴 수 없다.(心猶豫而狐疑兮, 欲自適而不可.)"에서 유래되었다.

소설 ≪삼국지≫제44회에 주유는 조조와의 결전을 앞두고 손권이 혹 생각을 바꿀지 걱정스러워 "혹 주군께서 뜻이 변할지 걱정입니다.(只恐將軍, 狐疑不定.)"라고 하는 부분에서 인용하고 있다.

20) 굉주교착(觥籌交錯)

굉주교착은 "술잔과 젓가락이 뒤섞인다."는 뜻으로, 질펀한 술잔치를 이르는 말이며 배반낭자(杯盤狼藉)와 유사한 의미이다. 이 말은 송대 구양수의 〈취옹정기〉(醉翁亭記 · ≪歐陽文忠公集≫)에 나온다.

소설 ≪삼국지≫에서는 제45회에 주유가 조조의 첩자로 온 친구 장간을 역이용하려고 질펀한 술자리를 만들었던(座上觥籌交錯) 장면에서 인용되었다.

21) 심복대환(心腹大患)

심복대환은 "몸 깊숙이 파고든 병"이란 뜻으로 ≪후한서≫(後漢書 · 陳蕃傳)에 "나라 안의 정치가 제대로 되지 않는 것은 심장과 뱃속의 병입니다.(內政不理, 心腹之疾也.)"에서 유래하였다.

소설 ≪삼국지≫제60회에 익주의 유장이 유비를 불러들이는 문제를 놓고 설전을 벌이는데 이때 왕루가 "유비가 서천에 들어오는 것은 몸 속 깊은 곳의 큰 병이 될 것입니다.(劉備入川, 乃心腹大患.)"라고 한데서 인용하였다. 그 외 8회 등 여러 곳에 나온다.

22) 득롱망촉(得隴望蜀)

득롱망촉은 "욕심의 끝없음을 가리키는 말"로, ≪후한서≫(後漢書 · 光武紀)에서 비롯된 말이다. 후한의 광무제가 두 성이 함락되거든 곧 군사를 거느리고 남쪽으로 촉나라 오랑캐를 치라고 하며 "사람은 힘들어도 만족할 줄 몰라 이미 농서를 평정했는데 다시 촉을 바라게 되는구나.(人苦不知足, 旣平隴又望蜀.)"라고 하였다.

소설 ≪삼국지≫제67회에서는 한중 땅을 점령하고 농(隴)땅을 손에 넣자 사마의가 촉(蜀)땅까지 치자하자고 하니 조조는 "사람은 이리 만족을 모르는가!, 이미 농을 얻었으니 촉까지는 바라는가?(人苦不知足, 旣得隴, 復望蜀耶)"라고 인용하였다.

23) 삼령오신(三令五申)

삼령오신은 "여러 번 되풀이 하여 말하는 것"을 의미하며 ≪사기≫(史記·孫子吳起列傳)에 나오는 말이다. 춘추전국시대 오나라의 왕 합려가 손무에게 병법시범을 보여 달라고 하자 손무는 궁녀들로 진영을 짜고 자신이 세 번 시범을 보인 다음 다시 다섯 번 설명하였다(三令五申)라는 부분에서 유래되었다.

소설 ≪삼국지≫에서는 제83회에 여몽에 이어 대도독이 된 육손이 내가 왕명을 받고 지휘하는 바 "어제 삼령오신 여러 번 반복하여 각처를 철저히 지키라 하였거늘 모두가 내 명령에 따르지 않은 까닭은 무엇인가?(昨已三令五申, 令汝等各處堅守 ; 俱不遵吾令何也?)"라고 말하는 장면에서 인용하고 있다.

24) 노불습유(路不拾遺)

노불습유는 "길에 떨어진 것을 줍지 않는다."는 말로 나라가 태평함을 의미한다. ≪사기≫(史記·商君列傳) 등에 나온다.

소설 ≪삼국지≫제87회에 유비가 죽은 후 제갈량은 선정을 펼쳐 "밤에 문을 닫지 않으며 길에 떨어진 물건을 주워 갖는 사람이 없었다.(夜不閉戶, 路不拾遺)"라는 대목에 나온다.

25) 화사첨족(畵蛇添足)

화사첨족은 "군더더기를 붙여 도리어 일을 그르침"을 이르는 말로 ≪전국책≫(戰國策·齊策)에서 유래한다. 여러 사람이 술 한 대접을 놓고 뱀 그리기 내기를 하였는데, 어떤 사람이 쓸데없이 뱀의 발까지 그려(畵蛇添足) 결국 술을 빼앗겼다는 이야기로 보통 사족으로 쓰인다.

소설 ≪삼국지≫제110회에 촉한의 강유는 배수진으로 위나라를 대파한다. 위나라 장수 왕경이 적도성으로 숨어버리자 끝까지 추격을 하려하자 장익이 만류하며 "만약 공격하여 승리하지 못하면 마치 뱀을 그리면서 발을 그리는 꼴이 됩니다.(今若前進, 尙不如

意, 正如畵蛇添足也.)"라고 한데서 인용하였다.

26) 정저지와(井底之蛙)

정저지와는 "우물 안의 개구리"라는 뜻으로 ≪장자≫(莊子·秋水篇)에 보면 황하의 신인 하백이 강물을 따라 처음으로 북해에 와서 동해를 바라보고는 매우 넓음에 놀라서 북해의 신에게 물으니 "우물 안 개구리에게 바다를 이야기할 수 없는 것은 사는 곳에 구속된 까닭이다.(井鼃不可以語於海者, 拘於虛也.)"에서 유래되었다.

소설 ≪삼국지≫제113회에 강유가 위나라 장수 사마망에게 "너는 우물 안 개구리로 깊고도 오묘한 이치[陣法]를 어찌 알겠느냐!(汝乃井底之蛙, 安知玄奧乎!)"라고 인용하였다.

27) 반문농부(班門弄斧)

반문농부는 "재주가 뛰어난 사람 앞에서 함부로 재간을 부리는 것"을 이르는 말로 당대 이백의 무덤 앞에 수많은 사람들이 시를 지은 것을 보고 명대 시인 매지환이 "노반(전국시대 노나라 목공기술의 달인)의 문 앞에서 큰 도끼질을 자랑하는구나.(魯班門前弄大斧.)"라고 비웃은 데서 나온다.

소설 ≪삼국지≫의 제113회에 강유와 등애가 진법 대결을 하는데 강유는 등애를 비웃으며 "노반의 집 문 앞에서 도끼를 휘두르는 것과 같다.(乃班門弄斧耳.)"라고 말한 부분에서 인용하였다.

28) 순망치한(脣亡齒寒)

순망치한은 "서로 떨어질 수 없는 밀접한 관계"라는 뜻으로 ≪춘추좌씨전≫(春秋左氏傳 僖公 5年條)에 나온다. 진나라가 괵나라를 공격하려고 우나라 영토의 통과를 요청하자 우나라의 충신 궁지기는 헌공의 속셈을 알고 우왕에게 간언을 하였다. "괵나라와 우나라는 한몸으로 괵나라가 망하면 우리도 망할 것입니다. 옛 속담에 수레의 짐받이 판자와 수레는 서로 의지하고 입술이 없으면 이가 시리다(輔車相依, 脣亡齒寒)고 했습니다."에서 유래한다.

소설 ≪삼국지≫ 제120회에서 촉한이 망하자 오나라의 신하가 손휴에게 "오와 촉은 입술과 이 관계로 입술이 없어지면 이가 시리게 됩니다.(吳蜀乃脣齒也, 脣亡則齒寒.)"라고 말한 장면에서 인용하였다. 그 외에도 여러 군데 인용되었다.

이처럼 수많은 고사성어들 가운데는 소설 ≪삼국지≫자체에서 직접 유래된 것도 있지만 상당수의 고사성어들은 다른 고전에서 먼저 유래된 것을 소설 ≪삼국지≫에 재인용한 고사성어로 구성되어 있다.

이러한 고사성어 가운데는 원문에서 인용되어 지금까지 그대로 사용되는 고사성어가 있는가 하면 후대에 사용자의 필요에 따라 글자와 어순이 바꾸어 사용되는 예도 발견된다[비육지탄(髀肉之嘆)·수어지교(水魚之交)·읍참마속(泣斬馬謖)]. 또 괄목상대(刮目相對)처럼 중국에서는 괄목상간(刮目相看)으로 우리와 다르게 사용하는 경우도 있다.

그 외에도 남가일몽(南柯一夢)은 당나라 때에, 부중지어(釜中之魚)는 송나라 때에 반문농부(班門弄斧)는 명나라 때에 나온 고사성어로 삼국시대의 정사 ≪삼국지≫와는 상관없이 유래하였다가 명나라 때에 소설 ≪삼국지≫로 소설화 되는 과정에서 자연스럽게 삽입되어진 것도 있다.

결론적으로 소설 ≪삼국지≫에 묘사된 고사성어들은 소설 ≪삼국지≫의 묘사기법과 서술효과 그리고 내용을 다채롭고 세련되게 하는데 많은 기여를 하였으며, 또 소설 ≪삼국지≫를 동양고전의 명저로 거듭나게 하는데 중요한 역할을 하였음은 부정할 수 없는 사실이다.

소설 ≪삼국지≫에는 수많은 고사성어가 출현하고 또 인용되어 있는데, 이 고사성어를 시대배경의 관점에서 볼 때, 크게 2가지로 분류된다. 즉 소설 ≪삼국지≫의 시대배경인 삼국시대에서 유래되어 만들어진 고사성어가 있고, 그 외 기타시대의 배경에서 유래되어 소설 ≪삼국지≫에 재인용된 경우로 분류되어진다.

또 이 고사성어들이 소설 ≪삼국지≫에 묘사된 기법을 분석해 보면 크게 3부류로 정리된다.

첫째는 소설 ≪삼국지≫자체에서 만들어져 유래되어진 고사성어의 경우이다.

둘째 삼국시대가 직간접적인 배경이 된 서적 가운데, 즉 ≪삼국지≫·≪후한서≫·≪진서≫등과 같은 정사와 ≪세설신어≫·≪문선≫·≪십팔사략≫등과 같은 서적에서 삼국시대의 이야기가 먼저 유래되어 고사성어화 되었다가 나중에 소설 ≪삼국지≫에 자연스럽게 인용되는 경우이다.

셋째는 삼국시대 이전 혹은 이후의 각종 고전문헌에서 유래되어 사용되다가 소설 ≪삼국지≫에 재인용하는 경우로 분류된다.

그 외 정사 ≪삼국지≫나 기타 삼국시대 관련서적에서 삼국시대의 이야기가 유래되어 고사성어화 되었지만 정작 소설 ≪삼국지≫에는 언급이 없는 것도 상당수가 된다.

명언명구(名言名句)로 배우는 인문교양(人文教養)

명언명구(名言名句)는 고사성어와는 또다른 개념이다. 즉 명언명구는 옛사람이 만들어 지금까지 두루 사용되고 있는 유명해진 말로 이에 따른 유래고사가 있는 것과 없는 것을 모두 포괄하는 폭넓은 개념이다. 어떤 면에서 명언명구는 "전고(典故)"와 일치하는 면이 있다. 넓은 의미로 명언명구 안에 일부 고사성어도 포함된다고 할 수 있다.

소설 ≪삼국지≫안에는 명언명구가 다수 보인다. 명언명구 안에는 고사성어·속담·유명한 시의 구절도 포함되어 있다.

1) 천하대세란 분열이 오래되면 반드시 통합되고 통합이 오래되면 반드시 분열되기 마련이다.(天下大勢, 分久必合, 合久必分.)

이 명언의 의미는 "천하대세란 분열이 오래되면 반드시 통합되고 통합이 오래되면 반드시 분열된다.(天下大勢, 分久必合, 合久必分)"는 뜻으로 무엇이든 영원한 것은 없다는 의미이다. 이 말은 소설 ≪삼국지≫제1회에 나오는 명언이다. 여기에서 分久必合은 초나라와 한나라의 싸움에서 한나라로 통일됨을 의미하고, 合久必分는 한나라에서 삼국시대로 분열됨을 암시한다.

2) 비록 우리가 동년 동월 동일에 태어나지는 않았지만, 바라건대 동년 동월 동일에 죽기를 원합니다.(不求同年同月同日生, 但願同年同月同日死.)

이 명언은 도원결의의 선언문에 나온다. "비록 우리가 동년 동월 동일에 태어나지는 않았지만, 바라건대 동년 동월 동일에 죽기를 원합니다.(念劉備·關羽·張飛, 雖然異姓, 既結爲兄弟, 則同心協力, 救困扶危 ; 上報國家, 下安黎庶 ; 不求同年同月同日生, 但願同年同月同日死. 皇天后土, 實鑒此心. 背義忘恩, 天人共戮!)" 이 말은 소설 ≪삼국지≫제1회에 나오는 말로 지금도 많이 회자되는 명언이다.

3) 치세의 영웅이요, 난세의 간웅이다.(治世之能臣, 亂世之奸雄.)

이 명언은 조조를 일컬어 하는 말이다. 소설 ≪삼국지≫제1회 허소라는 점쟁이가 조조의 관상을 보고 "치세의 능신이요, 난세의 간웅이다.(治世之能臣, 亂世之奸雄.)"라고 하였다는 말이 나온다. 조조는 이 말을 들은 조조는 매우 기뻐하였다고 한다. 원문에는 능신(能臣)으로 되어 있으나 후대에 영웅(英雄)으로 바꿔서 사용되고 있다.

4) 약은 새는 나무를 가려서 깃들고 현명한 신하는 주인을 가려서 섬긴다.
(良禽擇木而棲, 賢臣擇主而事.)

이 명언은 소설 ≪삼국지≫제3회에 나온다. 이 말은 동탁의 참모 이숙이 여포를 만나 정원을 버리고 동탁을 주군으로 모시라고 회유하며 한 말이다. "약은 새는 나무를 가려서 깃들고 현명한 신하는 주인을 가려서 섬긴다고 합니다. 적당한 기회가 왔을 때 잡지 않으면 후회해도 소용이 없습니다.(良禽擇木而棲, 賢臣擇主而事, 見機不早, 悔之晚矣.)"라고 하였다. 이 말과 적토마를 준다는 말에 솔깃하여 여포는 정원을 죽이고 동탁을 의부로 삼아 모시게 되었다.

5) 제비나 참새가 어찌 홍곡(학이나 고니)의 뜻을 알리오.(燕雀安知, 鴻鵠之志.)

이 명언의 의미는 "필부가 영웅의 큰 뜻을 알리가 없다"는 말로 최초의 기록은 ≪사기≫(史記·陳涉世家)에 나온다. 진나라의 폭정에 반란을 일으킨 진승이 한 말로 "제비나 참새가 어찌 홍곡(학이나 고니)의 뜻을 알리오!(燕雀安知, 鴻鵠之志哉!)"라고 한데서 유래되었다.

소설 ≪삼국지≫에서는 제4회에 조조가 동탁을 살해하려고 시도하다가 실패하여 황망히 도망치던 중 진궁에게 붙잡혀 투옥되는 장면이 나온다. 당시 현령 진궁이 도망친 이유를 묻자 "연작이 어찌 홍곡의 뜻을 알겠는가?(燕雀安知, 鴻鵠志哉?)"라고 답한 데서 인용되었다.

6) 차라리 내가 세상을 버릴지언정 세상이 나를 버리게 하진 않겠다.
(寧敎我負天下人, 休敎天下人負我.)

이 명언은 최초 조조가 한 말이다. 경솔함으로 여백사의 가족과 여백사를 베고 돌아오
자 진궁은 하필 여백사마저 죽일 필요가 있었느냐고 반문하자 이에 대한 조조의 변명이
바로 이 말이다. 소설 ≪삼국지≫제4회에 나오는 말이다. 결국 진궁은 이 말에 크게 실망
을 하고 조조의 곁을 떠나가는 계기가 되었다.

7) 사람(장수) 중에는 여포가 으뜸이요 말 중에는 적토마가 최고이다.
(人中呂布, 馬中赤兔.)

이 명언은 ≪삼국지≫제5회에 나오는 이야기로 당시 동탁이 국정을 농락하자 여러 제
후들이 원소를 맹주로 동탁토벌에 나선다. 원소는 여러 제후들과 호뢰관에서 동탁군과
대치하게 된다. 이때 동탁군의 선봉장은 여포로 그는 적토마를 타고 당당한 모습으로
나타난다. 이 모습을 묘사하는 부분에서 "사람(장수) 중에는 여포가 으뜸이고 말 중에는
적토마가 최고이다.(人中呂布, 馬中赤兔)"라는 부분이 나온다.

8) 호랑이도 제 말하면 온다.(說曹操, 曹操就到.)

이 말은 명언명구라기 보다는 중국에서 많이 쓰이는 속담이다.

한 헌제 때 동탁이 죽은 후 이번에는 이각과 곽사가 국정을 농단하기 시작한다. 이때
에 한 신하가 황건적의 난을 평정하는데 전공을 세운 조조를 불러 이들을 처치하자고
한다. 과연 조조를 부르자 조조는 이내 달려와 이각와 곽사를 물리치고 황제를 보필하였
다. 여기에서 "說曹操, 曹操就到"라는 말이 유래되었다.(소설≪삼국지≫제14회)

민간전설에서는 조조가 주동적으로 달려와 어가를 모시는 부분이 다소 다르다. 어느 날
한 신하가 조조야말로 능히 황상을 안전하게 모실 것이라고 추천하였다. 이에 황상은 조조
를 부르라고 어명을 내리자마자 조조는 바로 나타났다고 한데서 유래한다.

9) 형제는 손발과 같고 처자는 옷과 같다.(兄弟如手足, 妻子如衣服.)

이 명언은 소설 ≪삼국지≫제15회에 나오는 말로, 유비가 원술을 정벌하기 위해 서주
를 장비에게 맡기고 떠난다. 그러나 장비는 술을 마시고 부하 조표를 매질하는 바람에

조표는 배신하여 여포를 서주로 끌어들였다. 서주를 잃은 장비는 황급히 도망쳐 유비에게로 왔으나 면목이 없었다. 그때 장비가 자결하려고 하자 유비는 장비의 칼을 빼앗으며 말하길 ; "형제는 손발과 같고 처자는 옷과 같다. 의복이 헤지면 다시 꿰맬 수 있지만 수족이 잘리면 어찌 대신 할 수 있는가!"라고 말한 부분에 언급되어 있다.

10) 경국지색(傾國之色)

경국지색은 "나라를 기울게 할 만한 미모"를 의미하는 말이다. 최초의 기록은 한 무제 때 협률도위(協律都尉)를 지낸 문인 이연년(李延年)의 시 가운데 "북방에 아리따운 여인이 있어, 절세의 미모가 홀로 우뚝 빼어나도다. 한번 돌아보면 성이 기울고, 다시 돌아보면 나라가 기우는도다.(北方有佳人, 絶世而獨立, 一顧傾人城, 再顧傾人國)"에 처음 나온다. 이 시를 본 한 무제가 이런 여인과 동 시대에 살지 못한 것이 한스럽다고 하였다. 이때 이연년은 이 여인이 실제 북방에 살고 있다고 하자 한 무제는 급히 사신을 파견하여 그 여인을 궁궐로 데려오게 하였다. 과연 그 여인은 최고의 미인으로 한 무제의 사랑을 독차지하게 된다. 이 미인이 바로 이씨 부인으로 널리 알려진 여인인데 사실은 이연년의 누이동생이었다. 이연년은 누이동생으로 인하여 벼락출세를 하며 승승장구 하였다.

소설 ≪삼국지≫제33회에는 조조가 아들 조비의 아내로 맞은 견씨부인을 보고 옥 같이 고운 피부와 꽃 같은 용모의 경국지색(玉肌花貌, 傾國之色)이라고 인용하였다. 일반적으로 경국지색은 양귀비를 일컫는 말이기도 하다.

11) 엎어진 둥지 아래 성한 알이 있겠는가!(覆巢之下, 安有完卵!)

이 명언은 소설 ≪삼국지≫제40회에 나오는 말로, 북해 태수 공융은 조조가 유표와 손권을 치려하자 반대하며 조조를 부도덕한 사람으로 모욕을 주었다. 조조는 여러 차례 인내하였으나 결국에는 참지 못하고 공융을 잡아 참수하였다. 이를 본 주위 사람이 공융의 어린 자녀에게 빨리 도망치라고 일러주었으나 어린 딸은 담담하게 "조조가 우리라고 봐주지는 않을 겁니다. 엎어진 둥지 아래 성한 알이 어디 있겠습니까!"라고 한데서 유래되었다. 결국 공융의 가족들은 모두 참혹한 죽음을 맞이했다.

12) 대업을 준비하는 자는 항상 백성을 근본으로 삼아야 한다.(擧大事者, 必以人爲本.)

이 명언은 소설 ≪삼국지≫제41회에 나오는 말이다. 신야에서 조조의 기습으로 유비는 도망을 치게 되었다. 그런데 백성들도 유비를 따라 피난에 나섰다. 백성을 챙기느라 속도가 느려지는 바람에 인근까지 조조가 추격해 오자 측근들은 백성을 포기하자고 하였다. 유비는 측근의 권유를 뿌리치며 "큰일을 할 사람은 항상 백성을 근본으로 삼아야 한다. 이렇게 백성들이 나를 믿고 따르는데 내 어찌 이들을 버린단 말인가!(擧大事者必以人爲本. 今人歸我, 奈何棄之!)" 라고 하였다. 유비는 백성에게 버림을 받을지언정 내가 백성을 버리지 않겠다는 의지로 이 말을 들은 백성들은 크게 감동을 하였다.

13) 침어낙안 폐월수화(沈魚落雁, 閉月羞花.)

침어낙안 폐월수화는 "미녀를 형용하는 말"이다. 최초의 기록은 ≪장자≫(莊子・齊物論)에 모장과 여희는 아름다워, "물고기는 그들을 보면 깊이 들어가고, 새는 그들을 보면 높이 난다.(魚見之深入, 鳥見之高飛)"라는 구절에서 유래되었다. 사실 이 말은 미인을 찬미하는 뜻으로 쓰인 것이 아니었다. 인간에게는 미인으로 보이는 것도 물고기와 새에게는 단지 두려운 존재일 뿐이라는 뜻인데 지금은 미인을 형용하는 말로 쓰인다. 침어낙안(沈魚落雁)의 대구로 폐월수화(閉月羞花)라는 말이 생겨났는데 뜻은 "달을 구름 속에 숨게 하고 꽃을 부끄럽게 만든다는 뜻"으로 사용된다. 모두가 미인의 아름다움을 형용하는 말이며 중국 4대 미녀를 상징하기도 한다.

일반적으로 침어(沈魚)는 서시(西施)를 상징하는데 서시는 오 부차에게 패한 월 구천이 미인계로 오 부차에게 바친 여인이다. 부차는 서시의 미모에 빠져 정치를 돌보지 않다가 결국 월나라에 패망하였다.

낙안(落雁)은 왕소군(王昭君)을 상징하는데 낙안이란 왕소군의 미모에 날아가던 기러기가 놀라 땅으로 떨어졌다는 고사에서 유래하였다. 왕소군은 한나라 원제 때에 북방의 흉노와 화친정책으로 선우에게 보내진 여인이다.

폐월(閉月)은 초선(貂蟬)을 상징하는데 폐월이란 초선의 미모에 달도 부끄러워서 구름 사이로 숨어 버렸다는 고사에서 연유하였다. 왕윤의 양녀인 초선은 어느 날 화원에서 달구경을 하고 있는데 구름 한 조각이 달을 가렸다고 한다. 이를 본 왕윤이 "초선의 미모에 달마저 부끄러워 구름 뒤로 숨었구나."라고 하였다는 고사에서 폐월(閉月)은 초선을 상징하는 말이 되었다. 초선은 동탁과 여포사이를 이간질시키는 미인계로 희생된 여인이다.

수화(羞花)는 양귀비(楊貴妃)를 상징하는데 수화(羞花)란 양귀비의 미모에 꽃마저도 부끄러워서 고개를 숙였다는 고사에서 연유되었다. 당 현종의 후궁으로 들어간 미녀 양옥환은 현종의 지극한 총애를 받았던 여인이다. 어느 날 양귀비는 화원에서 꽃을 감상하다가 함수화(含羞花)를 건드렸더니 함수화가 바로 시들었다고 한데서 연유되었다. 절대가인(絶對佳人) 양귀비는 "안사의 난"이 일어나자 나라를 기울게 한 여인이라는 죄명을 뒤집어쓰고 희생되었다.

소설 ≪삼국지≫제44회에는 제갈량이 오나라의 군사를 빌리려고 주유에게 "조조의 평생소원은 천하를 평정하고 침어낙안의 얼굴과 폐월수화의 몸매를 가진 강동이교(대교와 소교)와 만년을 보내는 것(有沈魚落雁之容, 閉月羞花之貌)"이라며 주유를 격분시키는 장면에서 인용하였다.

14) 군중에서는 농담이란 없다.(軍中無戱言.)

군중무희언이란 "군중에서는 농담이란 없다."는 말로 소설 ≪삼국지≫제46회와 제95회에 나온다.

제46회 : 어느 날 주유가 제갈량에게 화살 10만개를 10일안에 만들어 달라는 요청하자 그 심리를 꿰뚫은 제갈량은 오히려 3일안에 만들겠다고 맞대응한다. 그러자 주유는 제갈량이 자승자박했다고 생각하고 바로 군중무희언(軍中無戱言)이란 말을 하며 명을 어겼을 땐 군법으로 처리하겠다고 한다.

3일째 되는 날 밤에 제갈량은 노숙에게 배 20척을 빌려서 그 배위에 풀단을 가득 채우고 조조진영으로 출진한다. 조조진영에 이르자 제갈량은 북을 치며 함성을 지르라고 하였다. 이때 안개가 자욱하여 조조군은 감히 접근을 못하고 제갈량의 배를 향해 화살을 빗발치듯 쏘아댔다. 화살의 무게로 배가 한쪽으로 기울자 다시 뱃머리를 돌려 화살을 가득 채우게 되었다. 돌아와 화살을 세어보니 10만개가 넘었다. 함께 동행을 하였던 노숙은 신기묘산(神機妙算)이라는 말로 놀라움을 표시한다. 이것이 유명한 초선차전(草船借箭)이다.

제95회 : 제갈량이 기산에 출정할 때 군사적 요충지인 가정을 어떻게 지키느냐를 고민하고 있었다. 이때 마속이 나서 지키겠다고 호언장담하였다. 마속은 자신만만하여 "제가 실수하면 가족을 다 참수하셔도 됩니다."라고 하자 이때 제갈량은 "군중무희언.(軍中無戱言.)"이라고 한데서 인용되었다. 그러나 마속은 제갈량이 지시한 진법대로 하지 않는 바람에 대패를 하고 말았다. 결국 제갈량은 기강을 세우기 위해 읍참마속(泣斬馬謖)을 하였다.

15) 달이 밝으면 별빛은 희미해진다.(月明星稀.)

월명성희는 "달이 밝으면 별빛은 희미해진다."는 뜻으로, 새로운 영웅이 나타나면 다른 영웅의 존재는 희미해짐의 비유하는 말로 조조의 시 〈단행가〉(短歌行)에서 처음 유래된 것으로 소통의 ≪문선≫에 전해진다.

소설 ≪삼국지≫제48회에 조조는 적벽에서 손권과 유비의 연합군과 전투를 벌일 무렵, 선상에서 여러 장수들과 연회를 베풀다가 취중에 지은 노래가 〈단가행〉이다. 이때 문득 "유복이란 신하가 '달은 밝고 별은 드문데, 까막까치는 남으로 날아오누나.'하는 구절과 '나무를 빙빙 돌기 세 바퀴 의지할 가지하나 없어라.'라는 구절이 불길하옵니다.(月明星稀, 烏鵲南飛, 遶樹三匝, 無枝可依, 此不吉之言.)"라고 하였다. 이때 격노한 조조는 유복을 그 자리에서 죽여 버렸다.

16) 만사구비 지흠동풍.(萬事具備, 只欠東風.)

만사구비 지흠동풍은 "어떤 일을 도모함에 모든 준비가 다 갖추어졌지만 가장 핵심적인 부분이 구비되지 않았을 때"하는 말이다.

소설 ≪삼국지≫제49회에 처음 나온다. 제갈량은 조조의 백만대군을 적벽으로 끌어들여 손권과 연합하여 연환계로 일전을 준비하게 된다. 어느 날 제갈량은 주유가 병이 났다는 말을 듣고 문병을 간다. 병의 원인을 간파한 제갈량은 주유에게 병명을 암시하는 문구를 적어 준데서 유래하였다. "조조를 격파하려면 화공을 써야하는데 모든 것이 준비되었으나 오직 동풍이 부족하다.(欲破曹公, 宜用火攻, 萬事具備, 只欠東風.)" 속마음을 들킨 주유는 이후부터 제갈량을 더욱 철저하게 견제하는 계기가 되었다.

17) 하늘은 나(주유)를 낳고 왜 공명을 낳았단 말인가?(既生瑜, 何生亮.)

이 명언은 소설 ≪삼국지≫제57회에 나오는 말로 주유가 한 말이다. 오나라 대도독 주유는 제갈량의 지략이 뛰어남을 보고 여러 차례 제거하려고 하였으나 번번이 실패하였다. 한번은 서천을 치는 척 진군하여 형주를 빼앗으려던 계획이 제갈량에게 간파당하여 수포로 돌아가자 주유는 충격과 화병으로 쓰러지게 된다. 이로 인해 병세는 점점 악화되어 재기불능 상태가 되어버린다. 이때 주유는 하늘을 탄식하며 "하늘은 나(주유)를 낳고 왜 공명을 낳았단 말인가?(既生瑜, 何生亮.)"라고 외치고는 세상을 하직하였다.

18) 좋은 약은 입에 쓰지만 병에 이롭고 충언은 귀에 거슬리나 행실에 이롭다. (良藥苦口利於病, 忠言逆耳利於行.)

"양약고구, 충언역이"이라고도 한다. 이 말의 의미는 "좋은 약은 입에 쓰고 좋은 충고는 귀에 거슬린다는 뜻"으로 최초의 기록은 ≪사기≫(史記·留侯世家)에 나온다. 번쾌가 유방에게 한 간언 가운데, "충언은 귀에 거슬리나 행실에 이롭고, 독한 약은 입에 쓰나 병에 이롭다.(忠言逆於耳而利於行, 毒藥苦於口而利於病.)"라고 한데서 유래되었다. 본래는 독약(毒藥苦於口)이었으나 후대에 양약(良藥苦於口)으로 바뀌어 사용되고 있다.

소설 ≪삼국지≫제60회에 익주의 유장이 익주를 지키기 위해 유비를 불러들이기로 결정하자 신하 왕루가 반대하는 글을 올린다. 그 글 가운데 "좋은 약은 입에 쓰나 병에는 이롭다고 하고, 충언은 귀에 거슬리나 행실에 이로운 법입니다.(良藥苦口利於病, 忠言逆耳利於行)"라고 인용하였다.

19) 아들을 낳으려면 손권과 같은 아들을 낳아야 한다.(生子當如孫仲謀.)

소설 ≪삼국지≫제61회에 나오는 말로 조조가 한 말이다. 조조가 유수를 침공하여 손권과 서로 대치하고 있을 때의 일이다. 하루는 손권이 친히 배에 올라 조조진영을 시찰하였는데 그 시찰선단의 무기나 대오 등이 일사불란하여 빈틈이 없었다. 이 모습을 본 조조는 손권을 칭찬하며 말하길; "아들을 낳으려면 손권과 같은 아들을 낳아야 한다. 유경승의 아들은 개돼지나 마찬가지다.(生子當如孫仲謀, 若劉景升兒子, 豚犬耳.)"라고 말하며 군사를 퇴각시켰다. 여기에서 유경승은 형주의 유표를 말한다. 조조가 유표의 두 아들을 개돼지에 비유함이 자못 흥미롭다.

20) 명성과 이름은 결코 헛되이 전해지는 것이 아니다.(名不虛傳.)

명불허전은 "명성과 이름은 결코 헛되이 전해지는 것이 아니다."라는 의미로 최초의 기록은 송나라 화악의 시 〈백면도〉(白面渡) 가운데 "雙舡白面問溪翁, 名不虛傳說未通"이라는 부분에서 유래되었다.

소설 ≪삼국지≫제65회에 유비는 마초의 무예에 반하여 장비에게 생포하여 부하로 삼고 싶어 하는 부분이 나온다. 마초의 출중한 무예를 감탄하며 "남들이 금마초라고 하더니 정말 명불허전이로다.(人言錦馬超, 名不虛傳)"라고 유비가 말한 부분에 인용되어 있다.

21) 하나만 알고 둘은 모른다.(只知其一, 不知其二.)

이 말은 본래 ≪한서≫에서 유래된 말이다.(知其一, 未知其二.) 후에 소설 ≪삼국지≫제65회에서 다시 인용되었다. 유비는 서천을 장악한 후 나라를 다스릴 조례를 정비하라고 명하였다. 이때 법정이 나서 한 고조 유방의 "약법삼장"을 본받아 관대한 조례를 만들자고 하자 제갈량은 "공께서는 하나만 알고 둘은 모른다.(只知其一, 不知其二.)"라고 말하며 지금은 오히려 강력한 법과 규칙으로 기강을 세워야 할 때라고 말하였다. 제갈량의 논리 정연한 말에 법정은 크게 탄복하였다고 한다.

22) 호랑이를 잡으려면 호랑이 굴로 가야한다.(不入虎穴, 焉得虎子.)

불입호혈 언득호자는 "호랑이를 잡으려면 호랑이 굴로 가야한다."는 말로 최초의 기록은 ≪후한서≫(後漢書 · 班超傳)에서 유래하였다. 흉노족과 대치하고 있던 반초가 부하를 모아 놓고 "호랑이 굴에 들어가지 않고는 호랑이를 잡을 수 없다.(不入虎穴, 不得虎子.)"라고 말한 부분에서 연유되었다.

소설 ≪삼국지≫제70회에서는 황충이 위나라를 공격하며 "호랑이 굴에 들어가지 않고 어찌 호랑이를 얻으리오.(不入虎穴, 焉得虎子.)"라고 하며 선봉으로 나아가는 장면에서 인용하였다.

23) 먹자하니 먹잘 것이 없고 버리자니 아깝도다.(食之無肉, 棄之有味.)

이 명언이 바로 고사성어 계륵(鷄肋)의 기원이다. 계륵은 "먹을 것은 없으나 그래도 버리기는 아깝다."는 뜻으로 ≪후한서≫(後漢書 · 楊修傳)에서 유래하였다. 소설 ≪삼국지≫제72회에는 하후돈이 조조에게 야간의 암호를 정해달라고 청하자 조조는 별 생각 없이 계륵 계륵이라고 하였다. 하후돈이 여러 장졸들에게 계륵이라고 전하니 참모인 양수는 이 소리를 듣자마자 즉시 군장을 수습하며 돌아갈 준비를 하였다. 하후돈이 그 연유를 묻자 양수는 계륵이란 본래 "먹자하니 먹잘 것이 없고 버리자니 아까운 것(食之無肉, 棄之有味)"이라고 말 한데서 연유되었다. 결국 양수의 방자한 재능은 조조의 심기를 여러 차례 건드린 끝에 군기를 어지럽혔다는 죄목으로 그 자리에서 참수되었다.

24) 갓 태어난 망아지는 범 무서운 줄 모른다.(初生之犢不畏虎.)

이 명언은 속담 "하룻강아지 범 무서운 줄 모른다.(一日之狗, 不知畏虎)"로 잘 알려져 있다. 국내로 들어오면서 "하룻강아지"로 바뀐 듯하다. 소설 ≪삼국지≫제74회에서는 "갓 태어난 망아지 범 무서운 줄 모른다.(初生之犢不畏虎.)"로 인용되었다. 관우가 형주 번성의 방덕을 칠 때 관평은 "갓 태어난 망아지는 범 무서운 줄 모르는 법입니다. 부친께서 방덕을 참수한다 해도 그는 서강 변방의 일개 병졸일 뿐입니다. 만일 소홀하여 부친께서 화를 당하면 이는 백부(유비)의 큰 기대를 저버리는 것입니다."라고 관우에게 말한 부분에서 연유되었다.

25) 때를 알고 힘쓰는 자가 진정한 영웅이다.(識時務者爲俊傑.)

이 명언은 소설 ≪삼국지≫제76회에서 제갈근이 한 말이다. 관우가 위나라 양양을 공격하는 사이에 여몽은 도강하여 형주일대를 장악한다. 관우는 황급히 병사들을 몰고 돌아왔으나 상당수 병사들은 오나라에 투항하였다. 결국 관우는 맥성으로 들어가 재정비를 할 때 제갈근이 오나라의 사신으로 들어와 이미 9군이 오나라로 넘어가 오직 맥성만 남았다고 항복을 권유한다. 제갈근은 관우에게 "때를 알고 힘쓰는 자가 진정한 영웅이다.(識時務者爲俊傑.)"라며 항복하여 가족의 생명을 보전하라고 하였으나 관우는 이를 거절하였다. 결국 관우는 끝까지 싸우다 붙잡히고 만다. 손권의 투항 권고에 관우는 깨끗한 죽음을 선택한다.

"맥성에 들어간다.(敗走麥城)"라는 말은 지금도 어떤 일이 안 풀릴 때나 혹은 망쳤을 때 쓰는 말로 자주 사용되고 있다.

26) 오직 어질고 덕이 있어야만 사람을 복종시킬 수 있다.(惟賢惟德, 可以服人.)

이 명언은 소설 ≪삼국지≫제85회에 나오는 말로, 이릉대전의 후유증으로 임종을 앞둔 유비가 유선에게 남겼던 유언이다. "크든 작든 악한 짓은 하지 말고, 선행은 작더라도 꼭 실행해라. 오직 어질고 덕이 있어야만 사람을 복종시킬 수 있다.(勿以惡小而爲之, 勿以善小而不爲之. 惟賢惟德, 可以服人.)"라는 유언에서 나온다. 후대에 ≪명심보감≫에서도 이 말을 인용하였다.

27) 사람이 죽을 때 하는 말은 선하다.(人之將死, 其言也善.)

이 명언의 원형은 "새는 죽을 때 울음소리가 애절하고, 사람은 죽을 때 그 말이 선하다.(鳥之將死, 其鳴也哀, 人之將死, 其言也善.)"로 본래 ≪논어≫(論語·泰伯篇)에서 유래되었다.

소설 ≪삼국지≫제85회에 유비가 임종에 즈음하여 유서를 작성한 후 제갈량에게 전해주며 한 말이다. "짐은 책을 많이 읽지 못해서 책략만 대강 알 뿐이오. 성인의 말씀에 새는 죽을 때 울음소리가 애절하고, 사람은 죽을 때 그 말이 선하다고 하였소.(鳥之將死, 其鳴也哀, 人之將死, 其言也善.)"라고 하며 후사를 부탁하는 장면에 인용하였다.

28) 몸을 돌보지 않고 죽을 때까지 최선을 다한다.(鞠躬盡瘁, 死而後已.)

이 명언은 제갈량의 〈후출사표〉(後出師表)에 나오는 말이다. 소설 ≪삼국지≫제97회에 "신은 다만 엎드려 몸을 돌보지 않고 죽을 때까지 최선을 다할 뿐, 성공과 패배 그리고 이로움과 해로움에 대해서는 신이 미리 결과를 예측할 정도로 총명하지는 못합니다.(凡事如是, 難可逆見. 臣鞠躬盡瘁, 死而後已, 至於成敗利鈍, 非臣之明所能逆覩也.)" 이처럼 〈후출사표〉의 마지막 부분에 국궁진췌(鞠躬盡瘁)라는 성어가 언급되어 있다.

29) 일을 꾸미는 것은 사람이지만 그 일을 이루는 것은 하늘에 달렸다.
   (謀事在人, 成事在天.)

모사재인 성사재천의 뜻은 "일을 꾸미는 것은 사람이지만 그 일을 이루는 것은 하늘에 달렸다."라는 의미이다.

소설 ≪삼국지≫제103회에서 최초로 유래되었다. 제갈량은 사마의를 유인하여 호로곡에 가두고 화공으로 제압하려 하였다. 그러나 때마침 내린 소나기로 인하여 계획이 수포로 돌아가고 말았다. 그때 제갈량은 하늘을 보고 탄식하며 "일을 꾸미는 것은 사람이지만 그 일을 이루는 것은 하늘에 달렸다더니 인력으로 어찌할 수 없는 일이로다.(謀事在人, 成事在天, 不可强也)"라고 한탄한데서 유래되었다. 여기에서 살아난 사마의는 결국 위나라·촉나라·오나라 삼국을 제압하고 진(晉)나라로 천하를 통일하는 발판을 마련하였다.

30) 죽은 공명이 산 중달을 달아나게 한다.(死孔明, 走生仲達.)

사공명 주생중달은 "죽은 공명이 산 중달을 달아나게 한다."라는 뜻으로 죽은 뒤에도 적들이 두려워 할 정도의 뛰어난 장수나 혹은 겁쟁이를 비유하는 말이다. 이 말은 ≪십팔사략≫(十八史略)에 처음 나온다. 제갈량은 사마중달과 오장원에서 대치하던 중 자신의 죽음을 예감하고 사후에 자신이 살아서 지휘하는 것처럼 위장조치를 하고 죽는다. 제갈량의 사망 소식을 눈치 챈 사마의는 총공격을 하게 되는데 갑자기 수레 위에 제갈량이 살아 앉아 있는 것이 보이자 자신이 속은 줄 알고 황급히 병사들을 철수시킨다. 세인들은 사마중달의 이러한 행동을 보고 "죽은 공명이 살은 중달을 달아나게 하였다.(死諸葛, 走生仲達.)"라고 비웃었다.

소설 ≪삼국지≫에는 제104회에 동일한 내용이 나온다. 자신이 기만당한 줄 안 중달은 "내 능히 산 것은 헤아렸어도 죽은 것은 헤아리지 못하였구나."하고 탄식하였다. 이로 인해 촉나라에서는 "죽은 제갈이 산 중달을 도망치게 했다네.(戱笑曰 : 吾能料其生, 不能料其死也, 因此蜀中人諺曰 : 死諸葛能走生仲達)"라는 속담이 생겼다. 후대에 발음하기 쉬운 사공명 주생중달(死孔明, 走生仲達.)로 바뀌었다.

31) 전쟁에서 패한 장수는 병법을 말하지 않는다.(敗將不言兵.)

패장불어병은 "전쟁에서 패한 장수는 병법을 말하지 않는다."라는 말로 최초의 기록은 ≪사기≫(史記 · 淮陰侯列傳)에 나온다. 한나라 장수 한신이 이좌거를 생포한 후에 그에게 전략전술에 대하여 물어보자 이좌거는 "싸움에 패한 장수는 병법을 논하지 않는 법입니다.(敗軍之將不語兵)"라며 한데서 유래하였다.

소설 ≪삼국지≫제116회에서 위나라 사마소는 종회에게 촉나라 정벌을 명하자 소제가 이를 우려하여 반대의 뜻을 표한다. 이때 사마소는 "패장은 병법을 말하지 못하고, 망국의 대부는 딴 일을 도모하지 못하는 법입니다.(敗軍之將, 不可以言兵, 亡國之大夫, 不可以圖存)"라고 말한 데서 인용하였다.

32) 글을 백 번 읽으면 그 뜻이 저절로 이해된다.(讀書百遍義自見.)

독서백편의자현은 "글을 백 번 읽으면 그 뜻이 저절로 이해된다."는 뜻으로, 후한 말기 학식이 높은 동우에게 학문을 배우겠다는 사람들이 구름처럼 몰려와 배움을 청하자 "마땅히 먼저 책을 백번은 읽어야 한다. 책을 백번 읽으면 그 뜻이 저절로 드러난다.(必當先讀百遍, 讀書百遍其義自見)"라고 대답한 데서 유래한다.

최초의 기록은 정사 ≪삼국지≫(三國志·魏志·種繇華歆王朗傳)에 배송지의 주석에 덧붙인 동우의 고사에서 비롯되었다. 그러나 소설 ≪삼국지≫에는 보이지 않고 정사 ≪삼국지≫에만 보인다.

| 저자 소개 |

민관동 閔寬东, kdmin@khu.ac.kr
• 忠南 天安 出生
• 慶熙大 중국어학과 졸업
• 대만 文化大學 文學博士
• 前 : 경희대학교 외국어대학 학장. 韓國中國小說學會 會長. 경희대 比較文化研究所 所長
• 現 : 慶熙大 중국어학과 教授. 동아시아 書誌文獻 研究所 所長

著作
• 《中國古典小說在韓國之傳播》, 中國 上海學林出版社, 1998年
• 《中國古典小說史料叢考》, 亞細亞文化社, 2001年
• 《中國古典小說批評資料叢考》(共著), 學古房, 2003年
• 《中國古典小說의 傳播와 受容》, 亞細亞文化社, 2007年
• 《中國古典小說의 出版과 研究資料 集成》, 亞細亞文化社, 2008年
• 《中國古典小說在韓國的研究》, 中國 上海學林出版社, 2010年
• 《韓國所見中國古代小說史料》(共著), 中國 武漢大學校出版社, 2011年
• 《中國古典小說 및 戲曲研究資料總集》(共著), 학고방, 2011年
• 《中國古典小說의 國內出版本 整理 및 解題》(共著), 학고방, 2012年
• 《韓國 所藏 中國古典戲曲(彈詞・鼓詞) 版本과 解題》(共著), 학고방, 2013年
• 《韓國 所藏 中國文言小說 版本과 解題》(共著), 학고방, 2013年
• 《韓國 所藏 中國通俗小說 版本과 解題》(共著), 학고방, 2013年
• 《韓國 所藏 中國古典小說 版本目錄》(共著), 학고방, 2013年
• 《朝鮮時代 中國古典小說 出版本과 飜譯本 研究》(共著), 학고방, 2013年
• 《국내 소장 희귀본 중국문언소설 소개와 연구》(共著), 학고방, 2014年
• 《중국 통속소설의 유입과 수용》(共著), 학고방, 2014年
• 《중국 희곡의 유입과 수용》(共著), 학고방, 2014年
• 《韓國 所藏 中國文言小說 版本目錄》(共著), 中國 武漢大學出版社, 2015年
• 《韓國 所藏 中國通俗小說 版本目錄》(共著), 中國 武漢大學出版社, 2015年
• 《中國古代小說在韓國研究之綜考》, 中國 武漢大學出版社, 2016年
• 《삼국지 인문학》, 학고방, 2018年.   외 다수

翻译
• 《中国通俗小说总目提要》(第4卷-第5卷) (共譯), 蔚山大出版部, 1999年

论文
• 〈在韓國的中國古典小說翻譯情況研究〉, 《明清小說研究》(中國) 2009年 4期, 總第94期
• 〈中國古典小說의 出版文化 研究〉, 《中國語文論譯叢刊》第30輯, 2012.1
• 〈朝鮮出版本 中國古典小說의 서지학적 考察〉, 《中國小說論叢》第39輯, 2013
• 〈한・일 양국 중국고전소설 및 문화특징〉, 《河北學刊》, 중국 하북성 사회과학원, 2016
• 〈중국고전소설의 書名과 異名小說 연구〉, 《중어중문학》제73집, 2018
• 〈中國禁書小說의 目錄分析과 국내 수용〉, 《중국소설논총》제56집, 2018
   외 다수

경희대학교 비교문화연구소 비교문화총서 15

삼국지 인문학

1판 1쇄 발행 2018년 3월 15일
1판 2쇄 발행 2020년 2월 20일
1판 3쇄 인쇄 2024년 8월 20일
1판 3쇄 발행 2024년 8월 30일

저   자 | 민관동
펴 낸 이 | 하운근
펴 낸 곳 | 學古房

주   소 | 경기도 고양시 덕양구 통일로 140 삼송테크노밸리 A동 B224
전   화 | (02)353-9907   편집부(02)353-9908
팩   스 | (02)386-8308
전자우편 | hakgobang@naver.com, hakgobang@chol.com
홈페이지 | http://hakgobang.co.kr
등록번호 | 제311-1994-000001호

ISBN   978-89-6071-737-4   93820

값 : 23,000원

이 도서의 국립중앙도서관 출판시도서목록(CIP)은 서지정보유통지원시스템 홈페이지(http://seoji.nl.go.kr)와 국가자료공동목록시스템(http://www.nl.go.kr/kolisnet)에서 이용하실 수 있습니다.(CIP제어번호 : CIP2018007283)